PHILIPPA L.
ANDERSSON

TWO
unforgettable
LESSONS

Impressum

Originalausgabe Januar 2023

Two unforgettable Lessons
Philippa L. Andersson

Umschlagfotos: © depositphotos.com/PurpleBird18
Umschlaggestaltung: Philippa L. Andersson
Lektorat: Sarah Herzer, Decatur, GA, USA
Korrektorat: Laura Gosemann, Berlin, Deutschland

Enthält sensible Themen:
philippalandersson.de/trigger

Philippa L. Andersson vertreten durch:
Sowade, Plantagenstraße 13, 13347 Berlin, Deutschland
www.philippalandersson.de

Herstellung und Druck über tolino media GmbH & Co. KG,
Albrechtstr. 14, 80636 München. Printed in Germany.
Fragen zu Produktsicherheit an: gpsr@tolino.media.

PHILIPPA L. ANDERSSON

TWO *unforgettable* LESSONS

MIAMI REBELS

2

Über das Buch

Männer haben California immer ausgenutzt. Ihr
passt überhaupt nicht, dass sie jetzt einem dieser
Exemplare, Alex, dem heißen Bassisten der Rebel Boys,
aus Gefälligkeit Nachhilfe geben muss, damit er seinen
Bachelorabschluss schafft. Noch weniger passt Cali, dass
der Kerl pausenlos mit ihr flirtet. Als wäre sie sein Typ!
Und am schlimmsten ist, dass seine Gegenwart in ihr
schmutzige Fantasien weckt. Klasse!
Aber Alex meint es ernst: Er will sie und den Abschluss,
und dafür hat nicht nur er einige Lektionen zu meistern,
sondern auch California. Ob sie will oder nicht …

Über Philippa L. Andersson

Philippa L. Andersson lebt und arbeitet in Berlin.
2012 erschien ihre erste Kurzgeschichte.
2013 folgte ihr erster Roman »In deinen Armen«.
2017 war sie mit »You Can't Escape Love –Begehren .
Vertrauen . Lieben« erstmals in der BILD-Bestsellerliste.
Viele ihrer Romane gibt es auch als Hörbuch. Wenn sie
nicht schreibt, joggt sie durch ihren Kiez, entdeckt neue
Restaurants oder lässt sich vom Leben inspirieren.

www.philippalandersson.de
philippa@philippalandersson.de

Content Note

Liebe Leserin, lieber Leser,
dieser Roman beinhaltet potenziell triggernde Themen.
Welche und wie ausführlich, erfährst du auf der Website
philippalandersson.de/trigger.
Bitte beachte, dass die Auflistung für den gesamten Roman
Spoiler enthalten kann.
Wenn du dir unsicher bist oder beim Lesen sehr sensibel
reagierst, schau dir bitte unbedingt vorab die Liste an. Ich
wünsche dir und allen anderen viel Spaß mit der Geschichte
und eine wundervolle Lesezeit.
Philippa L. Andersson

PLAYLIST

Beggin' - Måneskin
10 Things I Hate About You - Leah Kate
The Bomb - Pigeon John
Heat Waves - Glass Animals
Infinity - Jaymes Young
Kiss Me More (feat. SZA) - Doja Cat
Dandelions - Ruth B.
i'm yours sped up - Isabel LaRosa
Dusk Till Dawn (feat. Sia) - Radio Edit - ZAYN
Beautiful Love - Free Fire - Justin Bieber
Fire for You - Cannons
Atlantis - Extra Sped Up Version - Seafret
Keeping Your Head Up - Birdy
For My Hand (feat. Ed Sheeran) - Burna Boy
Still Falling for You / Can't Help Falling in Love - Caleb
and Kelsey
Unforgettable - French Montana, Swae Lee

KAPITEL
1

Cali

Es ist nur ein Gefallen, Cali. Ein Freundschaftsdienst. Mehr nicht.

Ich schnaube, lehne mich in meinem Bürostuhl zurück und starre zur Tür, die sich jeden Augenblick öffnen wird.

Gefallen kann man es nicht nennen. Nötigung trifft es eher.

Meine Schwestern Louisiana und Virginia wissen, dass ich ihnen nichts abschlagen kann. Als auf einer Gartenfeier rauskam, dass der Bassist der Rebel Boys bei seinem Bachelorabschluss durchgefallen ist, haben mich die Bandmitglieder und meine Schwestern gebeten, ihm zu helfen. Weil ich rein zufällig als Professorin an derselben Universität angestellt bin, an der er eingeschrieben ist, und weil ich mich in der Materie bestens auskenne.

Freundschaftsdienst?, analysiert mein Gehirn weiter. *Blödsinn!* Alex Reid, der Bassist der Band, und ich sind keine Freunde. Ich kenne ihn nur vom Sehen, wenn er mit der Band bei Lou und Nate war, um neue Songs auszuprobieren.

Und zu guter Letzt: *mehr nicht?*

Ich rolle mit den Augen. Es ist mehr, viel mehr, wie mir mein rasendes Herz sagt. Nicht weil ich in den Kerl verliebt bin. *Gottbewahre!* Sondern weil ich in der Klemme sitze, denn Alex ist der verdammt noch mal heißeste Mann, der mir je begegnet ist, und meine Erfahrung mit heißen Männern ist die, dass sie Mädchen wie mich ausnutzen. Wegen meiner blonden Bob-Frisur, meiner blauen Augen oder meiner eher schlanken als sportlichen Figur hat mich noch nie jemand angesprochen. Das Einzige, was ich zu bieten habe, ist ein sehr kluger Kopf. Der hat mich in der Schule und an der Uni mehrere Jahrgänge überspringen lassen und mir mit Mitte zwanzig den Titel der jüngsten Professorin im Staat Florida eingebracht.

Offensichtlich verliere ich auch diesen Bonus gerade. Ich blinzle und stelle fest, dass ich zwar das erste Kapitel von dem Buch, das ich aktuell lese, geschafft habe, aber dass ich mich an kein einziges Wort erinnern kann. *Keines!* Mein Gehirn ist normalerweise wie ein Schwamm, der Wissen wie Wasser aufsaugt, aber heute ist es eher wie ein Sieb, und das Einzige, was hängenbleibt, sind Gedanken an Alex Reid. *Tolle Leistung!*

Er hat – verzweifelt suche ich nach Fehlern – *etwas zu lange Haare? Nicht wirklich.* Sie sind blond, wuschelig, fallen ihm in die Stirn und lenken den Blick verboten schnell zu seinen graugrünen Augen, die –

Gott, lass das, Cali!

Ich stehe auf und zupfe an meiner Bluse, um meine erhitzte Haut zu kühlen. Die Klimaanlage steht bereits auf zwanzig Grad, aber das ist mir immer noch zu warm. Ich drehe sie weiter runter und nehme mir ein Glas Wasser. *Besser.*

Nervös schaue ich auf die Uhr. Es ist um zwei, Alex und ich sind genau jetzt verabredet. Wir hatten ausgemacht, dass er mir seine vermasselte Prüfung und sämtliche bisherigen Leistungsnachweise mitbringt und wir das weitere

Vorgehen besprechen. *Wo bleibt er denn?* Unruhig gehe ich zu den Fenstern. Ich habe ein Erdgeschossbüro, in das kaum Licht dringt. Draußen sehe ich ein paar Studenten herumlaufen, aber keinen megaheißen Bassisten, dem bei Konzerten der Schweiß über den Oberkörper läuft und der so sexy lächelt, dass selbst jemand wie ich Unterwäsche auf die Bühne werfen will.

»Oh Gott!«, entweicht mir. Ich hätte mir kein Konzert der Rebel Boys anschauen sollen.

Ein Räuspern lässt mich herumfahren. Ich verschütte mein Wasser und stehe Alex gegenüber, volle ein Meter neunzig große, gut gebaute, mich mit einem Blick verschlingende Männlichkeit. Hektisch ziehe ich an meiner Bluse, greife nach einem Taschentuch und tupfe den nass gewordenen Stoff ab. Übersprungshandlung nennt man das. Dabei mustere ich Alex verstohlen.

Er trägt sexy Jeans und ein Hemd, wirkt lässig und seriös. So habe ich ihn noch nie gesehen. In der Freizeit und bei seinen Auftritten läuft er normalerweise in schwarzen Shirts herum. Der neue Look tut meinem armen Herzen nicht gut, es klopft wie verrückt. *Warum wirkt der Kerl außerdem so viel größer als sonst? Oder ist mein Büro einfach zu klein? Und verdammt, warum ist da plötzlich diese Fantasie, dass er mich auf meinen Bürotisch hebt, mir den Rock hochschiebt und mich nimmt?*

»Du bist spät dran«, lasse ich meinen Ärger über mich selbst an ihm aus. »Komm rein, schließ die Tür und zeig mir deine bisherigen Tests.« *Besser, Cali, viel besser. Du hast das Kommando. Wenn, dann bringst du ihn zum Schwitzen, nicht umgekehrt.*

11

Mit einem Nicken wie zu mir selbst steuere ich den Schreibtisch an, lasse mich in meinen Drehstuhl fallen und rücke mein Namensschild zurecht, wie um zu betonen, wer ich bin: California Harper, Assistant Professor, Management Department. *Zwischen euch wird nichts laufen.*

Alex schließt die Tür, und sämtliche Nackenhärchen stellen sich mir wohlig auf. Als er sich umdreht, trifft mich sein Blick. Viel zu durchdringend, viel zu intim. »Ich hab nicht den ganzen Tag Zeit. Wenn du nur gekommen bist, um mich anzustarren, kannst du wieder gehen«, blaffe ich.

»Deine Bluse ist ...« Er räuspert sich. »Sie ist durchsichtig.«

Ich schaue an mir hinunter. *Man kann den Stoff meines BHs sehen, eines sehr einfachen hautfarbenen BHs. Der reinste Liebestöter. Mist!*

»Danke«, sage ich und ziehe mir einen Blazer über, obwohl mir heißer denn je ist. »Also, was hast du für mich?«

Jede Menge, scheint sein Blick zu antworten ...

Hände, die dich packen.
Arme, denen du dich nicht entwinden kannst.
Einen harten Schwanz, der dich zum Schreien bringen wird ...

Verdammt, solche Fantasien hatte ich noch nie! Dass Alex auf dem Stuhl vor meinem Schreibtisch Platz nimmt, macht es nicht besser. *Er ist zu nah.*

»Das hier ist die letzte Klausur, und das sind die bestandenen Kurse«, sagt er und legt mir verschiedene Papiere vor. Ich nicke, blicke aber nicht auf die Unterlagen, sondern auf seinen Mund. *Sind alle Männerlippen so perfekt? So voll, so fest, so verlockend?*

Als er aufhört zu reden, gebe ich mir einen Ruck, nehme die Dokumente und schaue sie durch.

Mein Gehirn ist Brei, und ich benötige geschlagene drei Minuten, bis ich begreife, was ich da lese. Dann endlich, endlich, endlich springt mein Oberstübchen an und gleicht das, was es sieht, mit dem ab, was es weiß.

Alex ist keine komplette Niete, doch zum Glück auch nicht übermäßig begabt. *Ja, gemein von mir. Aber ein Kerl, der mir nicht mal ansatzweise geistig das Wasser reichen kann, ist genau die Information, die ich gerade brauche, um diese Hitze in mir in den Griff zu kriegen. Denn Männer wie er sind nichts für mich, sie nutzen mich nur aus.*

Im Marketing hat er ganz gut abgeschnitten, das Gleiche gilt für Buchhaltung und Personalwesen; ich schätze, weil das Bereiche sind, mit denen er durch die Band bereits zu tun hatte. In den strategischen Fächern hat er jedoch Schwächen, und Mikro- und Makroökonomie hat er nur mit Glück geschafft. Durchgefallen ist er am Ende im Modul Immobilienmarkt von Prof. Dr. Peter Mitchell. *Das wird ein hartes Stück Arbeit, diese Lücken zu schließen.*

Ohne etwas zu erklären, denke ich sofort in meinen üblichen Strukturen, mache mir Notizen, lege Ziele und Meilensteine fest und skizziere einen Zeitplan. *So könnte es klappen!* Bis ich plötzlich Alex' Hand auf meiner habe. Sein Griff ist selbstsicher, und mein Körper absorbiert seine Wärme und leitet sie an Stellen weiter, an denen sie nichts zu suchen hat.

»Was soll das?«, fauche ich und reiße ihm die Hand weg.

»Der Stift«, sagt er nur und nickt zu dem Kugelschreiber in meiner Hand.

»Was ist damit?«

»Kannst du aufhören, ihn dir zwischen die Lippen zu stecken?«

Irritiert starre ich ihn an. »Warum?«

»Das ist heiß.«

»Heiß?«, wiederhole ich wie eine Vollidiotin.

»Warte, ich zeig es dir.«

Ich will nicht, dass er mir was zeigt, aber er nimmt mir den Stift bereits ab, hält ihn sich an seine Lippen und schiebt ihn vor und zurück.

Verdammt, das ist heiß!

»Verstehst du es jetzt?«, fragt er.

»Das ist eklig«, fauche ich und greife nach einem neuen Stift.

»Hier«, sagt er und will mir den alten zurückgeben.

»Behalt ihn bitte.«

Ich mache weiter, krakle meine Ideen jedoch immer hastiger aufs Papier, damit der Termin vorbeigeht. *Auf diesen Mann war ich nicht vorbereitet. Wie auch? Wirbelstürme kündigen sich an. Kein Mensch rechnet damit, dass sie dich wie aus dem Nichts niederreißen.* Wieder tippe ich mir mit dem Stift nachdenklich an die Lippen. Alex stöhnt. »Dann schau mich halt nicht an«, schnauze ich.

Alex

Kurz zuvor

Benimm dich nicht wie ein Vollidiot, Reid. California ist eine der angesehensten Professorinnen des Landes. Die Männer, die sie datet, haben garantiert einen Doktortitel und perfekte Umgangsformen. Sei ein Gentleman!

Es wäre leichter, den aktuellen Hit der Rebel Boys rückwärts zu spielen! Ich kann nicht aufhören, sie anzustarren. Ich bin mir sicher, dass sie mich nicht hier haben will, aber mir geht dieser Blick nicht aus dem Kopf, den wir uns auf der Feier zugeworfen haben. Für einen Moment war alles möglich. Dann hat sie sich wieder in diese überhebliche Überfliegerin verwandelt, die einen wie mich sehr deutlich spüren lässt, dass sie sich für was Besseres hält. Dabei habe ich als Bassist der Rebel Boys zig Auszeichnungen gewonnen. Aber das zählt für sie nicht.

›Oh Gott!‹

Der Klang dieser zwei Worte verfolgt mich, seit ich Calis Büro betreten habe. Woran auch immer sie gedacht hat, sie war erregt. Noch mehr lenkt mich ihre nasse, halb durchsichtige Bluse ab. Auch wenn der BH dahinter beige ist, kann ich den Abdruck ihrer Nippel erkennen. Selten hat mich was so in den Bann gezogen wie diese zwei kleinen Erhebungen, die darum betteln, dass ich meinen Mund um sie lege, sie mit der Zunge umspiele und dieser Frau ein Stöhnen nach dem anderen entlocke. Meine eigentlich locker sitzenden Jeans fühlen sich an wie Folterwerkzeuge aus dem Mittelalter, und mein Schwanz ist so hart wie schon lange nicht mehr.

Konzentrier dich auf die Besprechung, ermahne ich mich. *Wenn Cali auch nur eine Ahnung von dem hätte, was du mit ihr anstellen willst, würde sie dich hochkant aus ihrem Büro werfen.*

Ganze fünf Minuten lang gelingt es mir, das hier wie ein normales Meeting zu behandeln. Den Rest gibt mir, als sie anfängt, sich Notizen zu machen, dabei ihren Stift an ihre vollen Lippen legt und ihn vor- und zurückschiebt. *Den Mann möchte ich sehen, den dieser Anblick kaltlässt!*

Ich frage mich, wie glühend sich wohl ihr Mund um meinen Schaft anfühlt, wie tief sie mich lässt, ob sie nur so halbherzig leckt oder ob sie zu den Frauen gehört, die einen am Hintern packen und zu sich ziehen, als wollten sie einen verschlingen. Mein Blick wandert zu ihren Haaren, kurz, schulterlang, aber nicht zu kurz, um sie nicht in die Faust zu nehmen, ihren Kopf zu halten und ihren Mund zu kontrollieren, sie mal tiefer zu nehmen und mal die Nummer abzubrechen, bevor ich komme.

Fuck, hör auf, dir einen Blowjob mit ihr vorzustellen!

Ich nehme ihr den Stift weg, aber sie tut verärgert – und nimmt sich den nächsten. *Böses Mädchen!*

Das Prickeln in meinem Schritt bringt mich um. Ich muss mich bewegen, irgendwie Blut in andere Regionen meines Körpers befördern, stehe auf und inspiziere ihr

Bücherregal. Einen Teil der Literatur habe ich für den Kurs gelesen. Ich entdecke auch Titel von ihr.

BUSINESS MANAGEMENT – DIGITALE INNOVATION
UND NACHHALTIGKEIT
KRISEN UNTERNEHMERISCH MANAGEN
MANAGEMENTMETHODEN VON MORGEN

Wie trocken!
Obwohl mich keines der Bücher interessiert, nehme ich eines in die Hand und lese rein. Es hilft meinem Ständer, wenn schon nicht zu verschwinden, dann wenigstens nachzulassen.

»Ja, die solltest du lesen«, sagt sie da. Bevor ich fragen kann, welche Bücher sie meint, kommt sie auf mich zu, und egal, wie viel Blut eben meinen Schritt verlassen hat, es strömt zurück.

Cali hat einen unglaublich sinnlichen Gang. Ihre spießigen, etwas zu weit geschnittenen Sachen sollen das verbergen, schaffen es aber nicht. Ich werde den Gedanken nicht los, dass ich sie gleich packe, gegen das Bücherregal presse und so hart nehme, dass der Inhalt Stoß für Stoß rausfällt.

California hat offensichtlich anderes im Kopf. »Hier, nimm das mit und das und das!« Sie zieht Einführungsliteratur aus dem Regal, wie ich sonst Platten aus meiner Sammlung ziehe, drückt sie mir in die Hand und sorgt bei jeder Berührung dafür, dass mich Schauer durchfahren. *Cool bleiben, Reid.*

Als sie sich reckt, um an das oberste Fach zu kommen, es nicht erreicht und eine Leiter aufstellen will, die neben

17

dem Regal steht, denke ich nicht lange nach, lege die Bücher ab, packe sie und hebe sie an. Instinktiv dreht sie sich zu mir und hält sich an mir fest. Zu spät bemerke ich, wie dumm das ist. Ich berühre sie, sie mich. Wir sehen uns in die Augen, eine Sekunde verstreicht ... noch eine ... Ich will sie so dringend, dass meine Arme zittern. Sie atmet heftig, und da ist wieder diese Hitze in ihrem Blick, diese Sehnsucht, diese Lust ...

»Lass mich runter!«, sagt sie schließlich mit einer sexy atemlosen Stimme. Einer, die sie nicht spielen kann, so gut ist sie nicht.

Widerwillig setze ich sie ab, halte sie aber weiter, ziehe den Moment in die Länge, genieße, wie sich ihr Körper an meinem anfühlt, inhaliere ihren Duft, nehme ihre Wärme wahr. Alles hieran ist unangebracht – und perfekt.

Ein sehr leises Stöhnen entweicht ihrer Kehle. Selbst nach Jahren auf der Bühne und einem garantiert vorzeitigen Hörschaden bemerke ich diesen Laut, und er bringt mich dazu, meinen Griff zu verändern. Mit einem Arm packe ich sie fester, und mit der anderen Hand fahre ich über ihren unteren Rücken. Als wäre sie ein Instrument, auf dem ich mich einspiele.

»Wenn du willst, dass ich dir helfe, brauchen wir Regeln«, sagt sie.

»Was für Regeln?«, frage ich.

»Wir sind wie Lehrerin und Schüler. Wir halten Abstand.«

»Wie weit?«

»Eine Armlänge.«

»Deine Arme oder meine?«

»Beides.«

»Gefällt mir nicht.«

»Ist nicht verhandelbar.«

»Gut«, sage ich missmutig und halte sie weiter.

»Anfassen ist damit auch tabu.«

»Nicht mal das hier?« Ich streiche ihr eine Strähne aus dem Gesicht.

Sie bekommt Gänsehaut, mag es, schüttelt dennoch den Kopf. »Ist nicht erlaubt.«

»Meinetwegen. Aber bei mir darfst du das machen.«

»Werde ich nicht.«

Ich verkneife mir, sie darauf hinzuweisen, dass ihre Finger nach wie vor in meinem Nacken liegen und mir zärtlich durch die Haare streichen. Es fühlt sich gut an, und ich will nicht, dass sie damit aufhört.

»Außerdem kein Flirten«, fordert sie weiter.

Fragend hebe ich die Augenbrauen. »Das musst du mir näher erklären. Was genau verstehst du darunter?«

»Nicht diese Blicke, Alex.«

Ich grinse zufrieden.

»Nicht *so* lächeln.«

»Das gilt dann aber auch für dich.« Ich hab wieder vor Augen, wie sie am Schreibtisch gesessen hat, als sie Notizen gemacht hat. »Und keine Stifte zwischen deinen Lippen.«

»Das war unbeabsichtigt.«

Sigmund Freud sieht das garantiert anders. »Mehr Bedingungen?«

Sie nickt. »Keine Komplimente.«

»Aber mir gefällt deine Bluse.«

Röte überzieht ihre Wangen. »Verkneif sie dir.«

»Okay.«

»Und du machst, was ich sage.«

»Normalerweise mag ich es andersherum«, rutscht mir raus.

»Alex!« Empört schlägt sie mir gegen die Schulter. Mit jeder anderen Frau wäre das hier ein Spiel, aber plötzlich ist es das nicht. Es ist ernst.

»Gut, einverstanden«, sage ich. »Du hast das Kommando.«

»Dann lass mich jetzt los!«

Ich will nicht, aber entweder ich halte sie weiter, kann meinen zweiten Klausurversuch vergessen und bekomme sie, oder ich lasse sie los.

»Scheiße«, fluche ich, gebe sie frei und gehe auf Abstand. Erst einen Schritt, dann noch einen. *Zwei Armlängen sind echt eine Entfernung!* »Wie geht es nun weiter?«

Cali ist wacklig auf den Beinen, als sie sich ihre Leiter nun doch aufstellt. Mir gefällt der Anblick. Sehr sogar. Sie holt das vierte und letzte Buch und reicht es mir. »Wie lange brauchst du, um alles zu lesen?«

»Eine Woche.«

»So lange?!«

Vier Bücher in einer Woche bedeutet ein Buch in zwei Tagen, was für Fachbücher enorm schnell ist. »Vielleicht schaffe ich es auch eher«, räume ich ein, um vor der Frau, die mich eh schon für geistig minderbemittelt hält, nicht noch dümmer dazustehen.

»Schon gut, dann eben eine Woche«, sagt sie, dreht sich zum Tisch und schreibt noch mal was in ihren Notizen um. »Wenn dir irgendwas unklar ist, meld dich bei mir! Aber es sind nur Grundlagen zur Wiederholung. Eigentlich solltest du damit keine Probleme haben.«

»Sicher«, sage ich und hoffe, ich stehe mal nicht wie der letzte Depp da und schaffe das.

»Kennst du dich mit Lernmethoden aus?«

»Ich arbeite mit Karteikarten.«

Sie verdreht die Augen, als hätte ich gesagt, ich fahre noch mit einer Dampfmaschine statt mit einem modernen Wagen. »Ich empfehle meinen Studenten die SQ3R-Methode. Schon mal davon gehört?«

Ich schüttle den Kopf. »Klingt technisch.«

»Ist ja auch quasi eine Technik, nur dass sie für deinen Verstand ist. Die Methode beruht auf fünf Schritten. Survey, Question, Read, Recite, Review, sprich: Du verschaffst dir einen Überblick über den Text. Du fragst dich, was die Leitthemen sind. Du liest den Text und machst dir Notizen zu zentralen Punkten. Dann gibst du den Inhalt wieder, und am Ende wiederholst du alles.«

»Wow, wie aufwendig!«

»Hilft aber. Hast du das so weit verstanden?«

»Ja. Bin ja nicht dämlich. Wenn nicht, schlag ich alles noch mal nach.« Ich zeige ihr mein Handy, auf dem ich in der Notes-App den Namen der Methode notiert habe. »Danke.«

»Keine Ursache«, sagt sie steif und schaut mich abwartend an. Das Zeichen kenne ich. Sie wirft mich raus.

»Ich geh dann wohl.«

»Tu das! Hab einen schönen Tag!« Sie klingt, als würde sie sagen: ›Möge alles Elend der Welt auf dich niederregnen und mich von dieser Aufgabe befreien!‹ Ich sollte mir diese Frau aus dem Kopf schlagen, seltsamerweise will ich sie jetzt nur noch mehr. *Fuck.*

KAPITEL
2

Was war das eben? Alex verlässt mein Büro und schließt die Tür hinter sich. Ich bin endlich wieder allein, lege den Blazer ab, unter dem ich wie verrückt geschwitzt habe, und atme auf, als hätte ich zu lange die Luft angehalten. *Beinahe hätte ich sogar vergessen, wie man ein Projekt aufstellt!*

Ich will an meinem Fachartikel weiterschreiben und lese die letzten zwei Seiten, um den Faden wieder aufzunehmen. Etwa die Hälfte habe ich schon geschafft, vielleicht kann ich meinem Ansprechpartner in der Redaktion doch noch diese Woche alles schicken. Aber ich kann mich mal wieder nicht konzentrieren. *Ich brenne! Verdammt!*

»Armes Baby! Weißt du, was da hilft?« Er spielt mit dem Kragen meiner Bluse. »Zieh dich aus. Na los, Süße.«

»Darauf kannst du lange warten.«

Er zerrt am Stoff, Knöpfe reißen ab, und ich stöhne. »Wehr dich nicht«, flüstert er. »Ich weiß, was du brauchst.«

Was ist nur mit mir los?!

Dabei ist die Antwort so einfach, aber ich weigere mich zu akzeptieren, was das Universum mir sagen will: Alex Reid ist der richtige Mann für dich. *Nein, auf keinen Fall.*

Frustriert gehe ich zum Thermostat, aber es steht bereits auf 18 Grad. Wenn ich mich nicht erkälten will, sollte ich es eher hoch statt runter stellen. »So ein Mist!«

Ich muss daran denken, wie Alex mich gehalten hat. *Männer sollten nicht solche starken Arme haben. Warum ist er so gut gebaut? Er ist doch Bassist, kein Schlagzeuger. Er muss nur mit einer Gitarre um den Hals auf der Bühne stehen. Er könnte auch einen Bierbauch, einen räudigen Bart und fettige Haare haben.*

Aber das hat er alles nicht. Er hat diesen stahlharten Körper und diese geheimnisvollen Augen, und er riecht obendrein viel zu gut. Und wenn er nicht gerade eine Waffe in seiner Hose versteckt hatte, und zwar eine richtig große, dann war er hart.

Gott, natürlich hatte er keine Waffe in der Hose, Cali. Das ist keine deiner sexy Crime Romances, die du so gerne liest.

Tief durchatmend lege ich die Stirn neben dem Thermostat an die Wand, kneife die Augen zusammen und versuche, Alex aus meinem Kopf zu vertreiben. Männer wie er verheißen nichts Gutes.

Los, Cali, benutz deine ausgezeichneten Analysefähigkeiten und nenn seine drei schlechtesten Eigenschaften.

Erstens: Er ist locker dreißig IQ-Punkte dümmer als du.

Zweitens ...

Mein Gehirn streikt.

Komm schon, da gibt es mehr. Da muss es mehr geben!

Oh ja ... Zweitens, er ist ein Rockstar und mag schnellen, unverbindlichen Sex. Zumindest war das der Eindruck meiner Schwester, die auf einer Tour der Rebel Boys dabei war. *Er ist kein Beziehungsmaterial.*

Und drittens …

Noch während ich nach einem weiteren Grund gegen diesen Mann suche, geht die Tür neben mir auf und Alex ist wieder da – und damit auch Grund drei.

Drittens: Er hält sich nicht an Regeln. Er ist gerade nur einen verdammt gefährlichen Zentimeter von mir entfernt.

»Raus!«, zische ich und mache mir nicht die Mühe, meine seltsame Haltung mit der Stirn an der Wand aufzugeben. Das ist mein Büro, ich kann tun und lassen, was ich will.

»Hey, alles okay?!« Sofort habe ich wieder seine Hand auf meinem Rücken, groß und kräftig und schwer und so angenehm warm, dass mir ein Schauer über den Nacken läuft und meine Mitte kribbelt.

»Nicht anfassen!«, zische ich.

Er zögert, lässt dann aber seine Hand fallen. *Danke.* Jetzt muss nur die Schockwelle abebben, die seine Berührung durch meinen Körper gejagt hat.

»Geht's dir gut?«

»Ich arbeite.«

»An einer Wand?«

»Sieht wohl so aus«, knurre ich feindseliger, als er mit der besorgten Nachfrage verdient hat. »Was willst du hier?«

»Ähm …«

Ähm? Rhetorikkurse könnte er auch gebrauchen. »Ich geb dir drei Sekunden, um dich zu erklären. Wenn ich dann nichts höre, kannst du das mit der Nachhilfe vergessen. Ich hab keine Zeit für diesen Mist.«

»Sorry«, sagt er. »Ich wollte dich wirklich nicht stören. Ich hab mich nur gefragt, ob du weißt, ob das Gebäude mehr als die zwei Ausgänge hat.«

»Huh?«, mache ich überrumpelt, weil das so gar nicht das ist, was ich erwartet habe. *Ach, Cali, scheinbar brauchst auch du einen Rhetorikkurs!*

Ich drehe mich um und lehne mich an die Wand, weil Alex' Anblick mich in meiner jetzigen Lage zu schwach macht, genau wie sein Blick, der wieder zu meinen Brüsten wandert.

»Hier oben spielt die Musik«, knurre ich und mache eine Geste, dass er mir gefälligst in die Augen sehen soll. Was leider kaum besser ist, weil ich in seinem Blick diesen gottverdammten Hunger nach mir bemerke, der mindestens so heftig ist wie meiner nach ihm.

»Irgendjemand hat getwittert, dass ich auf dem Gelände bin«, erklärt er. »Vor beiden Ausgängen drängen sich Fans, und das Letzte, was ich will, ist, dass mich jemand erkennt.«

»Weil es schlimm ist, intelligent zu wirken?«

»Weil man denken könnte, ich vögle eine Studentin.«

»Oh«, mache ich, neuerdings Meisterin in einsilbigen Antworten, während mir beim Wort ›vögeln‹ sofort der Gedanke kommt, dass er mich vögeln soll. Ja, richtig: vögeln! Nicht ›Liebe machen‹, nicht ›berühren‹, nicht ›verführen‹, sondern ›vögeln‹, so schmutzig und wild, dass ich oben und unten verwechsle. *Los, denk nach, Cali!* »Du kannst durch mein Fenster rausklettern. Draußen stehen viele Bäume. Du müsstest dich unbemerkt wegschleichen können.«

Er rührt sich nicht, und ich hasse, dass ein Teil von mir mag, dass er nie das tut, was ich erwarte. »Was ist denn noch?«

»Wir sehen uns ab nächster Woche jeden Tag, richtig?«

Ich nicke und verspüre Schmetterlinge bei dem Gedanken. Keine Ahnung, wie ich diesen Mann tagein, tagaus ertragen soll, wenn mich schon wenige Minuten mit ihm so durcheinanderbringen.

»Können wir bei mir lernen?«, fragt er und schreibt mir eine Adresse auf. »Da haben wir viel Platz.«

Na toll! Jetzt frage ich mich, wie er wohl wohnt. Und wie sein Schlafzimmer aussieht. *Mit einem übergroßen Bett, auf das zehn Frauen passen? Mit einem Kopfteil? Vier Pfosten? Fesseln?*

Als könnte ich auf die Art mein Gehirn stoppen, presse ich die Lippen zusammen. Da das nicht hilft, beiße ich mir auf die Unterlippe. Nicht dieses sexy Lippenbeißen aus Romanen, sondern ein ernsthafter, sehr heftig schmerzender Versuch, meinen Mund daran zu hindern, einen meiner Gedanken laut auszusprechen.

»Was auch immer dir fehlt, ich kann es dir besorgen«, schiebt er hinterher, als ich mit der Antwort zögere.

Ja, bitte, besorg es mir, Alex!
Schieb dich in mich!
Nimm mich!

Gott, büße ich in der Gegenwart dieses Mannes Intelligenzpunkte ein? »Nein«, sage ich, betrachte den Zettel und lege ihn achtlos auf meine Ablage. »Nicht bei dir.«

Seine Augen leuchten auf. »Also bei dir?«

Die Vorstellung ist nicht minder verstörend. *Dieser Mann in meiner Wohnung? Das ist wie eine wahr gewordene schmutzige Fantasie.* Rockstars wie er verirren sich nicht in Apartments wie meines, vollgestopft mit Büchern und Fertigessen und Bergen an Businesskostümen.

»Nein, auch nicht«, sage ich. »Das versteht sich ja wohl von selbst.«

»Dann ein Hotel.«

Ich rolle mit den Augen. »Was ist denn bitte an einem Hotelzimmer mit Bett besser?!«

»Oh California ...«, seufzt er nur. »Ich dachte an einen der Konferenzräume, die man anmieten kann. Geht das?«

Ich komme mir dumm vor, dass ich daran nicht selbst gedacht habe. »Klingt gut«, sage ich. »Soll ich mich darum kümmern oder übernimmst du das?«

»Ich buch den Raum und schick dir die Adresse. Deine Nummer habe ich ja.«

»Super!« *Ha, ha, ich freu mich darauf so sehr, wie meine Mittagspause in der Mensa unter den Studenten zu verbringen.*

Statt zu gehen, starrt er mich weiter an. Oder nein, er starrt nicht nur, sein Blick dringt in mich und stellt seltsame Dinge mit mir an.

»Worauf wartest du?«, frage ich.

»Darauf, dass der Drang, dich zu küssen, abnimmt.«

Hat er das gerade laut gesagt? »Kein Flirten«, knurre ich, aber es könnte auch als sexy Grollen rüberkommen, denn mir gefällt sein Geständnis.

»Die Wahrheit muss erlaubt sein, California. Ich kann an deinen Brustwarzen sehen, wie erregt du bist. Das macht mich unglaublich an.«

Mein Blick wandert zu seinem Schritt. Der Mann war vorhin schon hart, aber ich schwöre, die Beule in seinen

Jeans sieht noch mal größer aus. So wie meine Hitze größer ist.

»Schließ die Augen!«, sagt er leise.

»W-w-wie bitte?!«

»Mach die Augen zu«, wiederholt er.

Sein bestimmender Tonfall lullt mich ein. Meine Lider gehorchen.

»Entspann dich! Gleich wird es besser.«

Ein Schauer durchdringt mich. Ich dachte vorhin schon, ich wäre erregt, doch das war nur ein kleines Flämmchen gegen den Buschbrand, der mich nun durchfegt. *Und der Mann berührt mich nicht mal!*

»Schieb deinen Rock hoch!«

»Aber –«

»Los, California. Sei ein braves Mädchen.«

So sollte er nicht mit mir reden. Ich sollte nicht mitspielen. Doch offensichtlich tue ich heute nicht, was ich sollte. Ich höre nicht auf meinen Verstand, sondern auf mein Gefühl. Es ist dumm, aber auf eine falsche Art richtig. Ich habe schon viel gelernt in meinem Leben, aber diese Lektion steht in keinem Buch. Wie es ist, zu fallen und aufgefangen zu werden. Wie es ist, am Boden zu bleiben und zu fliegen. Meine Hände greifen schon nach dem Saum des Rockes, da höre ich Stimmen auf dem Gang und wie Türklinken durchprobiert werden. Das reißt mich aus meiner Trance und rettet mich vor einer furchtbaren Dummheit. »Geh!«, sage ich und öffne die Augen. »Jetzt, Alex.«

Er will was erwidern, will zu dem Moment von eben zurück, aber wir wissen beide, der ist vorbei. Hastig öffnet Alex das Fenster, zieht sich am Rahmen hoch und lässt sich auf der anderen Seite wieder herunter. Kaum ist er verschwunden, da fliegt meine Tür auf und drei aufgeregte Mädchen purzeln in mein Büro.

»Was haben Sie hier im Gebäude verloren?«, töne ich mit einer Autorität in der Stimme, die ich vor Alex vermisst habe.

»Ähm ... wir ... tja ...«

Ich gehe zu meinem Schreibtisch und wähle die Nummer der Campuszentrale. »Hier Harper. Schicken Sie bitte zwei Wachmänner zur Wirtschaftsfakultät! Es treiben sich Unbefugte auf dem Gelände herum.«

Die Mädchen sehen sich erschrocken an und verschwinden so schnell, wie sie aufgetaucht sind. Ein Teil von mir ist sauer auf sie, ein weitaus größerer Teil dankbar, denn fast erwischt zu werden sorgt für eine bessere Abkühlung als die Klimaanlage. Die Hitze, die Alex in mir ausgelöst hat, ist verflogen. Ich setze mich an meinen Schreibtisch, lese erneut die letzten Zeilen meines Fachartikels und mache endlich da weiter, wo ich aufgehört habe. Ich muss mir unbedingt überlegen, was mich die nächsten Wochen in einer Situation wie eben rettet.

Alex

»Alex!«

»Hier!«

»Bitte!«

Auf den letzten Metern zu meinem Wagen werde ich doch erkannt. Der Auflauf ist nicht so schlimm wie bei Nate. Seit er neben der Rockmusik auch noch Schmuse-songs schreibt, gibt es quasi keine Frau auf dem Planeten, die ihm nicht an die Wäsche will. Mir genügt die kleine Menschenmenge trotzdem. Die ganze Welt faselt was von Datenschutz, aber dass Prominente lückenloser verfolgt werden als Terroristen, ist okay.

Falsch lächelnd kümmere ich mich um meine Fans und bewege mich im Schneckentempo auf meinen Wagen zu. Mein Fahrer Josh sieht mich bereits von Weitem und setzt sich hinters Steuer. Als ich endlich im Fond der Limousine sitze und wir das Campusgelände verlassen, atme ich auf. Zum ersten Mal nervt mich, dass fremde Leute meinen Namen rufen, Cali soll das tun. Nur sie. Wieder und wie-der. Wie ein Gebet.

»Wie lief es?«, fragt Nate, als ich ihn in der provisorischen Garderobe im Parkway West Medical Center antreffe, einem verlassenen Krankenhauskomplex mitten in der City und der Location für neue Pressefotos.

»California hat mir vier Bücher zum Durcharbeiten mitgegeben. Eins wäre schon viel. Aber vier?!« Ich werfe einen skeptischen Blick zur brüchigen Deckenverkleidung, hoffe, dass sie nicht auf uns runterkracht, und lasse mich auf den Stuhl neben Nate fallen, woraufhin sich eine Visagistin mit Foundation auf mich stürzt.

»Das meinte ich nicht«, sagt er. »Wie lief es mit *ihr*?«

Sofort habe ich California im Kopf. *An der Wand, die Hände an ihrem Rocksaum ...* Genau wie ihre Regeln. *Kein Flirten, kein Anfassen und Abstand. Was soll ich Nate sagen? Dass California die heißeste Frau ist, der ich je begegnet bin, sie aber so viel von mir hält wie von einem Moskito?* Mein Gesicht wird abgepudert, und dankbar über die Prozedur halte ich die Klappe und hoffe, er vergisst die Frage.

Tut er nicht. »Ich warte, Alex!«

»Das würde mich auch interessieren«, sagt Ryan, der Kopf von Hurricane Florida Records und unser Bandmanager, der dazukommt, ohne sich um die Blicke zu scheren, die ihm die Visagistin zuwirft, weil er aussieht wie ein lateinamerikanisches Supermodel in einem Drogenboss-Anzug. »Schließlich hängt von dem Abschluss ab, ob wir an den Plänen für die Niederlassung in New York festhalten oder nicht. Also: Klappt das mit der Nachhilfe?«

»Es lief gut«, sage ich.

»Kann ich nach einem neuen Bassisten suchen?«

»Unbedingt.«

Ryan kauft mir die Antwort ab und geht, aber Nate lacht nur. *Nervt mich.*

»Es lief wirklich gut«, wiederhole ich. »Die vier Bücher verschlingt sie wahrscheinlich an einem Nachmittag, als wären das Comics, keine 600-Seiten-Wälzer in mikroskopisch kleiner Schrift. Es war quasi ein Friedensangebot, mir eine Woche Zeit zu geben, um sie durchzuarbeiten.« Ich hebe einen der Klopper, die ich mitgebracht habe, um in den kurzen Pausen beim Shooting mit dem Lesen anzufangen.

»Sorry«, höre ich Louisiana, Nates Freundin und Californias Schwester, an der Tür. Sie trägt biederen Perlenschmuck im Kontrast zu ultrakurzen Shorts und einer lässigen Bluse. Zur Begrüßung fällt sie Nate um den Hals und küsst ihn, dreht sich dann aber zu mir um. »Cali kann unglaublich fordernd sein.«

»Das ist doch nicht deine Schuld.«

»Doch, ist es. Ich hab Virginia und ihr immer eingetrichtert, dass man nur mit Disziplin weiterkommt. Könnte sein, dass ich es übertrieben habe.«

Nate zieht sie lächelnd an sich und atmet den Duft ihrer Haare ein, als hätte er sie drei Tage nicht gesehen, dabei können es nicht mehr als drei Stunden gewesen sein. »Mach dich nicht fertig, Baby. Du bist nicht der Grund dafür, wenn California so streng ist. Virginia tickt ganz anders.«

Damit hat er recht. Es gibt drei Harper-Schwestern, Lou ist die älteste, Cali die mittlere und Vi die jüngste, und es stimmt, sie ist zwar Erzieherin, aber die Unkonventionellste der drei. Kein bisschen wie Cali.

»Ich fühl mich trotzdem dafür verantwortlich«, sagt Lou.

»Musst du nicht.«

Ihre Perlenohrringe schwingen, und Nates Blick wird hungriger. Ich weiß, wie es zwischen ihnen angefangen hat. Sie wollte ihn nicht mögen, er sie auch nicht, doch es war klar, dass da was zwischen ihnen läuft, bis es keiner der beiden länger leugnen konnte. Sie passen gut zusammen, obwohl sie so verschieden sind, und ich wünschte, Cali wäre ein bisschen wie ihre ältere Schwester. Dann würde es reichen, dass ich kein komplettes Arschloch bin. Aber nein, für Miss Superschlau muss ich Einstein sein.

»Was passiert, wenn ich das Pensum nicht schaffe?«, frage ich Lou.

»Das willst du nicht herausfinden.«

»Meinst du, sie bläst alles ab? Das glaube ich nicht«, meint Nate.

»Doch, könnte passieren.«

»Vielleicht kann ich sie mit Schokotörtchen bestechen?« Die hat sie auf der Gartenparty verlangt, um mir zu helfen.

»Ich kann mir nicht vorstellen, dass das zweimal funktioniert. Besser, du erfüllst ihren Lernplan.«

Normalerweise mag ich Shootings. Die Stimmung am Set ist gelöst. Es wird viel gelacht und geflirtet. Sehnsüchtig schaue ich zu Harvey und Brad, die bereits mit einer Gruppe Frauen Einzelaufnahmen machen. Sie genießen es. Das habe ich früher auch. Jetzt lasse ich mir mein Outfit geben – nichts als tief sitzende Jeans – und suche mir mit dem Buch eine ruhige Ecke, um zu lesen, bis ich vor die Kamera muss.

Fuck! Schon nach den ersten Seiten platzt mir der Schädel. California hat genau erkannt, in welchen Grundlagenfächern ich Lücken habe, die ich erst mal füllen muss, um den Stoff des letzten Moduls zu verstehen. Das bedeutet, ich muss mir zum zweiten Mal diese langweiligen Theorien reinziehen, bei denen sich eine Seite wie zehn anfühlt.

»Du bist dran!«, ruft Ryan mir zu, als die Gruppenaufnahmen anstehen.

Ich lege das Buch beiseite und betrete das Set, ein pink glänzendes Wohnzimmer in einem ehemaligen OP-Saal mit einer Gruppe Blondinen in knappen Bikinis. Die Bildidee ist, dass die Grazien an uns kleben und wir cool bleiben. *Easy. Momentan bringt mich nur eine Blondine aus dem Konzept.*

Ich stelle mich mit meiner Gitarre neben Nate. Harvey und Brad sind mit ihren Instrumenten hinter uns positioniert, und wir spielen ein paar Songs an. Aber ich bin nicht bei der Sache. Hätte alles so geklappt wie geplant, wäre ich jetzt in New York und würde mein eigenes Plattenlabel aufbauen, statt falsche Brüste und künstliche Nägel an meinem Rücken zu spüren. Ich bin fertig mit diesem Leben. *Was, wenn es wieder nicht klappt?*

»Packt sie richtig an!«, ruft der Fotograf den Models zu. »Und Nate und Alex, weist sie ab. Ihr wollt keine Silikonbrüste halten, sondern echte Frauen.«

Na, wie praktisch, dass mir genau so eine durch den Kopf spukt!

Zwei Frauen winden sich an meinem Körper wie an einer Poledance-Stange. Aber ich denke an California. Mit ihr würde das Spaß machen.

Als ein Model die Hand an meinen Schritt schiebt, werde ich hart.

»Sorry«, keuche ich und ziehe ihre Hand weg, wie der Fotograf es will.

»Mir tut es nicht leid«, raunt sie mir zu und beißt mich ins Ohr.

Spinnt sie?! Mir wird nicht heiß, ich werde sauer. Ich schiebe sie mit Nachdruck von mir weg, doch als wäre das ein Spiel, hängt sie sich wieder an mich. *Kletten sind weniger anhänglich.* »Krieg ich mal eine andere?«, rufe ich.

Hätte ich mich mal nicht beschwert! Statt eines Wechsels bekomme ich noch eine Tussi zugeteilt. *Gott, wie ich diese Branche manchmal hasse!*

»Ist das nicht zu viel?«, frage ich. »Man sieht mich ja kaum vor lauter Brüsten.«

»Nein, das ist gut«, murmelt Ryan, der das Shooting überwacht. »Weiter so!«

Obwohl ich zur Kamera schauen müsste, werfe ich immer wieder finstere Blicke zu ihm und unserer PR-Tante Linda, die sich über die Bilder austauschen. *Haben sie nicht langsam genug Material, um den gesamten Times Square mit unseren Gesichtern zuzupflastern?*

»Jetzt nur noch deine Einzelaufnahmen«, sagt Ryan zu mir.

Welch Freude!

Ich muss noch mal in die Maske, mir werden die Haare gerichtet, danach stehe ich alleine in diesem rosafarbenen Albtraum. Es fällt mir nicht schwer, grimmig zu schauen. Ich habe Wichtigeres zu tun. Entsprechend schnell geht die Runde. *Gott sei Dank!*

»Jetzt lass uns noch mal ein paar richtig heiße Aufnahmen machen«, sagt der Fotograf.

Frust durchströmt mich. »Ich denke, wir spielen harte Jungs?«

»Aber die Songs verkaufen sich besser, wenn die harten Jungs weich werden. Das weißt du doch. Sex sells.«

Fuck ja, das weiß ich. Könnte nach den sieben Geboten das achte sein.

Bevor mich wieder die eine besonders aufdringliche Blondine belagert, greife ich eine der anderen. Für die Fotos spiele ich mit den dünnen Stofffetzen ihres Bikinioberteils gerade so, dass man ihre Nippel nicht in der Kamera sieht. Aber es törnt mich null an. Ich könnte genauso gut die Wäsche machen. Nicht dass ich mich selbst darum kümmere, aber ich denke, man versteht, was ich meine.

»Brauchst du Kaffee?!«, ruft Ryan. »Du siehst aus, als würdest du gleich einschlafen.«

Könnte daran liegen, dass das Spannendste an dem Shooting die Location ist. Wütend starre ich ihn an.

»Was? Nur die Wahrheit! Deine Aufnahmen weichen stark von denen der anderen ab. Selbst Brad hat coolere Bilder, und das, obwohl er auf Fotos immer diesen Schlafzimmerblick hat.« Nachdenklich mustert er das Set. »Setz dich mal auf das Sofa dort drüben. Und ihr drei ...« Er winkt ein paar Models heran. »Ihr geht richtig ran. Alles ist erlaubt.«

»Ryan!«, knurre ich warnend. Er ist unser Manager, nicht unser Zuhälter.

»Was denn? Hast du neuerdings Tabus?« Er grinst frech. »Brauchst du ein Safeword?«

Nein, ich nicht, aber wenn er weiter so macht, braucht er eines. Mit gefährlich fest zusammengebissenen Zähnen trotte ich zum Sofa. Seltsam. Noch vor ein paar Wochen hätte ich den Job genossen. Die Location, die Frauen, die düstere Stimmung. Aber etwas fehlt. *Sie.*

Los, reiß dich zusammen, Reid. Je schneller das Shooting durch ist, desto eher kannst du weiterlesen. Ryan will dich leidenschaftlicher, heißblütiger, besitzergreifender? Kann er haben! Ich bilde mir ein, ich berühre *sie,* greife fester zu, gebe den Ton an, bestimme das Geschehen. *Oh, Cali soll nass werden vor Lust, heiß werden vor Verlangen und zittern vor Erregung ...*

»It's a wrap!«, höre ich da wie durch einen Nebel.

Endlich! Ich schiebe die Frauen hastig von mir. Nur eine bleibt. Mit roten Wangen und unter dem Bikinioberteil sehr harten Nippeln. »Wenn du willst, lass uns in der Garderobe weitermachen ...«, haucht sie.

Ich erkenne in ihr die Frau, die vorhin schon so rangegangen ist. »Sorry, Engelchen, ich hab andere Pläne.« *BWL-Scheiß.*

In der Garderobe ziehe ich mich um, greife meine persönlichen Sachen und stutze. »Hey, wo ist das Buch?«, frage ich einen der Visagisten, der seine Make-up-Palette verstaut.

»Welches Buch?«

»Hier lag *Grundlagen der Mikroökonomie.*«

»Mikro-was?« Er zuckt mit den Schultern. »Keine Ahnung.«

Scheiße! Ich habe seit Stunden einen mehr oder weniger erträglichen Ständer, die Frau meiner Träume hält mich für einen Vollidioten, und jetzt ist auch noch das verfickte Buch weg?! Ich habe zwar bisher ein wildes Leben geführt, aber so ein Arsch war ich nicht, dass ich das verdient habe.

Sauer suche ich den ehemaligen Wartebereich des Krankenhauses ab, gehe danach in Nachbarräume. Als ich mich zu weit vom Set entferne, pfeift mich Ryan zurück. Der Rest des Gebäudes ist nicht sicher. Überall liegt Glas herum. Ich soll mich nicht verletzen. *Sehr witzig! Wenn er wüsste, was California mit mir anstellt, wenn ich das Buch nicht finde, ist eine Schnittwunde meine kleinste Sorge!*

Eine volle Stunde suche ich jeden dreckigen Winkel des Sets ab.

Scheiße, es ist wirklich weg.

KAPITEL
3

Zwischen Alex und dir läuft nichts. Die nächsten Tage wiederhole ich mir das wie ein Mantra. Und je öfter ich diese eine Stunde in meinem Büro durchspiele, desto surrealer kommt mir vor, was passiert ist.

Surreal ... ein Fremdwort für ›unwirklich‹.

Klugscheißere ich? Schon möglich, aber ich liebe es, meinen Kopf zu benutzen. Als Alex da war, hatte ich kurz die Befürchtung, er hätte ein paar meiner Gehirnzellen vaporisiert. *Das heißt ›in Luft aufgelöst‹.* Ich bin erleichtert, dass das nur eine vorübergehende Störung war. Alle sind wieder einsatzbereit. *Weil nichts zwischen euch gelaufen ist und auch nichts laufen wird. Ja, du wirst ihm helfen, auch den letzten Kurs zu schaffen, aber bei allen bisherigen Kursen hat er sich nicht unbedingt mit Ruhm bekleckert. Alex Reid kann dir so gefährlich werden wie eine Messerattrappe. Gar nicht.*

Zufrieden lege ich mich mit zwei Neuerscheinungen zum Thema Geschäftsmodelle und meinem eReader auf die Liege am Pool meines Wohnkomplexes und genieße die Sonne auf der Haut. *Herrlich! Sommerferien sind was Tolles. Endlich mal frei.*

Nach fünf Minuten wird mir langweilig. Ich zwinge mich, liegen zu bleiben. Aber es bringt nichts.

Ich kann nicht nichts tun. Mein Gehirn braucht Nahrung.

Ruckartig richte ich mich auf, schiebe mir die Sonnenbrille auf die Nase und lese in das neueste Buch eines Kollegen hinein. Mit dem Stift im Anschlag markiere ich mir Schlüsselstellen und mache mir am Rand Notizen. *Besser!* Für weitere fünf Minuten, denn so richtig komme ich nicht in die Theorie rein. Ich bin irgendwie … Ich traue mich gar nicht, es vor mir selbst zuzugeben … unkonzentriert. *Mist! Was stimmt bitte nicht mit mir?!*

Mein Blick wandert zu meinem eReader. *Alles klar.* Meine Lieblingsautorin hat einen neuen Dark-Romance-Roman herausgebracht, auf den ich mich schon seit Wochen freue. Gebannt lese ich das erste Kapitel und rase förmlich durch das zweite. Ich vergesse alles um mich herum, bin nicht die Professorin, sondern einfach nur California, eine junge Frau, die auch mal so eine verrückte Liebe, so eine stürmische Anziehung und solch lebensverändernden Sex erleben will …

Die Tür fällt ins Schloss. Er lässt sie vorgehen.

»Bei mir zu Hause gelten meine Regeln.«

»Soll ich die Schuhe ausziehen?«, fragt sie.

»Die und den Rest.«

Sie bleibt stehen, weiß nicht, was sie tun soll.

»Jetzt sofort«, sagt er nur.

»Und dann?«

»Dann möchte ich, dass du dich in mein Schlafzimmer begibst, dich auf mein Bett legst, die Beine spreizt und deine Finger in dich schiebst, bis ich bei dir bin.«

»In deinen Träumen!« Sie will verschwinden.

Er versperrt ihr den Weg. »Na, na«, macht er. »Was ein-
mal bei mir war, das lasse ich nicht mehr gehen. Schlafzimmer,
Schönheit, jetzt!«

Mein Puls klettert in die Höhe. Wie so oft in meinen Lieblingsromanen ist das Verhalten der Kerle grenzwertig. Aber Himmel, wie sehr ich es liebe, wenn er so ein Funkeln in den Augen hat und sie sich ihm ergeben muss.

Wie es dir beim Treffen mit Alex ging, meldet sich eine Stimme in meinem Kopf.

Mich trifft eine Hitzewelle, die das Buch nur lauwarm erscheinen lässt. Dabei sind sich Fans der Autorin einig, dass der Spice-Faktor bei 10 von 5 liegt. Mit den Romanen könnte man am Nordpol ein Feuer entfachen. Ich habe wieder Alex' Blick vor Augen. Die Überraschung in seinem Gesicht, als ich mitgespielt habe. Die Begierde, die Vorfreude, die Zufriedenheit. Kein Mensch sollte einen anderen so anschauen können.

Ich presse die Schenkel zusammen. Als könnte ich aufhalten, was die Gedanken an Alex mit mir anstellen! Ich will ihn. Krankhaft heftig. Ich kann mich nicht erinnern, wann ich jemals etwas so sehr wollte, außer vielleicht mit zwölf Jahren meine Schokofingerabdrücke aus einem Buch von Lou verschwinden lassen, damit sie mir nicht auf die Schliche kommt, dass ich was gelesen habe, was noch nicht für mein Alter bestimmt war. *Verdammt!*

Hastig lege ich den eReader beiseite und gehe schwimmen. Das kalte Wasser ist im ersten Moment ein Schock, aber dann wohltuend. *Gott sei Dank.* Offensichtlich habe ich nur zu lange in der Sonne gelegen. So ein Hitzschlag ist nicht ohne.

Ich drehe drei Runden im Pool. Als ich mich wieder normal fühle, verlasse ich das Wasser, lege mich zurück auf meine Liege und lese weiter. Ich tauche richtig ein in die Geschichte, bis ich merke, dass ich aus dem Helden Alex und aus der Heldin mich selbst mache. Ich will ihn spüren, schmecken, riechen, will das Abenteuer, das Drama, die Leidenschaft. In echt.

ENDE

Ungläubig blinzle ich, als ich das Buch fertig habe, ohne dass ich mitbekommen habe, wie die Zeit vergangen ist. Das ist ein neuer Rekord! Ich atme schwer, wie nach einem Sprint, dabei befinde ich mich immer noch auf meiner Liege. In meinem Kopf existieren nur Alex und der Wunsch, erlöst zu werden. Wie gut, dass er nicht hier ist. Erleichtert schließe ich die Augen ...

Ich gehe ins Wasser, gebe ihm mit Blicken zu verstehen, mir zu folgen. Er spielt mit, aber im Wasser übernimmt er das Kommando, presst mich an den Beckenrand, schiebt seine Finger in meine Pussy, vögelt mich hart mit der Hand, bis ich komme.

»Noch drei mehr«, sagt er, als ich gerade so wieder klar denken kann.

Es reicht! Diese Fantasien müssen aufhören. Alex ist wie ein neues Produkt, das plötzlich auf dem Markt ist, das ich unbedingt haben will, dabei war ich mit dem alten ganz zufrieden. *Wie verliere ich nur das Interesse?*

***

»Entschuldigung, wo geht es zu den Konferenzräumen?«, melde ich mich an der Rezeption des Flughafenhotels, das Alex zum Lernen für uns ausgewählt hat. Ich trage Ballerinas und ein locker sitzendes Kleid, das meine Silhouette kaschiert, und habe mich so zurechtgemacht, dass mich sexy Rockstars nicht attraktiv finden sollten. Auf meinem Handy suche ich nach der Zimmernummer. »Ich muss in den Everglades-Raum.«

»Sie laufen am Springbrunnen vorbei und –«

»Ich zeige es ihr«, unterbricht sie eine dunkle Männerstimme. *Seine* Stimme. »Wir haben rein zufällig den gleichen Weg.«

»Na, wie schö–« Ich stocke, als ich mich umdrehe und ihn sehe.

Vor mir steht nicht das Bandmitglied Alex, sondern der Plattenlabel-Boss Mr. Reid in einem wahnsinnig gut sitzenden Anzug, der Alex' breite Schultern betont, genau wie seine schmalen Hüften. Meine Finger brennen, weil ich ihn anfassen will. So als müsste ich prüfen, ob das, was ich sehe, echt ist.

Krieg dich ein, sagt eine Stimme in meinem Kopf. Aber ich kriege mich nicht ein. Mein gesamtes Sprachvermögen ist auf den Stand einer Einjährigen geschrumpft, sprich bei nahezu null. Fehlt nicht viel und ich sabbere. *So als hätte ich meine erste Lektion nicht begriffen, erteilt mir das Universum die gleiche Lerneinheit erneut: Du, California Harper, bist Alex Reid total verfallen. Herzlichen Glückwunsch!*

Vorsichtshalber wische ich mir über die Mundwinkel. Trocken. Auf andere Teile von mir trifft das leider nicht zu. *Dabei bin ich erst eine Minute in seiner Nähe!*

»Komm mit!«, sagt er und greift nach meinem Busi-ness-Trolley.

Komm, Babe, komm für mich.
So ist es brav. Lass los.

Ich schüttle mich, als mir klar wird, dass er ›Komm mit!‹ und nicht nur ›Komm!‹ gesagt hat. Endlich erwacht mein Körper aus seiner Starre, und meine Finger umschließen den Griff meines Trolleys fester, unwillig, ihn an Alex abzu-geben. »Ich muss noch kurz was erledigen«, sage ich höflich, aber bestimmt. »Geh du doch vor. Ich bin gleich bei dir.«

»Gut«, sagt er nur, wendet sich ab und geht.

Ach du meine Güte! Was war das denn?! Darauf war ich nicht vorbereitet, kein bisschen. Ich nehme drei tiefe Atemzüge, die wieder Sauerstoff in mein Gehirn leiten, und wende mich an die Rezeptionistin. »Wo geht es … zum … Sie wissen schon …«

»Ich male es Ihnen auf«, sagt sie mit einem wissenden Lächeln, holt einen Hotelflyer hervor und zeichnet mir den Weg ein.

»Danke.«

»Keine Ursache.«

Auf wackligen Beinen folge ich Alex und bin heilfroh, flache Schuhe zu tragen. Ich finde den Raum problemlos, mache davor jedoch einen Abstecher zu den Toiletten, um mich frisch zu machen. Unisex-Toiletten, auf denen er mich hoffentlich nicht überrascht. So ganz ist mir immer noch nicht klar, was gerade passiert ist, ich weiß nur, ich stecke in Schwierigkeiten.

»Nicht jetzt«, zische ich, als ich erneut seine Stimme im Ohr habe.

In dem kläglichen Versuch, einen kühlen Kopf zu bewahren, wasche ich mir das Gesicht mit kaltem Wasser und atme so lange gleichmäßig ein und aus, bis zumindest meine Nerven etwas weniger heftig flattern. Da meldet mein Handy eine eingehende Nachricht.

Alex: Ist was passiert?

Als ob er das nicht genau wüsste! Er ist mir passiert. Er und sein verdammtes Lächeln, sein Blick, sein Geruch – und sein unglaublich perfekt sitzender Anzug.

Statt zu antworten, schnappe ich mir meinen Trolley und verlasse die Toiletten. Mit jedem Meter, den ich mich dem Konferenzraum nähere, schlägt mein Herz schneller. Entschlossen drücke ich die Tür auf und bleibe wie vom Donner gerührt stehen, als ich Alex erneut erblicke. Der Raum ist kleiner als erwartet. Ein ovaler Tisch mit zehn Drehstühlen füllt fast jeden Winkel aus. Die Größe ergibt Sinn, wir sind nur zwei Personen und brauchen nicht mehr, aber Alex wirkt viel zu präsent. Wie er dort sitzt mit seinem Laptop, einem Block, einem Stift und meinen drei Büchern!

Drei? Moment mal! Der Anblick rüttelt mich besser wach als das kalte Wasser. »Wo ist das andere Buch?«

Alex

Ich habe mir die letzten Tage den Arsch aufgerissen, um die Bücher zu lesen und zu verstehen. Es sind Grundlagen. Die Auffrischung war notwendig und etwas, was ich vor der letzten Klausur hätte machen sollen. Auch die Lernmethode, die California mir genannt hat, war gut. Man braucht zwar länger beim Durcharbeiten der Texte, aber es bleibt tatsächlich mehr hängen. Jetzt jedoch ist der Stoff wie gelöscht. Ihr Anblick löst einen Blackout nach dem nächsten aus. Ich hätte auch Materialien der ersten Klasse lesen können, alles wäre weg.

Flachlegen! Flachlegen! Flachlegen! Das ist der einzige Gedanke, der mir durch den Kopf geht, als ich Cali anschaue.

Sie war noch mal auf der Toilette, aber das hat nur wenig daran geändert, wie sie mich anschaut. *Hungrig. Fuck!* Und mein Schwanz ist mehr als bereit, ihr zu geben, was sie will. Das Kleid, das ihre Kurven verdecken soll, ist ein Witz. Ja, es ist wie ein Sack geschnitten, aber der Stoff schwingt um ihre Knie und würde sich kinderleicht hochschieben lassen wie bei einem Nachthemd. Wenn sie nicht gerade einen Keuschheitsgürtel trägt, wäre es ein Kinderspiel, in drei Sekunden in ihr zu sein.

»Das Buch, Alex!«

Ihr gereizter Tonfall reißt mich aus meinem Film. *Stimmt,*

da war ja was.

»Ich hab's verloren, bei einem Fotoshooting«, gestehe ich reumütig, dabei wäre richtiger, dass es mir gestohlen wurde, aber ich bezweifle, dass sie mir das glaubt. »Es tut mir leid. Wenn du mir sagst, wie es heißt, ersetze ich es dir.«

»Da waren meine Notizen drin!« *Sie klingt, als hätte ich das letzte Foto ihrer Urgroßmutter verloren.*

»Es tut mir ehrlich leid.«

»Du hast es also nicht mal gelesen?!«

Das verärgert sie tatsächlich noch mehr. »Nein«, sage ich und schüttle bedauernd den Kopf.

»Warum hast du nichts gesagt? Ich hätte dir einen Ersatz geschickt.«

»Daran hatte ich nicht gedacht. Sorry.«

Sie wirft mir einen Blick zu, als hätte ich Welpen getötet, dabei war das ein Grundlagenbuch, kein Pageturner, auf den die Welt gewartet hat.

»Den Rest hast du dafür gelesen?«, fragt sie und setzt sich mir gegenüber.

Ihr Duft wirbelt zu mir, und ich nehme mir die Zeit, sie richtig anzuschauen. Sie hat ihre freien Tage genutzt und Farbe bekommen. Ich erkenne einen Bikinistreifen an ihrem Hals, der dafür sorgt, dass ich ihr Outfit in Gedanken durch drei knappe Stoffdreiecke ersetze, die nur das Nötigste verdecken. Sie versucht, es zu verbergen, aber sie ist heiß. Wie ihre Schwester hat sie blonde Haare, ihre sind allerdings etwas dunkler. Sie trägt sie als Bob mit Mittelscheitel, ziemlich langweilig, eine Streberfrisur, aber seit ich von ihrer Hitze weiß, stört mich ihr Haarschnitt null. Ich kann es gar nicht erwarten, ihn durcheinanderzubringen.

Und wieder fällt mir auf, wie zierlich sie ist, wie jemand, der von Natur aus gute Gene hat und zu faul ist, sich in Form zu halten. Woran ich verdammt gerne was ändern würde. Mir fallen da glatt ein paar Übungen ein ...

»Au!« Ein Tritt gegen mein Schienbein lässt mich zusammenzucken.

»Alex, ich hab dir eine Frage gestellt.«

»Was denn?«

»Du nimmst das hier überhaupt nicht ernst!«

»Sorry, ich war ... du bist ...« *Fuck, Reid, hör auf, dich wie ein Volltrottel zu benehmen.* »Ich freu mich einfach, dich zu sehen. Du siehst gut aus.«

»Kein Flirten!«, knurrt sie, aber mir entgeht nicht, wie ihre Wangen sich röten, weil ihr gefällt, dass sie mir gefällt.

»So fühle ich eben«, sage ich. »Ich freue mich.«

»Na, mal sehen, wie lange noch: Hast du die anderen Bücher gelesen?«

»Natürlich. Zwei sogar doppelt.« Mir war klar, dass sie sauer sein würde, dass ich das Buch verloren habe, also habe ich jede freie Minute genutzt, so viel Wissen wie möglich in mich reinzustopfen.

»Dann lass mich mal prüfen, was hängengeblieben ist.«

Sie holt ihren Laptop aus ihrem Trolley, startet das Gerät, tippt sich an die Lippe, fragt mich was – und alles in meinem Kopf ist weg. Schon wieder. *Wie bitte können die Studenten dieser Frau folgen? In ihrer Nähe erkranke ich vorzeitig an Alzheimer.*

»Alex!«, zischt sie empört.

»Wie lautet noch mal die Frage?«

Sie wiederholt sie, und ich weiß, ich hab was dazu gelesen. Die Antwort fällt mir nur nicht ein. *Ungünstig.* »Darf ich das kurz nachschlagen?«

»In der Prüfung kannst du das auch nicht.«

»Ich bin aber noch nicht in der Prüfung.«

»Hör mal, ich stress dich nicht, weil ich dich ärgern will.«

»Nein, sondern weil du liebst, dass du klüger bist als ich«, rutscht mir raus, und ich frage mich, wie ihre Schwestern das aushalten, so eine Besserwisserin in der Familie zu haben.

»Ich bin nun mal klüger als du«, sagt sie geradezu empört.

»Mag sein, aber deine sozialen Fähigkeiten sind mächtig eingerostet.«

»Ich bin pünktlich hier, und ich diskutiere mit dir sogar, in meinem *Urlaub*. Damit bin ich ja wohl sozial genug. Aber gut, wenn du das Buch brauchst.«

Tue ich, denn obwohl ich alles zu dem Thema gelesen habe, erinnere ich mich nicht. Ich schlage das Buch auf, und sie knurrt verärgert. »Was ist?«

»Es ist das falsche. Bist du dir sicher, dass du nicht nur die Buchstaben angeschaut und die Seiten umgeblättert hast?« Sie beugt sich über den Tisch, greift nach einem anderen Werk, öffnet ein Kapitel und hält es mir unter die Nase. »Hier steht die Antwort. Wenn du sie dir schon nicht merken konntest, bist du wenigstens in der Lage, sie laut vorzulesen?«

Autsch. Sie lässt mich verdammt deutlich spüren, dass ich ein Armleuchter bin, der ihre Zeit verschwendet. Dabei bin ich der erste Bassist der Rebel Boys. Ich habe garantiert schon mehr von der Welt gesehen als sie. Ich verstehe was von Musik, der Eventbranche, internationalen Regularien, Politik. Außerdem habe ich die Bücher wirklich durchgearbeitet. Harvey und Brad können das bezeugen, denen habe ich jeden Abend abgesagt. Sie waren ohne mich unterwegs. Ich frage mich, ob sie noch so korrekt wäre, wenn ich genau jetzt meine Finger in ihr hätte. Ob ihr die Antworten auf ihre eigenen Fragen einfallen würden! *Fuck, wahrscheinlich nicht.*

Frustriert überfliege ich den Absatz mit der Antwort. Schon nach den ersten Wörtern fällt mir das meiste wieder ein.

»Nur zur Info: Ich kann keine Gedanken lesen. Ich warte«, sagt sie, als ich mir mit meiner Antwort zu lange Zeit lasse.

Diese Frau! Diese unglaublich attraktive, unglaublich frustrierende Frau! In mir brodelt es. *Sie hat hier keinen kleinen Jungen vor sich, sondern einen erwachsenen Mann, dem nur ein Stück Papier fehlt, um seinen Traumjob auszuüben, kein Gehirn.* Mit einem dumpfen Laut klappe ich das Buch zu und sehe sie selbstsicher an, darauf bedacht, jetzt nicht zu vergessen, was ich eben nachgeschlagen habe.

»W-w-was ist?« Nervös greift sie sich in den Nacken. *Sehr gut, soll sie ruhig ein bisschen schwitzen.*

Unverändert hart lasse ich meinen Blick auf ihr ruhen.

»Alex, ich warte.«

»Mache ich dich etwa nervös?«

»Pah! Natürlich nicht.«

Mein Blick wird noch undurchdringlicher, und sie windet sich. So gefällt sie mir schon viel besser.

»Kein Flirten!«, erinnert sie mich wieder. »Das hatten wir vereinbart.«

»Ich flirte doch nicht. Ich sehe dich einfach nur an.« Wie um das zu unterstreichen, lasse ich meinen Blick unverhohlen über sie wandern. Ihr Brustkorb hebt und senkt sich schneller. Unter ihren Achseln bilden sich dunkle Schweißflecke, als wäre ihr zu heiß, und wenn ich mich nicht täusche, kann ich unter dem Sackstoff ihre Nippel erkennen. *Fuck, sie ist so schön, und ich will sie, unter mir, mir ausgeliefert …*

»Lass das!«, zischt sie und rutscht auf ihrem Platz hin und her.

»Darf ich dich jetzt nicht mal mehr anschauen?«

»Nicht *so*.«

»Wie denn?«

»Das weißt du ganz genau.«

Ich setze eine nachdenkliche Miene auf. »Ich bin ja hier der Dümmere von uns beiden. Klär mich bitte auf.«

»Alex!«

Will sie echt so tun, als wäre nichts zwischen uns? Bitte! Ohne sie aus den Augen zu lassen, gebe ich ihr die Antwort. Auf Französisch. Ich spreche ruhig und langsam, ich muss nicht überlegen. Meine Mom ist Kanadierin, die Hälfte meiner Verwandtschaft kommt aus Quebec. Ich bin vielleicht eingerostet und nicht ganz auf Muttersprachniveau, aber meine Grammatik sitzt. »Zufrieden, Mademoiselle?«

»D-d-das war F-f-französisch«, stottert sie.

»Echt?«, tue ich so, als wäre mir das selbst nicht aufgefallen. »War es denn richtig?«

»Das war Französisch«, wiederholt sie perplex.

»War es«, sage ich und will ein Lob, eine Entschuldigung und so viel mehr. Aber das bekomme ich nicht.

»Bin gleich wieder da!«, keucht sie und springt auf.

Bingo! Ich bekomme was Besseres. Eine aus der Bahn geworfene California.

KAPITEL
4

Cali

Überfordert wanke ich aus dem Besprechungsraum und wundere mich, dass ich überhaupt in der Lage bin, aufrecht zu gehen. Meine Knie zittern, meine Atmung geht flach, und meine Haut kribbelt wie verrückt. Auf eine gute Art, eine *viel* zu gute Art.

Grundgütiger!

In meinen Liebesromanen wäre so etwas die Wendung, die man nicht hat kommen sehen. Alex war erst sexy, aber dann dumm wie Brot. Es hat mich erleichtert, weil dieser Mann damit nahezu vollkommen an Attraktivität eingebüßt hat. Er hätte nackt die Hüften schwingen können, und es hätte mich nicht interessiert. *Na gut, vielleicht ein bisschen, aber nicht viel.* Doch plötzlich öffnet er den Mund, und nicht nur die richtige Antwort kommt heraus, sondern noch dazu eine auf Französisch.

Französisch! Akzentfrei, melodisch, selbstbewusst, heiß.

Gäbe es für Leute wie mich, die auf Intelligenz stehen, einen Jackpot, Alex wäre es.

Schwer atmend lehne ich mich auf dem Hotelflur an die Wand, schließe die Augen, lege mir eine Hand auf die Brust und warte darauf, dass mein überfordertes Herz sich beruhigt.

»Babe, lass mich dir helfen«, sagt er mit dunkler Stimme.
»Ich weiß genau, was du brauchst.«

»Ach ja? Ich brauche ein Wasser.«

Er lacht rau, rückt näher und schiebt seine Hand zwischen meine Beine. »Falsch.«

»Eine kalte Dusche?«

»Wieder falsch.« Er bewegt seine Hand nach oben. »Versuch es noch mal und nur als kleine Motivation: Sag die Wahrheit, und ich nehm dich mit der Hand, lüg weiter, und ich ramme meinen Schwanz in dich.«

Ich zittere, werde nicht sagen, was er hören will, aber sage gleichzeitig das Richtige. »Unterwäsche«, antworte ich. »Ich brauche neue Unterwäsche.«

Mit einem Knurren hebt er mich an, Stoff reißt. Gleich darauf füllt sein Schwanz mich brutal hart aus.

»Oh Gott!«, hauche ich.

»Hab dich gewarnt«, knurrt er. »Die richtige Antwort wäre gewesen, dass du mich brauchst.« Stoß. »Nur mich.«

Das Stöhnen hallt in meinen Ohren nach, und mir wird klar, dass ich den Laut gerade wirklich von mir gegeben habe. Weil in meiner Fantasie Alex meine Ausflüchte durchschaut hat, hinter meine Fassade der braven Professorin geschaut und mir gegeben hat, was ich will. Ein heißes Abenteuer, wie man es nur ein Mal im Leben erlebt.

Ich blinzle, öffne die Augen und ziehe scharf die Luft ein, als ich den Mann meiner Fantasie mir gegenüber an der Wand stehen sehe. *War er dort die ganze Zeit? Warum habe ich nicht gemerkt, dass er mir gefolgt ist? Oder habe ich es, und ist meine Fantasie deshalb so ausgeufert? Ich hätte Psychologie statt BWL studieren sollen. Dann wüsste ich, was hier läuft.*

»Was machst du hier?«, frage ich, dabei ist das offensichtlich. Nach mir sehen, weil ich so plötzlich den Raum verlassen habe. Und sich bemühen, nicht gegen eine meiner Regeln zu verstoßen.

»War meine Antwort richtig?«, fragt er nur.

»Huh?« *Wovon redet er?*

Ein Lächeln zupft an seinen Lippen, er genießt meinen aufgelösten Zustand. »Meine Antwort auf deine Frage«, ergänzt er. »Auf Französisch. War sie richtig?« Sein Blick wird intensiver. »Oder verstehst du kein Französisch?«

»Doch«, krächze ich. Auch wenn ich es schlechter spreche als er.

»Also?«

»Also was?«

»Cali, Cali, Cali«, murmelt er verflucht vertraut, benutzt meinen Spitznamen, den sonst nur meine Schwestern verwenden, und ruiniert mein Höschen endgültig. »Wenn du willst, dass ich mich an deine Regeln halte, musst du dich langsam sammeln.«

Alles in mir pulsiert. Das Gegenteil von Sammeln. Wenn ich nicht schnell was unternehme, weiß ich, wie das hier endet. Wie in meiner Fantasie. Mit mir an der Wand und ihm in mir. Kurz: in einer Katastrophe.

»Ich zähle bis drei«, raunt er mir zu, den Blick fest auf mich geheftet. *Als wäre ich in der Lage, mich zu rühren!* Was bei drei passiert, muss er nicht sagen, dann pfeift er auf meine Regeln. »Eins«, beginnt er und jagt ein Inferno durch mich. »Zwei, Babe«, höre ich seine hypnotische Stimme runterzählen.

Lieber Verstand, los, mach was. Schnell!

»Dr–«

»Wie lautet noch mal deine Antwort?«, schneide ich ihm das Wort ab und atme auf. *Das war knapp.*

»Ach, Babe«, seufzt er, wirkt allerdings nicht enttäuscht. Er wiederholt, was er eben im Raum gesagt hat. Wieder auf Französisch. Der Effekt auf mich ist ähnlich. Es fällt mir schwer, auf den Inhalt zu achten. Die Stimme und dieser Mann sind für diese Sprache geboren. Er kann mir alles auf Französisch vorlesen, selbst Bedienungsanleitungen, Zutatenlisten oder Packungsbeilagen. »Ist das richtig, Cali?«

»Ja«, hauche ich, horche kurz in mich, denke noch mal über seine Worte nach und nicke. »Ja, ist es.« Ein weiterer Schauer durchdringt mich, weil mir erst jetzt klar wird, wie sehr ich in der Klemme stecke. Je mehr er lernt, desto heißer werde ich ihn finden. *Mist!*

Mit einem Ruck löse ich mich von der Wand. »Geh wieder rein, und überleg dir die nächste Antwort.« Mit Mühe stelle ich ihm eine weitere Frage aus dem Folgekapitel. »Ich komme gleich nach.«

»Was ist los?«

»Ich bestelle uns Getränke.« Das könnte ich auch im Konferenzraum. Aber er korrigiert mich nicht. *Danke!*

Hastig biege ich um die Ecke, steuere jedoch nicht die Rezeption an, sondern verschwinde zu den Toiletten. Weil ich kein Wasser brauche, sondern ihn. Seine Hände, die meinen Körper gierig packen, seinen Schwanz, der sich tief in mir versenkt. Seinen heißen, stoßweisen Atem an meinem Hals. *Was hat dieser Mann mit mir angestellt? Wie eine Gitarrensaite bringt er jede Faser von mir zum Schwingen. Zusammen sind wir Musik. Er, der Spieler. Ich, das Instrument.*

Wie auf Autopilot betrete ich eine der Unisex-Kabinen, schließe sie ab, denke nicht darüber nach, was ich tue, raffe mein Kleid und schluchze vor Erleichterung, als ich mit den Fingern unter den Slip gleite und meine Klit berühre.

»Das hier ist so falsch«, murmle ich und schäme mich für den Quickie mit mir selbst auf einer Hoteltoilette. »Und so, so gut.«

Nie zuvor habe ich mich so benommen. Aber nie zuvor ist mir ein Mann wie Alex begegnet.

In meiner Fantasie steht er neben mir, genießt meinen Anblick und dass er mich in dieses bedürftige Häufchen Elend verwandelt hat, das unbedingt einen Orgasmus braucht. Er nimmt seinen Schwanz aus der Hose, und wenn ich brav bin, dann wird er mich gegen die Kabinenwand drücken, sich in mich schieben und mich durchvögeln. Hart und unbarmherzig und grob, weil ich ihn so verrückt mache. *Jaaa!*

Da höre ich Schritte. Schwer atmend verfolge ich die Geräusche. Noch jemand hat die Toiletten betreten. Ich bin nicht mehr allein. *Ist es ein Mann oder eine Frau?* Gleich darauf gibt es einen dumpfen Knall an der Kabinenwand, als hätte jemand frustriert dagegen geschlagen. Ich höre das typische Surren eines Reißverschlusses, der geöffnet wird, dann folgt ein Stöhnen, direkt auf der anderen Seite der Kabinenwand. Ein männliches Stöhnen. Von Alex. *Das kann nicht sein!*

Oh doch, kann es, denn mein Körper reagiert auf ihn mit einem Brennen, das mich wahnsinnig macht.

Auch wenn es falsch ist, ich muss die Finger an meiner Klit bewegen, schalte meinen Kopf aus, höre auf mein Gefühl und das drängende Pulsieren meines Körpers. *Gott, tut das gut!* Ein kehliger Laut der Erleichterung entschlüpft mir. Gleich darauf verstummen die Geräusche auf der anderen Seite der Kabine. *Er hat mich bemerkt.*

Sofort halte ich inne, als wären wir verbunden. Ich mache, was er macht. Er gibt den Ton an, und ich folge. Dieses Mal muss es klappen.

»Oh, Babe!«, vernehme ich als sexy Murmeln. »Du machst mich echt fertig.« Dann setzen die Geräusche wieder ein, er befriedigt sich weiter, dem Stöhnen nach allerdings langsamer als eben, sinnlicher. *Wäre so Sex mit ihm?*

Meine Hand passt sich seinem Rhythmus an. Ich lege eine Hand an die Wand und bilde mir ein, seine Wärme von der anderen Seite zu spüren. Ich brauche ihn, damit ich nicht wahnsinnig werde, während mich sein zufriedenes Stöhnen näher zu meinem Höhepunkt treibt.

»Ja«, seufze ich, als es gleich so weit ist. »Endlich!«

»Noch nicht«, knurrt der Mann, der so anders klingt als Alex und doch wie er. So wie ich auch nicht wie ich selbst klinge und doch wie ich. »Warte!«

Keine Ahnung, warum ich gehorche. Während ich sonst gegen Alex ankämpfe, lasse ich mich plötzlich auf ihn ein, und es fühlt sich gut an. Schwer atmend halte ich inne, während mein Körper mich anschreit, für den Höhepunkt zu sorgen.

Alex brummt zufrieden, und ich habe ihn vor Augen, wie er dort steht in seinem Anzug, nur den Hosenschlitz offen, seinen Schwanz draußen und in der Hand. Die Vorstellung ist erschreckend heiß.

Mein Körper zieht sich gierig zusammen. Ein Wimmern entschlüpft mir. *Purer, süßer Frust.*

Alex lacht. Und statt mich darüber zu ärgern, macht mich das nur noch mehr an.

»Jetzt, Babe«, sagt er endlich und bearbeitet sich wieder, was heißt, ich darf auch mich bearbeiten. »Komm mit mir!«

Gerne. Ich mache mit, schiebe wieder zwei Finger in mich und reibe mit dem Daumen über meine Klit, folge seinem teuflisch guten Rhythmus und rase auf den Höhepunkt zu. Mein Atem verrät mich. Jede Faser von mir spannt sich an.

»Ja, ja, jaaa!« Stöhnend explodiere ich, komme nass in meine Hand und höre, wie auch er kommt, höre die Erleichterung in seiner Stimme, die primitive Zufriedenheit, das Glück.

Verdammt, was haben wir getan?! Das war so falsch. Und gleichzeitig so richtig. Hastig greife ich mir Toilettenpapier, mache mich sauber und rücke meine Sachen zurecht. Nebenan macht Alex das Gleiche, ist schneller, spült, verlässt die Kabine und wäscht sich draußen die Hände. Sobald er weg ist, folge ich ihm.

Beim Händewaschen betrachte ich mich im Spiegel. Man sieht mir den Orgasmus nicht an. Nur zur Sicherheit befeuchte ich ein Papiertuch und tupfe mir damit kühlend das Gesicht ab. *So sollte es gehen.*

Sobald ich mich bereit fühle, kehre ich zurück in den Besprechungsraum. Alex sitzt entspannt mit einem Buch auf seinem Platz, als könnte er nie der Mann gewesen sein, der eben neben mir war. Aber eine Sache verrät ihn. Er schaut nicht zu mir. Das hat er sonst immer.

»Bringen sie das Wasser?«, fragt er nur.

»Mmh«, mache ich und erinnere mich daran, dass ich keines an der Rezeption bestellt habe, aber vermutlich ist es egal. »Hast du eine Antwort für mich? Auf meine Frage?«

»Ja.«

Alex

Ich gebe California die Antwort, die sie haben will, sie korrigiert ein Detail, und es entwickelt sich ein Gespräch, bei dem ich den Stoff sogar fast spannend finde. Die Frau ist wirklich unglaublich. Sie ist nicht nur schlau. Sie hat das besondere Talent, die trockensten Themen interessant klingen zu lassen. Gleichzeitig beschäftigt mich die Frage, auf die ich umgekehrt gerne eine Antwort hätte. *Warst du das eben auf der Toilette?*

Erst halte ich das für ausgeschlossen. Aber die Frau hat geklungen wie Cali, und je länger wir beieinandersitzen und niemand vom Hotel auftaucht und Wasser bringt, desto sicherer bin ich.

»Kannst du noch?«, fragt sie nach vier Stunden ohne Pause und seufzt kehlig. Und vertraut.

»Ich kann immer«, rutscht mir raus.

Unsere Blicke treffen sich, und die Wahrheit ist offensichtlich: Cali war die Frau auf der Toilette. Auf ihren Wangen liegt ein roséfarbener Schimmer, ihre Lippen sind voll, und ihr Bob ist leicht zerzaust. Sie sieht aus wie eine Frau, die auf ihre Kosten gekommen ist, und je länger wir uns anschauen, desto intensiver spüre ich, dass sie es erneut braucht. *Kein Wunder, so angespannt, wie sie ist.*

»Alex!« Ihr Tonfall ist frustriert, warnend – und eine Spur atemlos. Als Musiker höre ich den feinen Unterschied. Selbst Hunderte verdammt laute Konzerte haben nichts daran geändert.

Wie kann sie diese Schwingungen zwischen uns immer noch ignorieren?

»Unsere Auftritte dauern teilweise bis zu drei Stunden«, erkläre ich, um klarzustellen, dass die paar Stunden Lernen mich nicht an mein Limit bringen. »Zu den Konzerten kommen Vorbesprechungen, Pressetermine und der Soundcheck. Ich verstehe was von meinem Job, so wie du was von deinem verstehst. Vielleicht bin ich nicht so ein Überflieger wie du, die ein paar Highschool-Jahre übersprungen und ihren Abschluss in Rekordzeit absolviert hat, und ich bin auch nicht Nate, der was von Musik verstanden hat, noch bevor er sprechen konnte. Aber ich bin ganz sicher auch kein Möchtegernmusiker, der nur dank Vitamin B auf der Bühne steht«, rede ich mich immer mehr in Rage, weil mir ihre überhebliche Art gerade mächtig auf den Zeiger geht. *Als könnte nur sie sich ein paar Stunden am Stück konzentrieren!* »Ich hab mir den Platz erarbeitet, und mein Weggang aus der Band passt Nate gar nicht, er braucht dann nämlich einen neuen Bassisten. Aber er versteht es. Er hat sich weiterentwickelt, und jetzt entwickle ich mich weiter. Wie jeder Erwachsene beiße ich die Zähne zusammen und mache, was dafür notwendig ist. By the way, neben dem Konzertbetrieb.«

»Sorry, das weiß ich.«

»Weißt du das wirklich, California? Denn nur mal unter uns: Du bist nicht das einzige Genie auf der Welt. Auch Nate ist eines, aber er hat keinen in der Band je so behandelt, als hielte er sich für was Besseres. Wir sind ein Team. Auch du wirst mal auf jemanden treffen, der mehr weiß als du, und dann wirst du es zu schätzen wissen, wenn derjenige dich abholt, statt dir permanent deine Lücken unter die Nase zu reiben.«

»Klar. Verstanden. Lass uns einfach weitermachen.«

»Das ist alles, was du dazu zu sagen hast?«

»Was willst du denn hören? Ich hab mich doch gerade entschuldigt. Ich bin diejenige, die das alles schon kann. Falls es dir nicht klar ist: Ich richte mich komplett nach deinem Tempo. In Zeitlupe, wenn ich das anmerken darf. Meinetwegen können wir das Ganze abbrechen, aber ich hab Louisiana und Nate versprochen, dass ich die Nachhilfe ernst nehme. Also mache ich das, was man als gute Dozentin macht: Ich frage meinen Studenten, ob er eine Pause braucht. Du brauchst keine? Fein! Dann sag das doch einfach, und wir machen weiter.« Sie wird immer heftiger, lauter – und leidenschaftlicher.

»Fein!«, sage ich so wie sie. »Dann lass uns weitermachen.« Ich muss grinsen. »Und um auch deine zweite Frage zu beantworten: Vier Stunden sind absolut kein Problem.«

»W-w-welche zweite Frage?«, stammelt sie und verwandelt sich binnen Sekunden von der eloquenten, superschlauen Frau Professorin in einen Teenager, der gerade erwischt wurde.

»Na, welche wohl?«, antworte ich und genieße die Situation vielleicht ein Quäntchen zu sehr. »Wie lange ich im Bett durchhalte, Babe.«

»Das habe ich dich nicht gefragt!«

»Aber es ging dir durch den Kopf.«

»Kannst du etwa Gedanken lesen?«

»Wenn sie einer Frau ins Gesicht geschrieben stehen, ja, dann kann ich das. Und noch mal: Vier Stunden sind absolut kein Problem.«

»Absolut ... kein ...?«, wiederholt sie stockend, als bräuchte sie einen Moment, um das zu verarbeiten, bis sie sich einen Ruck gibt und mich unter dem Tisch tritt. »Lass das!«

»Au!« Entschuldigend hebe ich die Hände. »Du hast damit angefangen.«

»Mit meinem Blick?!« *Mehr Feuer, Bingo!*

»Ganz genau.«

Sie legt den Kopf in den Nacken, als würde sie den Herrgott oder jemanden in der Etage über uns um Hilfe anflehen, und sieht mich dann wieder an. »Es ist dein Anzug.« Ihr Blick gleitet über mich. Der Hunger ist zurück und brennt Löcher in den Stoff meiner Klamotten.

»Ich kann was ausziehen«, biete ich an und mache schon Anstalten, das Jackett abzulegen.

»Gott, nein!«, kreischt sie.

Ich lasse das Jackett an, muss aber grinsen. »Du klingst wie die Frauen auf den Konzerten, nur dass sie das Gegenteil gewollt hätten. Mehr Haut.«

»Tja, ich bin nicht wie sie.«

»Nein, bist du nicht. Ganz und gar nicht.« *Sonst würdest du mir nicht so den Kopf verdrehen!*

Das Verlangen nach ihr wird wieder heftiger, meine Konzentration lässt nach. Ihre sollte das auch.

»Das Hotel scheint das Wasser vergessen zu haben«, sage ich und greife zum Telefon im Raum. »Ich frag mal, wo es bleibt.«

KAPITEL
5

Cali

Oh mein Gott! Alex war tatsächlich der Mann in der anderen Toilettenkabine! Und er weiß, dass ich die Frau war.

Meine Wangen brennen. Ich lasse mir Haare ins Gesicht fallen, um mich zu verstecken, aber Alex entgeht es nicht. Während er mit der Rezeption telefoniert und die Bestellung aufgibt, haftet sein Blick wie festgeschweißt an mir.

»Da war jemand unanständig«, sagt er und streicht mit dem Finger hauchzart über meine Wange.

»Ich weiß nicht, was du meinst.«

»Und nun lügt mich jemand an.«

»Würde ich nie. So eine bin ich nicht.«

»Also bist du gerade nicht feucht zwischen deinen Schenkeln?«

»Nein.«

»Lass mich das nachprüfen. Heb ein Bein!«

Schwer atmend gehorche ich, schiebe mein Kleid hoch, lege ein Bein in seine Hand und muss mich wacklig an ihm festhalten.

»Bete, dass du trocken bist.«

Ich kneife die Augen fest zusammen, als könnte ich das Ergebnis dadurch ändern, spüre seinen Finger an meinem Slip und gleich darauf an meiner übernassen Mitte.

»Oh, oh.« Er streicht über meine Pussylippen. »Was mache

ich nur mit so unerzogenen Mädchen?«

»K-k-keine Ahnung.«

»Findest du nicht, jemand sollte dir Manieren beibringen?«

»Nein ... Ich meine Ja.«

»Dann bestrafen wir mal deine böse, bedürftige Pussy.« Er *zieht am Slip und lässt den Stoff gegen meine Mitte schnellen.*

»Ahhh!« Ich schreie leise auf.

Erschrocken halte ich mir die Hand vor den Mund, als der Laut mir über die Lippen kommt.

»Kann ich dir bei irgendwas helfen?«, fragt Alex, und wir wissen beide, auf welchen Bereich sich das Hilfsangebot vor allem erstreckt. Mir Erleichterung zu verschaffen, einen Höhepunkt, einen Orgasmus. *Mistkerl!*

»Huch!«, imitiere ich meinen Schrei von eben, um die Situation zu retten. »Ich hätte beinahe was zum letzten Thema vergessen.«

»Was denn?«, fragt er lauernd und zieht nun doch sein Jackett aus. »Das muss ja was Wichtiges gewesen sein.«

Der Anblick lenkt mich ab. »Ist es«, fange ich mich. Ich deute auf das aktuelle Kapitel und vertiefe die Analyse. »Hast du das verstanden?«

Alex will cool tun, setzt schon an zu einem lockeren ›Na klar‹, aber stockt. »Mist, erklär es noch mal. Bei mir ist nur der erste Teil hängengeblieben.« *Immerhin etwas.*

Ich wiederhole den Stoff. Das Wasser wird gebracht. Wir legen eine Snackpause ein, und nach dem holprigen Start kommen wir tatsächlich voran. Wenn es weiter so läuft, kann Alex es schaffen. Wir müssen uns nur an meinen Lernplan halten, diese Woche die Grundlagen durcharbeiten, nächste

Woche das Tutorial zum aktuellen Lernstoff beginnen und dann bis zur Klausur den Stoff des Semesters besprechen.

Gut für ihn. Schlimm für mich. Denn auch ganz ohne seine feurigen Blicke wird mein Höschen wieder feuchter, weil es mich total anmacht, wenn Männer klug sind. Manche Frauen wollen einen reichen Kerl, weil er ihnen Sicherheit gibt, ich brauche einen schlauen, bei dem ich weiß, er fängt mich auf, wenn ich falle.

Eine Spur zu atemlos stelle ich die nächste Frage. Alex schaut auf und runzelt irritiert die Stirn. »Alles okay bei dir?«

»Sicher, mir geht es gut. Weißt du die Antwort?«, gebe ich bemüht normal zurück.

»Wenn du noch mal ins Bad musst ...«

Warum durchschaut er mich nur so leicht? »Ich habe keine Ahnung, wovon du redest!«

»Möchtest du wirklich, dass ich deine Erinnerung auffrische? Gerne ... Ich rede von deinen Fingern in deiner Pussy und meiner Hand um meinen Schwanz und von einer verdammt heißen Solonummer auf der Toilette.«

»Kein Flirten«, erinnere ich ihn an unsere Regeln.

»Babe, das ist noch kein Flirten. Das ist ein ganz normales Gespräch unter Erwachsenen über erwachsene Themen.«

»Ich will aber nichts über deinen Penis hören, und du solltest nicht an meine Mitte denken!«

»Meinst du deinen Bauchnabel?« Er lacht leise. »Keine Sorge, an den denke ich nicht.«

Ich trete ihn unter dem Tisch. »Du weißt, was ich meine.«

»Für eine Professorin drückst du dich ziemlich ungenau aus. Sag es richtig, nicht dass es hier ein Verständnisproblem gibt, und ich vergesse alles.«

»Machst du dich über mich lustig?« Das kann ich gar nicht leiden. Er wäre nicht der Erste, der bei mir nach Schwachstellen sucht. Streberin zu sein hat sowohl Vor- als auch Nachteile. Alter Schmerz flammt in mir auf, und ich rüste mich gegen den nächsten Schlag, doch er bleibt aus.

»California, Babe, ich will alles andere als dich ärgern. Ich hab deinetwegen den vierten Ständer.«

»Kannst du nicht einfach meine Frage beantworten?«

»Kann ich, wenn du mir exakt sagst, woran ich nicht denken soll.«

»Das ist Erpressung.«

Er zuckt mit den Schultern. »Die hattest du nicht verboten.«

»Das versteht sich ja wohl von selbst!« Ich seufze. »Fein, meine Vulva, denk nicht an meine Vulva.«

»Vulva?« Er kratzt sich am Kinn. »Was genau meinst du damit? Deine Pussylippen, deine Klit, deine inneren Wände?«

Jedes Teil, das er benennt, pocht wie verrückt. »Ja«, presse ich heraus. »Kriege ich jetzt meine Antwort?«

Kriege ich, und ich schwöre, als er, ohne mich aus den Augen zu lassen, den Sachverhalt erklärt, pulsiert alles in mir nur noch heftiger. *Die ganze Nummer ist eine dumme Idee. Ich habe der Nachhilfe zugestimmt, aber nicht, verführt zu werden!*

Mit einem Ruck stehe ich auf. »Wir sind hier fertig!«

»Wie bitte?«

»Hast du dabei etwa auch Verständnisprobleme? Falls ja, frag jemand anderen, ich hab nämlich keine Ahnung, wie ich das deutlicher ausdrücken soll.« Ich räume sämtliche Sachen in meinen Trolley und stürme los.

»Nicht!«, ruft er da und stellt mich an der Tür.

Alex

Mir fallen jede Menge Entschuldigungen für mein Verhalten ein, doch sobald ich Cali so nah bei mir habe, ihre Wärme spüre und ihren Duft rieche, sind sie weg.

Vorsichtig, als wäre sie ein Reh, das ich mit einer falschen Bewegung verschrecke, streiche ich ihr Haare aus dem Gesicht und klemme sie ihr hinters Ohr. Schwer atmend schließt sie die Augen. Man könnte meinen, weil sie das hier genießt, aber ich weiß es besser: Sie versucht, ihre Gefühle in den Griff zu kriegen und sich von mir loszureißen.

Mein Schwanz pocht an ihrem Bauch, ich bin so hart, dass ich kaum klar denken kann. »Schau mich an, Cali!«

»Wir hatten eine Vereinbarung«, sagt sie und kneift die Augen fester zusammen. »Kein Flirten, Abstand, keine Berührungen.«

»Ich versuche ja, mich daran zu halten«, hauche ich ihr ins Ohr und streife mit den Lippen ihre Haut. »Aber du machst es mir verdammt schwer.«

Sie stöhnt gequält. »Meine Entscheidung steht, Alex.«

Ich müsste sie beknien, es sich anders zu überlegen, aber mir fällt was Besseres ein, das ihr ganz sicher nicht klar war. »Wenn du gehst, gilt unsere Vereinbarung nicht länger«, sage ich und spüre, wie sie zittert. *Damit ist alles möglich.*

»Du vergisst dabei, dass ich dich auch wollen muss.«

»Tust du das denn nicht? Dann geh.«

Sie sieht mich wieder an. Fuck, wie mich das Blau ihrer Augen umhaut. Die pure Unschuld, aber unter ihrer biederen Hülle lodert das gottverdammte Fegefeuer.

Sekunden werden zu Minuten. Je länger sie stillhält, desto fester wird mein Griff in ihrem Nacken. Bis sie sich mir nicht mehr entwinden kann. Ein Wimmern entschlüpft ihrer Kehle, aber es ist kein Laut der Angst, sondern der Lust. Ihr gefällt das.

Der nächste Schritt ist ihrer. Sie versteht es, ohne dass ich was sagen muss, legt ihre Hand auf meine Brust und krallt sich fester und fester in mein Hemd. *Endlich!*

Langsam zieht sie mich zu sich. Für einen Kuss, der alles verändern wird. Da schwingt die Tür auf.

»Zimmerservice, brauchen Sie etwas?«

In einem Moment habe ich California in meinen Armen, im nächsten hat sie sich befreit und rennt aus dem Raum.

»Bitte, warte, es tut mir leid«, rufe ich ihr nach, folge ihr, aber sie ist schon um die Ecke verschwunden.

Fuck! Wütend schaue ich zu der Frau, die mit einem Staubsauger in der Hand dasteht, fahre mir durch die Haare, versuche, meinen Ärger nicht an ihr auszulassen. Nur fünf Sekunden haben gefehlt. *Fünf!* Das ist fucking gar nichts. Fünf Sekunden später, und alles wäre anders gekommen. Jetzt bin ich die Frau und meine beste Chance auf den Abschluss los. *Hoch gepokert, hoch verloren.*

»Sie können hier aufräumen«, brumme ich. »Wir sind fertig. Der Raum ist frei.«

»Sie sind ...? Du bist der Bassist bei den Rebel Boys, oder?«, fragt sie.

»Und?«, knurre ich.

»Bekomme ich ein Autogramm?«

Langsam verstehe ich, warum Nate früher Ausraster hatte. Ich will die Möbel des Raumes zu Sperrmüll verarbeiten, aber ich beherrsche mich und gebe der Frau falsch lächelnd das Autogramm. An der brodelnden Wut in meinem Bauch ändert das nichts.

Kindisch ärgere ich mich über California. *Was ist bitte so schlimm daran, mich zu küssen? Warum findet sie es so furchtbar, zuzugeben, dass sie auf mich steht? Wir sind erwachsen, Herrgott noch mal. Außerdem sind wir ungebunden. Wir müssen auf niemanden Rücksicht nehmen, und vielleicht kann daraus sogar mehr werden.*

Heftiger ärgere ich mich über mich selbst. *Ich hätte mich nur an ein paar einfache Regeln halten müssen. Nicht rummachen, sondern lernen. So schwer war die Lektion nicht. Wir treffen uns, damit ich den Abschluss schaffe, nicht für eine schnelle Nummer. Noch ist nicht alles verloren, aber jetzt steht wieder alles auf dem Spiel.*

Fuck!

Ich lasse mich von meinem Fahrer Josh vom Hotel abholen und nach Hause bringen. Sobald wir das Gelände verlassen, hole ich mein Handy raus. Ich rufe Cali an, aber sie geht nicht ran. Keine Ahnung, ob es Absicht ist oder weil sie den Anruf nicht mitbekommt. Bevor unser Streit zu lange zurückliegt, schreibe ich ihr.

Ich: Es tut mir leid, was passiert ist.

Ich: Ich kann mich benehmen.

Ich: Bitte lass uns weitermachen, wo wir aufgehört haben.

Ich: Beim Stoff, meine ich.

Nach jeder Nachricht warte ich einen Moment, um ihr die Gelegenheit zu geben zu antworten. Aber sie reagiert nicht. Was auch eine Antwort ist. Es gibt nur eine Sache, die mächtiger ist als Worte: Schweigen.

Nachdenklich schaue ich nach draußen. Der Tag ist schwül. Wer nicht arbeitet, ist am Strand. Ich sehe Frauen in engen Minikleidern kichernd in einer Bar verschwinden. Sie können kaum älter als California sein, aber sie sind ganz anders als sie. Unbeschwert, unkompliziert. *Langweilig.*

Verdammt, ich kann Cali nicht aufgeben.

»Bleib in der Spur«, weise ich Josh an, als wir die erste Brücke nach South Beach ansteuern, obwohl wir normalerweise abbiegen und die schnellere Highway-Verbindung zu mir nehmen.

»Willst du noch woandershin?«

»Mach einfach!«

»Du bist der Boss!«, flötet er unbeeindruckt von meiner miesen Laune.

»Hier ist gut«, sage ich, als wir noch etwa zwei Meilen von meiner Penthouse-Wohnung entfernt sind. »Lass mich dort vorne an der Ecke raus, und bring den Wagen nach Hause. Ich brauch dich heute nicht mehr.«

Sobald er hält, steige ich aus und steuere den Strandzugang an. Auf der Promenade ziehe ich mir die Lederschuhe aus, stopfe mir die Socken in die Hosentaschen, schlage die Hosenbeine bis zum Knie um und betrete den Strand. Der Sand ist angenehm warm. Ich genieße die Brise vom Meer und laufe neben Leuten in Bikinis und Badeshorts im seichten Wasser.

Es hat seinen Grund, warum ich das Plattenlabel will. Als ich zu Nate, Harvey und Brad dazugestoßen bin, hat sich das wie ein Sechser im Lotto angefühlt. Nate war schon damals der Überflieger, und nichts ist geiler als vor ausverkauften Stadien zu spielen. Man fühlt sich wie Gott. Dazu die Frauengeschichten, die Lobeshymnen der Presse, die Auszeichnungen ... Solche Chancen ergeben sich nur einmal im Leben. Da greift man zu. Aber langsam reicht es.

Keine Ahnung, ob ich mal Kinder will, aber ich will auf keinen Fall für immer ein Leben aus dem Koffer führen. Ich will Zeit mit meiner Partnerin haben. Wenn ich das Label gründe, habe ich ein Büro. Zum Start in New York, in einer Bürogemeinschaft mit Agenturen, freien Journalisten, Grafikern und Tontechnikern, weil Hurricane Florida Records dort gerne aktiver wäre. Aber ich liebäugle mittelfristig mit Kalifornien.

Ich muss bitter lächeln, als mir die Ironie meiner Situation klar wird. Jetzt gibt es weder Kalifornien noch Cali für mich. Mit einem Fehltritt haben sich beide Träume auf einen Schlag erledigt.

»Scheiße«, fluche ich und trete so heftig gegen eine Welle, dass das Wasser mir bis zum Hemd spritzt. »Scheiße, scheiße, scheiße.«

KAPITEL
6

Cali

Begehe ich einen Fehler?, frage ich mich, als ich nach Hause fahre. Es hat sich richtig angefühlt, Alex zu mir zu ziehen. Aber mein Kopf sagt Nein. *Zehntausendmal Nein.* Bevor Alex sich in mein Leben gedrängt hat, lief alles wunderbar. Ich war eine durch und durch tadellose Uniprofessorin. Im Hotel habe ich aber darüber nachgedacht, wie ein Callgirl die Beine für ihn breitzumachen. *Bin ich denn verrückt geworden?! Es passiert wieder, ich lasse mich von einem Mann ausnutzen. Noch dazu von einem, der sexy und klug ist. Knapp gerettet, Cali.*

Zu Hause setze ich mich an den Laptop, wie um mir zu beweisen, dass ich wieder ganz die Alte bin. Obwohl ich meinen Kurs schon mal gegeben habe, aktualisiere ich den Inhalt regelmäßig. Vom letzten Semester weiß ich, mit welchem Stoff die Studenten Probleme hatten, dort muss ich meine Ausführungen vertiefen.

Zumindest ist das mein Plan, denn ich bin total unkonzentriert, weil mir Alex nicht aus dem Kopf geht. Wenn ich so in der Highschool gewesen wäre, hätte ich keine einzige Klassenstufe übersprungen. Im Gegenteil: Ich hätte heute noch keinen Abschluss.

Mit aller Macht zwinge ich mich, weiter am Skript zu arbeiten. *Drei Seiten werde ich ja wohl schaffen.* Ich gehe mit der Nasenspitze so dicht an den Laptopbildschirm, dass mir die Buchstaben vor den Augen verschwimmen. Ich schaffe einen Absatz, dann taucht eine Information auf, die ich noch mal nachschlagen müsste – im Grundlagenbuch, das Alex verloren hat. Wieder denke ich an den Mann. Er ist wie ein Computervirus, der sämtliche Systeme befallen hat. *So geht das nicht!*

Das Buch ist bereits nachbestellt, aber meine darin enthaltenen Notizen sind das eigentlich Wichtige. Und die sind weg. *Oder vielleicht doch nicht?* Ich weiß, bei welcher Gelegenheit Alex es verloren hat. *Was, wenn er nur nicht gründlich genug danach gesucht hat? Für ihn ist das nur irgendein trockener Stoff. Für mich ist es die Welt.*

Ich schalte mein Handy an, ignoriere seine neuesten Nachrichten und rufe Louisiana an.

»Oh, hi, wie läuft es bei euch?«, meldet sie sich.

Ich zucke zusammen, als sie von Alex und mir in der Wir-Form spricht. »Geht so«, antworte ich lahm. »Hör mal, weißt du, wo die Rebel Boys neulich das Fotoshooting hatten? Alex hat irgendwas von einem verlassenen Gebäude erzählt.«

»Geht so?«, wiederholt sie und überhört meine Frage. »California Harper, wir haben dir sämtliche Notenschlüsseltörtchen gegeben, damit du dem armen Mann hilfst. Sag mir nicht, dir ist was Wichtigeres dazwischengekommen!«

»Das Fotoshooting?«, übergehe ich sie so wie sie mich.

»Sag mir erst, was passiert ist.«

»Nichts.«

Sie schweigt. *Sehr erwachsen.*

»Es lief nicht so gut«, gebe ich nach.

»Er ist nicht wie du, Cali. Für dich sind komplexe Themen so wie für andere das kleine Einmaleins. Wer mit dir lernt, checkt den Stoff, fühlt sich aber gleichzeitig wie der größte Vollidiot auf dem Planeten.«

»Hey! Ich hab Vi immer geholfen.«

»Aber du hast so eine Art, es zu tun. Als wäre alles kinderleicht. Du sagst immer: ›A ergibt B, und B führt zu C, total logisch.‹ Doch das ist es für uns Normalos nicht.«

Der Vorwurf trifft mich.

Ich bin eine gute Professorin, verlange viel, helfe aber auch. Ich erfreue mich an jedem Fortschritt meiner Studenten, und es gibt nichts Schöneres, als zu sehen, wenn jemand das Thema begriffen hat. Vielleicht könnte ich noch pädagogischer sein, aber ich habe es nicht mit Dreijährigen, sondern mit Erwachsenen zu tun. Es ist nicht meine Schuld, dass ich so klug bin. *Weiß Gott, mir wäre einiges erspart geblieben, wenn es nicht so wäre.*

»Warum denkst du eigentlich, dass es an mir liegt, dass es nicht gut läuft?«, frage ich und hasse, dass meine Stimme plötzlich belegt klingt.

»Ähm ... weil du nur mit Törtchen dazu rumzukriegen warst«, gibt sie kleinlaut zu.

»Nun, ich hab mitgespielt. Ich hab den Lernplan vorbereitet, Alex Bücher geliehen, Aufgaben besprochen ...«

»Oh, verdammt ... sorry, Cali ... Ich dachte nur, weil du das von Anfang an nicht wolltest ... und so negativ eingestellt warst«, stammelt sie betroffen und wechselt in die mich beschützende Rolle der älteren Schwester, die immer für mich da war, wenn unsere Eltern arbeiten waren. *Endlich.* »Was hat er getan?«

Ich will es ihr erzählen, muss mit irgendjemandem darüber reden, wie verrückt mich dieser Mann macht, aber das spült die Momente, die ich so gerne vergessen will, nur weiter nach oben. »Reicht es nicht, wenn ich sage, es lief nicht gut?«

»Ich will helfen.«

»Ihm oder mir?«

»Das ist unfair, Cali. Er und ich sind Freunde.« Sie seufzt. »Dir, Cali, ich will dir helfen. Ja, es reicht, wenn du das so knapp sagst, natürlich tut es das. Wir hassen ihn also?«

»Wie die Pest. Nein, besser, wir vergessen ihn ganz. Alex Reid existiert nicht mehr.«

»Für immer? Denn ich weiß nicht, ob ich das kann. Ich habe ihm viel zu verdanken. Er war für mich da, als Nate furchtbar zu mir war.«

Mir ist schleierhaft, wie das derselbe Mann gewesen sein soll, der mich ständig nervt. Doch sie hat natürlich recht. »Wir hassen ihn bis auf Widerruf. Geht das?«

»Klar. Du hilfst ihm also nicht mehr?«

»Nein. Aber ich werde mich an der Uni umhören und ihm jemand anderen für die Nachhilfe suchen. Ich bin nicht der einzige Mensch, der BWL kann.«

»Mist! Aber das klingt vernünftig. Jetzt sag mir noch mal, was du wissen wolltest! Irgendwas mit einem verlassenen Gebäude?«

Ich wiederhole meine Frage, aber sie sagt, dass sie mir nicht helfen kann. »Warum nicht?«, frage ich nach.

»Weil ich meine Schwester nicht in einer Ruine herumlaufen lasse. Das ist viel zu gefährlich.«

»Lou, bitte.«

»Nein, sorry. Du würdest das umgekehrt auch ablehnen.«

Da hat sie recht. Ich seufze.

»Brauchst du noch was anderes, Cali? Eine große Schwester, die vorbeikommt und dich in den Arm nimmt? Eine kleine Lobeshymne auf dich? Einen Plüschteddy, auf dem steht: ›Entschuldige, dass deine Schwester so ein unsensibles Miststück ist, dass sie dir eingeredet hat, du wärst keine gute Professorin‹? Denn das bist du.«

»Mehr Törtchen«, krächze ich gerührt, weil man mich mit Schokolade in jeglicher Form beschwichtigen kann.

»Kriegst du, Schwesterherz.«

»Danke. Hab dich lieb.«

Wir legen auf, und frustriert lasse ich die Semestervorbereitung ruhen. *Los, versuch, deine restlichen freien Tage zu genießen*, sage ich mir und richte mich mit einer weiteren Dark Romance am Pool ein. Aber auch das klappt nicht. Die Story kann mich nicht fesseln, meine Gedanken schweifen immer wieder zu Alex ab. Genau wie meine Fantasien …

»Oh Baby, ich kann dich nicht länger leiden sehen, los, spreiz die Beine.«

»Spinnst du, nein! Sex ist nicht, was ich brauche.« Ich weiche zurück. Er folgt mir.

Als ich nicht weiterkann, zucken seine Mundwinkel. Er packt mich an der Hüfte, drückt meine Knie auseinander und legt sich zwischen meine Beine. »Scht. Gleich wird es besser.« Er dringt in mich. »So viel besser.«

Ein Stöhnen löst sich aus meiner Kehle.

»Hab ich dir doch gesagt!«

Argh! Wann hört das endlich auf? Frustriert schnappe ich mir mein Tablet und will nur schnell das aufschreiben, was mir durch den Kopf gegangen ist. *Aus den Gedanken, aus dem Sinn. Dass ich darauf nicht schon eher gekommen bin!* Doch kaum beginnen meine Finger zu tippen, verselbstständigt sich die Fantasie ...

Nach drei Orgasmen liege ich verschwitzt in seinen Armen. Er grinst zufrieden und wirkt kein bisschen erschöpft. »Einmal noch«, sagt er und schiebt seine Finger in mich.

»Bitte nicht.«

»Für mich«, haucht er mir ins Ohr, und wie von selbst öffne ich ihm die Beine. »Das ist mein Mädchen.«

Er dringt in mich, nimmt mich, und ich habe ihm nichts entgegenzusetzen. Mein Körper gehört ihm und gehorcht ihm.

Als ich erneut gekommen bin und er auch, in mir, schaut er mich grinsend an. »So, jetzt noch mal zu den Vertragsbedingungen. Wir verlegen deine Musik. Du erhältst fünfzig Prozent.«

»Das sind ungewöhnlich gute Konditionen. Wo ist der Haken?«

»Ich will, dass du bleibst.«

»Für wie lange? Einen Monat? Ein Jahr?«

»Für immer.«

»Was, wenn ich Nein sage?«

»Oh, das wirst du nicht.« Er bewegt sich wieder in mir. »Das kannst du doch gar nicht.«

»Verdammt!« So als hätte ich mir die Finger verbrannt, lasse ich das Tablet fallen. *Was tue ich da? Das hier sollte meine Fantasien weniger werden lassen, stattdessen wird das was? Eine vollständige Geschichte?! Mit Alex als Plattenboss und mit mir als neuer Musikerin in den Hauptrollen? Nicht gut. Ich schreibe Fachartikel, keine kochend heißen Liebesromanzen.*

Ich nehme das Tablet und schaue auf ganze fünf Seiten Text, die dort stehen. *Fünf! Die ich in wie vielen Sekunden geschrieben habe? Drei?* Während ich bei meiner Univorbereitung Stunden für einen Absatz gebraucht habe.

»Lösch es«, murmle ich. »Na los!«

Ich markiere den gesamten Text und drücke auf die Entfernen-Taste. Das Dokument wird weiß. *Das fühlt sich falsch an.*

Hastig mache ich das Löschen rückgängig und starre wieder auf die schmutzige Szene. *Gut, lies noch mal alles und lösch nur die schlimmen Momente.*

Ich scrolle zurück an den Anfang, denke, jetzt muss ich mich quälen, doch das Gegenteil ist der Fall. Die Story packt mich erneut.

Das ist verrückt! All die anderen Romane auf meinem eReader langweilen mich, aber bei dieser Geschichte will ich wissen, wie sie weitergeht. Statt den Text zu entschärfen, schreibe ich weiter. *Nur noch der eine Gedanke, Cali, dann musst du was für die Uni machen.*

Mist. Mir hätte klar sein müssen, dass dieser Plan nicht aufgeht. Ich kann gar nicht mehr aufhören …

Alex

Cali hat sich nicht umstimmen lassen, aber sie hat mir eine neue Nachhilfe organisiert, Toby Green, einen ihrer besten Studenten. *Wenigstens etwas.* Der Start ist allerdings ernüchternd. Wie vereinbart sitze ich drei Tage später im Konferenzraum des Hotels und arbeite ein weiteres Einführungsbuch von Calis Liste durch, doch er kommt nicht. *Das fängt ja gut an.*

Nach einer halben Stunde taucht der Kerl endlich auf. Ich mustere ihn argwöhnisch. *Das ist also mein neues Genie?!* Er trägt Shorts, Flip-Flops und ein Businesshemd, als käme er vom Strand und hätte sich für den Termin nur noch schnell was übergezogen. *Gut vorbereitet sieht anders aus.*

»Wow, du bist … Sie sind wirklich Alex Reid. Ich war mir nicht sicher, ob Ms. Harper tatsächlich dich … Sie gemeint hat.«

»Das Du ist okay«, sage ich nachsichtig und erlöse ihn von seinem Gestammel. »Ich bin der Bassist der Rebel Boys. California sollte das erwähnt haben. Nachdem wir das geklärt haben: Können wir anfangen?« *Und die verlorene halbe Stunde aufholen?*

»Sicher.« Er reckt seinen Hals. »Was liest du da?«

»Ein Grundlagenbuch.«

»Das kannst du dir sparen. Hier geht es um den Immobilienmarkt. Lass uns direkt mein Skript vom letzten Jahr durchgehen. Damit hast du alles, was du brauchst.«

»California hat auf den Grundlagen bestanden«, sage ich irritiert.

»Das machen alle Professoren. Sie mögen es nicht, wenn wir nur für die Klausuren lernen und ihren Stoff am Ende wieder vergessen. Sie glauben, wir würden den Kram noch mal brauchen.« Er lacht wie über einen guten Witz. *Ha, ha.*

Noch vor vier Wochen hätte ich Toby sympathisch gefunden. Mit derselben Einstellung bin ich durchs Studium gegangen und bis auf den letzten Kurs weit gekommen. Jetzt breitet sich Unbehagen in mir aus. California hätte doch nie im Leben mehr Stoff mit mir durchgenommen als unbedingt nötig.

»Bist du dir sicher, dass wir das Buch nicht brauchen?«, frage ich noch mal nach.

»Absolut.«

»Na gut«, gebe ich nach, lege es zur Seite und beschließe, ihm eine Chance zu geben. *Neuer Tutor, neue Methode. Warum nicht?*

Wir besprechen sein Skript, und ich kann ihm problemlos folgen, was nach den letzten Tagen, die mir der Schädel gebrummt hat, ein seltsames Gefühl ist. *Ist der Stoff plötzlich leichter, oder hab ich echt was gelernt?*

»Du bist richtig gut«, meint Toby anerkennend, als wir den Inhalt der ersten Sitzung durchhaben. »Nach allem, was mir Ms. Harper erzählt hat, hatte ich mit dem Schlimmsten gerechnet.« Er zwinkert mir zu. »Ich weiß doch, dass du eher auf der Bühne stehst oder Party machst, statt zu lernen.«

Weit gefehlt. An meine letzte große Party kann ich mich nicht mal mehr erinnern. Aber ich denke nicht daran, diesen Typen, der noch Flaum im Gesicht hat, darüber aufzuklären, dass man nicht durch Partys, sondern harte Arbeit Superstar wird. »Ich geb mir Mühe«, sage ich nur. »Der Abschluss ist mir wichtig.«

»Klar. Dann lass uns direkt die Inhalte der zweiten Sitzung besprechen.«

Er öffnet das nächste Skript und rast durch den Stoff, als würde eine Stoppuhr laufen. Alles wirkt logisch und einfach, fast vergesse ich mitzudenken. »Moment mal«, bremse ich ihn und hake an einer Stelle nach.

»Das ist unwichtig«, sagt er und blättert weiter. »Das Thema wird nicht abgefragt werden.«

Machen heutzutage alle nur das Minimalprogramm? Ich blättere die Seite zurück. »Ich will die Antwort aber wissen.«

»Ehrlich, das wird niemand rannehmen.«

Dieses Ausweichmanöver kenne ich. »Weißt du es nicht?«

»Doch, natürlich ... Mir fehlt nur eine Zahl. Keine große Sache. Ich schlag die Infos nach und beantworte dir die Frage beim nächsten Mal.«

Soll das ein Scherz sein? Durch die Rebel Boys bin ich es gewohnt, mit Profis zusammenzuarbeiten. Leute, die Zusagen einhalten, die pünktlich sind, die das, was wir machen, ernst nehmen. Toby gehört nicht zu diesem Schlag Menschen, und auch wenn ich befürchte, dass er mit seiner kumpelhaften Art auf der Karriereleiter weit nach oben klettern wird, unser Weg endet hier.

»Spar dir die Arbeit, Toby. Ich verzichte auf weitere Hilfe.«

»Ms. Harper meinte, die Vorbereitung wäre wichtig.«

»Ach ... na ja ...«, winke ich ab, um dem Kerl nicht zu sagen, dass ich ihn für einen Vollidioten halte.

»Okay ... dann lassen wir das.« Er erhebt sich. »Aber ich werde für heute bezahlt, richtig? Ich hab extra einen anderen Job hierfür abgesagt.«

»Natürlich«, antworte ich kühl und werfe ihm ein paar Scheine zu. *Danke für gar nichts. Möge es für ein vollständiges Business-Outfit reichen!*

»Klasse!« Er steckt das Geld ein. »Können wir noch ein Selfie machen?«

Hat der Kerl ein Glück, dass ich für Fans alles tue. Mit einem falschen Lächeln winke ich ihn zu mir, warte geduldig, bis er glatt fünfzehn Selfies, ein Live-Video und eine Story gedreht hat, und suche dann das Weite. Wenn ich nicht in fünf Minuten hier weg bin, wird das Hotel aufgrund seiner hübschen Story von Fans belagert werden, und ich hab mein Kontingent an geheuchelter Freude bereits bei Toby verbraucht. *Wichser!*

»Alles okay?«, fragt Josh, als er mich auf den Wagen zugehen sieht, und setzt sich sofort hinters Steuer.

»Blendend«, knurre ich, lasse mich in den Sitz fallen und schaue auf die Uhr. Die Jungs probieren im Augenblick ein paar neue Versionen aus. Da wäre ich gerne dabei gewesen, hatte aber wegen der Nachhilfe abgesagt. Jetzt kann ich doch mitmachen. »Kannst du mich zu Nate fahren?« Ich muss ganz dringend ein bisschen Dampf an der Gitarre ablassen. Denn offensichtlich geht gerade alles in meinem Leben schief. *Wenn ich mich reinhänge, kann ich es auch alleine schaffen. Aber fuck! Was, wenn nicht?!*

KAPITEL
7

»Lassen Sie uns die Theorien an einem Fallbeispiel durchgehen«, sage ich in der zweiten Uniwoche in meinem Kurs und merke, wie alle die Materie besser verstehen. Dieses Semester läuft anders als die vorherigen. Ich interessiere mich mehr als sonst für den Lernfortschritt meiner Studenten. Niemand soll wie Alex wegen fehlender Grundlagen beim Folgestoff nicht mithalten können. Nach außen bin ich zwar noch die alte Cali, und Alex hat nie in meinem Leben existiert, in Gedanken begleitet mich der Mann jedoch Tag und Nacht.

Ja, als Bassist der Band ist Alex ein Frauenheld. Nicht nur Sechzehn-, sondern auch Sechzigjährige fangen in seiner Gegenwart an zu kreischen. Wo der Mann auftaucht, bricht Chaos aus. Das konnte ich auf dem Campus eindrucksvoll miterleben. Aber er kann mehr. Bis auf diesen einen Kurs hat Alex alle für den Abschluss bestanden. Den Stoff dafür hat er nebenbei gelernt, auf Tour, im Studio, vielleicht sogar auf Partys. Keine Ahnung, wie er das geschafft hat.

Wenn schon nicht mir gegenüber, so zumindest anderen gegenüber verhält er sich korrekt. Ich werde ihm nie vergessen, dass er für meine Schwester da war. *Dafür liebe – nein, zu stark!* Ich schüttle mich. *Dafür bin ich ihm sehr dankbar.*

Er kann außerdem Französisch. Warum das für ihn spricht, muss ich nicht weiter erklären. Auf Französisch kannst du einer Frau alles sagen, es klingt immer sexy. Mal davon abgesehen, dass das nicht die leichteste Fremdsprache ist. Ich habe mir die Grundlagen angeeignet, weil es in Miami eine beachtliche französischsprachige Gemeinde gibt, spreche die Sprache allerdings selbst nur auf mittlerem Niveau.

Und Alex will ein Label führen. Ich habe keine Ahnung, worum man sich dabei kümmern muss, aber ich kenne mich mit Businessplänen aus. Das ist ein riesiger Schritt und ein Haufen Verantwortung.

Alex hat meine Hilfe verdient, aber was dagegenspricht, ist, dass er mich nervös macht. Nicht nur ein bisschen, sondern unerträglich nervös. So wie die Luft vibriert, wenn ein Gewitter aufzieht, so summt mein Körper, wenn Alex in der Nähe ist. Da ist außerdem diese Leichtigkeit. Wenn wir zusammen sind, legt sich in mir ein Schalter um, ich bin spontaner, verrückter, freier. Aus Leichtsinn passieren Fehler.

»Lesen Sie bis nächste Woche die Titel von der Literaturliste«, beende ich meinen Kurs, entkopple meinen Laptop vom Beamer, räume die Unterrichtsmaterialien weg und warte, dass sich der Hörsaal leert. Die Leute sind kaum jünger als ich, uns trennen nur vier Jahre. Das ist gar nichts. Was mich von ihnen unterscheidet, ist ein langweiliger, weit geschnittener Hosenanzug, der jede Kurve von mir kaschiert, und meine teure Aktentasche – das vierte Baby in meiner Sammlung von Designer-Handtaschen, das ich mir letztes Semester gekauft habe.

Wie üblich werden mir Fragen gestellt, wie üblich von mehr Männern als Frauen, dabei ist die Quote im Kurs ausgewogen. Mir ist klar, dass sie mich beeindrucken wollen, ich bleibe professionell. Jeder Fehltritt könnte mich den Job kosten. Mal davon abgesehen, dass mich die Studenten eh nicht interessieren. Sie sind gar nicht so viel jünger als ich, aber ihnen mangelt es an Reife.

Da gleich meine Sprechstunde beginnt, steuere ich mein Büro an. Als ich am Lehrstuhl für Immobilienwirtschaft vorbeikomme, zögere ich und mache spontan einen Abstecher zu Prof. Dr. Mitchell.

»Hi, Peter, hast du einen Moment?«, betrete ich mit einem Klopfen sein Büro, das mehr oder weniger über meinem liegt, doppelt so groß ist und gefühlt dreimal so viel Licht abbekommt wie meine Kammer im Erdgeschoss.

»California! Sicher.« Sein Blick gleitet über mich, und ich hasse das unverhohlene Interesse darin. Der Mann steuert die vierzig an. Ja, das ist nicht alt, aber trotzdem fünfzehn Jahre älter als ich. »Worum geht es?«

»Die Studenten dieses Jahr sind irgendwie …«, beginne ich, eine Niete in Small Talk, ohne recht zu wissen, was ich da tue. Wobei … das stimmt nicht, ich wüsste zu gerne, wie Alex sich schlägt, kann das allerdings nicht direkt erfragen. Es ist unüblich, sich nach der Leistung von Studenten zu erkundigen. »Wie läuft es denn bei dir?«

»Ein paar Leute sind dieses Mal echt gut vorbereitet, aber die krieg ich schon noch klein.« Er reibt sich grinsend die Hände. »Soll keiner denken, dass mein Kurs ein Spaziergang ist. Egal, wie gut sie sind, sechzig Prozent werden durchfallen.«

Das künstliche Lächeln in meinem Gesicht erstarrt. Mir fällt wieder ein, dass die Studenten jedes Jahr über ihn tuscheln, was er für ein fieses Schwein sei. In seinen Kursen genießt er es, Leute auflaufen zu lassen. Für Bonuspunkte lässt er sich Snacks vom Automaten holen. Ein Gerücht besagt sogar, dass ein Erstsemester seinen Wagen mal in die Reinigung fahren musste. Bisher hielt ich das nur für Gerede, aber nach diesen zwei Sätzen, seinem Tonfall und seinem Grinsen glaube ich alles. Ich kenne Typen wie Mitchell, es gibt sie überall. Nach oben schleimen, nach unten treten.

Ohne Hilfe wird Alex durchfallen.

Ohne Hilfe von dir, Cali.

Keine Ahnung, woher der Gedanke kommt, doch sobald er da ist, lässt er sich nicht mehr vertreiben. Ich habe einen riesengroßen Fehler gemacht, als ich Alex stehenlassen habe.

»Alles okay?«, fragt mich Mitchell plötzlich besorgt, weil ich wohl etwas blass um die Nase geworden bin, und steht auf, als wollte er mich stützen.

Bäh! Instinktiv weiche ich zurück. »Ja ... Nein ... Geht schon«, murmle ich. »Hab nur noch nichts gegessen.«

»Hier, mein Proteinriegel«, sagt er und reicht mir einen zerdrückten Snack. *Wie lecker!*

»Danke«, presse ich heraus und nehme den Riegel, obwohl mir nicht nach Essen ist, schon gar nicht, wenn es von ihm stammt. »Man sieht sich.«

Ich mache, dass ich davonkomme. Die Erkenntnis bleibt. *Ich muss Alex helfen. Ich! Nur ich.*

Alex

»Ich komme gleich nach«, sage ich den Jungs, als wir das Studio von Hurricane Florida Records betreten, wo ein Aufnahmeraum auf uns wartet.

Während ich zu den Meetingräumen weitergehe, eilt Ryan an mir vorbei und grinst breit. Er konnte Sebastian, den besten Tontechniker der Ostküste, überreden, mit uns ins Studio zu gehen. Ab zwei Uhr haben wir einen Slot bei ihm, um fünf Tracks für eine *Hard Rock for Lovers*-Edition aufzunehmen – Ryans dämliche Idee, weil sich Nates Schmusesongs so gut verkaufen und er einen Teil der Rebel-Boys-Songs in einer Kuschelversion dem neuen Publikum zugänglich machen will. Danach folgt ein rockiges Studiokonzert für ausgewählte Fans.

Die Stimmung ist eh schon mies, weil keiner von uns darauf Lust hat. Man säuselt nun mal keine Kampfhymnen ins Mikro wie die hier:

First fuck the world, then swing your sword,
everything goes down, and that will hurt.

Scheiß zuerst auf die Welt, dann schwing dein Schwert,
alles geht unter, und das wird wehtun.

Meine Laune ist noch mal finsterer, weil ich auf TikTok eine Newcomer-Band entdeckt habe, die ich unbedingt unter Vertrag nehmen will, und dafür um ein Meeting mit der Rechtsabteilung und dem Finanzchef der Plattenfirma gebeten habe. Ich ahne schon, was sie sagen werden, aber ich muss wenigstens versuchen, das Go für erste Verträge zu bekommen.

Sobald ich das Zimmer betrete, begrüßt mich Ober-schnösel-Anwalt Zac mit den dämlichen Worten: »Alex, heute mal nicht im Anzug?« Er gibt immer überall mit seinem Yale-Studium an, verschweigt aber gerne, dass er nur durch Spenden von Daddy den Platz bekommen hat, nicht durch seine Noten.

Ich ringe mir ein falsches Lächeln ab. »Wollte mir das Ja-ckett nicht durchschwitzen, wenn ich nachher mit dem Bass spiele.« *Etwas, wovon du Wichser absolut keine Ahnung hast.*

»Verstehe, das zerfledderte Shirt steht dir auch.«

»Danke, ich mag auch deine Krawatte. Ist das darin Braun? Das passt ganz ausgezeichnet zu ...« Ich sehe ihm in die Augen, sie sind blau. »Es passt zu dir«, säusle ich. *Du kleines Stück Scheiße.*

»Was hast du für uns?«, fragt er, ohne meine Anspielung verstanden zu haben, und gibt seiner Assistentin Maria ein Zeichen mitzuschreiben.

»Das hier«, sage ich, setze mich und schließe mein Handy an die Soundanlage an. Ich drücke auf Play, und wahnsinnig geile Partybeats zusammen mit einer fantastischen dunklen Frauenstimme erfüllen den Raum. Sofort wippe ich im Takt mit, und meine Laune hebt sich. Das ist die Magie von Musik. Sie kann jede deiner Stimmungen beeinflussen. Sie kann dich trauriger oder wütender machen – oder wie gerade verdammt happy. Ein guter Song kann die Welt verändern.

»Das sind die Killer Puppets«, sage ich und verteile Fotos. »Eine Band mit drei jungen Frauen, alle frisch sechzehn geworden, die nach der Schule Musik machen und abends in Bars auftreten.«

»Herzerwärmend«, murmelt Martin, der Finanzchef. »Eine Schülerband.«

Hat er Watte in den Ohren? »Wartet auf den zweiten Track. Die Sachen sind wirklich der Wahnsinn.«

Der nächste Song beginnt, verstummt jedoch nach den ersten Textzeilen. Sauer sehe ich zu Zac, der den Track angehalten hat und damit mal wieder beweist, wie wenig er vom Business versteht.

»Ich habe Zahlen und Prognosen dabei«, sage ich. »Die drei Frauen werden groß rauskommen. Zu Hurricane Florida Records passen sie nicht, die Band ist nicht kommerziell genug. Aber sie würden zu Rocket Rebel Records passen.« Dem Label, das ich gründen will.

»Haben wir was verpasst, und du hast mittlerweile deinen Bachelor?«

»Nein.« Mein Puls klettert nach oben, weil diese Idioten nicht mal eine Chance erkennen würden, wenn in Leuchtschrift ›einmalige Gelegenheit‹ darüber stünde. »Was ich euch sage, ist, dass ich hier einen tollen Artist habe. Organisatorisch ist alles für das Label vorbereitet. Ihr habt mir sogar ein Büro eingerichtet. Es fehlt nur noch ein bestandener Kurs für meinen Abschluss, eine Formalie, auf die wir nicht warten sollten. Ihr wisst, dass ich den Job kann, sonst würden wir nicht hier sitzen. Ich will, dass wir starten. Nicht für mich, sondern für die Killer Puppets.« Wie eine Ansage drücke ich wieder auf Play, und dieser unglaublich fette Sound erfüllt erneut den Raum. Ich kann so viel reden, wie ich will, die Musik ist mein stärkstes Argument.

Zac und Martin werfen sich einen Blick zu. Sie nicken, was ich schon für ein gutes Zeichen halte, bis sie aufstehen. »Was soll das, Leute?«

»Gut gemacht, Alex.« Zac klopft mir kumpelhaft auf die Schulter. »Du bist echt der richtige Mann für das Label.«

»Heißt das, ihr gebt das Geld frei?«

Zac lacht. »Das heißt, dass wir jetzt gehen und warten, bis du den Abschluss hast.«

»Aber –«

Martin dreht sich an der Tür noch mal zu mir um. »Das ist nichts Persönliches, Alex. Wir sind unseren Gesellschaftern verpflichtet. Wenn wir solche Summen für ein Sub-Label freigeben, wollen sie eine Sicherheit.«

Ich hole schon Luft für einen weiteren Einwand, da sind sie weg. Der dritte Song startet, mega Partymusik mit tiefgehenden Texten. Nur dass hier niemand feiert.

»Scheiße!«

Ich spiele durch, ob ich das Meeting anders hätte starten sollen. *Gut, etwas mehr Schleimerei hätte nicht geschadet. Aber hätte sie was geändert? Wohl kaum.*

»Kann ich die Präsentation hierlassen?«, frage ich Maria.

»Sicher, aber rechne nicht damit, dass er sie sich anschaut.« Sie verdreht die Augen. »Der Kerl hätte dir auch einen Korb gegeben, wenn du den Elvis des 21. Jahrhunderts im Gepäck gehabt hättest.«

Sie hat recht. Zac ist jemand, der sich streng ans Skript hält und der schon beim Wort ›Risiko‹ Herzrhythmusstörungen bekommt. Ihn interessiert nicht der kreative Teil der Arbeit, sondern Sicherheit. *Fuck.*

Ich werfe die Unterlagen in den Müll und mache dann den einen Anruf, den ich nicht machen wollte. Ich melde mich bei einem Freund, der ein kleines Label in San Francisco führt, und gebe ihm die Kontaktdaten der Killer Puppets, weil ich es nicht übers Herz bringe, die Frauen hinzuhalten. Sie müssen jetzt durchstarten. Wenn auch ohne mich. *Möge das meinem Karmakonto irgendwann zugutekommen.*

Auf dem Weg zu den Aufnahmeräumen versuche ich, mich zu beruhigen, aber es gelingt mir nicht. Wenn der Laden nicht so irre gute Verbindungen zu Musikplattformen und Journalisten hätte, würde ich mein Label alleine hochziehen.

»Wie lief es?«, fragt Nate, als ich im Studio auf die anderen treffe.

Ich schüttle den Kopf, weil ich darüber nicht reden will. »Wo seid ihr?«

»Verdammt!«

Wütend schmeiße ich den Bass auf den Boden, ehe ich checke, was ich da tue. Wenn ich die Gibson zerstöre, muss ich echt einiges in Bewegung setzen, um noch mal an so eine gute zu kommen. Aber der Frust ist berechtigt. Wir spielen seit drei Stunden Songs ein, alle machen ihren Job, und ich verkacke es ständig. *Bei einem Stück, das wir seit fünf Jahren im Repertoire haben!*

»Mir reicht's«, sage ich und lasse die Band stehen. Ich

muss dringend an die frische Luft und mich beruhigen.

Ich kenne das Gebäude, nehme den Aufzug und fahre hoch zur Dachterrasse, die meistens unbenutzt ist, wenn nicht gerade ein Event stattfindet.

»Zutritt verboten«, will mich ein Wachmann aufhalten.

»Fick dich!«, knurre ich, stoße ihn zur Seite und öffne die Tür.

Es ist ein richtig warmer Sommertag. Mein Blick gleitet über die Skyline und schließlich zum Wasser und zu den Kreuzfahrtterminals. Normalerweise beruhigt es mich, dem Ankommen und Abfahren der Schiffe zuzusehen, nicht heute.

Wenn ich mein Label will, brauche ich den Abschluss. Das Problem ist nur, dass ich dafür schwarzsehe. Noch in der ersten Vorlesungswoche war ich euphorisch. Dank Cali und der Grundlagenwiederholung, die ich alleine abgeschlossen habe, habe ich alles verstanden. Jetzt, nach Woche zwei, habe ich schon den Anschluss verloren. Mitchell hätte genauso gut nur den Mund auf- und zumachen können. Ich bin am Arsch. Und ich weiß, was das heißt: dass sich der Traum vom Label in Luft auflöst.

Hinter mir höre ich die Tür auf- und zugehen – und natürlich nicht, wie der Wachmann den Besucher aufhält, sondern nur leise etwas murmelt, das klingt nach: »Nettes letztes Lied.«

Dieser Penner! Wenn er *Hard Limits*, den neuen Song der Rebel Boys, mag, sollte er doch neben der Visage von Nate auch meine kennen. Ich bin der Bassist, habe zig eigene Fanpages – und bin offensichtlich gerade extrem gereizt.

»Keine Sorge, ich stürz mich nicht vom Dach«, knurre

ich, als sich Nate neben mich stellt.

»Na, da bin ich ja beruhigt. Wir haben nämlich immer noch keinen Ersatz für dich und könnten die vorhin angefangene Session sonst wegwerfen.«

»Aufbauend wie eh und je«, grummle ich.

»Stimmt, ich hatte deine fröhliche Art vergessen. Die würden wir natürlich auch vermissen.«

Ich muss leise lachen, weil niemand so ein guter Blitzableiter ist wie Nate. Wir hatten auch schwierige Momente, aber wir machen schon so lange zusammen Musik, dass wir wissen, wie wir uns zu nehmen haben.

»Wusstest du, dass sie in New York bereits mein Büro eingerichtet haben?«, rede ich weiter, ohne ihn anzuschauen. »In der 24. Etage, mit Blick auf die Hudson Yards. Sogar mein Name steht schon an der Tür.«

»Hat es einen bequemen Stuhl?«

»Einen saubequemen.«

»Größer als der von Ryan?«

»Darauf kannst du wetten.«

»Und jetzt muss da einmal die Woche eine Putzfrau ihren Staubwedel schwingen, nur weil du deinen Abschluss vermasselt hast?«

»So sieht es aus.« Ich muss grinsen. »Wenn es nicht der eine oder andere zweckentfremdet.«

Wieder höre ich die Tür. Wieder wird derjenige nicht aufgehalten.

»Was machen wir hier?«, fragt Ryan, der die Aufnahme betreut hat.

»Wir warten, bis Alex sich ausgeheult hat, damit wir wenigstens das Studiokonzert spielen können.«

»Ach so.« Er lacht leise, ist wieder mehr der Musiker von früher, weniger der Chef von heute. »Soll ich nachhelfen? Ich könnte Zwiebeln auftreiben. Oder scharfes Essen.«

»Ihr seid beide scheiße«, töne ich. »Womit habe ich euch verdient?«

»Sieht es wirklich so übel aus?«, fragt Ryan, der mich bei den Kalkulationen für die Killer Puppets unterstützt hat und, auch wenn er meinen Weggang aus der Band bedauert, mir hilft, wo er kann. »Du hast doch den Abschluss fast.«

»Du sagst es, fast. Mein Prof ist ein Arsch. Er hat mal eben in der zweiten Woche Inhalte behandelt, die in der letzten fällig gewesen wären. Wenn ich daran denke, wie er weitermacht und was er zum Lesen aufgegeben hat, dann nimmt er Stoff dran, der normalerweise erst im Masterstudium abgefragt wird.«

Fuck. Ich weiß, wie es endet.

Wind weht mir ins Gesicht, und mir wird klar, dass ich nicht an der Schwelle zu etwas Neuem stehe, sondern dass alles vorbei ist. Ich kann den Abschluss vergessen. Ja, ich kann immer noch mein eigenes Label gründen und bei null anfangen, aber machen wir uns nichts vor, ohne die richtigen Kontakte werde ich die Lachnummer der Branche.

Und California ist auch weg. Das ist ein Zeichen. Gestern noch habe ich mich für den Größten gehalten, aber ein bisschen Bescheidenheit ist wohl angebracht. Ich bin es nicht, war es nicht. Sie hat das gleich erkannt.

»Scheiße, spielen wir!«, knurre ich und stürme vom Dach.

»Moment mal, jetzt?«, ruft Nate und folgt mir.

»Jetzt sofort, live!«

Wenn spielen das Einzige ist, was ich kann, spiele ich eben. Vielleicht wird dann alles wieder wie früher, als ich jung war und nur zählte, dass ich auf der Bühne stand, und Erwachsensein bedeutete, dass man Alkohol trinken und wählen durfte. Nicht, dass man sich an Regeln halten muss, ständig Steine in den Weg gelegt bekommt und Frauen begegnet, die einen nicht wollen.

Adrenalin rauscht mir durch die Adern, ich nehme die Treppe nach unten ins Studio, lege mir den Gitarrengurt um die Schulter und schlage die ersten Töne mit voller Wucht an. *Ja, das hier kann ich, dafür bin ich wohl geboren. Scheiße, dann mache ich das, bis ich alt und grau bin, Arthritis in den Fingern bekomme und die Noten nicht mehr treffe.*

»Los, ihr lahmen Ärsche!«, rufe ich Harvey und Brad zu, damit sie einsteigen.

Als sie anfangen, stolpert Nate gerade mal ins Studio. Er muss meinen Gesichtsausdruck erkennen, er hatte ihn selbst oft genug. *Wenn er mir jetzt ans Bein pinkelt und mir sagt, ich soll seine Schmusesongs spielen, passiert ein Unglück!* Ich bin nicht in der Band, um den weichgespülten Mist zu spielen. Ich brauch uns laut und wild und rau.

Zum Glück versteht mich Nate. Er lässt mich den Sound des Abends bestimmen und schmeißt sich voll rein in die Musik. Das ist sein Ding. Ich war nie wie er, aber offensichtlich gehören wir zusammen, scheiße, und wenn mich keiner will, dann eben er.

Eine Saite reißt. Ist mir egal. *Fuck, ich kann auch auf einer halben Gitarre spielen, überhaupt kein Ding. So gut bin ich.*

Wir legen keine Pause ein, wir spielen härter und krasser als auf einer Bühne vor hunderttausend Leuten, und hier sind gerade mal zwanzig Fans, drei Tontechniker, ein paar Kameras und Fuzzis von der Plattenfirma. Mit der Musik ficke ich sie alle.

When they bite you, bite back!
When they fight you, fight back!
Give them a lesson, they never forget.

Wenn sie dich beißen, beiß zurück.
Wenn sie dich bekämpfen, wehr dich.
Gib ihnen eine Lektion, die sie niemals vergessen werden.

Schweiß rinnt uns über die Gesichter, die Studiolampen heizen den Raum zusätzlich auf. Ich bin wie in einem Tunnel, dankbar, dass in meinem Kopf nichts anderes existiert als die Musik und jede verfickte Note, die im Gegensatz zur sanften Aufnahmesession sitzt, weil ich diese *eine* Sache noch kann. Spielen. Und bevor irgendwas anderes mein Hirn wieder ficken kann und mir auch diese letzte Sache nimmt, malträtiere ich meinen Bass und performe, bis aus dem Konzert eine allgemeine Labelparty wird.

Jemand verteilt, während wir spielen, Alkohol. Ich kippe mir gleich drei Shots auf einmal hinter, und mit dem Wodka und der Musik fühle ich mich fast wieder normal. Was auch immer für eine Scheiße in meinem Leben abläuft, ich will sie vergessen. Ich werde sie vergessen …

»Komm, Superstar, es geht nach Hause«, sagen Brad und Harvey, packen mich unter den Armen und dirigieren mich Richtung Fahrstühle, als Ryan die Party beendet.

Fuck, mir ist nicht danach, alleine in meiner Bude zu hocken. Wir hatten schon lange nicht mehr solche Nächte. Nächte, in denen alles möglich ist. In denen das Leben außer Kontrolle gerät. Nächte, in denen man nur lebt und frei ist und nicht an morgen denkt. Seit Nate mit Lou zusammen ist, hält er sich von Ärger fern, aber Brad, Harvey und ich, wir haben Schwänze, und wir müssen mal wieder raus und sie benutzen.

»Jungs, die Party geht bei mir weiter!«

KAPITEL
8

Bleib professionell, Cali!, sage ich mir, als ich auf den Eingang des Luxushochhauses zugehe, in dem Alex wohnt. *Du gibst ihm die Bücher, du sagst ihm, bis wann er sie lesen muss, ihr vereinbart die neuen Nachhilfetermine, und dann bist du wieder weg.* Ich bin immer noch nicht begeistert davon, Alex zu helfen, aber ich kann ihn nicht sehenden Auges ins Messer laufen lassen. Lou hat Vi und mir beigebracht, für andere da zu sein. Nur weil dieser Mann in mir mehr Chaos anrichtet als Hurrikan Katrina, kann ich das nicht ignorieren.

Nervös betrete ich das Foyer, und einer der zwei Wachmänner kommt mir entgegen. »Ma'am, kann ich Ihnen helfen?«

»Nein, ich meine, ja«, stammle ich und bereue es, knappe Shorts und ein einfaches Shirt zu tragen, nicht mein Lehroutfit. So langweilig der Hosenanzug und Blazer auch sind, die Klamotten lassen mich älter aussehen und seriöser. »Ich bin eine Freundin von Alex«, sage ich und lächle den Wachmann erwartungsvoll an. »Alex Reid.«

»Wie lautet Ihr Name?«

»California Harper.«

»Bedauere, Sie stehen nicht auf der Gästeliste. Bitte gehen Sie.«

»Ich stehe nicht ...?!« Das macht mich sprachlos. »Aber er kennt mich!«

Die beiden Männer verziehen skeptisch ihre Gesichter. Ich will schon aufgeben, als sich die automatischen Glastüren öffnen und drei Frauen in knappen Paillettenkleidern und High Heels kichernd ins Foyer torkeln.

»Hi, Steve, hi, Mac«, grüßen sie die Security, als wären die beiden Türsteher und das Gebäude ein Club, in dem sie öfter verkehren. »Dürfen wir?«

»Klar, geht durch und viel Spaß«, sagt der Mann hinter dem Tresen. »Die Party soll der Wahnsinn sein.«

»Oh, das ist sie«, säuselt die Kleinste in der Gruppe, die offensichtlich den Ton in der Clique angibt, und ruft einen Fahrstuhl.

Ich denke mir nichts dabei, bis ich Gesprächsfetzen aufschnappe. »Nate ist wohl nicht da, aber ich hab gehört, Brad und Harvey sind dabei.«

»Gott, ich will den Drummer. Er darf ruhig fester zupacken.«

Gekichere. Der Fahrstuhl kommt, sie steigen ein.

»Nur zu, aber Alex gehört mir!«, verkündet die Anführerin.

»Hey, eine schnelle Nummer mit ihm ist ja wohl auch für uns drin!«

»Du kannst doch Brad nehmen.«

»Aber ich will Alex. Hast du gesehen, was er mit den Fingern an der Gitarre ka–?«

Die Türen des Fahrstuhls schließen sich, und mir wird ganz anders. *Der Mann sitzt nicht verzweifelt in seinem Penthouse und fragt sich, wie er den Abschluss besteht? Nein, er feiert!*

So wie Lou durchdreht, wenn Toiletten schlecht geputzt sind, so drehe ich durch, wenn meine Schützlinge
nicht ihre Hausaufgaben erledigen. *Erst die Arbeit, dann das
Vergnügen!* Danach lebe ich. Der Mann sollte lernen, bis er
Kopfschmerzen hat, nicht feiern, bis der Arzt kommt.

»Jetzt hören Sie mir mal zu!«, fahre ich den Wachmann
in meinem autoritärsten Tonfall an. »Ich weiß nicht, von
wann Ihre dämliche Gästeliste ist, aber sie ist veraltet.
Alex ist ein Freund. Meine Schwester, auch wenn es Sie
echt nichts angeht, ist die Freundin von Nate. *Dem* Nate!
Falls Sie die beiden mal zusammen gesehen haben, merken Sie da vielleicht eine Ähnlichkeit zwischen ihr und
mir?« Ich verziehe mein Gesicht zu dem unschuldigsten
Lou-Lächeln, das ich draufhabe. »Rufen Sie gefälligst im
Penthouse an, und geben Sie Bescheid, dass ich da bin, und
warnen Sie diesen Vollidioten vor, dass –«

Sein Kollege unterbricht mich mit einem Räuspern.
»Sie dürfen durch, Ms. Harper.« Er zeigt dem Wachmann
etwas auf dem Bildschirm. »Entschuldigen Sie das Missverständnis. Sie stehen auf der Besucher-, nicht auf der
Gästeliste. Mr. Reid hat das Penthouse im 22. Stock.« Er
geht zu den Aufzügen, ruft mir eine Kabine, hält sie mir
sogar auf – und versucht, mein Strandoutfit zu ignorieren,
das definitiv nicht für eine Party gedacht ist. »Haben Sie
einen schönen Abend!«

Obwohl ich den Kampf gewonnen habe, überlege ich,
ob ich nicht besser umkehre und einen anderen Tag wie-
derkomme. Der Mann feiert und wird für mich keine Zeit
haben. Aber nachdem ich so einen Aufstand gemacht habe,
kann ich jetzt schlecht kneifen. *Los, Cali.*

Ich betrete den Fahrstuhl, und nachdem der Mann das Stockwerk freigegeben hat, schließen sich die Türen und die Kabine setzt sich in Bewegung. Mit gemischten Gefühlen sehe ich auf die Etagenanzeige, die für meinen Geschmack viel zu schnell nach oben klettert. *Auf dass das kein Fehler ist!*

Als sich die Türen öffnen, stehe ich mitten im luxuriösesten Penthouse, das ich je gesehen habe. Nicht dass ich schon in besonders vielen war. Aber ich kenne die Villa von Lou und Nate, die mich jedes Mal, wenn ich da bin, an ein Luxusresort erinnert. Und ich kenne Bilderstrecken von Homestorys der Superreichen, die ich mir gerne in Zeitschriften anschaue, die im Wartezimmer beim Arzt ausliegen. Das hier ist anders. Weil es echt ist. Vor mir erstreckt sich nur ein großer Raum, bestimmt zwei, vielleicht sogar drei Stockwerke hoch, der durch Betonpfeiler, klug arrangierte Möbel und halb durchsichtige Trennwände strukturiert wird. Zu meiner Linken entdecke ich eine Treppe, als gäbe es noch eine zweite Ebene. Musik dröhnt mir entgegen, und die schönsten Männer und Frauen, die ich je gesehen habe, stehen in Grüppchen herum, reden, tanzen, lachen, trinken, haben Spaß. Mehr Frauen als Männer. *Weit mehr Frauen als Männer.*

Instinktiv packe ich meine Ledertasche mit den Büchern fester. Nicht weil ich fürchte, dass die mir jemand abnimmt, sondern weil ich nicht will, dass etwas von dem Alkohol, der in Strömen fließt, auf der Tasche landet.

Obwohl ich Professorin bin und es weit gebracht habe, steigt meine alte Unsicherheit in mir auf. Ich, der Bücherwurm, bin unter all den coolen Kids.

Das war ein Fehler. Ich hätte ein anderes Mal wieder-
kommen sollen.

*Aber jetzt bist du hier, Cali. Du erledigst schnell, weshalb
du gekommen bist, sagst Alex Bescheid, dass du ihm nun doch
hilfst, gibst ihm die Bücher, die er lesen soll, und bist wieder
weg. Das dauert wie lange? Fünf Minuten? Das hast du in der
Highschool überstanden, dann kriegst du das hier auch locker
hin.*

Tief durchatmend gehe ich zu einer Gruppe von Frauen,
die alle so aufwendig gestylt sind, dass ich mich wie in meiner eigenen Version von Aschenputtel fühle. Nur dass sich
Aschenputtel nicht in ihren Lumpen auf den Ball schleichen musste. *Hallo, Minderwertigkeitskomplexe! Schön, euch
mal wieder zu begegnen.*

»Entschuldigt, habt ihr Alex gesehen?«, verdränge ich
die negativen Gedanken und besinne mich darauf, dass ich
California Harper, die jüngste Professorin in Florida, bin.
Das kann garantiert keiner der Gäste von sich behaupten.

Fünf Augenpaare mustern mich und registrieren jede
Unzulänglichkeit an mir. »Nein, sorry«, sagen sie jedoch
höflich.

»Danke.« Ich wende mich ab und denke schon, dass das
ganz okay lief, da höre ich sie hinter mir tuscheln. »Seit
wann trägt man auf einer Party ein T-Shirt?« »Vielleicht
steht Alex ja auf diese Mädchen-von-nebenan-Nummer?«
»Oh bitte, kannst du dir die beiden auf dem roten Teppich
vorstellen? Hi, ich bin Alex Superstar, und das ist meine
Öko-Freundin.«

Autsch. Manche Leute bleiben so gemein wie in der Schule. Wahrscheinlich merken sie nicht mal selbst, dass sie sich

nur so groß aufspielen können, weil sie andere kleinhalten. Noch dringender als vorhin möchte ich jetzt einfach nur zu Alex, ihm die Bücher geben und verschwinden.

Schneller, als ich sollte, laufe ich weiter, drehe mich noch mal zu der Gruppe um und remple dabei aus Versehen jemanden an. Der verschüttet seinen Drink. »Pass doch auf!«, ruft er verärgert.

Überfordert mit der Situation irre ich durch das riesige Apartment und verliere die Orientierung. Ein Lageplan wäre nicht schlecht. Die Räume erstrecken sich über zwei Ebenen, ich fühle mich nicht wie in einer Wohnung, sondern wie in einem Palast. Ich öffne eine Tür und platze aus Versehen in ein Badezimmer, in dem ein Kerl es mit zwei Frauen treibt. Schockiert stolpere ich direkt wieder raus, nur um erneut jemanden anzurempeln. *Ein Elefant im Porzellanladen ist nichts gegen mich!* Erinnerungen an meine Schulzeit kommen hoch. Ich war immer die Außenseiterin, das Gespött der Schule, da konnte ich noch so gute Noten haben. Mal hat man mir Schnuller in den Spind getan, als wäre ich ein Baby. Mal mir einen Dildo beim Mittagessen aufs Tablett gelegt. Immer: gelacht. Über mich gelacht.

»Sorry«, stammle ich alle paar Meter, wenn ich wieder mit jemandem aneinandergerate, und beiße mir fest auf die Unterlippe, um nicht an damals zu denken. *Es ist vorbei, Cali. Finde Alex, und dann weg hier!*

Ich drehe mich um die eigene Achse, suche die Menge nach einem großen Kerl mit wuscheligen Haaren ab, aber kann kaum ein einzelnes Gesicht erkennen. Die vielen Leute, die Musik, die Geräuschkulisse dröhnen mir immer lauter in den Ohren. Ich kenne das Gefühl, auch wenn es lange her ist, dass ich es zuletzt hatte. Panik. Überforderung. Angst. *Nicht jetzt!*

»Hey, Cali! Was machst du denn hier? Alles okay?«, spricht mich da ein Mann an, legt eine Hand auf meinen unteren Rücken und dirigiert mich zu einem Tresen. *Harvey!* Der Drummer der Rebel Boys. Ich könnte heulen vor Erleichterung.

»Ja, alles bestens«, sage ich. »Ich wollte Alex Bücher vorbeibringen.« *Zum definitiv falschen Zeitpunkt, aber es ist, wie es ist.* »Hast du ihn gesehen?«

Sein Blick geht an meinem Kopf vorbei, schnellt aber mit einem gespielt nachlässigen Ausdruck wieder zu mir zurück. »Ähm ... nein. Willst du vielleicht was trinken?«

»Netter Ablenkungsversuch.«

Ich drehe mich, folge seinem Blick und entdecke Alex im Pool auf der Außenterrasse, die Arme am Beckenrand aufgestützt, den Kopf zurückgelehnt, lachend, umringt von Frauen, die mit ihren Cocktailkleidern im Wasser sind. Ich frage mich gerade, was da passiert, als eine Frau auftaucht und er einer anderen ein Zeichen gibt, abzutauchen.

Das ist nicht das, was ich denke, was es ist, oder?

Oh mein Gott, doch! Alex' Gesichtsausdruck lässt keinen Zweifel zu. *Er lässt sich Blowjobs unter Wasser geben!*

Wut steigt in mir auf. So heftig, dass ich zittere. *Ich denke, er sorgt sich um seinen Abschluss. Und dass er mich vermisst. Mich! Aber nein, er verhält sich genau so, wie ich es mir dachte. Ich bin nur die langweilige Uni-Tante, mit der er gespielt hat, um sich die Lernzeit angenehmer zu gestalten. Und fast wäre ich darauf reingefallen!*

»Dieser Scheißkerl!«, zische ich und schiebe mich an

Harvey vorbei, bevor ich darüber nachdenken kann, was ich da eigentlich tue.

»Hey, Cali, warte mal«, will Harvey mich aufhalten, doch er ist zu langsam. Ich arbeite mich wie ein Bulldozer durch die Menge. Ein paar Leute protestieren, als ich sie anremple, andere lachen oder reißen Witze über mich. Das ist mir plötzlich scheißegal.

»Willst du mich verarschen?!«, schreie ich Alex an, nehme meine Büchertasche und schlage damit nach ihm. *Rums.* »Du hast morgen wieder Uni.« *Rums.* »Du solltest lernen, statt dich zu betrinken.« *Rums.* Alex stemmt sich aus dem Becken. »Ich wollte dir helfen, aber offensichtlich hast du genug Hilfe.« *Rums.* Er kommt halb nackt auf mich zu. »So wird das nie was.« *Ru–* Mein nächster Schlag geht ins Leere, denn Alex reißt mir die Tasche aus der Hand. Sie landet im Wasser und sinkt auf den Grund des Pools. »Meine neue Tasche!«, krächze ich. *Und meine Bücher!* Erst verliert der Kerl ein Buch, jetzt ruiniert er einen ganzen Stapel in seiner Poolbrühe.

»Ist die Tinte wasserlöslich?«, fragt er.

»Nein, natürlich nicht.« *Du Doofie*, ergänze ich in Gedanken, weil ja wohl klar ist, dass Verlagsbücher nicht mit einem Tintenstrahldrucker bedruckt werden.

»Dann scheiß auf deine Bücher!«, sagt er, drängt mich an den Türrahmen und schaut mich ganz anders an als die Frauen im Pool. *Intensiv und heiß und gefährlich.*

»Lass mich los, Alex. Du bist betrunken.«

»Bin ich, Babe, und du warst gerade eifersüchtig.« Seine sinnlichen Lippen verziehen sich zu einem Lächeln, das ihm viel zu gut steht. Ich sollte gehen, bleibe aber wie festgenagelt stehen und genieße, wie er mir durch die Haare fährt. Die Berührung ist sanft, doch sein Blick ist alles andere als das. *Roh, wild. Perfekt.*

»Du hast da was falsch verstanden«, sage ich. »Ich bin nicht eifersüchtig.«

»Haust du also jedem Studenten, der nicht lernt, die Bücher um die Ohren?«

Mache ich natürlich nicht. Aber das werde ich ihm nicht sagen. Genauso wenig, wie ich ihm sagen werde, dass er vielleicht eventuell unter gewissen Umständen recht haben könnte …

»Leute, die Frau hier steht total auf mich!«, ruft er, als könnte er Gedanken lesen, packt mich und hebt mich hoch, bis wir auf Augenhöhe sind. »Sie mag mich, sie mag mich, sie mag mich«, stimmt er mit einer überraschend melodischen Stimme einen kleinen Sprechchor an.

Die Partygäste lachen, als würde Alex Witze reißen, aber er meint es ernst.

»Lass mich runter!«, krächze ich überfordert.

»Nö!« Er drückt sich enger an mich, was nervig und gleichzeitig schön ist. »Nie wieder.« Er atmet tief den Geruch meiner Haare ein. »Fuck, riechst du gut, Cali. Nie wieder.«

Hilfe suchend sehe ich mich nach einem seiner Bandkollegen um. Die waren nicht ganz so dicht wie Alex.

»Kumpel, lass sie los«, greift Brad ein.

»Finger weg!«, zischt Alex, dreht sich mit mir, durchquert sein Loft und läuft mit mir die Treppe hoch in die obere Etage. *Mist, Mist, Mist!*

Brad folgt uns, während Harvey die Musik abdreht und

die Party beendet. Wenn man mich fragt: beste Entscheidung des Abends.

»Wie viel hat er getrunken?«, frage ich an Alex geklammert.

»Viel«, sagt Brad direkt hinter uns. Wir nehmen einen Gang, bis wir ein Schlafzimmer erreichen, in dem ein Pärchen auf dem Bett rummacht, das aber sofort aufhört und verschwindet, als es uns sieht. »Wir waren im Studio«, erklärt Brad weiter. »Seine Stimmung war von Anfang an schlecht, nach einem Treffen mit den Geldgebern richtig mies.«

»Weil ich dich so vermisst habe!«, säuselt Alex mir zu, der zwar betrunken, aber nicht taub ist. Er setzt mich erstaunlich sanft auf dem Bett ab. Ich will die Gelegenheit ergreifen und auf Abstand gehen, aber er stützt sich mit einem Arm über mir ab und hält mich mit dem anderen fest. Unsere Blicke treffen sich, und mir wird heiß an Stellen, an denen mir nicht heiß werden sollte.

»Alex, gib sie frei«, knurrt Brad und will ihn von mir runterziehen. *Danke, dass wenigstens einer Manieren zeigt.*

»Nein!« Alex stößt ihn zur Seite und schirmt mich besitzergreifend ab, als dürfte kein anderer Kerl in meine Nähe, was mir – *oh Himmel* – gefällt. »Cali gehört mir, verstanden?«

»Wie viel Alkohol ist viel?«, frage ich.

»Im Studio gab es eine kleine Feier«, sagt Brad. »Er hat dort getrunken, im Wagen, hier. Selbst wenn es nur Bier war, ist das einiges.«

Ist es. Besorgt sehe ich den Mann über mir an. Es ist ein Wunder, dass er aufrecht stehen konnte und wir auf der Treppe keinen Unfall hatten. Es fehlt nicht viel, und er landet mit einer Alkoholvergiftung im Krankenhaus.

»Hey, Alex! Was ist passiert?« Sanft lege ich eine Hand an seinen Hals und fühle seinen Puls. Er missversteht die Geste, beugt sich zu mir und knabbert an meinem Nacken.

»Fuck, Babe, du hast mir so gefehlt«, lallt er, als hätte er meine Frage nicht mitbekommen, und reibt seinen Schritt an mir.

In seinem Kopf ist offensichtlich nur ein Teil der Informationen angekommen: Frau, die ich will, ist in meinem Bett. Nicht: ich, sturzbetrunken, und Frau nicht interessiert.

»Du bist der schönste Mensch, den ich kenne«, murmelt er. »Und der schlaueste. Bitte, Cali, heirate mich! Werde meine Frau! Bleib bei mir, bis in alle Ewigkeit. Ich verspreche dir, dich zu lieben, jeden heißen Quadratzentimeter von dir, dir jeden Wunsch von den Lippen abzulesen und immer Schokolade für dich im Haus zu haben.«

Sagt er das alles gerade wirklich? Ist es das, wovon er träumt, und jetzt, enthemmt vom Alkohol, gesteht er mir seine wahren Gefühle? Das ist ... heftig. Mir fällt kein besseres Wort dafür ein. Oder es ist nur ein Scherz? Es muss ein Scherz sein.

»Brad!«, zische ich und stemme mich gegen Alex. »Hilf mir, unsere Leuchte muss nach nebenan.«

Zu zweit schaffen wir es gerade so, diesen Mann ins angeschlossene Bad zu schleifen. Ein tolles Bad, wie ich am Rande bemerken möchte, und so luxuriös, dass ich darin am liebsten eine ganze Woche verbringen möchte. Allein versteht sich.

»Los, Kumpel, ab unter die Dusche mit dir«, sagt Brad. Er wuchtet ihn zur offenen Kabine, lässt ihn auf den Fliesen zu Boden und dreht das Wasser eiskalt auf. *Auf dass Alex etwas nüchterner wird.*

115

»Cali!«, schreit Alex da herzzerreißend. »Cali, wo bist du?!« Mit den Händen greift er wie blind nach vorn. Er fängt an zu heulen, und in meinem verfluchten Herzen öffnet er damit Türen, von denen ich nie gedacht hätte, dass so bescheuertes Verhalten ein Schlüssel dazu ist. Ich will verschwinden, er hat die Bücher – wenn auch nass im Pool. Alles Weitere können wir besprechen, wenn er nüchtern ist. Heute könnte ich ihm auch versprechen, mit ihm zu schlafen, und er würde es vergessen. Aber ich gehe nicht. Keine Ahnung, warum. *Danke, Alex Reid, du hast es geschafft, ich mag dich mehr, als gut für mich ist.*

»Ich bin hier!«, sage ich und schüttle mich, als ich unter die Dusche trete und das eiskalte Wasser mich trifft.

»Oh, Babe, ich lieb dich so, so sehr.« Für einen Moment wird sein Blick ganz klar, und er schaut mich mit einer Aufrichtigkeit an, die mir den Atem raubt. »Ich liebe, dass du so schlau bist und so sexy und dich nicht von meinem fetten Bankkonto blenden lässt und dass du total auf Schokolade stehst und so schlau bist.«

»Das hast du schon mal gesagt!«, murmle ich amüsiert und ertrinke in seinem Blick, denn auch wenn das hier alles andere als perfekt ist, ist es genau deswegen so überzeugend. Der erste Bassist der Rebel Boys sitzt unter der Dusche und legt mir sein Herz zu Füßen. Sein sehr wahrscheinlich betrunkenes Herz, trotzdem! Der Moment ist so, als würden gerade Sternschnuppen vom Himmel fallen und überall Frieden herrschen und alle sich gerne haben. *Einmalig.*

»Babe, du bist eben ganz besonders klug. Das kann ich gar nicht oft genug sagen.« Seine Hände greifen in meinen

Nacken, und obwohl mir arschkalt ist und er auch frieren müsste, ist sein Griff warm. »Sie dürfen die Braut jetzt küssen«, murmelt er, und plötzlich sind seine Lippen auf meinen. Tolle warme, weiche Lippen, die verdammt selbstsicher küssen.

Hitze durchdringt mich und Kälte und alles zugleich. Mir wird schwindelig, weil der Kuss so anders ist, als ich immer dachte, dass Küsse sind. Er ist sanft und fordernd, wild und vorsichtig, fest und sinnlich. Und aufregend. *Verflucht aufregend!*

Ich hatte absolut keine Ahnung, dass Küsse so sein können. Als würden unsere Münder perfekt zueinanderpassen. Ich spüre kleine Blitze mich durchschießen. Ich dachte immer, das wäre Einbildung, aber mein ganzer Körper steht wie unter Strom, ich nehme jede Zelle von mir wahr, als hätte er sie erweckt. Physikalisch ist das unmöglich, ich habe keine Ahnung, was passiert, damit es sich so anfühlt, wahrscheinlich sind das irgendwelche Nervenimpulse. *Aber seit wann breiten die sich von den Lippen bis in die Fingerspitzen aus? Seit wann ist etwas, das so falsch ist, so richtig?* Wenn ich nicht schon beschlossen hätte, Alex doch zu helfen, ich würde es jetzt. Weil ich es begriffen habe: Auch wenn wir nicht zusammen sind und vielleicht nie richtig zusammenkommen, so gehören wir zueinander. Wir sind miteinander stärker als jeder einzelne für sich. Und so kitschig wie im Märchen hat mir das ein Kuss gezeigt. *Wow!*

»Scheiße, Alex, spinnst du!«, ruft Brad und zieht mich weg.

Ich schaue zu Alex und sehe, wie sein Blick sich verändert, wieder glasig wird, während sein Gesicht grünlich anläuft. Den Ausdruck kenne ich von Vi, wenn sie nachts von einer Party zurückgekommen ist und ich ihr geholfen habe, das vor Lou geheim zu halten.

»Toilette!«, rufe ich alarmiert.

Brad reagiert sofort. Wir packen Alex unter den Armen und schleifen ihn wie einen nassen Sack zur Kloschüssel, die gefühlt Meilen entfernt ist, da übergibt er sich schon. Ein Teil seines Mageninhalts landet auf den Fliesen.

»Puh, was ist denn hier passiert?«, ruft Harvey, als er im Türrahmen auftaucht.

Brad klopft Alex lachend auf den Rücken, der sich weiter erbricht, während ich noch nach Luft schnappe und mich irgendwie das Gleiche frage. Auch wenn wir was anderes meinen.

Alex Reid wollte mich gerade im Vollrausch heiraten und hat mich geküsst, und mir hat das gefallen.

Ich schaue zu dem Mann, der sich gerade übergibt, als hätte er nicht nur einen Magen, sondern drei. Der Gestank ist beißend, und die Geräusche sind so widerlich, dass mir auch etwas schlecht wird. Trotzdem stößt mich nichts davon ab. Wenn das geht, dann mag ich Alex genau jetzt sogar mehr, und ich weiß, warum. Weil er er selbst ist. Nie im Leben hat er mir eben was vorgemacht. Das war echt. Alex Reid, der erste Bassist der Rebel Boys, fährt wirklich und wahrhaftig auf mich ab. Er findet mich heiß, trotz meiner langweiligen Outfits und der seriösen Frisur und trotz der Tatsache, dass ich ihn ununterbrochen nerve und ihm klarmache, dass ich nichts von ihm halte. Trotz alldem mag er mich. Er bewundert mich. *Er findet mich heiß!*

Ja, das hatte ich schon festgestellt, aber wenn ich es

nicht gerade selbst gehört hätte, ich würde es nicht glauben. *Verdammt, wie soll ich jetzt bitte professionell bleiben? Der Mann hat mein Herz. Ob er sich morgen an diesen Moment erinnert oder nicht, spielt keine Rolle.*

»Sorry für den Penner«, sagt Brad. »Wir haben jetzt alles im Griff und kümmern uns um ihn, du kannst gehen.«

Seine Worte klingen gelallt und wenig vertrauenswürdig.

»Wie viel hat der Rest von euch getrunken?«, frage ich, weil ich einen beinahe bewusstlos Betrunkenen nicht in die Hände von nur knapp weniger Betrunkenen geben werde.

»Nicht viel«, sagt Harvey und lacht rau.

»Nicht so viel wie Alex«, verbessert ihn Brad.

Sie kümmern sich um ihren Freund, das sehe ich, aber wer weiß, auf was für Ideen sie noch kommen. Das mit der kalten Dusche war richtig, hätte aber auch schiefgehen können. Ich wette, niemand von ihnen hat schon mal von der Gefahr eines Herzinfarkts gehört, wenn man zu schnell mit kaltem Wasser in Kontakt kommt. Leider ist das kein Mythos. Genau deshalb hat Lou früher immer gesagt, ich soll mich erst ein bisschen mit Wasser nass spritzen, bevor ich schwimmen gehe. Etwas, was ich so unnötig fand, noch dazu in Florida, wo das Meer die meiste Zeit ganz angenehm ist, aber es ist richtig.

»Ich bleibe«, höre ich mich mit einer selbst für mich überraschenden Bestimmtheit sagen und stehe auf. »Ich such mir nur mal trockene Sachen.« Die Wohnung ist so groß, irgendwo muss eine Jacke oder ein übergroßes Shirt herumliegen. »Bin gleich wieder da.«

»Gut ... Alex' Zimmer befindet sich ...« Harvey versucht nachzudenken.

»Ich finde es schon«, sage ich, erhebe mich und greife mir ein Handtuch, um mich notdürftig abzutrocknen.

Auf wackligen Beinen, als hätte ich selbst zu viel getrunken, schaue ich mir die obere Etage an. Ich entdecke noch ein Paar beim Sex auf dem Gang, ein Büro, in dem nun halb leere Cocktailgläser und Bierflaschen herumstehen, ein Kaminzimmer, bei dem ich mich ernsthaft frage, wozu zum Henker man in Miami einen Kamin braucht. Und schließlich gibt es einen Raum mit einem Motorrad. *Bingo, das ist garantiert Alex' Schlafzimmer.* Es ist ganz anders als das einfache Schlafzimmer, in das er mit mir getaumelt ist.

Ich durchquere den Raum, entdecke seine Garderobe, atme kurz den Geruch nach frischer Wäsche und Mann ein und suche mir trockene Sachen raus. Auf die Schnelle sind das eine Sporthose mit flexiblem Bund und ein schwarzes Shirt. Nicht stylisch, aber das, was ich vorher getragen habe, war auch nicht gerade ein Outfit für die Fashion Week.

»Cali!«, tönt es da lautstark durchs Haus. Der Schrei geht mir durch Mark und Bein. Als würde der Mann sterben. Ich sollte ihn ignorieren, ich weiß, er krakeelt deshalb so herum, weil er sternhagelvoll ist. Aber ich kann nicht. *Danke, Alex, dass du mich ruiniert hast.*

Sofort laufe ich zurück ins Gästebad. Alex ist nackt und hat nur ein Handtuch um die Hüfte geschlungen. Aber immerhin trägt er nicht mehr die nassen Sachen. »Was ist los?«, frage ich.

»Oh Babe«, murmelt Alex augenblicklich sanfter, rappelt sich erstaunlich behände hoch, dafür, dass er eben

noch kaum laufen konnte, drückt mich wieder an sich
– und macht wieder meine Klamotten nass. »Gott sei Dank!
Du bist noch da.« Er legt eine Hand an meinen Hinterkopf,
zieht mich liebevoll zu sich und küsst mich erneut wie
selbstverständlich. Und wieder fühlen sich seine Lippen
viel zu gut an, auch wenn nun ein leicht saurer Geschmack
auf ihnen liegt. Als hätte sich Alex, nachdem er sich übergeben hat, nur kurz den Mund ausgewaschen, nicht die
Zähne geputzt. Doch selbst das stört mich nicht. Der Kuss
ist nicht so perfekt wie der erste, aber immer noch perfekter als alle, die ich davor hatte. »Verlass mich nicht, nie
wieder«, murmelt er gequält und übersät nun mein ganzes
Gesicht mit Küssen. »Tu mir das nicht an, Cali.«

Über Alex' Schulter schaue ich zu Harvey und Brad, die
uns ratlos zusehen und nicht wissen, was sie machen sollen.

»Danke euch, aber ab hier komme ich alleine klar. Ihr
könnt gehen.«

»Bist du dir sicher?«, fragt Harvey.

»Ja, bin ich.« Wenn Alex nur noch fünf Minuten so
bleibt, bekomme ich ihn ins Bett, er kann seinen Rausch
ausschlafen, und ich verschwinde. »Gute Nacht, Jungs.«

»Wie du meinst ...«

Ich sehe beiden nach, wie sie gehen, während Alex sein
Gesicht an meiner Halsbeuge vergraben hat und immer
wieder meinen Namen murmelt wie ein Gebet. »Oh Cali,
Cali, Cali ...« Es hat was Hypnotisches. Und es gefällt mir.
So hat noch nie ein Mann meinen Namen geflüstert.

»Komm, lass uns ins Bett gehen!«, lüge ich, damit er
sich bewegt.

Er drückt mich nur fester an sich, als würde er protestieren.

»Ich bin müde, Alex.«

»Oh, natürlich, Babe«, sagt er sofort sanfter, als wäre mein Wohl seine oberste Priorität, dabei wäre er im Moment nicht mal in der Lage, sich die Schuhe zuzubinden. »Halt dich fest!«

»Was?! Nein!«

Zu spät. Alex hebt mich hoch und wankt mit mir in sein Schlafzimmer. Ich unterdrücke einen Schrei und sehe uns jeden Moment zu Boden gehen, die Treppe runterfallen, in einer Glasvitrine und tausend Scherben landen ... Wie durch ein Wunder passiert nichts dergleichen. Betrunkene scheinen sehr gute Schutzengel zu haben.

Alex lässt mich beinahe geschmeidig auf dem Bett nieder. Sein Handtuch löst sich, ich erhasche einen Blick darauf, wie der Mann bestückt ist, und mich durchfährt unbändige Lust. Ich will ihn, mit jeder Faser meines Körpers. Sogar jetzt, obwohl er betrunken ist. *Verrückt!*

»Geh nicht!«, sagt er noch mal, legt sich halb auf mich und sieht mich unglaublich süß an. »Bitte, geh nicht. Versprich es, Cali.«

»Versprochen.«

»Gut«, kommt ihm plötzlich leise über die Lippen. Dann ist er eingeschlafen. Auf mir. *Wow!*

Ich befreie mich von ihm und muss grinsen, als ich seinen Rücken und seinen Hintern sehe, einen sexy perfekten Männerhintern. Der Anblick gehört in einen Kalender für Millionen Frauen, aber im Augenblick ist das nur meiner, und ich genieße diese exklusive Peepshow fünf Sekunden länger als angebracht. *Hier ist niemand, der mich verraten kann.*

In der Ankleide ziehe ich mir neue trockene Sachen an. Als ich mich jedoch aus dem Zimmer schleichen will, bemerke ich, wie mich Alex vom Bett aus ansieht. Ich bin mir nicht sicher, wie wach er ist, sein Blick ist verträumt, aber er schläft doch noch nicht.

»Komm wieder her, Babe, du hast es versprochen.«

Ich zögere, und sein Blick wird dunkler. Mir gefällt, was darin mitschwingt, aber bevor ich was Dummes tue, nachdem er was Dummes getan hat, spiele ich einfach mit. »Da bin ich«, sage ich und lege mich zu ihm.

»Mmh, ja, hier bist du.« Er schlingt seinen Körper um mich, gefühlt tausend Prozent Mann liegen auf mir, heiß und perfekt und hart, sodass Flammen durch mich jagen. »Entspann dich!«, murmelt er, als würde er merken, wie verkrampft ich bin. Wahrscheinlich ist selbst ein Bretterstapel kuscheliger als ich.

Er hat leicht reden! Ich will ihm erklären, aus wie vielen Gründen das nicht geht. Er ist betrunken, wir sind kein Paar, das hier ist falsch. Aber – *verdammt!* – irgendwas hat dieser Abend mit mir gemacht. Oder ich bin nur zu müde für einen Streit. *Was soll schon passieren, wenn ich ein Mal nachgebe?* Wir teilen uns nur das Bett. Das ist wie im Sommercamp. Wie eine Pyjamaparty. Wie bei den Pfadfindern. *Harmlos.* Also schmiege ich mich an ihn, und meine Fantasie spielt verrückt ...

»Ich liebe dich«, sagt er wieder. »Sag es auch.«
Ich strecke ihm die Zunge raus.

»Das lasse ich gelten. Aber ich will es auch hören.«

Er legt den Arm um mich, zieht mich zu sich heran und wärmt mich, als die Sonne untergeht und es kühler wird.

»Ja, ich liebe deine müffelnde Achsel. Zufrieden?«

»Keine Scherze.«

»Falls doch, krieg ich dann Ärger?«

»Fuck, Babe, falls doch, dann –« Er kann es nicht aussprechen, aber ich sehe es in seinen Augen feucht schimmern.

»Hey«, mache ich leise, lege die Hand an seine Wange und warte, bis er den Kopf hebt und mich ansieht. Bäm! *All seine Gefühle treffen mich. Er liebt mich so heftig, dass ich eine Bank ausrauben könnte, er würde den verdammten Fluchtwagen fahren. Ich könnte der schlechteste Mensch auf Erden sein, und trotzdem würde er nicht aufhören, mich zu lieben, weil man es sich nicht aussuchen kann, an wen man sein Herz verliert. Er konnte es nicht, und ich auch nicht.*

»Ich liebe dich«, sage ich ebenfalls. Ganz ernst, so wie es die Worte verlangen. Und etwas verändert sich. Die Welt hört auf, sich wie verrückt zu drehen, sie bleibt stehen, und es kommt zur Ruhe, was, seit ich denken kann, durcheinandergeraten war.

Die Fantasie sollte mich erschüttern, doch die Ruhe der Geschichte spüre ich in echt. Alex Reid hat mein Herz erobert. Irgendwie. Mit seinem Charme auf jeden Fall nicht. Und mit seinem aktuell üblen Mundgeruch auch nicht. Aber ich fühle mich bei ihm so sicher wie bei keinem Menschen zuvor, weder bei meinen Eltern noch bei Lou oder Vi oder den Männern, die ich vor ihm kannte. Vielleicht ist es ein Fehler, aber für fünf Minuten lasse ich los.

So als würde Alex es merken, seufzt er, und der Laut

lässt mich augenblicklich einschlafen. Irgendwas stimmt mit mir ganz und gar nicht. Aber das ist völlig okay. Denn dafür ist mit *uns* alles in Ordnung.

Mitten in der Nacht werde ich wach, weil was zerbricht und Lachen ertönt. Harvey hat offensichtlich nicht alle Partygäste verscheucht.

Vorsichtig löse ich mich von Alex. Sein Gesicht ist unrasiert, seine Lippen sind halb geöffnet. Er stinkt bestialisch und dünstet gefühlt ein Fass Alkohol aus, aber für mich sieht er toll aus.

In meiner Brust zieht es, als würde ich mein Zuhause verlassen. *Wie lächerlich. Alex ist ein Rockstar, nicht mein Wohlfühlort.*

»Nur kurz«, sage ich mir und streife zum Abschied seine Lippen mit meinen, kann nicht anders, brauche noch mal den Kuss.

»Cali«, murmelt er da heiser. »Oh Babe.«

Es berührt mich, dass er sogar im Halbschlaf meinen Namen spricht.

»Bye«, sage ich leise, gleite aus dem Bett, stehe auf und ziehe die Vorhänge zu, damit er möglichst lange seinen Rausch ausschlafen kann. Die Kopfschmerzen werden schlimm genug sein. In der Küche hinterlasse ich noch eine Nachricht, und als ich im Aufzug nach unten fahre, habe ich Tränen in den Augen. *Scheiße, es ist genau das passiert, was ich nicht wollte. Ein Vollidiot hat mein Herz erobert.*

Alex

Ich wache auf, weil meine Blase drückt. *Muss das viele Bier sein, das ich getrunken habe.* Als ich blinzle, durchfahren mich Kopfschmerzen, als würde mir jemand Eispickel in die Augäpfel stechen. *Was zum Henker ist passiert?!*

Halb blind stemme ich mich hoch und trotte ins Bad. Es riecht nach Erbrochenem und Putzmittel. *Mannomann, ich hab es wohl gestern ziemlich übertrieben!* Und da ist noch ein anderer Duft in der Luft, der hier nicht hingehört, mir aber vertraut ist. *Was ist das?* Stöhnend greife ich mir an den Kopf.

»Kaffee«, murmle ich. »Du brauchst viel Kaffee.«

Im Halbschlaf tappe ich über den Gang, nehme die Treppe nach unten und steuere die Küche an. Überall stehen Gläser und Flaschen herum. Ich muss aufpassen, wohin ich trete.

Als ich meine Kaffeemaschine entdecke, runzle ich die Stirn. ›Drück mich‹ steht auf einem kleinen Zettel, der neben einen der Knöpfe geklebt ist, dabei bin ich mir ziemlich sicher, dass ich mir vor dem Schlafengehen keinen Kaffee vorbereitet habe. Irritiert bediene ich die Start-Taste und beobachte, wie Kaffee aus der Maschine in eine Tasse tröpfelt. Sobald sie voll ist, nehme ich sie, gebe mir einen Eiswürfel dazu und nehme einen Schluck.

»Besser!«

Meine Lebensgeister kehren langsam zurück. Das Sonnenlicht von draußen blendet mich allerdings immer noch. Ich will mir gerade meine Sonnenbrille holen, da entdecke ich eine Notiz auf meiner Küchenanrichte, auf der mein Name steht. *Seltsam.* Dass die Anrichte das einzige Möbelstück ist, auf dem keine Gläser, Flaschen und Snacks verteilt sind? *Noch seltsamer.* Verwundert nehme ich den Zettel, falte ihn auf und bin überrascht, als ich eine Nachricht von California finde.

Hi, Alex,
ich hoffe, ich hab die Kaffeemaschine richtig vorbereitet
und der Kaffee schmeckt. Ich helf dir wieder beim
Lernen. Sei am Donnerstag um 19 Uhr im Hotel und
lies bis dahin Kapitel 1 bis 10.
Wenn du nicht kannst, gib mir Bescheid.
Ach ... und mach dir besser noch einen Kaffee. Den
wirst du nach der Nacht brauchen.
California

Es vergehen volle zehn Minuten, die ich den Zettel anstarre und mich frage, was passiert ist, dass Cali mir wieder hilft, obwohl ich keine Hilfe mehr brauche. Dann mache ich das Naheliegendste. Ich rufe sie an.

»Hi, Alex! Ich hab nur kurz Zeit, in zehn Minuten muss ich zur Vorlesung. Was gibt es?«

»Au!«, stöhne ich, sehe mich nach einer Uhr um und stelle fest, dass es fünf nach zwei ist. Sie hat die Nachmittagsvorlesung. »Kannst du bitte leiser reden?«

»Angenehmer?«, flüstert sie.

»Mmh.«

»So schlimm?!« Wenn ich es nicht besser wüsste, dann klingt sie mitfühlend. »Hast du dir schon den zweiten Kaffee gemacht?«

»Noch nicht.«

»Gönn ihn dir.«

Ich gieße neues Wasser in die Maschine, entferne die alte Kapsel, stecke die neue rein und starte die nächste Runde. »Der Zettel ist also wirklich von dir? Du hilfst mir wieder?«

»Woran erinnerst du dich? Brad meinte, ihr wart im Studio …«

»Ja, ich hatte ein Meeting mit den Geldgebern, und wir hatten erst Aufnahmen, dann ein kleines Konzert.« Ich spüre wieder den Frust in mir aufsteigen. »Lief alles nicht so gut. Weder das Meeting noch die Aufnahmen. Ich dachte, das Semester wird leichter, weil ich den Stoff schon mal hatte, aber Mitchell ist ein Arsch. Ich hab nichts kapiert. Und du –«

»Ich?«

Streiten wir uns gleich wieder? Bitte nicht. Das hält mein Kopf nicht aus. Und ich glaube, auch nicht mein Herz. »Du warst keine große Hilfe«, sage ich. »Der Tutor, den du mir geschickt hast, war eine Niete. Allein bin ich nicht weitergekommen. Vielleicht war die Idee mit dem eigenen Label Quatsch. Die Position in der Band ist mir sicher, und sie sorgt für meinen Lebensunterhalt. Das reicht doch eigentlich.«

»Wie? Du gibst einfach so auf, nach was? Ein bisschen Gegenwind?«

Okay, wir streiten uns. Klasse.

»Das war nicht nur ein bisschen Gegenwind«, verteidige ich mich. »Ich hab mir drei Jahre lang den Arsch aufgerissen, und das alles nur, damit die Geldgeber happy sind. Mehr als einmal habe ich überlegt, mir den Abschluss in einem Land zu kaufen, in dem man für Geld alles bekommt. Aber den Skandal kann ich mir als Start ins Geschäftsleben nicht leisten. Ich bin zu bekannt. Ich muss es so schaffen.« Meine Kopfschmerzen werden wieder heftiger, und ich reibe mir die Schläfen. Bitterkeit erfasst mich. Gestern habe ich vielleicht nicht klar gesehen, doch heute tue ich es. »Also ja, das war's.« Ich warte, aber es ist ungewöhnlich still am anderen Ende der Leitung. »Ich hätte einen Jubelschrei erwartet. Du hast mir das doch eh nicht zugetraut, und weil ich so dämlich bin, dass –«

»Ja, du bist dämlich.« Cali lacht, allerdings nicht gehässig, sondern amüsiert. »Viel dämlicher, als ich dachte. Man kehrt doch bei einem Marathon nicht einen Meter vor der Ziellinie um!« Sie räuspert sich. »Also meinetwegen zehn Meilen eher oder auch fünf, aber *einen* Meter?! Das wirst du schön bleiben lassen.«

Damit hätte ich nicht gerechnet. Ich kneife mich, träume jedoch nicht.

»Woran erinnerst du dich noch?«, fragt sie.

»Aus dem Konzert wurde eine Party, wir haben uns betrunken und dann hier gefeiert. Danach wird alles etwas verschwommen. Kann es sein, dass du gekommen bist?« In meinem Hirn tauchen weitere Fetzen auf. »Mit Büchern?« Die hoffentlich nicht gerade auf dem Grund meines Pools liegen, wie mir die Bilder im Kopf sagen.

»Das stimmt.«

»Warum hast du das gemacht?«

»Mitleid«, stößt sie seufzend aus. »Riesengroßes Mitleid. Aber wenn du wirklich nicht mehr willst, dann lassen wir das ...«

Legt sie jetzt auf? »Warte! Moment!«

Ohne Cali war ich fertig mit der Welt. Aber da ist sie wieder, zurück in meinem Leben. Sie ist wie ein Auftritt vor einem ausverkauften Stadion, das nach drei Stunden auf der Bühne noch immer nicht genug hat und eine Zugabe fordert, so lange und so laut und mit so einer Energie, dass du glatt noch ein Lied spielst und noch eines und noch eines und verdammt noch mal nicht daran denkst, dass du nach so vielen Stunden richtig im Arsch sein wirst. Du ziehst das durch. Und ich ziehe das auch durch. Sie hat recht, man gibt nicht kurz vor dem Ziel auf. Seit Jahren arbeite ich im Hintergrund an den Businessplänen. Ryan hat mich mehr als einmal in die Welt reinschnuppern lassen. Ich wollte die Veränderung aus guten Gründen. Keine Ahnung, ob ich es wirklich schaffe, aber mit Cali habe ich eine Chance.

»Du hilfst mir also wieder?«

»So sieht es aus.«

Irgendeine Info muss mir entfallen sein. Ich schaue zur Uhr und sehe, dass es Viertel nach zwei ist. »Musst du jetzt nicht im Hörsaal sein?«

»Ach, ein paar Minuten können die ruhig warten.«

»Cali, was ist gestern Nacht noch passiert?« *Da muss mehr sein. Die Frau verpasst ihr eigenes Seminar für mich!*

»Ich weiß nicht, was du meinst.«

»Los, erzähl mir die ganze Geschichte.«

»Was willst du hören? Dass du dich aufgeführt hast wie ein Teenager, der zum ersten Mal Alkohol trinkt und sein Limit nicht kennt?«

Das klingt alles nach Gründen, mir nicht zu helfen. Aber sie tut es, und mir fällt endlich ein, warum. Es ist so offensichtlich, dass ich es beinahe übersehen hätte. »Du magst mich!«

»Unsinn! Bist du noch betrunken? Mach dir statt eines dritten Kaffees besser einen Orangensaft mit einem Schuss Zitrone und iss irgendwas Herzhaftes, um deinen Kreislauf in Schwung zu bringen. Du hast dich zwar übergeben, aber in deinem Körper zirkulieren noch jede Menge Gifte.«

»Ja, du magst mich. Und wie du mich magst!« Immerhin gibt sie mir Katertipps, um meine Schmerzen zu lindern, statt sie zu vergrößern.

»Das ist ein ganz normaler Ratschlag bei einem Hangover. Vi hab ich so immer helfen können.«

»Und Virginia magst du, also magst du auch mich. Ist das nicht gut geschlussfolgert?«

Statt mir Komplimente zu machen, seufzt sie. »Kannst du übermorgen, wie ich es vorgeschlagen habe? Mit dem Hotel ist schon alles geklärt. Der Raum ist frei für uns.«

Was sie kann, kann ich auch. »Gib es zu, Babe!«, antworte ich nicht auf ihre Frage, so wie sie nicht auf meine geantwortet hat.

»Alex, das ist doch albern! Werd erst mal nüchtern! Ich habe mit Mitchell geredet. Bei ihm fällt jedes Semester mehr als die Hälfte des Kurses durch. Wusstest du das? Wenn du Immobilienwirtschaft bestehen willst, musst du topfit sein.«

Also ist das der Grund? Vielleicht habe ich in den vorberei-teten Kaffee und den Zettel mehr hineingelesen, als gemeint war. »Mehr ist da wirklich nicht?«

»Nein. Es ist alles beim Alten. Zwischen uns wird nichts laufen. Ich muss los. Kannst du also Donnerstag?«

»Ich werde da sein, Babe.«

»Super.«

Sie legt auf, und ich grinse. *Super? California findet et-was, was sie mit mir machen muss, super?! Oh, ich werde da sein, Babe, und zwar so gut vorbereitet wie nie zuvor!*

Ich werfe mir eine Kopfschmerztablette ein und gehe zum Pool. Dort auf dem Grund liegt tatsächlich eine Leder-tasche. So wie in meiner Erinnerung.

Mit einem Satz springe ich ins Wasser, um sie rauszu-holen, die Bücher zu trocknen und dann zu lesen. Doch mit der Kälte ist plötzlich alles wieder da. Der gesamte gestrige Abend, oder zumindest der Teil, ab dem Cali aufgetaucht ist. Die Bilder durchfahren mich so schnell, dass ich mich am Beckenrand festhalte und tief durchatme.

Wie Cali sich wie eine Furie auf mich gestürzt hat, als mir gerade drei Frauen abwechselnd einen Blowjob gege-ben haben. Wie sie mir eine Szene gemacht hat. *Wie ver-dammt eifersüchtig sie war!*

Moment mal! Cali? Eifersüchtig?! Das muss sich mein be-trunkenes Hirn eingebildet haben.

Ich tauche nach der Tasche, um meine Gedanken zu sortieren, kriege sie zu fassen und schleudere sie auf den Beckenrand, bleibe aber noch im Pool, schließe die Augen und versuche, die weiter aufsteigenden Bilder zu ordnen. Wie ich Cali bedrängt habe. Wie Gäste über sie geredet haben. Dieses kurze Aufflackern von Schmerz in ihren Augen, auf das ich kein bisschen eingegangen bin.

Warum zum Henker war sie dann bitte eben so nett zu mir? Ich war ein Arsch. Ein Riesenarsch.

Mein Blick wandert zur Treppe, als könnte ich der Erinnerung nicht trauen, die mir gerade kommt. Statt schwächer wird sie schärfer. Brad hat mich unter die Dusche gezerrt, damit ich nüchtern werde. Ich habe nach Cali geschrien, und sie ist gekommen. Ihre Klamotten sind nass geworden, sie hat vor Kälte gezittert, aber daran habe ich keinen Gedanken verschwendet. *Hübsche Brüste*, habe ich mir gedacht, als der Stoff durchsichtig wurde, und ich erinnere mich, wie mich durchfuhr: *Sag ihr das bloß nicht, das wird sie nur aufregen.* Als hinge davon mein Leben ab.

›Heirate mich!‹, durchfährt es mich plötzlich wie eine Mischung aus Erinnerung und Fantasie. Ich bin mir nicht sicher, ob ich das wirklich gesagt oder nur gedacht habe, aber die Vorstellung von Cali in einem weißen Kleid, wie sie vor einem Standesbeamten steht, mich anlächelt und den Rest ihres Lebens mit mir verbringen will, ist verstörend angenehm.

Fuck, Alex, du bist am Arsch!

Ich tauche noch mal kurz unter, um mich abzukühlen und das Bild zu vertreiben. Das Gegenteil ist der Fall. Neue Bilder werden vor meinem inneren Auge klarer, wie bei einer Kamera, bei der sich der Fokus scharf stellt. Meine Finger in Calis nassem Haar, ihre Hand in meinem Nacken und meine Lippen auf ihren, ihre auf meinen.

Sie hat mich geküsst!

Sie! Mich!

Das kann nicht passiert sein. Die Cali, die ich kenne, hätte mir einen Tritt in die Eier verpasst, hätte sich erkundigt, ob das wehgetan hat, und wenn nicht, noch mal nachgetreten. Aber die Erinnerung ist sehr detailliert. Genau wie der Moment, als mein Magen rebelliert hat und ich mich übergeben musste.

War sie da noch da?

Ich strenge meinen Kopf an, und ja, tatsächlich, Cali taucht auf. In anderen Klamotten, Klamotten von mir. *Stimmt das alles? Das kann doch nicht stimmen.*

Harvey!, fällt mir ein. *Und Brad!* Beide waren dabei.

Ich hieve mich aus dem Becken, laufe tropfend in die Wohnung zu meinem Handy und rufe beide so lange im Wechsel an, bis einer von ihnen rangeht.

»Alter, weißt du, wie spät es ist?«, grunzt Brad verkatert.

»Alter, weißt du, wie egal mir das gerade ist. Rede!«

»Was ist passiert?« Er klingt zunehmend wacher.

»Genau das ist die Frage: Habe ich California gestern Nacht betrunken einen Antrag gemacht und sie geküsst, ja oder nein?«

Lachen ertönt. Sehr lautes Lachen.

»Das ist kein Witz!«, knurre ich. »Sag schon. Hab ich?«

»Ja.« Er seufzt. »Darf ich jetzt weiterschlafen?«

»Ja ...«, wiederhole ich schockiert und lege auf. Fuck, California und ich haben uns geküsst. Kein perfekter Kuss, nicht der Kuss, den ich ihr seit Wochen geben will, aber ein guter Kuss, wenn mich meine Erinnerung nicht trügt. Ein ziemlich guter sogar. Und sie hat ihn vorhin mit keiner Silbe erwähnt. *Ist das gut oder schlecht?*

Ich mache mir noch einen Kaffee, danach dusche ich

und ziehe mich an. Gleich muss ich mich online zu Mitchells Seminar dazuschalten, und für Donnerstag muss ich absolut perfekt vorbereitet sein. Dann hole ich mir die Antwort. Und vielleicht auch mehr …

KAPITEL
9

Zwei Tage später

Du läufst da jetzt rein, Cali, als hätte es den Kuss nie gegeben. Du tust einfach so, als wäre alles wie immer. Und das ist es ja auch. Du unterrichtest an der Uni und schreibst an einem neuen Fachartikel. Abends liest du deine Liebesromane ... Ich räuspere mich. *Und du schreibst neuerdings auch einen mit Alex in der Hauptrolle. Aber das hat nichts zu bedeuten. Du freust dich nicht darauf, ihn zu sehen.*

Ich durchquere die Lobby des Flughafenhotels und biege noch mal zu den Unisex-Toiletten ab, um mich frisch zu machen. Bis 19 Uhr hing ich in einer Sitzung des Fachbereichs fest, die deutlich länger ging als sonst. Ich hatte gehofft, dass sie eher endet und ich mich noch zu Hause umziehen kann, aber das hat nicht geklappt. Ich trage das gleiche vom Tag zerknitterte Outfit: einen riesigen Hosenanzug und eine Bluse, die unter den Achseln verschwitzt ist, denn während des Meetings war die Klimaanlage ausgefallen. Ich sehe echt fertig aus.

»Alles ist wie immer!«, beruhige ich mich, beuge mich über das Waschbecken und spritze mir Wasser ins Gesicht.

»Ist es das?«, meldet sich da eine tiefe Männerstimme

hinter mir, die für Hitze sorgt und mein Herz zum Rasen bringt und mir ein idiotisches Lächeln ins Gesicht zaubert.

»Alex!« Ich fahre hoch, drehe mich um und muss schlucken. Heute trägt er schwarze Jeans und ein schwarzes Hemd mit hochgekrempelten Ärmeln, die den Blick freigeben auf muskulöse Unterarme. *Arme, die mich wie ein Schraubstock halten sollen, während der Mann mit mir macht, was er will.* Ich drehe mich wieder zum Spiegel, zupfe an meinen Haaren herum und tue so, als würde mir seine Gegenwart nichts ausmachen.

»Du schuldest mir noch eine Antwort«, sagt er, stellt sich neben mich, und über den Spiegel spüre ich seinen Blick auf mir. So angenehm wie Sonnenstrahlen.

»Ja, alles ist wie immer. Natürlich ist es das«, sage ich, lache nervös und stoße ihm kumpelhaft den Ellenbogen in die Seite. »Abstand, Mister! Schon vergessen?«

»Wie du willst.« Ergeben hebt er die Hände und bewegt sich rückwärts zur Tür. »Nicht dass du mir wieder abhaust.«

Habe ich geflirtet? Hat er zurückgeflirtet? Was tue ich hier? »Überflieg noch mal deine Mitschriften der ersten Woche«, tue ich unbeeindruckt von ihm. »Du meintest zwar, dass du alles verstanden hast, aber ich will sichergehen, dass das stimmt. Du kannst mir ja sonst viel erzählen!«

Er zögert, und mein Puls hämmert wie wild.

»Was, Alex? Soll ich es auf Französisch sagen?!«, platzt es aus mir heraus.

Etwas in seinem Blick flackert. »Sag Bitte!«

»Träum weiter!« Empört werfe ich ein feuchtes Tuch nach ihm. Es verfehlt ihn, aber er geht.

Im Spiegel sehe ich mir fest in die Augen. *Alles ist wie*

immer, Cali. Ja, bis auf die kleine Kleinigkeit, dass du in Alex Reid verknallt bist.

Als ich den Konferenzraum betrete und ihn sehe, halte ich erneut die Luft an. Der Blick, den Alex mir zuwirft, tut sein Übriges. Er brennt Löcher in meinen Schutzschild. »Musst du mich so anschauen?«, blaffe ich. *Als könnte mich Unfreundlichkeit vor dem Mann und meinen Gefühlen für ihn retten!*

»Ja, muss ich. Ich hab dich vermisst.«

Mir wird heiß, als hätte er gesagt: ›Ich will dich.‹ Noch nie hat ein Mann das zu mir gesagt. Ich weiß gar nicht, wie ich damit umgehen soll. »Was hast du vermisst? Mein sonniges Gemüt?«, gebe ich mich garstig.

Statt sich angegriffen zu fühlen, lächelt Alex und tippt sich an seine Lippen. Eine kleine Geste, die mich jedoch total aus dem Konzept bringt, weil ich mich plötzlich daran erinnere, wie sich sein Mund auf meinem angefühlt hat. *Gott, diese Lippen waren ein Traum!*

»Alex, konzentrier dich! Klapp deinen Laptop zu und erzähl mir aus dem Gedächtnis, was hängengeblieben ist.«

»Ich antworte dir, aber du bist mir auch noch eine Antwort schuldig: Magst du mich?«

»Warum ist dir das so wichtig?« *Und warum rast mein Herz so?*

»Du weichst mir aus.« Statt härter wird sein Blick sanfter. »Ich kann es sagen: Ich mag dich, Cali. Wie ist das bei dir?«

Er mag mich? Hilfe! »Ich hasse dich nicht. Reicht dir das?«

Alex lächelt zufrieden, und mir wird heißer.

»Warum macht dich das so glücklich?«, fauche ich. »Ich dachte, das wäre klar. Hass ist eine wirklich starke Emotion.«

Um die in mir zu wecken, muss man mehr machen, als mich zu nerven. Unwillkürlich denke ich an eine Zeit, als Hass mein ständiger Begleiter war. Alex' Blick verändert sich. Einen Moment fürchte ich, er hakt nach, was los ist, doch dann fängt er an, Mitchells Stoff der letzten Woche im Schnelldurchlauf wiederzugeben. *Ob ihm klar ist, wie sehr er mir damit gerade hilft?* Aufmerksam höre ich ihm zu. Ein paarmal muss ich ihn unterbrechen, weil er Zusammenhänge durcheinanderbringt, aber im Großen und Ganzen bin ich beeindruckt. Meine Hausaufgaben haben ihm geholfen. »Du hast es verstanden!«

»Magst du mich jetzt mehr?«, fragt er mit einem listigen Lächeln.

»Ich bitte dich!« ärgere ich ihn. »Dann müsste ich ja von jedem meiner Studenten träumen! Die sind mindestens so gut wie du, wenn nicht sogar besser. Ich kann dir versichern, das ist nicht der Fall.«

»Gut zu wissen«, sagt er, statt beleidigt zu sein, und tippt sich an seine Lippen. »Wovon träumst du dann?«

Mein Blick folgt der Bewegung seines Fingers …

»Ich träume davon, wie du mir die Dinge beibringst, die man nicht in der Schule lernt«, sage ich über den Tisch hinweg zu ihm.

»Welche Dinge, Babe?«, fragt er, steht auf und kommt zu mir.

»Wie man erkennt, was man will, und wie man dafür sorgt, dass man es bekommt.«

»Das ist ganz einfach.« Ich stehe auf und will gehen, aber er versperrt mir den Weg. »Du musst es nur sagen.«

»Ich trau mich nicht.«

»Wovor hast du Angst?«

»Dass du Nein sagst.«

Er lehnt sich an mich. »Fühle ich mich so an, als könnte ich zu irgendwas Nein sagen, was du möchtest?«

»Was, wenn du mir wehtust?«

Er stöhnt und drückt mich auf die Tischplatte. »Nur ein bisschen, Babe.«

»Was, wenn ich dich danach nie wiedersehen will?«

Er lacht, schiebt mir den Rock hoch und spreizt meine Beine. »Keine Sorge, werde ich nicht zulassen. Ein Mal mit dir reicht nicht. Auch zwei Mal sind zu wenig. Ich will dich jeden Tag und jede Nacht bis ans Ende meines Lebens. Jetzt bist du dran. Sag mir, was du willst.«

»Ich will dich.«

Er zieht mich zu sich ran. »Wie willst du mich?«

»Unbarmherzig.«

Er zerreißt meinen Slip. »Und wo, Schönheit?«

»In mir«, hauche ich.

Mit einem Stoß gibt er mir, was ich will, so heftig, dass ich überrascht zurückschrecke. »Erste Lektion, Schönheit, hiergeblieben.« Er nimmt mich weiter, schneller, härter. »Fuck, Babe, schön hiergeblieben!«

»Ein guter Film, der gerade in deinem Kopf läuft?«, fragt Alex wissend.

»Keine Ahnung, wovon du redest«, lüge ich und schaue auf den Lernplan. »Lass uns weitermachen.«

»Unbedingt«, sagt er. Aber während ich den Stoff meine, bin ich mir nicht sicher, ob er uns meint.

Nur um zu zeigen, wer der Boss ist, frage ich Alex den Stoff der aktuellen Woche ab. Wie zu erwarten, gerät er ins Straucheln. *Ja, da vergeht dir das Grinsen!* Mir leider auch,

weil sich im Vergleich zu letzter Woche riesige Lücken auf-
tun. »Sag mal, warst du überhaupt in der Vorlesung?«, frage ich, als Alex bei einer Antwort so weit ausschweift, um
doch noch auf ein Körnchen Wahrheit zu stoßen, dass ich
abbreche. Wäre er Politiker, wäre der Vortrag beeindruckend, denn er benutzt sehr viele Worte, ohne eine eindeu-
tige Aussage zu treffen, aber bei Mitchells Klausur hilft das
nicht. Ich stelle ihm noch mal eine Frage der Vorwoche, die
kann er beantworten. Dann gehe ich einen Schritt weiter,
und er stockt erneut. »Das musst du doch wissen!«

»Verdammt, ich hab das auch nachgelesen«, schwört er
und massiert sich die Schläfen.

»In welchem Buch?«, frage ich und kann mir den skeptischen Unterton nicht verkneifen.

»Es war ein schwarzes, dünnes.«

Wie präzise! Ich google das Buch und zeige ihm ein Bild.
»Das hier? Das hast du gelesen?!«

»Ja, genau.«

Dann müsste er die Antwort kennen. Als jemand, der
quasi die Königin im Lernen ist, kann ich das nicht verstehen. »Und du hast die SQ3R-Methode angewendet?«

»Ich habe einen Schritt weggelassen«, gesteht er. »Die
letzten Tage war viel zu tun. Irgendwo musste ich Abstri-
che machen. Noch verdiene ich als Musiker Geld.«

Ich hasse Ausreden. Aber ich stecke natürlich nicht in
seinen Schuhen. Also formuliere ich die Frage um. »Bitte
nenn mir eine richtige Sache.«

Alex steht völlig auf dem Schlauch, dabei glaube ich
ihm, dass irgendwo in seinem Kopf die Antwort versteckt
ist. Es ist nur spät. Die Konzentration lässt nach. Das ist

ein ganz normaler Prozess. Da fällt mir ein Trick ein.

»Was ist dein Lieblingsessen?«

»Mein –?« Er sieht mich überrascht an, dann grinst er. »Interessierst du dich jetzt doch für mich, Cali?«

»Sei nicht albern!«, blocke ich ab, gleichzeitig stutze ich. Über ihn als Bassist weiß ich Bescheid. Schon vor über einem Jahr, als meine Schwester mit dem Frontmann der Rebel Boys zusammengekommen ist, habe ich mich über die Band informiert. Ich kenne Aufnahmen der großen Konzerte, Mitschnitte von Preisverleihungen, Fernsehinterviews … Nate gibt immer den Ton an, aber Alex ist oft genug auch im Bild gewesen. Ich weiß von seinen Affären und dass er für einen Superstar recht bodenständig ist. Bei Dokumentationen über die Band gibt es Aufnahmen von ihm, auf denen er wie ein normaler Kerl Billard spielt oder einfach mit seinem Bass in einer Ecke sitzt und was ausprobiert. Über ihn als Musiker weiß ich einiges, über die Privatperson Alex nichts, was irgendwie schade ist. »Also, was isst du gerne?«

»Eigentlich alles.«

»Oh, dann darf ich dir Heuschrecken auftischen, und du knabberst sie weg?« Ich verziehe das Gesicht, weil ich die Vorstellung eklig finde.

»Ich mag alles, was man essen kann«, korrigiert er sich.

»Das kann man. Ist in Asien eine Delikatesse.«

»Echt?«, ächzt er. »Dann mag ich nur alle traditionellen Sachen.«

»Du musst doch ein Lieblingsgericht haben.«

»Willst du etwa für mich kochen?«

»Wer weiß?«, antworte ich mysteriös und gehe auf seinen Flirt ein. *Im Vollbesitz meiner geistigen Kräfte! Oh mein Gott!*

»Was ist denn deines?«, fragt er.

»Hier geht es nicht um mich.«

»Oh, Babe, ich erzähl dir doch nicht so was Privates und krieg im Gegenzug nichts von dir.«

Privat? Dass ich nicht lache! »Ich hab dich nach deinem Lieblingsessen, nicht nach deinem Kontostand gefragt!«

»Du weichst mir mal wieder aus.«

»Genau wie du mir.«

Plötzlich spielt es keine Rolle, wie spät es ist, ich bin hellwach und mag den Schlagabtausch. Mit Alex habe ich zum ersten Mal einen Partner auf Augenhöhe. *Wow!* »Ich mag alles mit Schokolade«, sage ich. »Das weißt du. Jetzt du.«

»Schokolade ist kein Essen.«

»Darüber lässt sich streiten.«

Grinsend lehnt sich Alex vor. »Also, wenn du es unbedingt wissen willst. Mich machst du mit Vitello tonnato schwach.«

»Was ist das noch mal?« Es ist was Italienisches, aber wenn ich beim Italiener bin, bestelle ich immer nur Pizza.

»Du kennst mal was nicht! Ich glaube es nicht. California Harper hat eine Wissenslücke.« *Er tut ja so, als hätte er Amerika entdeckt!*

»Ich bin kein Essenslexikon«, zische ich beleidigt und öffne auf dem Laptop ein Browserfenster.

»Moment! Schummelst du gerade und schlägst es nach?«

»Du willst es mir ja nicht sagen!«

»Betrügerin!«

Empört trete ich ihn unter dem Tisch, treffe aber nicht sein Schienbein, sondern die Tischkante, und jaule auf.

Jetzt lacht er schallend. »Betrügerin, deren Mogelversuch gescheitert ist! Geschieht dir recht.«

Alex

Calis Wangen färben sich immer röter, und ich finde sie noch entzückender. Die Frau, die sich was darauf einbildet, alles zu wissen, hat keine Ahnung, was Vitello tonnato ist! Ich habe eine Wissenslücke bei ihr entdeckt. So müssen sich Höhlenforscher fühlen, wenn sie einen verborgenen Schatz gefunden haben. So etwas passiert nur alle paar Hundert Jahre.

»Du bist doof!«, ruft sie kindisch. Damit finde ich sie noch hinreißender. Sonst ist sie immer so kontrolliert, aber genau jetzt lässt sie los, und verdammt, ich werde hart bei der Vorstellung, wie sie wohl ist, wenn sie sich richtig fallenlässt.

»Es ist dünn geschnittenes Kalbfleisch in einer Thunfischsoße«, erbarme ich mich und erlöse sie von ihrer Unwissenheit. »Eine italienische Vorspeise und so lecker, dass ich mich jedes Mal frage, warum es das nicht als Hauptgericht gibt. Dafür könnte ich sterben.«

Sie tippt auf der Tastatur herum. »Stimmt, Kalbfleisch«, murmelt sie.

»Moment mal, hast du das gegoogelt, obwohl ich es dir erklärt habe?«

»Du kannst mir ja viel erzählen!« Ich müsste gekränkt sein, aber sie zieht mich nur auf und fügt mit einem Lächeln hinzu: »Ich wollte wissen, wie es aussieht, falls ich es schon mal gegessen habe. Ist aber nicht der Fall.«

»Holen wir nach.«

»Okay«, antwortet sie, ohne nachzudenken, und stockt. »Irgendwann.«

Ich lasse das so im Raum stehen. Irgendwann kann auch in hundert Jahren sein, aber irgendwann ist auf jeden Fall eher als nie. »Jetzt du«, sage ich. »Was magst du wirklich, und komm mir nicht wieder mit Schokolade. Ich meine echtes Essen, kein Dessert.«

»Das bleibt unter uns, richtig?«

»Natürlich! Die Information wird diese vier Wände nicht verlassen«, schwöre ich feierlich. Je besser ich Cali kenne, desto mehr sehe ich, dass sie nicht nur wahnsinnig gut aussieht und schlau ist, nein, sie hat auch jede Menge verschrobene Eigenarten, die sie im Alltag gekonnt verbirgt. Ich kann es gar nicht erwarten, sie alle zu entdecken. Sie machen mir die Frau immer sympathischer.

»Es sind Fisch-Sticks«, flüstert sie schließlich, als verriete sie mir Staatsgeheimnisse.

»Das Kinderessen?« Darauf wäre ich nie gekommen. Bei ihr hätte ich auf irgendwas Ausgefallenes getippt.

Sie nickt. »An der Uni oder in den Restaurants, in die ich mittlerweile gehe, gibt es öfter mal Chicken Nuggets, aber das? Nie. Und selbst wenn es auf der Karte stünde, wenn ich mit dem Dekan unterwegs bin, würde ich das nicht bestellen. Deshalb habe ich für mich immer mindestens zwei Packungen zu Hause. Ich bin richtig süchtig danach. Sie sind für mich ... ach, ist ja auch egal.« Sie macht eine wegwerfende Handbewegung.

»Sie sind was, Cali?«

Irgendwas bedrückt sie plötzlich. Wie schon mal habe ich das Gefühl, dass sie etwas belastet. Ich wünschte, ich könnte ihr helfen.

»Weißt du jetzt die Antwort?«, wechselt sie das Thema und stellt wieder ihre Frage zum Stoff, als wäre nichts passiert.

Tatsächlich fällt mir die Antwort nun ein. Ich zögere, will den persönlichen Moment nicht beenden, aber gebe sie ihr. Sie nickt zufrieden, als wäre der Smalltalk nur ein Manöver gewesen, damit ich wieder drauf komme. Aber es war mehr. Sie hat mir was von sich erzählt, einen Teil, und ich will den Rest wissen.

Die nächste Stunde quält Cali mich mit ihren Fragen. Mir fällt jedes Mal eine Antwort ein, auch wenn sie nicht immer richtig ist. Cali korrigiert mich, wirkt wieder gefasst, ganz die Professorin.

»Die Fischstäbchen erinnern mich an meine Kindheit«, sagt sie da plötzlich eine halbe Ewigkeit später völlig aus dem Zusammenhang gerissen, als hätte sie sich entschieden, mir davon zu erzählen. Es ist nur eine banale Kleinigkeit, aber wir wissen beide, dass wir damit eine neue Ebene in unserer Beziehung betreten. Das hier ist was Persönliches, und bis vor Kurzem wollte Cali nichts davon mit mir teilen.

Vor Aufregung rast mein Herz. *Mach dich jetzt nicht zum Idioten, Reid!*

»Gute Erinnerungen?«, hake ich vorsichtig nach.

»Ja, sehr gute.« Sie lächelt verträumt. »Das Geld war in meiner Familie immer knapp, aber zum Monatsanfang und zur Monatsmitte hat Lou für alle eingekauft und uns Fischstäbchen gemacht, eine ganze Schüssel voll. Ich hab sie mit

Ketchup gegessen, bis mir schlecht geworden ist. Danach hat nicht mal mehr Schokoladeneis reingepasst. Das waren tolle Abende. Unsere Eltern waren arbeiten. Wir haben uns aufgebrezelt, uns Kleider angezogen und die Absatzschuhe unserer Mom ausgeliehen.« Sie stockt. »Na ja, Miniabsatzschuhe. Meine Mom hatte vor allem praktische Treter, aber trotzdem. Wir haben so getan, als wären wir eine WG, saßen in der Küche, haben uns so gefühlt wie die Erwachsenen in den Sitcoms, die ein cooles Leben haben. Wir haben von Jungs an der Schule gesprochen, als wären sie unsere heißen Dates.« Sie lacht glucksend. »Gott, warum erzähle ich dir das eigentlich? Lou bringt mich um, wenn sie erfährt, dass ich das ausgeplaudert habe. Das ist unser großes Geheimnis.«

»Lou mag mich.«

»Wenn du die Information, die ich dir gerade gegeben habe, gegen sie verwendest, nicht mehr.«

Cali schüttelt sich, als würde sie die alten Erinnerungen abstreifen, und stellt die nächste Frage, aber ich kann jetzt nicht weiterlernen. Ich will mehr über sie erfahren und will auch, dass sie mehr von mir erfährt. Mit Absicht gebe ich eine falsche Antwort. »Frag mich noch mal was Persönliches«, sage ich. »Ich hab die Antwort gelesen, sie fällt mir bestimmt gleich ein.«

Ein misstrauischer Blick trifft mich. *Ahnt Miss Superschlau was?* »Was ist dein Lieblingssong?«, lässt sie sich auf mein Manöver ein.

»Nur einen nennen zu können ist gemein, bei all den tollen Songs, die es gibt.«

»Meinetwegen, du hast einen pro Jahrzehnt.«

»Immer noch zu wenig.«

Ein sexy Funkeln schleicht sich in ihren Blick. »Ich glaube es nicht! Alex Reid hat keinen Lieblingssong. Alex Reid hat keinen Lieblingssong. Alex Reid hat keinen Lieblingssong«, trällert sie.

»Scht! Warte ... Ich mag *Blue Party Sky* von den Sugar Highs. Das ist eine neue Gruppe. Sie haben einen echt schrägen Stilmix, aber bei ihrem Rhythmus kann ich nicht stillsitzen.« Ich singe eine Strophe an. Cali lächelt skeptisch. Das ist eindeutig nicht ihr Geschmack.

»Kannst du mir auch was nennen, was man kennt?«

»Hm, Klassiker. Wow, es gibt einfach so viele tolle Lieder. Zum Beispiel *Imagine* oder *Billie Jean*.«

»Hab dich gar nicht für so einen Nostalgiker gehalten.«

»Was gut ist, ist eben gut.« *Das gilt für alles im Leben.*

»Das war eine Kopfantwort. Die erkenne ich sofort. Wenn du unter der Dusche bist, was singst du da?«

»Ich singe nicht unter der Dusche. Aber falls doch, dann wäre das Britneys erster Hit.«

»Oh!«, macht sie enttäuscht. Sie muss wissen, dass ich das Lied mit Lou gesungen habe, als sie uns auf der Tour begleitet hat. *Denkt sie, ich wäre heimlich in ihre Schwester verknallt?*

»Frag mich, warum!«, schiebe ich sanft hinterher.

»Warum?«, piepst sie.

»Weil ich liebe, wie du mich angesehen hast, als wir den Song im Garten bei Nate und Lou performt haben.« *Hat mein Leben verändert.*

Skeptisch verzieht sie das Gesicht. *Als hätte ich mir das nur eingebildet!* Ich erinnere mich noch genau, wie ihr Blick mit meinem verschmolzen ist. Hunger lag darin. Sehnsucht. Alles. So wie jetzt auch. Dann ist er von hitzig zu kühl umgeschlagen, schneller als ein Wetterumschwung an der Küste.

»Es war ein schöner Moment«, gibt sie leise zu und reibt sich die Arme.

»Ist dir kalt?«

»Ja«, sagt sie, dabei wissen wir beide, dass das nicht stimmt. Sie spürt wieder, dass da was zwischen uns ist. Eine Verbindung, um die keiner von uns gebeten hat, aber die erstaunlich gut hält.

»Welchen Song singst du denn unter der Dusche?«, frage ich.

»Kennst du jetzt die Antwort?«, kontert sie und meint wieder den Stoff.

»Vielleicht«, sage ich und sehe sie abwartend an. *Glaubt sie echt, ich lasse sie so leicht davonkommen? Das ist das erste richtige Gespräch, das wir führen, und ich will es nicht einfach so beenden.*

»Sagst du mir die Antwort auch?«

»Nein.«

»Warum nicht?«

»Weil ich auf deine Antwort warte.«

»Meinetwegen: Serenade Nr. 13 für Streicher in G-Dur. *Eine kleine Nachtmusik* von Mozart, falls dir der klassische Titel nicht vertraut ist.« *Da ist wieder meine Miss Superschlau!* Aber ihre Art stört mich nicht. Ich kenne den Schlüssel zu ihrem Herzen: Wissen.

»Ich weiß, wofür die Serenade Nr. 13 steht«, sage ich entspannt. »Nate nennt sie den ersten Schmusesong der Welt, auch wenn es ganz sicher nicht der erste war.« Ich summe die Melodie, was Cali überrascht. Dabei sind Klassiker eben Klassiker. Ich wäre ein schlechter Musiker, wenn ich solche Stücke nicht kennen würde. »Und jetzt verrat mir dein wirkliches Lieblingslied, denn das war es nicht.«

»Ist doch egal!« Sie packt ihre Sachen ein, als wäre meine Antwort zum Stoff nicht mehr wichtig. *Will sie gehen?*

»Cali, warte!« Ich stelle sie an der Tür und halte sie am Arm fest, so wie beim letzten Mal. *Fuck, ich darf den Moment nicht kaputtmachen.*

Ich ziehe meine Hand zurück und lasse langsam die Luft entweichen. Ich könnte sie bedrängen, mit ihr diskutieren, aber manchmal muss man nachgeben, um zu gewinnen. Ohne sie aus den Augen zu lassen, gebe ich ihr die Antwort auf die Theoriefrage, die sie gestellt hat. »Richtig?«

»Stimmt«, sagt sie leise, rührt sich jedoch nicht, als wollte sie den nächsten Schritt machen, würde sich aber nicht trauen. Dabei braucht jede Beziehung Mut.

Auch wenn es mich killt, bleibe ich eine Weile länger bei ihr stehen. Unsere Blicke fallen übereinander her wie Berührungen. Wir atmen schwer, bis ich es nicht mehr aushalte, ihre Lippen vor mir zu haben und sie nicht zu küssen. Ich weiche zurück. »Gute Nacht, Cali, und bis zum nächsten Mal.«

»Gute Nacht, Alex«, sagt sie verhalten. »Bis dann!«

Als sie sich in Bewegung setzt, dreht sie sich in der Tür noch mal zu mir um, holt Luft, als wollte sie was sagen, gibt sich dann jedoch einen Ruck, schüttelt wie über sich selbst den Kopf und ist weg. Aber nur für den Moment. Dieses Mal nur für den Moment.

Fuck, ich grinse so breit, dass mir morgen mein Gesicht wehtun wird. *Babe, du gehörst zu mir. So was von!*

151

KAPITEL
10

Baby, one more time!

Ich habe Alex nicht verraten, was mein Lieblingssong ist. Wie zur Strafe tönt die Melodie meines Lieblingsliedes als Ohrwurm auf dem Nachhauseweg in meinem Kopf. Alex und ich haben den gleichen, und ich wünschte, er hätte seine Hand unter meinen Blazer geschoben, mich an sich gezogen und geküsst. Aber das hat er nicht. Er hat sich zurückgehalten. Gerade deshalb will ich ihn plötzlich mehr.

Ich hoffe, dass sich beim nächsten Mal eine neue Gelegenheit ergibt, doch dem ist nicht so. Nichts passiert zwischen uns. Weder beim nächsten Treffen noch beim übernächsten noch die folgenden Wochen. Das Einzige, was passiert, ist, dass wir uns näher kennenlernen und eine Art Freundschaft entwickeln und dass ich nicht mehr aufhören kann, an Alex zu denken. *Ist das damit gemeint, wenn man sagt, jemand geht einem unter die Haut? Falls ja, dann ist dieser Mann wie ein Ganzkörpertattoo. Er ist gefühlt überall.*

Anders als am Anfang arbeitet Alex nun hoch konzentriert und bleibt bei der Sache – von seinen irritierend heißen Blicken mal abgesehen, die er mir immer wieder verstohlen zuwirft. *Blicke, nur dämliche, mich verrückt machende Blicke! Blicke, die mir durch die Haare fahren. Blicke, die mir den Nacken küssen. Blicke, die meine Brüste streicheln. Blicke, die nur Blicke bleiben.*

Es sollte mich freuen. *Er hält sich an meine Regeln. Yay!* Aber das tut es nicht, denn ich kann unseren ersten Kuss nicht vergessen, und ich brauche noch einen, je mehr Zeit vergeht, desto dringender. *Will er etwa, dass ich den nächsten Schritt wage? Warum tut er denn nichts?*

Dass mich Alex eines Tages fragt, ob ich ihn auch bei Wochenendauftritten in Miami begleiten kann, damit er den Stoff schafft, macht die Sache nicht besser. Je mehr Zeit wir miteinander verbringen, desto mehr stehe ich auf den Mann. Das geht so weit, dass ich auf seine Bassgitarre neidisch bin. *Die berührt er immerhin. Mich nicht!*

Noch gereizter werde ich, als es nicht nur um einen Auftritt, sondern um ein ganzes Wochenende geht, an dem ich ihn begleiten soll. Die Rebel Boys spielen in Texas, um Gelder für einen Musikfond für Kinder zu sammeln. Nate ist das Projekt unglaublich wichtig. Er wäre nicht der Musiker, der er ist, wenn er nicht so früh gefördert worden wäre. Mehr junge Talente sollen entdeckt und unterstützt werden. Es ist eine Veranstaltung mit noch zwei weiteren Bands, Abendgarderobe und viel Presse.

Wie zum Henker soll ich das aushalten? Zu sehen, was ich will, und es nicht zu bekommen? »Ich weiß nicht, Alex. Wir könnten per Videokonferenz lernen.«

»Die Villa liegt abgeschieden. Es könnte Verbindungsprobleme geben.«

»Wir liegen gut in der Zeit. Wir können auch mal aussetzen?«

»Nein. Das Risiko, genau deshalb noch mal durchzufallen, gehe ich nicht ein. Lou ist auch dabei und würde sich bestimmt freuen, ein bekanntes Gesicht an ihrer Seite zu haben.«

»Lou lernt schnell neue Leute kennen. Der wird schon nicht langweilig.«

»Schokolade.« Ein hinreißendes Lächeln trifft mich, das mich kurz meinen eigenen Namen vergessen lässt.

»Wie bitte?«

»Ich geb dir alle Schokolade der Welt, wenn du mitkommst. Bitte, Cali.«

Verdammt, der Mann will lernen, und ausgerechnet ich soll ihn daran hindern? Das kann ich nicht. »Ich brauch vielleicht Hilfe beim Outfit. Ich war noch nie auf so einem Event und will euch nicht blamieren.«

»Alles klar, ich schick dir jemanden.«

»Dann bin ich wohl dabei«, sage ich wider besseres Wissen.

***

»Wo ist der Schokoladenvorrat?«, frage ich, sobald wir in der Luft sind. Die private Abfertigung am Flughafen hat mich nervös gemacht. Der luxuriöse Privatflieger hat mich nervös gemacht. Und jetzt macht mich Alex nervös, der mir in lässigen schwarzen Klamotten gegenübersitzt.

»Oh, verdammt!«, stöhnt er. »Ich glaube, der ging nicht durch die Gepäckkontrolle!«

»Tja«, spiele ich mit. »Da muss ich mir wohl einen Fallschirm schnappen, rausspringen und umkehren.«

»Ich weiß aus sicherer Quelle, dass dir Höhe nicht liegt.«

»Du unterschätzt die Macht von leeren Schokoladenvorräten. Also ...?« Ich sehe mich um. »Muss ich springen?«

»Hier, zwei Tafeln«, sagt Alex und legt sie vor mir auf den Tisch.

»Das ist alles?!« Unter ›alle Schokolade der Welt‹ hatte ich mir mindestens fünf Kilo vorgestellt.

»Sie ist aus der Schweiz.«

»Die haben Unmengen. Mehr konntest du nicht auftreiben?« *Habe ich wirklich für zwei lausige Tafeln Schokolade meine Wochenendplanung geändert und mir zur Feier des Tages die Nägel lackiert?* »Alex!«

»California, man sagt Danke«, schaltet sich meine Schwester in unser Gespräch in ihrem üblichen Ich-bin-älter-hör-auf-mich-Tonfall ein. Den hat sie von Mom.

Alex unterdrückt gerade so ein Lachen. *Ha, ha, sehr witzig!* Ich will ihn küssen, will seine Lippen auf meinen und seine Zunge in meinem Mund. Um diesen Drang niederzukämpfen, reichen keine zwei Tafeln. Ich bräuchte zweihundert.

»Danke«, presse ich hervor. *Immerhin besser als nichts.*

»Geht das auch etwas euphorischer?«, murmelt Lou.

»Du musst mich nicht mehr erziehen.«

»Offensichtlich doch, wenn du nicht nett zu dem Mann sein kannst.«

»Ich begleite ihn!«

»Mit einem Gesicht wie drei Tage Regenwetter.«

Streite ich mich jetzt echt mit meiner Schwester, weil Alex mir – ich zitiere noch mal – ›alle Schokolade der Welt‹ versprochen, aber nicht geliefert hat? Wie lächerlich. Ich blitze ihn an. *Kann er die Situation bitte entschärfen?*

»Mir reicht ihr Danke«, sagt er. »Und wenn sie, anstatt sich zu beschweren, die Schokolade mal isst, wird sie eh gleich netter, sie ist nur unterzuckert.«

»Bin ich nicht!« Oder vielleicht doch, weil die Zeit nicht zum Frühstücken gereicht hat. Aber das ändert nichts daran, dass er mich unter Vorspiegelung falscher Tatsachen zu diesem Wochenendtrip überredet hat.

»Iss«, meint er nur.

Schmollend öffne ich die erste Tafel der ach so tollen Schokolade, breche mir ein Stück ab und stecke es mir in den Mund. Langsam schmilzt es auf meiner Zunge, und meine Geschmacksknospen explodieren. »Oh wow!«, keuche ich.

»Gut?«, fragt Alex.

»Mmh«, mache ich nur, weil ich nicht reden kann. *Meine Güte, ist das lecker!* Ich schiebe mir sofort das nächste Stück in den Mund. Unsere Blicke treffen sich, und ich verkneife mir ein wohliges Stöhnen. Alex sieht mich verdammt hungrig an, und ich bin mir ziemlich sicher, dass er gerade keinen Appetit auf Schokolade hat ...

»Teilst du mit uns?«, fragt Lou.

Ich will nicht. Wirklich nicht. Es sind nur zwei Tafeln, und so wie die Schokolade schmeckt, brauche ich zehn davon. Unschlüssig wandert mein Blick zwischen meiner Schwester und meiner persönlichen Droge hin und her. Ich liebe sie, aber ...

»Gib ihr ruhig was ab«, sagt Alex. »Ich hab noch mehr mit.«

Selbst mit dem Wissen kann ich die Tafel nicht hergeben. Nicht sofort zumindest. Bei Schoki hört der Spaß schließlich auf. Natürlich teile ich am Ende, wenn auch nur widerstrebend. »Wer möchte auch?«, frage ich.

»Ich, ich, ich!«, ruft Lou.

»Wir alle«, sagt Nate.

Ich reiche meine ganze Tafel herum, nur Alex hält sich zurück.

»Du nicht?«, frage ich.

»Gerade nicht.«

Lou horcht auf. »Aber die musst du probiert haben!«, nuschelt sie mit vollem Mund. »Die ist wirklich der Wahnsinn!«

»Ich überlass sie lieber Cali. Sie braucht sie dringender.«

»Gott, du bist zu gut für diese Welt.« Lou wendet sich an mich. »Er ist zu gut, Cali, da hast du den Beweis!«

Mir wird richtig warm. Ich höre kaum hin, was meine Schwester plappert, weil ich auf einmal genau weiß, warum Alex auf seine Schokolade verzichtet: damit mehr für mich da ist und ich noch mal stöhne.

»Hier!«, sagt er und hält mir ein Stück der letzten Reihe hin. »Nimm!«

Es ist eine einfache Geste, aber enorme Hitze durchdringt mich, als hätte er mich gebeten, an seinem Finger zu saugen. Mein Atem geht flach, mein Mund wird trocken. Mit zittrigen Fingern greife ich zu, stecke mir das Stück in den Mund, will unter seinem Blick nicht stöhnen, aber schaffe es nicht. *Gott, diese Schokolade schmeckt einfach zu gut.*

»Mehr?«, fragt er.

Beinahe nicke ich, weil ich mehr will, und zwar von ihm. Im letzten Moment begreife ich, dass er die Schokolade meint, und schüttle den Kopf. Ein überraschter Blick trifft mich. »Ich muss lesen und will keine Flecke im Buch hinterlassen«, erkläre ich. *Und ich will mit meiner Hitze kein Feuer an Bord auslösen.*

»Also ich nehme noch was, wenn sonst keiner will«, sagt Lou begeistert.

»Baby ...«, brummt Nate, beugt sich zu ihr und flüstert ihr was zu.

»Oh!«, macht sie und starrt erst mich, dann Alex groß an. »Vergiss es«, sagt sie zu Alex und schmiegt sich an Nate. »Ich hab, was ich will.«

Ich nicht, denke ich finster. *Ich definitiv nicht.* »Freut mich«, presse ich trotzdem einigermaßen fröhlich heraus.

»Dann ist der Rest wohl für mich«, murmelt Alex, lächelt mich an und schiebt sich selbst die letzten Stücke der Tafel in den Mund.

Himmel! Sucht eins und Sucht zwei sitzen vor mir, nur eine Armlänge entfernt. Wie soll ich bitte bei Verstand bleiben? Darauf bereitet einen kein College vor!

Ich brauche sehr lange, bis ich mich wieder auf mein Buch konzentrieren kann. Alex scheint es mit seinen Unterlagen genauso zu gehen. Ein schwacher Trost. Immerhin schaffen wir während des Flugs, ein Kapitel zu besprechen. Ich bin nicht umsonst dabei.

***

Sobald wir gelandet sind, bringt uns ein Minivan mit getönten Scheiben vom Flughafen zum Veranstaltungsort der Benefizgala, ein mit Palmen umgebenes Hotelresort, das eigens für das Wochenende für die Öffentlichkeit gesperrt wurde. Wir beziehen unsere Zimmer. Lou und Nate teilen sich eines, Brad, Harvey und Alex haben eine Suite. Mir hat man ein Einzelzimmer zugeteilt. Wir legen unsere Sachen ab, haben Zeit für einen Snack, und für die Band beginnt die Arbeit. *Wirkliche* Arbeit.

Naiv dachte ich immer, Musiker stolpern für ihren Gig auf die Bühne, singen zehn Minuten und kassieren dafür ihre Millionen. Mir war gar nicht klar, wie viel Vorbereitung in so einem Auftritt steckt.

Nate überprüft zusammen mit Brad die Bühnentechnik und die Instrumente. Alex bespricht die Timings mit den Verantwortlichen vor Ort und klärt letzte Interview- und Fototermine. Zum ersten Mal bekomme ich eine Ahnung davon, wie er als Labelchef wäre. Gefällt mir. Ich merke, wie ihm das liegt. Das mit dem Abschluss muss klappen.

Erst als ein paar der Servicekräfte des Events die Band entdecken und um Autogramme und Fotos bitten, verwandelt sich Alex wieder in den Rockstar und posiert zusammen mit seinen Bandkollegen für die Fans. Zwei Frauen quetschen sich an seine Seite, er legt die Arme um sie, und Scheißeifersucht durchfährt mich wie aus dem Nichts. Ich möchte, dass er seine Arme um *mich* legt. Dass er *mich* enger zieht. Dass seine Wärme auf mich übergeht, nicht auf die zwei jungen Mädchen, die sich an ihn ranschmeißen. *Wie hält Lou nur aus, dass Nate alle antatschen? Jede, die Alex anrührt, könnte was erleben!*

»Ich bin in meinem Hotelzimmer«, informiere ich meine Schwester, weil ein Unglück passiert, wenn ich dem Treiben noch länger zusehe.

»Willst du nicht beim Soundcheck dabei sein?«, wundert sich Lou. »Das ist spannend.«

Damit kriegt man mich normalerweise immer. Ich liebe es, Dinge zu lernen, egal, was es ist. Aber dieses ganze Wochenende wächst mir irgendwie über den Kopf. Ich bin California Harper, jüngste Professorin Floridas, Wirtschaftsgenie, Bücherwurm. Keine Partymaus. »Ich kann nicht, es ist mitten im Semester«, sage ich. »Ich habe noch zu tun.«

»Schade. Dann bis später!«

In meinem Zimmer setze ich mich an meinen Laptop. Für eine Weile kann ich konzentriert arbeiten, das ist meine Superpower. Damit habe ich so viele Hürden genommen, weil ich alles ausblenden und im Thema versinken kann. Es ist ein bisschen wie mit einem guten Roman oder einem Film: Für einen Moment existiere ich nicht, sondern das, womit ich mich beschäftige, ist meine Welt. Ich bin im Flow.

Nach und nach lässt er aber nach.

Wenn ich arbeite, weiß ich immer, was ich unbedingt schaffen muss und was ein Bonus wäre. Mit der Methode bin ich bisher gut gefahren. So halte ich meine Timings ein und gerate nie in Leerlauf. Als ich jetzt das Wichtigste erledigt habe, ist es kurz nach acht, und ich kann mich nicht länger auf den Stoff konzentrieren. Ich kriege mit, wie außerhalb meiner vier Wände alles in Bewegung ist. Die Luft vibriert. Musik und Lachen dringen von der Veranstaltung zu mir. Die Leute haben Spaß. Ich will auch was erleben, das habe ich mir verdient. Ich kann mich nicht mal erinnern, wann ich zuletzt auf einer Party war. Alex' Besäufnis und die Gartenfeier im Sommer zählen nicht. Auch wenn ich gerne für mich bin und lese, ab und zu muss selbst ich unter Leute. Außerdem wartet ein tolles Outfit auf mich.

Hastig ziehe ich mich um. Mein schwarzes Kleid hat einen spannenden Schnitt. Es sitzt hauteng, hat den Rücken frei und auf einer Seite einen Schlitz, der von meinem Knöchel bis zur Hüfte reicht. Gerade so kann ich noch einen

Slip drunterziehen. Die Stylistin, die Alex mir empfohlen hat, hat ganze Arbeit geleistet. Ich streife mir noch Armreifen über, tusche mir die Wimpern, lege roten Lippenstift auf und schnappe mir mein Abendtäschchen, meine neueste Erwerbung, eine schwarze Clutch von Chanel. *Fertig!*

Zufrieden mit meinem Aussehen steuere ich den Festsaal an, in dem die Bands spielen und die Spendenaktion läuft, gerade rechtzeitig, denn die Rebel Boys stehen auf der Bühne. Es ist melodischer Lärm, nicht meine Musik. Was mir jedoch gefällt, ist der Anblick der Jungs. Ihre Energie, ihre Leidenschaft. Jeder Mensch ist schön, wenn er das macht, was er liebt.

Nicht nur mir geht es so. Ich entdecke Chloe McNally, die derzeit angesagteste Hollywood-Schauspielerin, und ihre Modelfreundinnen Patricia O'Hara und Francine Dubois, die die Band anschmachten. Im Publikum erkenne ich weitere Musiker. Einen sehr bekannten Dokumentarfilmer, eine Künstlerin, die gerade eine Ausstellung im MoMA hatte, und den CEO einer neuen Dating-App, die ich letztes Jahr ausprobiert hatte. Ohne Erfolg. Sie alle feiern die Musik und die Band ab. Die Stimmung ist der Wahnsinn. Und mir zu viel. Viel zu viel. Es hat seinen Grund, warum ich meine Bücherwelt liebe. Solche Menschenmassen überfordern mich.

Ich flüchte mich an den Rand des Saals. Nate zieht die meisten Blicke auf sich, doch ich kann nur zu Alex schauen. War er vorhin der Manager, so ist er jetzt der Musiker. Durch und durch. Ja, Nate überstrahlt alle, aber Alex' Performance ist ebenfalls voller Energie. Je nach Song verändert sich seine Mimik. Ich kann ihm ansehen, welche Parts ihm besonders Spaß machen. Das Publikum scheint er gar nicht zu beachten, er könnte genauso gut vor fünf Leuten spielen. Sehr sympathisch. Es geht ihm um die Sache, nicht um den Erfolg. Der stellt sich meist von alleine ein, wenn man mit dem Herzen dabei ist. Etwas, was ich nur zu gut von mir selbst kenne.

Wow, Cali, hast du gerade eine Gemeinsamkeit mit diesem Mann entdeckt? Mein Herz schlägt schneller. *Ja, hast du!*

So als würde Alex meine Anwesenheit spüren, schaut er plötzlich zu mir. Sein Blick nimmt mich gefangen. Meine Haut kribbelt. Das muss diese Rockstar-Aura sein, denn mein Slip wird feucht und ich will ihn so heftig, dass ich mir durch die Haare fahre, weil ich meine Finger nicht länger stillhalten kann. *Was tue ich hier bloß?*

Alex' Blick verdunkelt sich. Sein Hunger haut mich um. Er spielt das Instrument, und es ist, als würde ich die Griffe seiner Finger auf mir spüren. Es ist, als würde er mich verwöhnen, dabei trennen uns etliche Meter. Es fehlt nicht mehr viel und ich stöhne, als hätte er mich intim berührt. *Auf einer offiziellen Spendengala! Auf der es nur so von Journalisten und Prominenten aus Showbiz und Wirtschaft wimmelt. Wie unangenehm!*

Hastig verlasse ich den Saal. Ich brauche dringend etwas Abstand und muss dieses Pochen in mir loswerden, sonst kann ich, wenn ich Alex gleich begegne, für nichts garantieren.

Die Bar ist nur mäßig gut besucht, weil die meisten Leute dem Konzert zuhören. *Perfekt!* Zielstrebig steuere ich einen der Barhocker wie eine rettende Insel an. »Was mit Schokolikör, bitte!«

Alex

Fuck, könnte ich nur schneller spielen! Es sind noch drei Songs, drei elendig lange Lieder, bis ich Cali folgen kann. *Meine Güte, ich hab die Frau schon in vielen Klamotten gesehen. Aber sie in diesem hautengen Kleid mit dem freien Rücken? Ich drehe gleich durch, so sehr will ich sie. Dazu dieser rote Lippenstift! Ihr Mund schreit jeden Mann an, sie zu küssen, bis er verschmiert ist. Ihr Blick? Killer! Totaler Killer.*

»Nate, kriegen wir noch ein paar Schmusesongs?«, meldet sich der Moderator der Gala. »Ich bin mir sicher, das würde die Portemonnaies der Anwesenden weiter erleichtern.« *Fuck, das ist nicht abgesprochen. Arschloch! Und leider clever.* Das wird definitiv zusätzliches Geld für die Musikförderung der Kids einbringen.

Fragend sieht Nate zu uns, aber vor allem zu mir, weil er meinen Blickwechsel mit Cali bemerkt hat. Doch ich kenne ihn, ihm ist das wichtig.

»Ist okay«, knurre ich, schaffe es jedoch nicht gänzlich, meinen Ärger über die Verlängerung zu unterdrücken.

»Wir müssen nicht«, sagt er.

»Fuck, doch! Wir machen das. Ist perfekt für die Presse und die Spenden.« *Schließlich sind wir für die gute Sache hier, nicht um wegen California Harper einen Ständer zu kriegen.*

Es folgen drei weitere softe Lieder, die wir nicht zum ersten Mal als Zugabe spielen. Es ist nicht meine Musik, aber ich fühle die Zeilen. Lou hat Nate den Kopf verdreht. Ihre Schwester hat das bei mir.

Even if I am number one, you are still the winner.
The way you make me smile makes me always a sinner.

Selbst wenn ich die Nummer eins bin, bist du der Gewinner.
Deine Art zu lächeln lässt mich Sünden begehen, immer.

Als wir auch damit fertig sind, führt uns die Presseverantwortliche des Events für Interviewtermine von der Bühne, aber ich kann nicht mehr, egal, wie wichtig das ist. Für ein Foto bleibe ich, dann ist Schluss. »Entschuldigt mich«, sage ich nur und verlasse den Backstagebereich.

»Wie, Mister Label kneift?«, feixt Brad.

»Lass ihn«, höre ich Nate noch die anderen beschwichtigen, da bin ich schon beim Ausgang und weg.

Im Gehen lockere ich diese alberne Fliege, auf der Nate bei uns allen bestanden hat, und durchquere den Saal. Ich muss zu Cali. Sofort. Ich vermute sie auf ihrem Zimmer, aber sie hat das Erdgeschoss gar nicht verlassen. Als ich die Eingangshalle auf dem Weg zu den Aufzügen durchquere, fällt mir ihr nackter Rücken ins Auge. Sie sitzt an der Bar, hat ein Cocktailglas in der Hand und ist nicht allein.

Alles in mir erstarrt.

Ein anderer Kerl steht unglaublich dicht vor ihr und hat seine Hand auf ihrem Oberschenkel. *Fuck, er tatscht mein Mädchen an!*

Zuerst will ich mich beruhigen. Das ist nicht der Ort, um sich danebenzubenehmen, da lehnt er sich zu ihr vor, sie beugt den Hals, und er knabbert an ihr! Als er zurückweicht, grinst er breit und gibt dem Barkeeper ein Zeichen, ihr nachzuschenken. Viel zu hektisch wedelt sie mit der Hand und macht deutlich, dass sie genug hat. Glaube ich gerne. Sie kann noch nicht viel getrunken haben, wirkt aber bereits angeheitert.

Es reicht. Ich habe kein Recht, mich einzumischen, sie ist erwachsen, und doch habe ich jedes Recht. Sie ist meine Tutorin und muss fit sein, und sie ist meine Freundin. Nicht *die* Freundin, aber *meine* Freundin. Ihr Glück, denn wenn wir zusammen wären und sie sich so unvernünftig benehmen würde, könnte sie jetzt was erleben. Und das sage ich als jemand, der ein gutes Jahrzehnt lang unvernünftigen Scheiß mit Nate und der Band angestellt hat.

Tief durchatmend gehe ich zu den beiden und zwinge mich, Cali nicht einfach vom Barhocker und von dem Schmierlappen, der – wie ich jetzt sehe – ein bekannter Moderator ist, wegzuzerren. »Alles klar hier?«

»Auf jeden Fall«, antwortet der Kerl. *Als hätte jemand mit ihm gesprochen!*

»Cali?«, frage ich gepresst.

Ihr entgeht meine Anspannung. Lächelnd streckt sie die Hand aus und fährt mir über den Bauch. So aufdringlich, so unschuldig, so sexy. »Oh, hi, Alex. Du warst toll auf der Bühne. Der Beste von allennn«, lallt sie leicht.

»Danke«, knurre ich und ignoriere die Impulse, die ihre Berührung in Richtung meines Schritts schickt. Jetzt ist der falsche Zeitpunkt für einen Ständer.

»Du hast nach dem Auftritt nich geduscht, oder?« Sie beugt sich zu mir, kitzelt mich mit ihren Haaren und atmet tief meinen Geruch ein. »Heißßß! Gefällt mir.«

Mist, und mir gefällt die betrunkene Cali. Sie ist offensiver und folgt ihrem Instinkt. Immer mal wieder habe ich in den letzten Wochen erlebt, wie sie ist, wenn sie aus ihrem Schutzpanzer rauskommt. So wäre sie, wenn er weg ist. Jetzt müsste sie nur noch nüchtern sein, und ich würde sie auf der Stelle nehmen. Ist sie aber nicht.

»Geht es dir gut?«, frage ich.

»Total guuut!« Lachend wirft sie die Arme in die Luft und schwankt so heftig auf ihrem Stuhl, dass ich ihr die Hand auf den Rücken lege, damit sie nicht fällt. Ihren nackten Rücken, ihre nackte Haut. *Himmel!*

»Wie viel hast du getrunken?«

»Nur einen Drink …« Sie verzieht nachdenklich das Gesicht und streicht wieder über meinen Bauch, was mehr Blut gen Schwanz schießen lässt. »Nein, warte, der Cocktail war so lecker. Ich hab den Alkohol nicht geschmeckt, das ist der zweite.«

Ich schaue zu dem Glas und der braunen Flüssigkeit darin. Könnte Kaffeelikör oder was mit Cola sein, aber bei Cali ist eine Sache wahrscheinlicher. »Wegen des Schokolikörs?«

»Du weißt, ich liehhhbe Schokolade.«

Sie hat definitiv zu viel zu schnell getrunken. Warum lassen Barkeeper das zu? Es existieren zig schwachsinnige Gesetze. Wie wäre es mal mit einem, das das Ausschenken von Alkohol an Betrunkene unter Strafe stellt und es das nennt, was es ist: vorsätzliche Körperverletzung?!

»Wir sollten gehen«, sage ich.

»Ich will aber nicht.« Cali krallt sich in mein Hemd, zwinkert jedoch dem Typen, der immer noch vor ihr steht, zu. »Wir haben Spaaaß, nich wahr?«

»Haben wir«, sagt der Kerl und gibt dem Barkeeper zu verstehen, er soll ihren neuen Drink wieder hinstellen. Mich mustert er kühl. »Hast du ein Problem damit?«

»Ja, Alex, hast du ein Problem damit?«, äfft Cali den Schleimer belustigt nach und will mich ärgern, ohne zu merken, dass ich bereits auf 180 bin.

Es reicht. Die Frau trinkt keinen weiteren Tropfen Alkohol, und sie wird auch keine Sekunde länger von diesem Schmierlappen betatscht werden, der garantiert keine ehrenvollen Absichten verfolgt. Er ist genau die Sorte Mann, die Frauen abfüllt und dann im Bett mit ihnen Dinge anstellt, die sie bei klarem Verstand nie zulassen würden.

»Komm«, sage ich, ziehe Cali vom Barhocker und nehme ihre Tasche.

»Was hast du vor?«

»Wirst du schon sehen …«

»Oh, er wird böööse!«, witzelt Cali. »So kenn ich ihn gar nich. Böser Mann.« Sie leckt sich die Lippen. »Mit unglaublich heißem finsteren Gesicht.«

Muss sie ausgerechnet jetzt die Sexbombe spielen?!

Mit der Hand an ihrer Taille lotse ich sie weg von der Bar, da stellt sich uns der andere Typ in den Weg. Er ist auch groß, etwas breiter als ich, aber das schüchtert mich nicht ein. Ich bin Rockstar und habe kein Problem damit, mir für Cali ein blaues Auge einzuhandeln. Skandal hin oder her.

»Fass sie an, und ich brech dir jeden Finger einzeln!«

Der Kerl zögert. Genügt mir.

»Mitkommen!«, knurre ich, lege meinen Arm um Cali und dirigiere sie raus an die frische Luft.

»Sie will das nicht«, ruft der Schmierlappen uns nach.

»Penner …«, murmle ich. Als hätte ihn vor drei Sekunden gekümmert, was Cali will.

Ich ziehe sie mit mir nach draußen, dabei will alles in mir sie in mein Hotelzimmer schleifen und durchvögeln. Aber nachdem sie schon so dämlich war und sich betrunken hat, wird hier heute nur eines laufen: dass sie nüchterner wird.

Wir kommen am Pool vorbei, lassen die Veranstaltung zurück und nehmen einen der malerisch beleuchteten Wege durch den Garten des Resorts.

»Nich so schnell«, jammert Cali und hat Probleme, Schritt zu halten.

Ich greife ihre Hand fester, kann jedoch nicht langsamer machen. Je mehr Abstand zwischen einem Bett und uns liegt, desto besser.

»Hey, was soll das denn, Alex?«

Mich die letzten Wochen zu benehmen war das eine, aber sie mit dem anderen Mann zu sehen, noch dazu betrunken? Das war zu viel. »Was hast du dir nur dabei gedacht, mit diesem Kerl rumzumachen?!«

»Ich bin erwachsen.«

»Dann lässt man sich nicht abfüllen!«

»So betrunken bin ich nich! Schau!« Sie löst sich von mir, legt den Kopf in den Nacken, breitet die Arme aus und fängt an, sich zu drehen. Schneller und schneller.

Vielleicht habe ich die Situation ja falsch eingeschätzt?

Nein, habe ich nicht. Sie stolpert über ihre Füße. *Fuck!* Ich fange sie auf, aber sie hat so viel Schwung, dass wir zusammen ins Taumeln geraten. Ich versuche, das Gleichgewicht zu halten, Cali ist dabei leider alles andere als hilfreich. Wir gehen zu Boden und landen auf dem Rasen. Ich unter ihr, sie auf mir. Mein Herz hämmert wie verrückt, und wir sind beide außer Atem.

»Alles okay?«, frage ich, fahre ihr über den Rücken und streiche ihr Haare aus dem Gesicht.

»Du bist seltsam, Alex«, lallt sie, und ihr Alkoholatem schlägt mir ins Gesicht. »In der einen Sekunde denk ich, du willst mir den Hintern versohlen.« Sie grinst breit, als wäre das was Schönes. »In der nächsten behandelst du mich wie was Zerbrechliches.«

Diese Unterhaltung ist nicht gut. Nicht so abgeschieden von allen, nicht mit ihr auf mir. »Bist du okay?«, frage ich noch mal.

»Nein«, sagt sie, verlagert ihr Gewicht und stöhnt genüsslich, als sie spürt, wie hart ich bin. »Bin ich nich. Gott, Alex. Ich brenne.«

Das nennt sich Hölle auf Erden. Keine Ahnung, womit ich das verdient habe. »Kannst du aufstehen?«, frage ich und überhöre, dass sie mir gerade gesagt hat, dass sie bereit für mich ist.

»Können wir noch kurz so liegen bleiben?« Sie sieht mich flehentlich an, legt ihre Hände in meinen Nacken und schmiegt sich an mich. »Du bist so schön warm.«

Das ist keine gute Idee. Mein Schwanz pocht, und ihr sich gefühlvoll an mir reibender Körper ist die reinste Folter, aber mit einem Seufzen lege ich die Arme um sie. »Dir ist kalt?«

»Ein bisschen«, murmelt sie und kuschelt sich an mich.

Ach, Cali! »Besser?«, frage ich und streiche ihr über den Rücken. Das ist das erste Mal, dass sie so viel Nähe zulässt und so zahm in meinen Armen liegt. Und ich Schwein kann nicht anders, als es zu genießen.

»Mmh, besser. Und bei dir?« Sie reibt ihre Hüfte an meinem Schritt.

»Geht«, lüge ich und unterdrücke den wirklich heftigen Wunsch, mich gegen sie zu drücken. »Ist dir schlecht?«

»Nur leicht schwindlig.«

Ich fluche leise.

»Von dir, Alex.« Sie kichert. »Und vom Drehen. Der Bücherwurm hat einen Drehwurm.« Sie gluckst begeistert von ihrem eigenen Wortspiel.

»Dagegen weiß ich was«, sage ich und drücke sie enger an mich. »Hilft es?«

»Ich glaub nich.«

Wir atmen beide schwer. Ihr fallen immer wieder Haarsträhnen ins Gesicht, und ich streiche sie ihr jedes Mal weg. An die Nacht, als sie zu mir ins Penthouse gekommen ist, erinnere ich mich nur verschwommen, jetzt kann ich genießen, sie zu halten. Ja, ich will mehr, aber für den Moment ist das hier perfekt.

Schließlich stützt sie sich auf einen Arm über mir auf und fährt umgekehrt mir durch die Haare. Drei Atemzüge lang lasse ich es zu, dann wird mein Verlangen nach ihr zu groß – und damit auch die Wahrscheinlichkeit, was Dummes zu tun, das ich später bereuen werde. Verdammt, ich hab meine Lektion mit dieser Frau gelernt. Schon in dem Moment, als sie im Hotel die Nachhilfe beendet hat. Ihren Körper zu erobern ist so leicht. Aber ihr Herz? Dafür muss ich mich richtig anstrengen und meinen Schwanz in der Hose behalten.

»Hör auf damit, Babe.«

»Gefällt es dir nich?«

»Ich hab gesagt, du sollst aufhören.«

»Das ist alles, was du zu bieten hast?« Mit einem Grinsen macht sie weiter. »Da musst du dir schon mehr einfallen lassen.«

Gott, warum ist die Frau auf einmal so verspielt? Ich schließe die Augen und versuche, cool zu bleiben. Wenn ich nicht auf sie eingehe, wird sie das Interesse verlieren. Hoffe ich. Passiert aber nicht.

Ihre Finger fahren mir durch die Haare, ich habe am ganzen Körper wohlige Gänsehaut, und mein Schwanz drückt so hart gegen sie, dass ich ab und zu mit der Hüfte stoße. Jetzt doch. *Echt peinlich.* Immerhin mache ich nicht mehr. Als sie plötzlich mit ihren gefährlich unschuldigen Fingern über meine Lippen fährt, reicht es mir. Ich drehe sie auf den Rücken, nehme ihre Hände, ziehe sie von meinem Gesicht und drücke sie ins Gras. »Aufhören, hab ich gesagt!«

»Was, wenn mir nich danach is?«, antwortet sie so anders als sonst und legt ein Bein um meine Hüfte.

»Babe, bitte.«

»Willst du mich denn gar nich küssen?«

»Und wie!« Mein Blick wandert zu ihrem Mund. Meine Erinnerung an den letzten Kuss ist so verschwommen, dass ich eine Wiederholung will. Unbedingt. »Fuck, ja, ich will dich küssen«, setze ich noch mal nach.

»Warum tust du es dann nich?«

»Weil du betrunken bist, Babe.«

»Nich so betrunken.« Sie hebt den Kopf und streift mit ihren Lippen über meine, und schlimmste Lust jagt durch mich.

»Cali, stopp.«

Binnen Sekunden schlägt ihre Enttäuschung in Wut um. Sie strampelt unter mir, um sich zu befreien. »Du Scheißkerl. Ich wusste es! Du spielst nur mit mir. Wenn du mich nich haben kannst, willst du mich, und wenn du mich hast, bereust du es. Lass mich, Alex!«

»Scht, Babe! Beruhig dich!«

»Geh runter von mir«, schluchzt sie. »Na los!«

Sie wird immer lauter. Obwohl ich sie halte, habe ich das Gefühl, sie zu verlieren. »Fuck, Cali!« Ich begehe die größte Dummheit überhaupt. Ich greife in ihre Haare, sie wird augenblicklich still unter mir, und dann küsse ich sie. Nicht sanft oder liebevoll, sondern so, als wollte ich sie verschlingen. Mir ist total egal, wo wir sind und was mit ihrem Lippenstift passiert. Ich brauche ihren Mund, ich will sie nehmen, wenn schon nicht mit meinem Schwanz, dann mit meiner Zunge. Unsere Körper winden sich im Rhythmus unserer Münder. Sie stöhnt kehlig und tief und erwidert jede Bewegung wie ausgehungert. Ihre Finger krallen sich in meinen Rücken, als wäre selbst der geilste Kuss des Universums zu wenig. Ich beiße sie, weil sie langsamer machen soll, doch sie wird noch wilder und beißt mich zurück. Sie muss es nicht sagen. *Mehr!* Ihre Lippen sagen Mehr. Ihre Hände sagen Mehr. Ihre Hüften sagen Mehr. Und mein Schwanz reagiert. Es wäre so leicht, den Stoff am Schlitz ihres Kleides zur Seite zu schieben und sie zu nehmen. Aber ich schmecke den Likör auf ihrer Zunge, und das macht mich plötzlich nüchtern.

Scheiße, Reid, hast du völlig den Verstand verloren?! Schwer atmend löse ich mich von ihr und blitze sie wütend darüber an, dass sie mich alles hat vergessen lassen. Ich kann so klar sehen, was sie will. Mich. Aber nicht so. *Fuck, nicht wenn sie betrunken ist.* »Du wolltest einen Kuss, das war einer.«

»Er reicht nich.«

»Pech, hättest du weniger trinken sollen.«

»Du Scheißkerl«, schnauzt sie, boxt mich, dieses Mal jedoch spielerisch. Dann verzieht sie plötzlich das Gesicht. Den Ausdruck kenne ich. Ihr kommt alles hoch.

Schnell gehe ich von ihr runter und drehe sie zur Seite. Sie erbricht sich, was vielleicht nicht das Schlechteste ist. So muss ihr Körper weniger Alkohol abbauen. Ich reibe ihr über den Rücken und muss lächeln, als ihre gesamte Energie verpufft und sie wie ein Häufchen Elend im Gras sitzen bleibt, und trotzdem liebe ich sie noch.

Vorsichtig hebe ich sie hoch und sammle ihre Clutch ein.

»Geht das?«, frage ich.

»Mmh«, macht sie müde.

»Sag Bescheid, wenn dir noch mal schlecht wird.«

Statt etwas zu sagen, lehnt sie sich an mich und schläft ein. Ich drücke sie an mich und hauche ihr einen Kuss auf die Stirn. *Oh Babe, auf dass du dich auch mal so benimmst, wenn du nüchtern bist!*

Ich gehe mit ihr zurück ins Hotel. Keiner kümmert sich um uns. Es spielt noch eine Band, aber die Stimmung ist nun deutlich lockerer, angeheiterter. Ich bringe Cali zu ihrem Zimmer, fummle die Türkarte aus ihrer Handtasche, lasse uns rein und lege die Frau meiner Träume vorsichtig auf dem Bett ab.

»Alles gut?«, flüstere ich ihr ins Ohr.

»Mmh«, macht sie wieder nur, ohne richtig wach zu werden, rollt sich auf die Seite und krallt sich das Kopfkissen.

Mein Blick gleitet über ihren nackten Rücken, das Kleid ist verrutscht, ich sehe ein Bein, ihren Poansatz und den sehr schmalen Bund eines offensichtlich mikroskopisch kleinen Slips. Das muss meine Strafe für den stürmischen Kuss sein. Der Anblick brennt sich in mein Gedächtnis. Mein Bücherwurm ist makellos, absolut hinreißend, perfekter als perfekt, und vermutlich weiß sie das nicht mal.

Bevor ich meine guten Vorsätze über Bord werfe, ziehe ich das Laken unter ihr hervor und decke sie zu. Sie antwortet mit einem zufriedenen Seufzen oder einem wohligen Stöhnen oder beidem. *Fuck, Cali, du verstehst es echt, bei einem Kerl für tiefblaue Eier zu sorgen.*

Ich sollte sie jetzt schlafen lassen. Sie braucht mich nicht mehr. Aber ich kann nicht. *Falls noch was ist*, rechtfertige ich das vor mir selbst. Doch die Wahrheit ist, dass ich immer noch den Kuss auf meinen Lippen spüre und das mit ihr für mich kein Spiel mehr ist, sondern Ernst. Ich muss einfach für sie da sein. Ich schnappe mir wieder ihre Türkarte, gehe schnell in mein Zimmer, dusche, ziehe mir frische Sachen an und nehme mir ein Buch.

Als ich zurück bin, liegt Cali unverändert auf dem Bett. Es ist übertrieben, aber zur Sicherheit fühle ich ihren Puls. *Alles in Ordnung.* Dann streiche ich ihr noch mal Haare aus dem Gesicht. Sie seufzt herrlich zufrieden – was mich sofort wieder anmacht.

»Gott, Babe, du bringst diesen Rockstar noch um!«

»Und du mich«, murmelt sie leise.

Ich will ihr so vieles sagen, aber hauche ihr nur einen Kuss in den Nacken und begebe mich zum Sofa.

Zum Glück sind die Zimmer des Resorts sehr luxuriös

eingerichtet. Das Sofa ist etwas zu kurz, dafür angenehm breit. Ich richte mir die Kissen neu an, lege mich hin, lerne noch ein wenig und warte, dass mich der Schlaf einholt.

»Was zum Henker machst du hier?«, weckt mich das Kreischen von Cali, dicht gefolgt von einem schmerzverzerrten Stöhnen.

Ich blinzle und sehe, wie sie sich an den Kopf fasst, mich gleich darauf aber wieder sauer anfunkelt, mit einem Laken vor ihrem Körper. *Als wäre ihr Kleid am Morgen freizügiger als am Abend.*

»Alex, rede! Wir haben doch nicht ...?! Ich meine ...« Die Femme fatale von gestern Nacht ist verschwunden, und ich habe wieder Frau Professorin vor mir.

»Babe, wenn wir es miteinander getrieben hätten, würden wir nackt in deinem Bett liegen und überall wären Kondome verteilt. Volle Kondome. Siehst du welche?«

Sie schaut sich tatsächlich um. Irgendwie ärgert mich, dass sie mir nicht ein Mal vertraut. Zumindest nicht, wenn sie nüchtern ist.

Ich lasse meinen Blick über sie gleiten. Sie sieht aus, als hätte sie eine wilde Nacht gehabt, ihr Lippenstift ist verschmiert, ihre Haare sind zerzaust, und der Anblick macht meinen Schwanz hart. *Wie unpassend!*

»Alex!«, keift sie, setzt sich auf und zieht die Füße an. »Was zum Henker machst du in meinem Zimmer?«

Was denkt sie, was ein Kerl auf dem Sofa macht? Sitzkuhlen hinterlassen? »Was weißt du noch von gestern?«, knurre ich, richte mich auf, fahre mir durch die Haare und versuche, schneller als üblich wach zu werden.

»Ich ... also ...«

»Du hast alles vergessen?« Warnend sehe ich sie an, und sie hat immerhin den Anstand, mal kurz Luft zu holen und ihren ach so hohen IQ zu benutzen, um nachzudenken.

»Dein Auftritt war toll«, sagt sie nach einer kurzen Pause.

»Und?«

»Ich war an der Bar. Du bist dazugekommen, richtig?«

»Und?«

Sie schüttelt den Kopf. »Es tut mir leid.«

»Dann werde ich dir mal auf die Sprünge helfen«, sage ich nun sauer auf sie, dass sie alles Wichtige vergessen hat, sauer auf mich, dass ich diesen Scheiß mitgemacht und gedacht habe, es könnte mehr bedeuten. *Ja, sie war betrunken, aber nicht abgefüllt, Herrgott noch mal!*

»Was wird das?«, fragt sie verunsichert, als ich das Bett ansteuere.

»Kommt jetzt was wieder?« Ich packe sie am Fuß und ziehe sie zu mir.

»Alex, was hast du vor?«

Ich schiebe mich über sie, spüre ihren Körper unter meinem und halte sie fest, so wie gestern Abend. »Wie ist es jetzt?«

Schwer atmend sieht sie mich an. Erregt und verwirrt. *Sie weiß nichts mehr! Fuck!*

Den Kuss spare ich mir zu wiederholen. Mit einem Kopfschütteln gehe ich von ihr runter, schnappe mir das Buch und verlasse das Zimmer. »In drei Stunden reisen wir ab. Sei bis dahin fertig.«

KAPITEL
11

Cali

Alex verlässt mein Zimmer, und ich verspüre den seltsamen Impuls, ihm nachzugehen und mich zu entschuldigen. Keine Ahnung, wofür, laut dem, woran ich mich erinnere, war ich betrunken, habe mich aber nicht danebenbenommen.

Als die Tür ins Schloss fällt, zucke ich zusammen und verziehe das Gesicht. *Aua. Kopfschmerzen.*

Was habe ich nur angestellt? Womit habe ich ihn so verärgert? Und warum will ich ihn dringender denn je küssen?

Ich starre die Decke an, schließe die Augen und stelle mir vor, er wäre wieder über mir. Es waren nur drei kurze Sekunden, aber sie haben sich richtig angefühlt. Als wären wir füreinander geschaffen. *Wenn er wüsste, wie ich brenne und wie sehr mein Herz rast, wäre er nicht gegangen. Und wenn er wüsste, wie höllisch die Kopfschmerzen sind, wäre er weniger grob gewesen. Wenn er wüsste, dass ich mich in ihn verliebe, würde er ... Keine Ahnung, was er tun würde! Meine Situation ausnutzen, wie ich es schon zu oft erlebt habe? Die Nachhilfe beenden, weil sie zu kompliziert wird? Mir gestehen, dass er mich auch liebt?*

Egal, was er will, ich weiß, was ich will: dass wieder bessere Stimmung zwischen uns herrscht. Wir sind kein Paar, aber wir sind die letzten Wochen Freunde geworden. Was auch immer ich getan habe, ich hoffe, ich habe nicht unsere Freundschaft aufs Spiel gesetzt.

***

»Alles wieder gut zwischen uns?«, frage ich, als wir im Flieger nach Hause sitzen und die Kopfschmerztabletten wirken. Lou hat sich an Nates Seite gekuschelt und schläft. Sie haben gestern die halbe Nacht getanzt. Brad ist mit einer Frau beschäftigt. Irgendein B-Sternchen, das mir dunkel bekannt vorkommt, könnte aus einer Reality-TV-Show sein. Harvey leidet stumm und versucht, mit einer Sonnenbrille und jeder Menge Sprudel mit Aspirin gegen den Kater anzukämpfen. Alex und ich sitzen uns gegenüber. Er trägt Freizeitklamotten, wirkt von allen hier am fittesten und wirft mir einen reservierten Blick zu. Ich war schon öfter hart zu ihm, aber das vorhin hat ihn mehr getroffen als üblich.

»Wenn du keine Kopfschmerzen mehr hast, lass uns weiterlernen«, sagt er grob. »Deshalb bist du doch mitgekommen, richtig?«

Er weiß genau, dass das nur zum Teil stimmt. Ich bin nicht nur wegen des Lernplans hier, sondern seinetwegen. *Wenn ich nur wüsste, was vorgefallen ist!* Aber eines weiß ich sicher: Heute Morgen war Alex der Korrektere von uns beiden. Er hat die Situation nicht ausgenutzt, dabei wäre es so einfach für ihn gewesen. Ich hätte keinen Widerstand geleistet. Er hat sich definitiv verändert, wirkt viel erwachsener als der Mann, den ich im Sommer das erste Mal kennengelernt habe.

»Entschuldige, dass ich vorhin so schroff war«, sage ich, weil ich das dringende Bedürfnis habe, alles zwischen uns ins Reine zu bringen. »Ich schätze mal, du hast mich aufs Zimmer gebracht, bevor ich mit dem komischen Typen abschwirren konnte. Danke. Das war sehr nett.«

Er mahlt mit dem Kiefer. Offensichtlich nicht begeistert von meiner kleinen Ansprache.

»War es nicht so?«, hake ich nach.

»Doch, doch.«

»Warum bist du dann immer noch sauer auf mich? Du schaust mich echt finster an. Das macht mir Angst.«

»Gestern fandest du den Blick – ich zitiere – heiß.«

Das klingt nach mir, oder besser: nach meinen Fantasien. Aber das habe ich nicht wirklich zu ihm gesagt, oder? Mist, und wenn doch, was noch? Und was sage ich jetzt darauf? Verdammt, nur eines, um die Situation zu entschärfen. Die Wahrheit.

Hitze schießt mir ins Gesicht. Ich räuspere mich und beuge mich nervös zu ihm vor, weil ich nicht will, dass mich die anderen im Flieger hören. »Alex? Das finde ich immer, wenn du –« *Gott, das ist viel schwieriger als in meiner Fantasie.*

»Wenn ich was, Babe?«

Sein Blick sucht meinen, der Moment ist so intensiv, dass ich kneife und auf seine Brust schaue, eine tolle muskulöse Männerbrust. »Wenn du mich so dunkel ansiehst, finde ich das …« Ich hole tief Luft und stammle herum wie ein Teenager. »Dann finde ich das …« *Warum ist das so schwer?* Hilfe suchend sehe ich nun doch zu ihm, und sein Blick ist sanfter geworden, zufriedener, aber auch lauernd.

›Wie?‹, formt er lautlos mit den Lippen und fährt mir durch die Haare.

»Wirklich h-h-heiß«, bringe ich zitternd heraus und kann nicht fassen, dass ich das tatsächlich zugebe, zwar mit Restalkohol im Blut, aber definitiv nicht mehr betrunken. »Bist du immer noch sauer auf mich?«

»Ja.« Für einen Moment denke ich, das ist nur eine seiner Provokationen, dann entdecke ich die Wut in seinen Augen und wie verdammt schwer es ihm fällt, nicht zu explodieren.

»Schokolade?«, frage ich und reiche ihm die Tafel, die ich mir für den Rückflug aufgehoben habe, weil ich mir nicht sicher war, ob er wirklich mehr eingepackt hat.

»Wofür?«

»Um deine Stimmung zu heben.«

»Du weißt schon, dass bei Männern was anderes funktioniert?«, entgegnet er endlich lockerer.

Meint er einen Blowjob? Hastig drehe ich mich zu den anderen, die aber nicht auf uns achten. *Das ist wie zehn Schritte, bevor wir überhaupt den ersten tun.* »Was?«, piepse ich. »Hier?«

Er lacht amüsiert, aber sein Blick bleibt so herrlich dunkel. »Frau Professorin, haben Sie etwa eine schmutzige Fantasie? Ich meinte mit einem guten Essen. Woran hast du gedacht?«

Ich spüre, wie ich knallrot anlaufe, denn leider habe ich eine extrem schmutzige Fantasie, und die malt sich gerade aus, wie so ein Blowjob ablaufen würde ...

Unruhig rutsche ich auf meinem Platz hin und her. *Als könnte das die Hitze vertreiben!* Es ist eher so, dass meine sowieso schon prickelnde Mitte durch die Reibung noch heftiger brennt. *Mist!* »Lassen wir das doch«, versuche ich, mich aus der Affäre zu ziehen. »Ich muss noch Hausarbeiten korrigieren, und du hast auch zu tun, oder?«

Ich will mich wieder in meinen Sitz zurücklehnen, aber er hält mich auf. »Hast du noch Kopfschmerzen?«, fragt er und mustert mich eingehend. Man sollte meinen wie ein besorgter Freund, aber meine Haut kribbelt, als ginge es darum, herauszufinden, wie fit ich bin, um mit mir zu spielen.

»Mir geht's okay«, sage ich.

»Gut, wenn du mich immer noch aufheitern willst, erzähl mir, was dir durch den Kopf gegangen ist.«

Jede bessere Schauspielerin würde jetzt abstreiten, dass da was war, aber ich? Ich werde natürlich erneut feuerrot, nachdem sich mein Gesicht gerade erst abgekühlt hatte. »Das … Das war nichts Besonderes.«

»Sag es mir trotzdem.«

»Wenn ich das tue, ist zwischen uns wieder alles gut?«

Er nickt.

Okay, Cali, die Kurzfassung. »Ich habe daran gedacht, wie …« Ich stocke. Mir liegt schon auf der Zunge, ihm zu erzählen, wie ich davon geträumt habe, es ihm mit dem Mund zu besorgen, als mir wieder einfällt, wie auf der Highschool jede noch so kleine Interessenbekundung von mir veralbert wurde. Alte Enttäuschung und Scham durchdringen mich. Ich habe dazugelernt, ich mache mich nicht noch mal so angreifbar, für niemanden. »Ich kann nicht«, sage ich und höre selbst, wie meine Stimme plötzlich bricht.

»Fuck, Cali«, sagt er rau und will mich zu sich ziehen.

Wofür? Trost? Hastig weiche ich zurück.

»Was ist los, Babe?«

»Du musst wohl weiter sauer auf mich sein«, tue ich betont locker, greife nach meiner Tasche und hole meinen Laptop raus, den ich wie eine Mauer zwischen uns aufklappe. »Du solltest lernen. Jede Stunde zählt.«

Natürlich lernt er nicht! »Wer hat dir wehgetan?«, fragt er leise.

Schon als er es sagt, durchfährt es mich wie ein Blitz. Ich habe verdrängt, was damals passiert ist. Es war besser so. *Muss er ausgerechnet hier und jetzt in meinen Wunden herumstochern? Zehntausend Meter über dem Erdboden in einer Maschine, aus der es kein Entkommen gibt?*

»Wer, Cali?«

»Nur die Highschool«, presse ich heraus.

»Das reicht mir nicht. Keiner mochte die Highschool.«

»Oh bitte! Du warst doch bestimmt der Schwarm aller!«

Er lacht amüsiert. »Babe, ich war ein Spargeltarzan.«

Veralbert er mich? »Aber du hattest die Gitarre.«

»Da kommen die Mädchen nicht automatisch angerannt. Die meisten wollten mit den Footballstars abhängen. Außerdem habe ich damals Rap gemacht, keinen Rock.«

Der heiße Rockstar Alex war ein Außenseiter? Kaum zu glauben. »Du warst ein schlaksiger, ein Meter neunzig großer weißer Junge mit einer Gitarre, der rappt?«

»Ganz genau. Ich hatte nicht viele Fans.« Er zieht den Ärmel seines Shirts über die Schulter. »Siehst du die Narbe?«

Ich muss mich vorbeugen, dann erkenne ich sie und nicke.

»Die hat mir Kanye Dupree bei einer Schlägerei verpasst, zusammen mit vielen blauen Flecken und zwei gebrochenen Rippen, weil ich über freie Liebe gerappt hatte.«

»Scheiße!«, entweicht mir schockiert. »Das ist ja krass.«

»Ich erzähl dir das nicht, weil ich dein Mitleid will, sondern weil die Highschool für viele heftig war. Ich will wissen, was es bei dir war.«

»Nicht so was!« Jetzt fühle ich mich wie eine Aufschneiderin. Dabei habe auch ich Narben, nur meine sieht man nicht.

»Lass mich das selbst beurteilen«, meint er. *Erstaunlich erwachsen.* »Sag mir, was es war.«

Bilder tauchen vor meinem inneren Auge auf. Sie sollten mit der Zeit zu einer Masse verschwommen sein, aber das sind sie nicht. Dank meines Supergedächtnisses ist jedes Ereignis abgespeichert. Ich will Alex nur allgemein antworten, aber die Erinnerungen überwältigen mich. Ächzend greife ich mir an die Schläfen. Ich will diesen Film nicht sehen, nie wieder. *Stopp.*

»Entschuldige mich bitte!«, sage ich, schnalle mich ab und stehe auf. Ich brauche einen Moment für mich. *Sofort.*

Alex

Fuck, warum konnte ich es nicht einfach gut sein lassen? Ich bin nicht blöd, aber offensichtlich blöd genug, Calis einzigen wunden Punkt genau in der Mitte zu treffen.

Jede Faser von mir will ihr hinterher und sie verdammt noch mal zwingen, auszuspucken, was sie so belastet, um ihr zu helfen. *Doch wie schlau wäre das wohl? Sie zu bedrängen, wenn sie wahrscheinlich an zig Momente denkt, in denen sie bedrängt wurde?*

Ich stehe auch auf, gehe allerdings nicht zur Toilette, in die sie sich geflüchtet hat, sondern zu Louisiana, die schläft. »Hey«, mache ich leise, hocke mich neben ihren Platz und rüttle sie an der Schulter.

»Nicht«, grunzt sie. *Sehr charmant.*

»Hey, wach werden«, sage ich wieder.

»Was ist?«, murmelt Nate, der offensichtlich nur halb schläft, aber für Lou stillhält. Er wirft nur einen Blick zu mir und fährt ihr dann durch die Haare. »Hey, Sonnenschein, mach die Augen auf.«

»Mmh?« Sie blinzelt verschlafen, sieht erst zu Nate, dann zu mir.

»Du musst mal nach California sehen«, sage ich.

»Sie weiß, sie soll nicht so viel trinken. Das hat sie jetzt davon, wenn ihr schlecht ist.« Sie klingt ganz wie die große Schwester, die genau weiß, dass man manchmal erst aus Schaden klug wird.

»Das ist es nicht.«

»Oh, okay«, macht Lou plötzlich fitter, als begreife sie den Ernst der Lage. »Wo ist sie?«

»Auf der Toilette.«

Sie richtet sich auf und fährt sich durch die Haare, dann geht sie zur Kabine und klopft. »Cali, alles okay?« Ich höre nicht die Antwort, nur was Lou weiter sagt. »Lass mich rein, bitte.« Eine weitere Pause entsteht. »Ich bleibe hier unangeschnallt auf dem Gang stehen, wenn du nicht aufmachst. Du weißt, das kann bei Turbulenzen lebensbedrohlich enden. Ich könnte den Halt verlieren, unglücklich fallen, mir das Genick brechen. Ich könnte sterb–«

Die Tür öffnet sich, und Lou quetscht sich rein. Ich schaue zur Kabine, als könnte ich mehr tun.

»Alles okay bei dir?«, fragt Nate.

»Mmh«, mache ich nur und verrenke mir den Hals, weil ich warte, dass die beiden rauskommen. Er boxt mich. »Hey!«, protestiere ich.

»Wenn du was für sie tun willst, lern dein Zeug.«

Recht hat er! Ich setze mich wieder auf meinen Platz, aber es fällt mir schwer, mich zu konzentrieren. Die ganze Zeit lausche ich mit einem Ohr, was passiert. *Ohne Erfolg.* Sie bleiben lange weg, richtig lange. Zwischendurch ertönen immer mal wieder die Anschnallzeichen. Es gibt Turbulenzen, keine schlimmen, aber je länger ich nichts von Cali höre, desto nervöser werde ich. *Irgendwas stimmt doch da nicht!*

Als beide Frauen endlich aus dem Bad kommen, hat Lou den Arm um ihre Schwester gelegt. Cali hat geweint. Sie sieht fertig aus, ihr Make-up ist weg. Fuck, ich kann nicht mehr stillhalten und stehe auf.

»Bleib sitzen«, knurrt Nate.

Nie im Leben. Würde er umgekehrt auch nicht. »Da bist du ja«, tue ich empört und wedle mit dem Buch vor Calis Nase herum. »Können wir endlich den Stoff durchgehen?«

»Kann das nicht warten?«, zischt Lou, die nichts checkt.

»Ist schon okay«, krächzt Cali und wischt sich hastig über die Augen, gerührt, weil sie mein Manöver durchschaut. Wenn ich ihr Probleme gebe, die sie lösen kann, wird sie sich wieder stärker fühlen. Das braucht sie jetzt.

»Bist du dir sicher?«, meint ihre Schwester und beäugt sie kritisch.

Cali nickt. »Nicht dass er am Montag dem Kurs nicht folgen kann. Außerdem ist das für mich nicht anstrengend. Anders als Alex weiß ich ja schon alles.«

Lou setzt sich auf ihren Platz, wobei der Blick, der mich jetzt trifft, finster ist wie die Nacht. Wenn ich ihrer Schwester wehtue, kriege ich Ärger und einen Arschtritt, den ich bis ans Ende meines Lebens spüren werde.

Keine Sorge, Lou, wird nicht passieren.

Ich habe so viele Fragen an Cali. *Was ist in deiner High-schoolzeit passiert? Warum bist du plötzlich so reserviert? Warum lässt du zu, dass nur Lou den Arm um dich legt? Warum darf ich das nicht auch, als Freund?* Ich stelle keine einzige davon, sondern welche zu meinem Kurs, die Cali erst zögerlich, dann immer mehr als ihr altes neunmalkluges Professorinnen-Ich beantwortet. *Leute, das ist Liebe! Denn für mich ist das kein Spaziergang.* Die Frau läuft zu richtiger Hochform auf, als würde sie den Rest an negativer Energie mit übertriebener Pingeligkeit kompensieren. Sie verlangt jede Antwort exakter als die vorherige, und wenn ich etwas nicht weiß, fällt ihre Erklärung arroganter denn je aus. *Für die gute Sache,* ermahne ich mich. Aber fuck, es fehlt nicht viel und ich bereue, mich hier als Punchingball für ihren Frust angeboten zu haben.

»Danke«, sagt sie nach einer Weile jedoch, nachdem sie mich ordentlich durch die Mangel gedreht hat.

»Hab keine Ahnung, was du meinst.«

Sie lächelt nur und halst mir das nächste Kapitel auf. Noch mehr kompliziertes Zeug, das ich verstehen muss, aber nie wieder im Leben brauchen werde. Doch ich beschwere mich nicht. Sie sitzt mir gegenüber, in ihren Augen ist wieder dieses Funkeln, das ich so liebe. Von mir aus kann sie sämtliches unnützes Wissen der Welt in mich stopfen. Die Temperatur der Sonne, die Entfernung zum Mond, die Anzahl der Sterne in unserer Galaxie, nur her damit!

»Bereit machen zum Landeanflug«, gibt der Kapitän schließlich durch. Gefühlt viel zu früh.

Ich wechsle auf den Sitz neben Cali, schnalle mich an und stecke die Nase weiter in das Buch, da spüre ich, wie sie ihre Hand in meine schiebt. *Zufall?* Ich schaue zu ihr, drücke ihre Hand, und sie hält still und drückt mich zurück. *Nein, kein Zufall.*

Haltet mich für verrückt, aber ich werde sofort hart. *Von ihrer Hand in meiner!* Ich will mehr, nur etwas mehr, und fahre behutsam mit dem Daumen über ihren Handrücken. Sie könnte mich ermahnen, das zu lassen, aber sie schluckt. Mehr Ermunterung brauche ich nicht, ich ziehe vorsichtig weitere Kreise. Als würde ich meiner Gitarre einen sehr leisen Ton entlocken.

»Dir ist klar, dass ich dich nicht mehr so schnell loslasse?«, murmle ich.

»Echt? Was machst du, wenn wir gelandet sind und in unsere Autos steigen?«, fragt sie amüsiert.

»Vielleicht tun wir das ja nicht, sondern teilen uns eines?«

Sofort will sie mir die Hand entziehen. *Süßes, schreckhaftes Reh!* Ich halte sie fest und kassiere dafür einen verärgerten Blick. Aber der stört mich nicht. Nicht mehr.

»Tu nicht so überrascht, Babe. Du hast mit diesem Spiel angefangen.«

»Ich war dumm.«

Ich beuge mich an ihr Ohr. »Oder unglaublich scharf.«

Statt eine zickige Antwort zu geben, atmet sie schwerer.

»Bist du scharf auf mich, Babe?«

»Nein«, haucht sie nervös.

Ich beiße sie in ihre Ohrmuschel, etwas fester als nur zärtlich.

»Au!«, quiekt sie.

»Selbst schuld, du hast gelogen.«

»Kein bisschen«, sagt sie, muss jedoch grinsen.

»Was wird das?«, frage ich und streife mit den Lippen ihr Ohr. »Will Frau Professorin etwa mit ihrem Studenten spielen?«

»N-n-nein.«

»Soll der Student mit Frau Professorin spielen?«

Sie schluckt.

190

Ist das ihr Ernst? Wir landen gleich.

»Nächstes Mal«, sage ich.

»Alex, ich weiß nicht, ob ich dann –«

»Oh Babe ... Definitiv nächstes Mal.«

»Alex!«

Ich drücke ihre Hand wie als Bekräftigung. *Nächstes Mal.* Dann lockere ich den Griff. Sie könnte mich loslassen, aber das tut sie nicht. Sie drückt mich zurück. Das heißt Ja. *Fuck, nächstes Mal ...*

KAPITEL
12

Cali

»Haben Sie das überarbeitete Paper, Ms. Harper?«, fängt mich Prof. Dr. Stone, der Lehrstuhlinhaber für Wirtschaft und damit mein Chef, am Dienstag auf dem Gang nach einem meiner Seminare ab.

»Das war doch fällig am –«, beginne ich.

»Heute, Ms. Harper.«

Mich durchläuft es eiskalt, aber ich lächle. »Sicher, Sie kriegen es gleich. Ich muss nur noch zwei kleine Änderungen vornehmen.« *Oder zweihundert.*

»Sie wissen ja, davon hängt viel ab, Ms. Harper.«

Ja, ob ich im kommenden Jahr die Festanstellung behalte. Und falls ja, ob ich so viel Geld kriege wie Mitchell. *Keine Sorge, das habe ich nicht vergessen.*

Das Wochenende kommt mir vor wie ein Traum. Es war anstrengend, aber ich hatte auch viel Spaß. Vor allem wegen Alex. Die Arbeit und die Uni machen mich auch glücklich, aber die paar Tage mit ihm haben sich so anders angefühlt, so erfüllend. Ich kann es gar nicht erwarten, ihn wiederzusehen, aber vor allem will ich ihn endlich richtig küssen. Ich will seine Hände auf mir spüren, mich fallenlassen und ihn bestimmen lassen, was als Nächstes geschieht.

In meinem Büro rufe ich das Dokument auf und sehe

mir an, was ich bisher habe. Ein Sammelsurium an guten Ideen und Notizen, aber keinen abgabefertigen Fließtext. *Mist.* Ich sehne mich nach Alex, will unbedingt da weitermachen, wo wir aufgehört haben, doch das hier ist gerade wichtiger. Keine Ahnung, wie mir überhaupt passieren konnte, den Abgabetermin zu übersehen. Ich dachte, ich hätte noch eine Woche. Mir muss bei der Planung ein Fehler unterlaufen sein. Unzufrieden greife ich mein Handy.

Ich: Es ist etwas dazwischengekommen, ich kann heute nicht. Ich schick dir Aufgaben. Wir besprechen die Ergebnisse am Donnerstag.
Alex: Du hast wirklich Arbeit? Du gehst mir nicht aus dem Weg?

Glaubt er, ich mache einen Rückzieher? Nach dem Wochenende? Hastig tippe ich das Einzige, was zählt.

Ich: Ich will dich.

Bevor ich die Nachricht abschicke, lösche ich sie. *Das kann ich ihm nicht schreiben. Viel zu direkt.* Ich starte eine neue Nachricht. *Die drückt nicht mal im Ansatz aus, was ich fühle.* Ich probiere noch eine. Auch die wirkt falsch. Da schreibt er mir zurück …

Alex: Wird das ein Roman?
Ich: Nein.
Alex: Dann willst du mich also ärgern? Nur zu ;)

Verlangen rauscht durch mich. *Er kann mir doch kein Zwinkern schicken?! Weiß er nicht, was das alles bedeuten kann?!* Was ich eben nicht schreiben konnte, schreibe ich jetzt doch. *Soll er ruhig auch etwas ins Schwitzen geraten!*

Ich: Ich will dich.
Alex: Du willst was, Babe? Mich um den Verstand bringen?

Hat er es nicht verstanden?

Ich: Nein ... Doch ... Ich will dich, Alex. Nur dich.

Nichts passiert. *Hat es ihm die Sprache verschlagen? Oder sollte ich ausführen, was genau ich will? Erst mal einen Kuss. Aber auch Sex. Das kann ich ihm doch nicht schreiben.* Dann ruft mich Alex an. Erschrocken gehe ich ran. »J-j-jaaa?«

»Babe, ich muss zu deiner Nachricht den Tonfall hören. Sag mir, was du eben geschrieben hast. Wort für Wort.«

Ist er aufgebracht oder angetörnt? Ich bin total verunsichert. »Warum hast du dich eine volle Minute lang nicht gemeldet?« *Das waren schlimme sechzig Sekunden.*

»Weil ich gerade neben meinem Tontechniker gestanden habe und für diese Unterhaltung das Studio verlassen musste. Also?« Er atmet schwer, ich jetzt auch.

»Ich will dich, Alex.« *So, so sehr.*

»Wundervoll, dann sei fleißig. Wir sehen uns Donnerstag!« Er legt auf.

Irritiert rufe ich ihn zurück, doch er geht nicht mehr ran. *Was soll das denn?* Er hätte wenigstens sagen können, dass er mich auch will. *Aber gut, Cali, das muss er nicht, das macht er seit der ersten Sekunde. Er will dich auf jeden Fall. Du drehst hier nur durch, weil du ihn vermisst.*

Ich gehe zu den Toiletten und wasche mir das Gesicht mit kaltem Wasser, dann verbarrikadiere ich mich in meinem Büro und blende Alex aus, um die Abgabefrist zu schaffen. Als es neun Uhr wird, denke ich kurz an ihn und dass wir jetzt eigentlich im Konferenzraum wären. Ich hoffe, er kommt alleine mit dem heutigen Stoff zurecht. Um 23:27 Uhr verschicke ich die E-Mail mit dem Aufsatz an meinen Chef, packe meine Sachen zusammen und fahre nach Hause. *Das war knapp!* Gott, was freue ich mich auf mein Bett. Nur bei einer Person muss ich mich noch melden. Oder gut, ich muss nicht, aber ich will, unbedingt ...

Ich: Bist du klargekommen?
Alex: Bin ich, und du? Fertig geworden?
Ich: Ja.
Alex: Möchtest du noch telefonieren?
Ich: Ja und nein. Ich bin echt müde.
Alex: Ist okay, dann geh ins Bett. Gute Nacht, Babe.

Wow, er wird immer perfekter.
Mit einem Lächeln schlafe ich ein.

***

Am nächsten Morgen denke ich, dass der Rest der Woche nach Plan verläuft, doch ein Kollege hat sich krankgemeldet, ich muss seine Seminare übernehmen. *Verdammt!* Ich improvisiere in seinen Kursen am Dienstag, bereite mich intensiv auf seine Veranstaltungen am Mittwoch vor, gerate aber

endgültig unter Zeitdruck am Donnerstag bei der Vorbereitung für seine Vorlesung am Freitag – und als das Feedback
zu meinem Paper kommt. Mein Chef mag meine Thesen,
ist jedoch mit dem Aufbau unzufrieden. Sein Vorschlag ist
keinen Deut besser, aber Chef ist Chef, da hilft mir auch
mein Supergehirn nicht, ich muss es ändern. *Mist.*

Ich: Ich muss erneut absagen. Nächste Woche läuft
wieder normal. Versprochen. Tut mir leid.
Alex: So schlimm?
Ich: Ein Kollege ist krank geworden. Ich bin die
Vertretung.
Alex: Kann ich dir Fragen zum Stoff schicken?
Ich will nicht weitermachen, wenn ich was falsch
verstanden habe.

Das ist zu viel. Ich möchte ablehnen. Aber Alex würde
mich das nicht fragen, wenn es nicht dringend wäre. So
viel Zeit kann ich mir nehmen, *muss* ich mir nehmen für
den Menschen, der so wichtig für mich geworden ist.

Ich: Sicher, schick sie mir. Ich kümmere mich drum.

Wann auch immer.

Auch Freitag ist nichts besser. Ich habe zu viele Termine in
zu kurzer Zeit, und egal, wie schnell ich bin, die Arbeit ist
nicht zu schaffen. Das Wochenende brauche ich, um im Plan
zu bleiben, und ich bin richtig fertig, als ich in der folgenden
Woche ins Hotel fahre, um Alex endlich weiterzuhelfen.

Warum habe ich noch mal darauf bestanden, dass wir auswärts lernen? An einem neutralen Ort? Bei mir zu Hause wäre mir das gerade hundertmal lieber, dann käme ich ohne Fahrtweg schneller ins Bett. Außerdem stürmt es draußen. Laut Wetterbericht zieht morgen der Ausläufer eines Sturms über Miami. Eine offizielle Evakuierungsanweisung der Behörden gibt es zum Glück nicht. Der Sturm soll weiter im Süden auf Land treffen, nicht hier. Windig ist es trotzdem, und regnen wird es auch. Das Wetter passt zu meiner Stimmung. *Tief Cali schwebt über Florida.*

Ich benutze Mascara und Rouge, damit ich ein bisschen weniger abgekämpft aussehe, und hetze in meinen zerknitterten Sachen direkt von der Uni zum Hotel.

»Sorry für die Verspätung!«, murmle ich, als ich ankomme, werfe meinen Blazer ab, wuchte meine Arbeitstasche mit dem Laptop auf den Tisch, sehe zu Alex und vergesse den Stress. Mein Körper brennt schmerzhaft, so sehr sehnt er sich nach diesem Mann und seinen Berührungen.

Ich will dich.

Ich will dich wie verrückt.

Sobald er aufschaut und sich unsere Blicke treffen, setzen sich meine Beine wie von selbst in Bewegung, und ich gehe auf ihn zu.

»Nein!«, sagt er, steht auf und hält mich auf Abstand.

Das Wort fühlt sich an wie ein Schlag in die Magengrube. Mit allem hätte ich gerechnet, doch nicht mit seiner Zurückweisung.

»Später«, fügt er hinzu. »Wenn du noch einen Schritt näher kommst, vergesse ich alles, Babe. Aber noch arbeitet mein Gehirn, und ich brauche echt Hilfe.«

Ich wimmere. *Ich! Wimmere!* Als würde er mir die schlimmsten Schmerzen meines Lebens bereiten. Aber er hat recht. *Erst die Arbeit, dann das Vergnügen.*

»Scheiße, scheiße, scheiße«, werde ich wütend. *Ich liebe es doch, viel zu lesen und alles zu wissen und die Schlauste von allen zu sein. Aber das hier, das ist Mist.* »Lass uns anfangen!«

Alex

Ich will dich.

Cali stehen die Worte ins Gesicht geschrieben. Sie sind alles, was ich immer wollte. Aber wir sind keine hormongesteuerten Teenager. Ich muss mit dem Lernstoff vorankommen. Und sie selbst, fuck, sie sieht erschöpft aus. Sie gehört ins Bett, nicht für Sex, sondern um sich auszuschlafen. Je schneller wir hier fertig sind, desto besser. *Los, Reid, tu das Richtige!*

Wir setzen uns, und die erste Stunde sind wir beide abgelenkt. Nicht nur sie hat mich vermisst, ich sie auch. Nach einer Weile finden wir jedoch wieder rein ins Lernen. Cali ist nach wie vor streng. Wenn ich Mist baue, findet sie dafür direkte Worte. Aber so ist sie nur, weil sie möchte, dass ich bestehe.

Draußen heult der Sturm immer heftiger. Aus dem Lüftungsschacht dringt ein klapperndes Geräusch. Der Wind pfeift durch die Türritze. Ich blende es aus, bis es plötzlich einen Knall gibt. Die Beleuchtung flackert und geht aus. Gleich darauf springt sie wieder an. *Wurde irgendwo eine Stromleitung beschädigt, und das Hotel greift auf den Generator zurück? Kein gutes Zeichen.*

»Lass uns aufhören«, sage ich. »Der Sturm scheint seine

Richtung geändert zu haben und schneller zu kommen als vorhergesagt.«

»Aber –« Sie bremst sich, sieht mich so elendig traurig an, weil sie mehr Zeit mit mir wollte, dass mir ganz anders wird, nickt dann aber. »Du hast recht, es ist das Vernünftigste.«

Wir räumen unsere Sachen ein und wollen das Hotel verlassen, stocken jedoch in der Lobby. Hotelmitarbeiter sichern gerade die Glastüren gegen den Sturm und schaffen Sandsäcke raus, um das Gebäude gegen Starkregen zu schützen. Draußen auf der Straße biegen sich die Palmen im Wind, nur noch sehr wenige Leute sind unterwegs.

»Können wir noch raus?«, frage ich an der Rezeption.

»Sie sollten bleiben«, sagt die Nachtmanagerin. »Es gibt keine offizielle Warnung, doch die Küstenhotels verteilen ihre Gäste aktuell auf Hotels im Inland, auch zu uns. Wir bekommen nach wie vor nur die Ausläufer des Sturms ab, aber es wird ungemütlicher als vorausgesagt.«

»Wann wird denn der Höhepunkt erwartet?«, fragt Cali.

»In sechs Stunden.«

»Das geht doch noch«, meint sie und packt mich am Arm. »Komm, lass uns gehen.«

Ist sie irre? »Nein.« Wir alle kennen Stürme, und bei dem Gedanken, dass sie da draußen unterwegs ist, wird mir ganz anders. »Wir bleiben hier. Das ist sicherer.«

Sie reibt sich die Augen und sieht sich wenig begeistert in der Lobby um.

»Willst du dich mit mir streiten, Babe? Die Diskussion verlierst du.« Ich mag nicht der Klügere von uns beiden sein, aber der Dickköpfigere.

Mit einem Seufzen wendet sich Cali an die Frau. »Haben Sie denn zwei Zimmer frei?«

»Ich ... ähm ... Einen Augenblick, bitte.« Sie hebt den Zeigefinger und schaut etwas im System nach. »Ha! Ich wusste es! Wir haben keine zwei Zimmer mehr, nur eine Stornierung für ein Einzelzimmer. Das Bett ist schmal, aber es gibt auch ein Sofa. Sie haben ein Bad und Strom. Zumindest im Moment. Wie wäre das?«

»*Ein* Bett?«, wiederholt Cali.

»Und ein Sofa«, meint die Frau und sieht zwischen uns hin und her. »Wir finden aber bestimmt noch eine andere Lösung.«

Während eines Sturms? Um die Zeit? Was soll das sein, Rituale für besseres Wetter? »Babe, nimm du das Zimmer«, bestimme ich, weil sie so fertig aussieht und sich ausruhen soll. »Ich finde schon ein Plätzchen. Notfalls treibe ich mich in der Lobby herum.«

»Als Prominenter? Hältst du das für klug?«

Süß, wie sie sich um mich sorgt. Aber kein gutes Argument. »Es sind doch keine Paparazzi hier.«

»Nein, nur ein ausgebuchtes Hotel voller Leute mit Handykameras.« Sie wendet sich an die Frau. »Auf dem Sofa kann man schlafen, richtig?«

»Genau. Es ist klein, aber wir können es herrichten.«

»Wunderbar, dann machen Sie das. Wir nehmen es.« Sie dreht sich zu mir. »Lou macht mir die Hölle heiß, wenn sie erfährt, dass ich gemütlich im Bett geschlafen habe, während du die Nacht herumgelungert hast. Wenn wir uns das Zimmer teilen, ist das die beste Lösung.«

»Okay.«

Wir lassen uns die elektronische Karte geben, ich greife Calis Hand, aber sie macht keine Anstalten, ihre Finger mit meinen zu verhaken. Auch im Fahrstuhl wirkt sie ungewöhnlich angespannt. Bei jedem Ruckeln der Kabine zuckt sie zusammen.

»Alles in Ordnung?«, frage ich.

»Nur der Sturm. Ich hasse die Stürme hier.«

»Ist mal was passiert?« Ich kenne Fotos von Nates verwüsteten Grundstücken, Überschwemmungen in Downtown und kaputten Stränden.

»Ich hasse sie einfach«, sagt sie nur. *Seltsam.*

Als wir den Fahrstuhl verlassen, wirkt sie erleichtert. *Vielleicht ist es wirklich nur das.*

Wir finden das Zimmer und stocken beide, als wir den Raum betreten. *Das ist der reinste Schuhkarton!* Man kann sich quasi nicht bewegen, ohne gegen den anderen zu laufen.

»Nimm du das Bett!«, sage ich, auch wenn das Sofa gefühlt nur halb so groß ist wie ich.

»Nein, Unsinn! Das Sofa reicht mir.«

»Keine Widerrede.«

»Wenn du meinst ...«

Kaum haben wir das geklärt, da bringt uns jemand vom Hotel Kissen, Decken, Wasser und Snacks. Eigentlich könnte das ein gemütlicher Abend werden, doch Cali wirkt so, als wäre sie lieber im Auge des Orkans als hier.

»Wenn du duschen willst, mach das am besten gleich«, sage ich. »Wer weiß, ob der Strom so lange hält.«

»Die Nachtmanagerin meinte, der Höhepunkt des Unwetters ist erst in ein paar Stunden.«

»Du weißt doch, wie schnell sich das ändern kann.«

»Stimmt.« Sie fügt sich, richtet sich das Bett ein und verschwindet ins Bad. Ich will gerade das Sofa antesten, da gibt es einen Knall und der Strom geht erneut aus – und springt nicht mehr an. Plötzlich liegt das Zimmer im Dunkeln. Auch von draußen kommt kein Licht rein. *Scheiße.* Ich rechne damit, dass ich Cali im Bad höre. Stattdessen rauscht nur weiter das Wasser.

»Cali? Alles okay?«, rufe ich besorgt.

Keine Antwort.

»California?« *Es kann eigentlich nichts passiert sein.* Ich klopfe, und als sie nicht antwortet, öffne ich die Tür und leuchte mit dem Handylicht ins Bad. Cali kauert auf dem Boden der Dusche und zuckt im Lichtschein zusammen. »Fuck, Babe, was ist los?«

Sofort stelle ich das Wasser ab. Sie hat die Arme um sich geschlungen, zittert und holt immer wieder tief Luft, als wollte sie mir was mitteilen, kriegt die Worte jedoch nicht raus.

»Ganz ruhig«, sage ich sanft. »Rede mit mir!«

»I-i-ich bin gleich fertig«, presst sie heraus.

»Womit? Mir Todesangst einzujagen?« Ungeschickt wickle ich ein Handtuch um sie und hebe sie hoch. »Alles ist gut, Babe, das Licht geht bestimmt jeden Moment wieder an.«

»Ich war immer die Jüngste und immer die Klügste«, sagt sie da.

»Aha«, mache ich nur, setze mich mit ihr aufs Bett und trockne ihr mit dem Handtuch das Gesicht ab.

»Die anderen haben gehasst, dass ich in allem besser war«, spricht sie weiter. »Immer wenn ich dachte, jemand wäre mein Freund, musste ich feststellen, dass man mich nur ausgenutzt hat.«

Jetzt verstehe ich allmählich, was los ist. Der Stromausfall muss schlechte Erinnerungen ausgelöst haben. »Das tut mir leid, Babe.«

»In der neunten Klasse war es am schlimmsten.«

»Wie alt warst du da?«

»Zwölf.«

Ich stöhne, weil ich mich erinnere, wie meine Mitschüler und ich mit fünfzehn, sechzehn waren. Hormongesteuert.

»Sie haben ...« Sie schluchzt leise. »Ich dachte ...« Sie holt zittrig Luft. »In meinem Spind war ein Zettel. Jimmy Mayers wollte sich mit mir treffen. Es täte ihm so leid, dass mich alle ärgern.«

»Fuck«, murmle ich, weil ich das Ende dieser Geschichte erahne.

»Er war so beliebt und toll und –« Sie stockt wieder.

»Heiß?«, rate ich, weil ihre anfängliche Abneigung gegen mich endlich Sinn ergibt.

Sie nickt. »Er hat gemeint, er wüsste, dass ich jemand Außergewöhnliches bin. Die anderen dürften das nicht erfahren, aber er würde mich unheimlich gerne sehen. Und ich dachte: Wow, Jimmy mag dich. Der tollste Junge der Stufe mag dich.«

»Wo wollte er dich treffen?«

»Er meinte, er würde mir einen ganz besonderen Ort zeigen.«

»Welchen?«

Sie atmet wieder hektischer.

»Welchen, Babe?«

»Das Footballfeld.«

Fuck, das nimmt definitiv kein schönes Ende. Wenn man mit jemandem herumknutschen will, fährt man mit dem Auto an einen ruhigen Platz mit schöner Aussicht. Man wählt kein Stadion für Tausende Zuschauer.

»Wie ging es weiter?«

»Ich bin hin, und er war auch da, und ich dachte noch: Wow, was hab ich für ein Glück. Als er gesagt hat, ich soll die Augen schließen, er hätte eine Überraschung, hab ich das gemacht. Ich war so dämlich!« Jetzt kommt ein bisschen Wut in ihre Stimme. *Endlich.* »Ich dachte, er küsst mich. Mich, California, eine Zwölfjährige, die, wenn überhaupt, Hügelchen, aber ganz sicher noch keine Brüste hatte! Es wäre mein erster Kuss gewesen, und ich war so verknallt in ihn, dass ich es gar nicht erwarten konnte, zu wissen, wie das ist, wovon alle reden.«

»Was ist dann passiert?«

»Es ging alles so schnell. Ich hatte plötzlich eine Kapuze über dem Kopf. Jemand hat meine Hände gefesselt. Ich habe nichts gesehen, gesagt, er solle das lassen, und versucht, ihn zu finden, aber da war niemand. Ich bin gestolpert, aufgestanden, und dann folgte das Lachen.«

»Er war nicht allein da?«, rate ich.

»Nein, die halbe Schule war anwesend.« Sie schnieft leise. »Ich hab gemerkt, wo ich mich auf dem Rasen befunden habe, hab versucht, mich zu orientieren, aber ihre Rufe haben mich verwirrt. Ich bin herumgeirrt, hab schlecht Luft bekommen, konnte nicht mehr klar denken.«

»Deshalb warst du so angespannt im Fahrstuhl? Es lag nicht am Sturm?«

Sie nickt. »Ich bin nicht gerne eingesperrt.«

Wer ist das schon! »Hat denn keiner der Lehrer einge-griffen?«

»Ich war wirklich nicht beliebt, ich wusste einfach alles besser.« Sie atmet schwer. »Ich glaub, ein paar haben sogar zugesehen.«

»Scheiße, Babe.« Mir wird richtig schlecht, wenn ich mir das vorstelle. »Okay, du hast den Preis für die mieseste Highschoolzeit gewonnen«, sage ich gespielt scherzhaft.

»Ja, mal wieder gewonnen. Yay!« Sie lacht leise, nicht von Herzen, aber immerhin. *Dass mir das so viel bedeutet!*

Ich merke, wie ihre Anspannung nachlässt. Es war ein langer Tag. »Komm, leg dich hin und versuch zu schlafen. Morgen sieht die Welt wieder besser aus.«

Ich richte das Bett im Schein der Handytaschenlampe für sie her, bis das Licht ausgeht, weil der Akku leer ist.

»Alex? Bleibst du?«

»Natürlich, ich bin direkt neben dir auf dem Sofa.«

»Nein«, sagt sie und packt mich. »Bleibst du hier, bei mir?«

Ich stöhne gequält. Dunkel oder nicht, mir ist sehr be-wusst, dass Cali nackt unter dem Handtuch ist, und das Bett ist so schmal, dass wir eher aufeinander als neben-einander liegen müssen. »Okay«, sage ich trotzdem. *Wie könnte ich auch nicht, nach allem, was sie mir gerade erzählt hat?* Sie braucht mich, sie kriegt mich. Ich bin nicht wie diese Vollpfosten von früher. Bei mir ist sie in Sicherheit und kann sich fallenlassen.

Bloß nicht hart werden, Reid!

KAPITEL
13

Cali

Mit jeder Sekunde, die Alex mich hält, werde ich ruhiger. Der Schreck ebbt ab, und zum ersten Mal finde ich die Bilder aus der Vergangenheit erträglicher.

»Nimm die Bettdecke«, sagt er mit belegter Stimme.

Blind tasten meine Hände danach, unsere Finger berühren sich, gleich darauf habe ich das Laken. Das Bett ist nur einen Meter breit, nicht ganz schmal, aber definitiv zu klein für zwei Erwachsene.

Wir versuchen es nebeneinander, das klappt nicht. Als Nächstes legt sich Alex auf den Rücken und zieht mich halb auf sich. *Besser!*

Erst jetzt merke ich, dass er erregt ist. Sein Penis drückt hart gegen mich. Es sollte mich stören, stattdessen schießen Funken durch mich, die meine schlechten Erinnerungen mit einem Schlag verdrängen und mich von der Vergangenheit in die Gegenwart katapultieren. Eine Gegenwart, in der draußen ein Sturm tobt und ich mir mit dem Mann, für den ich Gefühle hege, ein Bett teile und dabei seine Wärme, das Spiel seiner Muskeln und seine Erregung spüre.

»Bequem?«, fragt er mit belegter Stimme.

»Ja, und für dich?«

Er lacht trocken, schlingt die Arme um mich und drückt mir einen Kuss ins Haar, als würde er sich auch auf ein Nagelbrett legen, damit ich es angenehm habe. *Wow!* Neue Wärme durchdringt mich und vertreibt diese alte Dunkelheit in mir, während die Dunkelheit im Zimmer bleibt, weil wir immer noch kein Licht haben. So habe ich mich noch nie bei einem Menschen gefühlt. *Geborgen.*

Ich atme Alex' Geruch ein. Er hat nicht geduscht, und mir gefällt, dass er so riecht wie immer. Er hat diese eigene Note, herb und würzig. Scherzhaft frage ich ihn noch mal Stoff ab. So hat er sich die Nacht mit mir sicher nicht vorgestellt, aber ohne Einwände antwortet er, was endgültig dafür sorgt, dass ich mich bei ihm sicher fühle und einschlafe. Fakten sind die Grundpfeiler meines Lebens. Ich kann mich auf sie verlassen und auch auf diesen Mann. Mir wird nichts passieren.

Eine Bewegung weckt mich.

»Nein, schlaf weiter, wir haben nur wieder Strom, ich schließe mein Handy zum Laden an und dusche schnell«, flüstert Alex mir zu und löst sich von mir.

Er ist schon aus dem Bett raus, aber ich kann nicht schlafen. Hellwach verfolge ich die Geräusche aus dem Bad. Wasser plätschert, kurz darauf höre ich sexy Stöhnen. Er befriedigt sich selbst. Wie schon mal auf den Toiletten. Und mein Körper reagiert. Ich werde nass, brauche die gleiche Erlösung. Ich will mich berühren, doch viel zu früh ist er fertig, kommt wieder aus dem Bad, knipst das Licht aus und sucht sich im Dunkeln seinen Weg zum Sofa. Nicht zu mir. *Das geht nicht. Auf keinen Fall.*

Ich mache das Licht an und halte die Luft an, als ich ihn nur mit einem Handtuch um die Hüfte sehe.

»Komm her«, sage ich, will stark und fordernd und selbstbewusst klingen, aber mir bricht fast die Stimme, so erregt bin ich. *Tolle Leistung!*

»Wir sollten jeder für sich schlafen, Cali.«

»Meinst du das ernst?«

»Ja«, sagt er, macht das Licht aus, zieht gleichzeitig das Handtuch weg und klemmt sich aufs Sofa.

Er ist jetzt nackt, genau wie ich. Und mir rauscht das Blut durch die Adern. Aufgeregt horche ich auf seine Atemzüge. *Wie schafft er es, so ruhig zu klingen?* Mein Körper pulsiert wie verrückt. Wenn das meine Geschichte wäre, dann wüsste ich, was passiert. Ich als Heldin würde mir das nicht gefallen lassen.

Ich greife unter die Decke, verwöhne mich und stöhne besonders laut.

»Babe, was wird das?«

»Ich versuche zu schlafen, wie du es willst.«

Er steht auf, kommt im Dunkeln zu mir. »Das klingt nicht so.«

»Stimmt aber. Ich muss nur kurz kommen und diesen Druck loswerden, dann schlafe ich wie ein Stein.«

Er zieht die Decke weg. Wir können uns nicht ansehen, aber ich spüre seine Präsenz groß und schwer über mir. Im Dunkeln tastet er meinen Körper ab, streift meine Nippel, fährt über meinen Bauch, packt meine Hand und zieht sie weg.

»Hey!«, protestiere ich.

Ohne drauf zu hören, schiebt er seine Finger in mich und

stöhnt. »Scheiße, Babe, du bist ja wirklich unglaublich ange-
spannt. So kann ich dich nicht schlafen lassen. Keine Sorge,
gleich wird es besser«, raunt er mir zu, verschließt meinen
Mund mit seinem und dringt in mich. »Gleich.«

Schwer atmend fahre ich mir übers Gesicht, erregter denn je. *Warum nur habe ich so eine lebhafte Fantasie?! Ich sollte mir ausmalen, wie ich Eisbäder nehme.* Ich taste nach dem Schalter und mache das Licht wieder an.

»Cali!«, knurrt Alex und stoppt mich, bevor ich aufstehen und zu ihm gehen kann.

»Wenn du mich nicht mehr willst, fein, dann sag es!«

»Du weißt, dass das nicht stimmt.«

»Was ist dann bitte das Problem?!« Ohne nachzudenken, ziehe ich die Decke weg und zeige ihm meine Brüste. »Es sind die hier, du hast sie vorhin gesehen. Ich gefall dir nicht mehr, richtig?« Ich spüre seinen Blick auf mir und kann ihn nicht deuten, und je länger er nichts sagt, desto nervöser werde ich. »Scheiße!«, rufe ich, verliere die Nerven, schwinge die Beine aus dem Bett und schaue mich nach meinen Sachen um. *Soll er ruhig auch den nackten Rest von mir sehen. Wenn er mich schon wie ein Möbelstück behandeln will, warum sollte ich mich dann zieren?*

»Was wird das, Babe?«

»Spar dir das ›Babe‹! Ich übernachte in der Lobby. Du kannst hierbleiben.« Aufgewühlt suche ich das Zimmer ab. »Wo zum Henker ist meine Unterwäsche?«

»Im Bad«, sagt er, woraufhin ich losmarschiere.

Ich finde sie und schlüpfe in meinen benutzten Slip, aber besser schmutzige Unterwäsche als gar keine. Gleich darauf lege ich mir meinen BH an. Als ich das Bad verlassen will, steht Alex plötzlich im Türrahmen. Sehr groß, sehr nackt und sehr hart.

»Du bist echt eine Herausforderung, California Harper. Ich sag dir jetzt mal was: Ich will dich. Doch nach allem, was heute passiert ist, scheint mir das der verdammt falsche Zeitpunkt, um dich flachzulegen. Ich müsste sanft sein. Aber glaub mir, nach Monaten ohne Sex ist mir nach vielem, aber nicht nach Kuschelsex. Ich will dich packen und meinen Schwanz so hart in dich schieben, dass du dir wünschst, du hättest das Licht ausgelassen. So hart, dass du willst, dass ich aufhöre. So hart, dass ein paar deiner IQ-Punkte verloren gehen. Also schwing deinen wirklich scheiße heißen, scheiße süßen Hintern wieder ins Bett. Morgen ist auch noch ein Tag.«

Mein Körper zittert bei seinen Worten. Aber nicht vor Angst. Oder doch, ein bisschen auch deshalb. Aber vor allem vor Ungeduld. Alex ist eine verdammte Bombe, und er soll hochgehen, jetzt sofort. Und ich weiß, wie ich das hinkriege ...

»Leere Worte«, sage ich provokativ. »Mit dem langweiligen Bücherwurm zu spielen war nett, aber wenn es ernst wird, kneifst du.«

»Cali!« Sein Blick wird schwarz wie die Nacht. Ich tue so, als würde ich das nicht bemerken.

»Lass mich durch!« Entschlossen winde ich mich an ihm vorbei.

Im nächsten Moment packt er mich und drückt mich mit dem Gesicht zur Wand. »Brauchen wir Kondome?«

»Hä?« Mein Körper bebt.

»Verhütung, Babe.«

»Nein.« Fragend sieht er mich an. »Ich nehme die Pille.« Ich schlucke. »Und ich vertrau dir.«

»Gut.« Keine Sekunde später zerreißt er meinen Slip und schiebt sich von hinten so groß, hart, dick und ohne Rücksicht in mich, dass ich vor Lust laut aufschreie.

»Du hast ja keine Ahnung, wie lange ich davon träume«, stöhnt er und nimmt mich so heftig, dass unsere Haut aufeinanderklatscht.

»Seit der Gartenparty?«, rutscht mir frech raus.

»Fuck, ja, und mir ist seitdem jede Menge durch den Kopf gegangen, was ich mit dir und deiner Pussy anstellen will.« Er atmet schwer und greift an meine Klit. »Hände an die Wand, Babe. Sofort!«

Keine Ahnung, wie ich mir das erste Mal mit Alex vorgestellt habe, aber nicht so. Er benutzt mich, ich lasse mich benutzen. Es ist perfekt. *Win-win.*

»Ist ein bisschen langweilig an der Wand«, sage ich, wie es meine Fantasieheldin täte, um ihn zu ärgern.

Er legt eine Hand an meinen Hals, muss meinen rasenden Puls spüren und zieht meinen Kopf an den Haaren zurück. »Dann nicht einschlafen, Babe!«

Wie kann er nur so perfekt sein?

Ich will nicht stöhnen, ich will nicht laut sein, ich will ihm nicht zeigen, wie heftig er mich mit seiner groben Art erregt. Stur beiße ich mir auf die Lippe. Aber er merkt es und drückt mich gegen die Wand, massiert meine Klit, stößt härter zu. Jede Berührung ist, als würde er mich und meinen Körper schon ewig kennen. Binnen Sekunden reißt er meine Mauern nieder.

»Ahh!«, schreie ich auf, und völlig unerwartet rauscht ein Orgasmus durch mich und verwandelt meine Beine in Pudding.

»Fuck, Cali!« Er zieht sich aus mir raus, stützt sich an der Wand ab, atmet schwer, hält mich jedoch weiter mit dem freien Arm, als wollte er mich nie wieder hergeben. »War das zu viel, Babe?«

Der Hunger in seiner Stimme bringt mich um. Er war in mir, aber er hat nicht genug. Trotzdem wartet er kurz, weil wir uns noch nicht kennen. Weil er keine Ahnung hat, was er in mir auslöst. Doch das lässt sich ändern.

Mutig greife ich hinter mich nach seiner Erektion, reibe ihn und schaue ihn über die Schulter hinweg an. Er fühlt sich gut an in meiner Hand. Heiß und hart, und mir gefällt, wie er mit jeder verstreichenden Sekunde ungeduldiger wird.

»Cali!«, knurrt er warnend.

»Was?« Ich muss lächeln.

»War das zu viel?«, fragt er wieder.

»Lass mich nachdenken!« Ich fahre fester über seine Erektion.

»Denk schneller!« Er spannt seine Muskeln an, als würde er sich darauf vorbereiten, gleich wieder über mich herzufallen.

»Nein, war es nicht.«

»Du Biest!« Mit einer Bewegung dreht er mich um, packt mich am Hintern, hebt mich hoch und dringt in mich. Ich hatte ihn eben schon in mir, und trotzdem schreie ich erneut auf, als er mich ausfüllt. Ich liebe, wie er sich anfühlt.

»Alex!«, rufe ich nur überwältigt, dass echter Sex so sein kann.

»Nicht kommen«, knurrt er und küsst mich leidenschaftlich.

»Aber Alex!«

»Wehe!«

Ich will ihn zurückküssen, muss mich jedoch immer wieder lösen, um zu atmen. Jeder Stoß zeigt mir, wie heftig er mich braucht. Jeder Stoß erschüttert mich. Jeder Stoß treibt mich auf meinen nächsten Höhepunkt zu. Ich bin noch nie zweimal hintereinander gekommen, mein Körper braucht immer ein paar Stunden, bis das geht, doch da spüre ich schon die Vorboten für den nächsten Orgasmus. *Unglaublich!*

Ich klammere mich an Alex' Schultern, lehne die Stirn an seine Brust, versuche, meinen Körper im Zaum zu halten und die sich ankündigende Welle aufzuhalten. Aber sorry, so wie man sich nicht gegen meterhohe Wassermassen stemmen kann, so kann ich diesen Höhepunkt nicht aufhalten.

»Gott!« Mein Körper explodiert wieder.

»Fuck, Cali«, knurrt Alex, legt mich auf dem Bett ab und thront über mir, nicht mehr in mir. Er ist supersauer auf mich, aber ich erschauere nur, weil ich es liebe, ihn wie eine Naturgewalt über mir zu spüren. »Babe, du musst länger durchhalten.«

»Ich versuche es ja.«

»Versuch es mehr.«

Er schiebt seine Hand an meine Mitte, dringt in mich und streichelt mich, und ich ahne, was er da macht. Die Zeit überbrücken, bis meine Pussy nicht mehr so krampft, um mich wieder zu nehmen. Wie hypnotisiert schaue ich in seine Augen, spüre seinen Hunger, der wieder zu meinem wird. *Nicht mal Schokolade ist besser.*

»Sag mir das nächste Mal, wenn du es nicht mehr aushältst, verstanden?«

Ich nicke.

»Mal sehen, wie gut das klappt.« Er nimmt seine Hand weg und dringt erneut in mich, und wir stöhnen beide, als wären wir Jahre getrennt gewesen, keine Minuten. Er hält mich da, wo er mich haben will, ich schlinge die Beine um ihn und lasse mich schon wieder mitreißen. Bis mir dunkel klar wird, was ich tun soll.

»Stopp, Alex!« Ich greife an seine Hüfte und kralle mich an ihn.

Schwer atmend stößt er in mich und verharrt in mir. »Perfekt, Babe«, sagt er, beugt sich vor und küsst mich. »Genau so will ich es.«

Ich will ihn zurückküssen, kneife jedoch die Augen zusammen, denn ich habe mich nicht im Griff. Es läuft die gleiche Kettenreaktion wie vorhin ab, nur diesmal verlangsamt.

»Scheiße, fühlst du dich gut an!«

»Mist«, zische ich und komme erneut. »Mist, Mist, Mist.«

Alex

Wenn die Frau mich umbringen will, ist sie auf dem besten Weg dahin. Wieder ziehe ich mich zurück, um mich nicht von ihr mitreißen zu lassen. Sie windet sich unter mir, ruft meinen Namen und bleibt ausgepowert, schmollend, verschwitzt, mit einem Arm über den Augen liegen.

»Schon genug?«, frage ich frech.

Sie schüttelt den Kopf, aber lässt ihren Arm auf dem Gesicht.

»Was ist dann?«

»Das ist alles deine Schuld!«, motzt sie. »Ich hatte mich unter Kontrolle, und plötzlich machst du mir Komplimente.«

»Das war zu viel?«

»Ja.«

Ich greife erneut an ihre Pussy. Sie ist so geschwollen und klatschnass und herrlich heiß und weich und eng, dass ich unbedingt wieder in ihr sein will. »Na, dann sollten wir wohl aufhören«, sage ich und ziehe mit dem Finger die Konturen ihrer Pussylippen nach.

»Sollten wir«, murmelt sie und atmet sofort wieder flacher. »Gott, nein, sollten wir nicht.«

Mir kommt eine Idee, und erbarmungslos reibe ich ihre

Klit. Cali will mir ausweichen, aber ich packe sie und halte sie unter mir fest. »Komm!«

»Oh Gott, nein!«

»Oh Gott, doch!«

Ihr Körper erzittert, aber ich gönne ihr keine Pause. Wenn ich sie das nächste Mal nehme, kann ich nicht noch mal unterbrechen. Sie muss länger durchhalten, und das wird sie, wenn sie öfter gekommen ist, denn die Abstände zwischen ihren Orgasmen werden länger. Ohne sie aus den Augen zu lassen, fingere ich sie weiter, liebe, wie sie sich windet, liebe, wie sie vor Lust stöhnt, liebe, wie sie schwitzt, liebe alles an ihr.

»Alex, nein!«, ruft sie und kommt erneut.

»So brav«, sage ich und massiere sie weiter.

»Langsam«, keucht sie, als wäre meine Berührung unangenehm, gleichzeitig drückt sie sich an mich. Mehr Bestätigung, weiterzumachen, brauche ich nicht.

Von wegen langsam! Ich drücke ihre Klit, und sie beißt mir in die Schulter. Schmerz durchzuckt mich, aber ich bin so voller Hormone, dass ich ihn nur kurz spüre. *Fuck, macht sie mich an!* Wie zur Strafe schiebe ich meine Finger härter in sie und nehme sie, bis sie wieder zuckt und kommt.

»Genug«, japst sie.

»Du weißt doch, was ich dir versichert habe, richtig?«

»Huh?«, macht sie nur. *California, Überfliegerin des Landes, hat Amnesie. Meinetwegen. Mann, das ist heiß!*

»Ich fick dich, bis du heiser bist und nicht mehr klar denken kannst.«

»Gott, ich kann nicht mehr.«

»Noch ein Mal.« Ich nehme sie erneut mit der Hand,

mag, wie ihr Geruch die Luft erfüllt, liebe sie nackt und frei unter mir. Sie braucht länger, aber ich ziehe meine Finger weg und gebe ihr einen Klaps auf ihre Pussy.

»Was zum Henker!«, stöhnt sie und wölbt sich unter mir.

»Komm!«, sage ich nur, beuge mich über sie und küsse sie wieder, während meine Hand sie bearbeitet. »Komm, komm, komm!«

Sie fasst in meine Haare, und ich spüre, wie ihr Körper unter mir erbebt. Dieses Mal sagt sie nichts. Sie sieht mich einfach nur verwundert und geschafft an, und das ist der Moment, als ich erneut in sie dringe. Für die allerletzte Runde. Ich müsste sanft sein, aber scheiße, ich habe ernst gemeint, was ich gesagt habe. Ich will, dass sie heiser wird von ihren Schreien, also stoße ich wieder und wieder in sie. Mit der Hand war ich langsam, doch jetzt bin ich wieder schnell. Ihr Atem geht, als würde sie sprinten. Ich schiebe einen Arm unter sie und halte ihre Hüfte genau da, wo ich sie haben will, und drücke eine ihrer Hände ins Kissen.

»Alex, Alex, Alex«, schreit sie, immer heiserer, immer leiser. Bis sie es nicht mehr aushält, sich unter mir windet, den Kopf hin und her wirft, weil dieser letzte Höhepunkt der ist, der sie zerstört. Er rauscht durch ihren Körper, und ich lasse mich mitreißen, nehme ihr Pochen wahr, wie sie mich eng umschließt, und explodiere in ihr, mit ihr, heftig und wild.

Wow, wow, wow!

Als ich zu mir komme, sehe ich sie an, warte, bis ihr Blick meinen trifft, und küsse sie wie zum Abschluss einer verrückten Reise. Erst jetzt drehe ich uns, damit sie auf mir liegen kann. Meine Kraft lässt nach. Gleich werde ich einschlafen, also greife ich nach dem Laken und ziehe es zu ihr. Sie seufzt zufrieden. *Ja, Babe, das war großartig.*

Draußen heult der Wind. Das Unwetter erreicht gerade seinen Höhepunkt, und nichts daran ist beängstigend, denn mitten im Sturm haben wir zueinandergefunden. Als hätten wir nur noch einen Schubs in die richtige Richtung gebraucht.

Ich küsse sie noch mal, streiche über ihren Rücken, wie um mich zu vergewissern, dass es ihr gut geht, und lösche das Licht. Dann sage ich ihr das Einzige, was jetzt noch fehlt. Das Wichtigste. Das, was mich seit Wochen begleitet. Was ich noch nie einer Frau gesagt habe, was ich noch nie so ernst gemeint habe, was ich noch nie so intensiv gefühlt habe. »Ich liebe dich, Cali.«

KAPITEL
14

Cali

Ich liebe dich. Da war es wieder. Alex hat es erneut gesagt. Dieses Mal nicht betrunken. *Wer ist gerade die glücklichste Frau auf dem Planeten? Ich, ich, ich.*

Ich lausche auf seine Atemzüge, mag, wie er mich hält, wie unsere Körper aneinanderkleben, wie wir riechen. Der heißeste Kerl der Welt will wirklich mich! Ich fühle mich wie Aschenputtel, die den Prinzen abbekommen hat, nur dass es nach Mitternacht ist und der Zauber anhält. Das ist kein Märchen, das ist meine Realität. *Lucky me.*

Ich schlafe wie ein Stein. Sobald das erste Morgenlicht in den Raum fällt und mich daran erinnert, dass wir die Vorhänge nicht zugezogen haben, werde ich wach und seufze, als ich den kräftigen Körper von Alex unter mir spüre. Ich wackle mit der Hüfte und grinse, als sein Penis steif gegen mich drückt. Hitze durchdringt mich, meine Mitte pocht.

Ultravorsichtig, um Alex nicht zu wecken, bewege ich mich in seinen Armen. Er seufzt leise, greift mich, wird nicht wach, scheint jedoch, wenn ich nach seiner Erektion greife, einen sehr süßen Traum zu haben. *Oh Mann!*

Noch vor einer Woche hätte ich mich das nur beim Schreiben meiner schmutzigen Geschichten und nicht in echt getraut, aber jetzt bewege ich mich, bis sein Penis zwischen meinen Beinen ist, führe seine Eichel an meinen Eingang und schiebe mich ihm vorsichtig entgegen. *Gott! Mein Körper wird immer wacher, will mehr, schon wieder.*

Ich stütze mich auf, fahre Alex durch seine verwuschelten Haare, da packt er mich fest und schiebt sich tiefer, seine Lider flattern, und er sieht mich unglaublich zufrieden an.

»Hey, Babe! Guten Morgen.«

»Hey, Alex«, antworte ich und muss lachen, als ich meine heisere Stimme höre. »Ich klinge furchtbar! Das ist alles deine Schuld.«

»Wenn ich mich recht erinnere, hatte ich dich vorgewarnt. Und wie war deine Antwort?«

»Dass ich dich will.«

Mehr Lust durchdringt mich. Jetzt am Morgen wird mir klar, dass Sex das Letzte ist, was mein Körper braucht, ein heißes Bad wäre besser, doch ich kann nicht zurück, nicht bei diesem Mann. Ich bewege mich und seufze, als Alex in meine Haare greift und mich für einen Kuss zu sich zieht und mich gleichzeitig sehr fordernd auf seinen Schwanz schiebt. Fast ein bisschen zu grob. Fast so, als wollte er schon wieder alles, aber hielte sich noch zurück.

»Willst du das wirklich?«, fragt er zur Sicherheit nach.

Schauer durchdringen mich, als sich jede Faser von mir daran erinnert, was das für ein Sturm war, der da letzte Nacht über Miami und über mich hinweggefegt ist. »Ja, will ich.«

»Oh Babe ...«

Er dreht sich mit mir und nimmt mich unendlich langsam. Ich spüre seine Hände an meinen Brüsten, meinem Rücken, meiner Hüfte, meinem Po, jede Berührung macht mich verrückt. Und dazu kommen seine Lippen, die an mir saugen, lecken, knabbern.

Sobald er sich wieder ganz in mir versenkt hat, hält er stöhnend inne und schließt genüsslich die Augen. *Ich mache ihn so schwach. Ich, der Bücherwurm! Unglaublich.*

»Ich bin vorsichtig, okay, Babe?«

»Musst du nicht sein.«

»Bin ich trotzdem.« Mit diesen Worten bewegt er sich und jagt neue Schauer durch mich. Dabei verrät mir sein Zittern, dass das hier keine lange Nummer wird.

»Alex«, rufe ich nur, viel zu leise und rau, weil meine Stimme hinüber ist, doch er versteht mich. Ich komme, und er lässt ebenfalls los. Wir spüren wieder uns, und es fühlt sich perfekt an. So war es bisher mit keinem Mann.

Ich will liegen bleiben, uns genießen, da höre ich mein Handy und gebe einen unwirschen Laut von mir. »Da muss ich nachsehen«, sage ich. Der Traum ist vorbei, die Realität meldet sich.

»Deine Schwester?«

»Ja, entweder Lou oder die Uni, die mir Bescheid gibt, ob Kurse stattfinden, und falls ja, ob in Präsenz oder online.«

Alex holt mir mein Handy. Ein Blick aufs Display verdirbt mir meine gute Laune. Es ist die Uni, die mich informiert, dass aufgrund der Sturmwarnung der Unterricht heute digital stattfindet. Ein Ausfall wäre mir lieber gewesen. Ich stöhne frustriert.

»Was hast du?«, fragt Alex. »Schlechte Nachrichten?«

»Mein Kurs beginnt in einer Stunde. Wegen des Sturms

online. Ich kann ihn bestimmt vom Konferenzraum aus abhalten, aber bis dahin muss ich vorzeigbar sein.«

»Und?«

»Und?« Irritiert sehe ich ihn an. »Ich will nicht!«

»Die Streberin hat keine Lust?«

»Nicht auf die Studenten.« Ich grinse. »Zumindest nicht auf die meisten, diesen einen hab ich ziemlich gerne.«

»Hopp, Babe«, macht Alex nur, plötzlich viel disziplinierter als ich. »Du duschst, ich besorg uns Frühstück.«

»Du könntest auch mit mir duschen, und wir kümmern uns gemeinsam um Kaffee.«

»Was hab ich deinem hübschen Kopf nur angetan?« Grinsend tippt er mir an die Stirn. »Du weißt, was dann passiert, oder?«

Sex unter der Dusche und dass ich zu spät zu meinem Kurs erscheine. »Ich hasse dich«, sage ich und gehe hinternwackelnd ins Bad. *Soll er ruhig sehen, was er verpasst!*

Keine zehn Sekunden folgt mir Alex, hebt mich hoch, und ich schlinge die Beine um ihn. »Fuck, fünf Minuten, kapiert, Babe?«

»Kapiert.«

Alex

Die Nummer dauert keine drei Minuten und ist nicht besonders ausgefeilt. Muss sie auch nicht sein, sie verdeutlicht das, was zählt: *Sag, sooft du willst, dass du mich hasst, aber ich kenne dich, California. Du kannst mir keine Sekunde widerstehen, du magst mich.*

Sie trocknet sich ab und zieht sich an, kommt aber für ein »Bis gleich!« noch mal ins Bad, reckt sich und drückt mir einen Kuss auf die Lippen. Dann ist sie wirklich weg.

Ich grinse. Die Frau hat mir gerade einen Abschiedskuss gegeben, wie selbstverständlich, als würden wir uns schon seit Ewigkeiten kennen. Ich kann nicht anders, öffne die Zimmertür und trete so, wie ich bin, raus auf den Flur. »Cali?!«

Sie dreht sich um, macht riesengroße Augen und hält sich die Hand vors Gesicht, als wäre ich dadurch weniger nackt. »Ja, Alex?«

»Hab was vergessen.«

»Was denn? Klamotten?«

»Ich liebe dich.«

Sie wedelt nur mit der Hand und huscht weg. Dass sie nicht noch mal was geantwortet hat, stört mich nicht. Ich habe sie durcheinandergebracht, das reicht mir. *Mission erfüllt.*

Zurück im Zimmer ziehe ich mich an und sammle unsere Sachen ein. Wenig später checke ich an der Rezeption aus und organisiere uns wie versprochen Frühstück.

»Den Kaffee mit oder ohne Milch?«, fragt die Nachtmanagerin, die uns gestern Abend das Zimmer gegeben hat und nach dem Sturm auch morgens noch arbeitet.

»Ohne«, sage ich, denn nach all den Wochen weiß ich, was Cali mag.

»Und beim Frühstück wollen Sie wirklich einmal alles?«

»Ja, alles.« Ich schaue auf die Uhr, es ist noch nicht mittags, aber das wird es sein, wenn Cali mit ihrem Zehn-Uhr-Seminar fertig ist. »Und falls Sie haben: Fischstäbchen.«

»Fisch–?« Sie stockt, als würde ich mir einen Scherz erlauben.

»Ganz genau, Fischstäbchen. Ich zahle, was Sie wollen, wenn Sie das hinbekommen.«

»Darf man gratulieren?«, fragt sie gefasster. Offensichtlich denkt sie, dass Cali schwanger ist. Ich müsste das aufklären, aber wenn mir das hilft, an die Fischstäbchen zu kommen, bleibe ich gerne bei dem Missverständnis und spiele den glücklichen werdenden Vater.

»Ja, dürfen Sie.«

»Gut, ich lass alles anrichten, Sir.«

»Sie sind die Beste.«

Sie grinst breit. »Na, ich glaube eher, das ist Ihre Freundin.«

»Stimmt. Sie sind die Zweitbeste.«

Weil Cali im Besprechungsraum ihr Seminar gibt, setze ich mich mit meinem Lernstoff im Flur davor hin. Viel schaffe ich nicht. Es fällt mir schwer, mich zu konzentrieren, denn

›Cali‹ lautet die Antwort auf jeden meiner Gedanken. *Reiß dich zusammen, Reid. Die Frau wird das niedlich finden, aber auf Gnade darfst du nicht hoffen, wenn sie dich nachher abfragt.*

Gerade mal eine Viertelstunde dauert es, da bringt jemand vom Hotel die Getränke. Als noch mal zehn Minuten später ein Angestellter einen Wagen mit Essen heranrollt, übernehme ich und betrete leise den Raum.

Sofort schlagen mir Calis heisere Stimme und ihr vertrauter nüchterner Erklärton entgegen. Um sie herum könnte die Welt untergehen, und sie würde die Ruhe bewahren. Denke ich. Denn als sie aufschaut und mich sieht, gerät sie bei ihrem Vortrag ins Stocken.

›Sorry‹, forme ich lautlos mit den Lippen, hebe jedoch als Erklärung für meine Störung eine Tasse mit Kaffee hoch. Sie nickt, will welchen, verpasst dabei aber einen Teil einer Frage, die ihr gerade gestellt wurde.

»Können Sie das wiederholen?«, fragt sie jemanden in der Videokonferenz, nimmt die Tasse, trinkt, schaut auf ihren Bildschirm, will dort dranbleiben, doch ihr Blick huscht immer wieder zu mir. *Gefällt mir.*

Der Student wiederholt die Frage, Cali antwortet und macht weiter im Stoff. Je länger das Frühstück im Raum ist, desto häufiger kräuselt sie jedoch die Nase. Als hätte sie was gerochen, was sie unbedingt haben möchte. Sie könnte die Stunde abkürzen, aber ich kenne sie, sie zieht das bis auf die Minute genau durch. Nur für mich vergisst sie Raum und Zeit.

»Pancakes?!«, ruft sie, sobald sie fertig ist, springt auf und inspiziert das Essen. »Das ist ja ein Wahnsinnsfrühstück! Unter welchem Namen stand das auf der Karte: Super-Deluxe?«

»Eher: Reicher-Sack-zahlt-alles.«

»Wie praktisch. Du bist der beste reiche Sack der Welt!«
Sie hebt die Wärmeglocken an und seufzt entzückt, als sie
die Fisch-Sticks entdeckt. Schwer zu glauben, aber nicht
mal mich oder Schokolade sieht sie so an.

Wir essen, und ich grinse breit, weil sie wie ausgehungert zulangt. *Ja, Babe, füll deine Energiespeicher, ich helf dir,
sie nachher wieder zu leeren*, denke ich. Bis sie das Abartigs-
te macht, was ich je gesehen habe: Nach dem Schokomuffin
nimmt sie sich ein Fischstäbchen, stopft sich Pommes hinterher, kostet von den Pancakes, nur um dann wieder Fisch
zu essen. Ich habe schon einige widerliche Dinge miterlebt.
Nate, wie er asiatische Delikatessen auf den Tourneen probiert. Brad, wie er sich mit Harvey ein Hotdog-Wettessen
liefert. Und natürlich etliche Male, die ich selbst oder auch
andere über Kloschüsseln hingen. Doch *das* bringt meinen
Magen dazu, sich zu verdrehen. *Wie kann sie das so essen?!*

Beim nächsten Bissen fängt Cali meinen – milde aus-
gedrückt – angewiderten Blick auf. »Wolltest du auch was
von den Sticks?«, fragt sie kauend, aber mit einem Blick,
der klarmacht, dass sie ihre heiß geliebten Stäbchen nicht
mit jedem teilen würde, nur mit mir. *Niedlich.*

»Babe, du hast das nicht echt gerade durcheinanderge-
gessen?«

»Es ist alles lecker.«

»Ja, für sich genommen, aber doch nicht zusammen!«

»Im Mund befinden sich zwei- bis viertausend Geschmacksknospen. Die können das ganz wunderbar unter-
scheiden.«

»War ja klar, dass du so was weißt!«

»Tja, ich bin eben ein wandelndes Lexikon. Du wirst noch so einiges von mir lernen.«

Wieder ist da diese sexy Spannung zwischen uns. »Glaub mir, Babe: du auch von mir.«

»Ach, und was?«, gibt sie flirtend zurück. Da brummt ihr Telefon, und sie schaut aufs Display. »Mist, ich hab noch fünf Minuten, dann beginnt der nächste Kurs.«

»Soll ich gehen?«

»Nein!«

»Bist du dir sicher? Nicht dass ich dich ablenke.«

»Das wirst du, aber trotzdem: bleib!« Sie schluckt. »Es sei denn, du willst lieber alleine lernen.«

»Auf keinen Fall.« Sie will mich endlich, ich kann keine weitere Sekunde mit ihr verpassen.

KAPITEL
15

Cali

Am Anfang des Kurses kann ich mich noch gut konzentrieren, doch dann schwenken meine Blicke immer öfter zu Alex …

»Los, erklär deinen Leuten mal, was Sache ist«, raunt er mir zu, steht auf und kommt zu mir. »Und schau schön zum Bildschirm, nicht zu mir.«

Hitze steigt in mir auf. Ich rede weiter, meine Lippen formulieren Sätze, die ich schon hunderttausend Mal gesagt habe, aber ich achte nicht auf ihren Sinn, sondern auf ihn.

»Weiterreden«, flüstert er mir zu und sinkt zu Boden.

»Was tust du? Nicht!«, flüstere ich.

Er streichelt die Innenseiten meiner Schenkel. »Ignorier mich einfach, und erledige brav deinen Job.«

Ich will mich streiten, doch das geht nicht. Nicht, während das Onlineseminar läuft. Ich wechsle zur nächsten Folie und erkläre den Stoff, da schiebt er meinen Rock höher und drückt meine Beine auseinander. Ich sollte ihn stoppen, stattdessen rücke ich vor zur Stuhlkante, damit er leichteres Spiel hat. Ich spüre seine Finger an meiner Mitte und plötzlich seine Lippen an meiner Klit.

»Oh mein Gott!«, entfährt mir.

»Cali!«, holt mich Alex' scharfe Stimme in die wirkliche Welt zurück.

Mist, habe ich gerade vor meinen Studenten einen meiner Tagträume gehabt? Ich huste gekünstelt und schaue auf die Fragenfelder des Onlinetools.

»Entschuldigen Sie, die Verbindung war schlecht«, lüge ich. Nach einem Sturm kann das schon mal vorkommen.

Ich finde wieder in den Stoff, aber spüre nun Alex' Blick prickelnd auf mir. Ich hebe einen Notizblock zum Zeichen, dass er weiterlernen soll, aber das tut er nicht. Er stützt den Kopf auf eine Hand und sieht mich hinreißend lächelnd an.

Ich bin das Zentrum seiner Aufmerksamkeit und fühle mich mit ihm auf einer Ebene verbunden, die ich, obwohl ich viel weiß, nicht vollständig erfassen kann. *Aber wer kann das bei Liebe schon?*

Ist es das denn? Liebe?

Ja, ist es.

Auf Autopilot bringe ich das Seminar zu Ende und hole wie nach einer großen Kraftanstrengung Luft. »Hast du überhaupt was gelernt?«

»Natürlich, Babe. Teste mich!«

Eigentlich will ich mit Alex lieber auf Wolke sieben schweben, aber sein Abschluss ist wichtig. Und ist das nicht das, was echte Partnerschaft ausmacht? Man hilft sich gegenseitig, man kämpft nicht mehr alleine für seine Träume, man hat Verstärkung. Wolke sieben ist schön, die Erde aber auch.

Wie so oft steige ich behutsam in den Stoff ein, wiederhole Teile, korrigiere kleinere Fehler und jage Alex dann durch das nächste Themenfeld. Je mehr Zeit wir miteinander verbringen, desto stärker wird das Gefühl, mit ihm verbunden zu sein. Es ist ähnlich wie beim Sex und doch anders, und ich verstehe gar nicht, dass ich das nicht eher bemerkt habe. Oder vielleicht habe ich das, aber ich konnte es nicht einordnen. *Wir gehören zusammen.*

»... und deshalb helfen in dem Fall Gesetze vom Staat nicht«, beendet Alex seine Antwort auf meine letzte Frage. »War das korrekt?«

»Entschuldige, kannst du das wiederholen?«, frage ich, weil mich seine Lippen abgelenkt haben. Lippen, die an mir gesaugt und geknabbert haben. Lippen, die mich permanent an seine Küsse denken lassen. Lippen, die ich wieder spüren will.

»Sicher«, sagt er lächelnd und erklärt den Sachverhalt erneut. »Richtig?«

»Zum Teil.« Ich korrigiere ihn, aber es dauert nicht lange und ich habe wieder einen Hänger. Bedrückt schaue ich Alex an. »Vielleicht sollte ich dir jemand Neues suchen. Ich bin dir keine große Hilfe.«

Zu meiner Überraschung packt Alex plötzlich seine Sachen zusammen.

»Was wird das?«, frage ich.

»Hast du heute noch einen Kurs?«

»Nein.«

»Online-Sprechstunden?«

»Moment ...« Ich schaue nach. »Nur zwei Termine, aber die kann ich verschieben.«

»Sehr gut, mach das.« Er setzt sich neben mich auf die Tischkante. »Jetzt, Babe. Mir fällt es auch schwer, mich zu konzentrieren. Heißt es nicht, erst die Arbeit, dann das Vergnügen? Für heute haben wir die wichtigsten Sachen geschafft. Also machen wir uns unseren ersten schönen Tag zu zweit.«

»Wir hatten schon viele schöne Tage«, wende ich skeptisch ein.

»Aber nicht als Paar.«

»Du willst kuscheln?«

»Ich will alles. Egal ob bei dir oder bei mir.«

Mir stockt der Atem, und ich kann Alex ansehen, dass er auf Widerspruch wartet. Ich bin die mit den kalten Füßen. Wenn es in der Vergangenheit einen Grund gab, keine Zeit mit Alex zu verbringen, habe ich ihn genutzt. Aber das hat sich geändert. Nach der ersten Überraschung breitet sich Wärme in mir aus, und ich lächle breit. »Bin dabei.«

Alex

Wir verbringen den restlichen Tag zusammen. Erst bei Cali, weil sie sich frische Sachen anziehen will, was mir sehr recht ist, weil ich so ihre Wohnung kennenlerne. Ein kleines Apartment mit hellen Möbeln und – wenig überraschend – vielen Büchern. Nicht nur Fachbüchern, sondern auch Romanen wie *Sturmhöhe* oder *Vom Winde verweht*. Dann bei mir. Im warmen Jacuzzi, mit Blick aufs stürmische Meer. Wir reden über die Uni und die Band und über alles andere. Gute Läden in Miami, Musik, Bücher, Lieblingsorte und fremde Länder, bei denen ich ganz klar im Vorteil bin.

»Ich weiß was besser!«, necke ich sie, ziehe sie im Jacuzzi an mich und knabbere an ihrem Hals.

»Oh bitte, ich wusste auch jede Menge über Ecuador.«

»Aber ich war da.«

»Es ist doch egal, ob man sich Sachen angelesen hat oder ob man sie vor Ort erfahren hat.«

»Einspruch. Ich bin mir sicher, was man erlebt, merkt man sich leichter.«

»Ja, du vielleicht. Ich nicht.«

Mein Bücherwürmchen. Ich wandere mit den Lippen zu ihrem Ohr. »Was ist mit Liebesromanen?«

»Was soll damit sein?!«

»Macht es nicht einen Unterschied, ob du nur heiße Szenen liest oder ob du sie erlebst?«

»Ich ... also ... Ich bin mir sicher ...«

»Gewonnen!«, hauche ich ihr ins Ohr.

»Ja, gewonnen«, antwortet sie atemlos, dreht sich, setzt sich auf meinen Schoß, schlingt die Arme um meinen Hals und küsst mich lang und träge.

»Bleibst du über Nacht?«, frage ich, als es Abend wird. Wir waren mehrmals im Jacuzzi und haben den Rest der Zeit in eine Decke eingekuschelt vom Vordach aus in den regnerischen Nachthimmel geschaut und dem Rauschen des Meeres zugehört.

»Ja«, sagt sie. Mehr nicht. Sie reißt keinen Witz, sie wirkt nicht unsicher. Sie will mich genau wie ich sie.

»Ich liebe dich, Babe.«

»Weil ich bleibe?«

»Ich liebe dich einfach, weil du du bist.«

»Also weil ich bleibe und du auf Sex hoffst. Soso.«

»Ich liebe dich auch, wenn wir keinen haben.«

»Das glaube ich erst, wenn du es mir beweist.«

»Gerne. Heute?«

»Wie? Kein Sex? Also ... ähm ...«

»Sag bloß, das gefällt dir nicht? Dann musst du mir wohl so glauben.«

Sie küsst mich. »Tue ich. Okay? Tue ich auf jeden Fall.«

Sie könnte es jetzt auch sagen, aber das macht sie nicht, und das ist für mich in Ordnung. Nach allem, was ihr in der Highschool passiert ist, kann ich verstehen, dass sie Zeit braucht, bis sie anderen Menschen vorbehaltlos vertraut. Hauptsache, sie ist an meiner Seite.

***

Während wir nach dem Sturm beide nicht besonders konzentriert lernen konnten, finden wir die nächsten Tage in
eine neue Routine. Cali hat nach wie vor viel an der Uni
zu tun. Ich suche, wenn ich nicht gerade Termine mit der
Band habe, nach Talenten, die ich nach der Labelgründung
unter Vertrag nehmen kann. Die restliche Zeit lernen wir,
mal bei Cali, mal bei mir. Es ist allerdings nicht wie früher.
Cali taktet die Stunden nicht so streng durch, wir unterhalten uns zwischendurch, lachen, lernen uns weiter kennen.
Nur dass sie mich liebt, sagt sie nicht, egal, wie oft ich es
ihr sage. Sie zeigt es mir, wann immer wir uns sehen.

Ein paar Wochen später wird das leider seltener, weil
ihre Arbeit sie stark in Anspruch nimmt. Manche Abende
kann sie, andere sagt sie ab. So wie ich mich für das Label
anstrenge, so kämpft sie für ihre akademische Laufbahn.

»Kommst du nachher noch vorbei?«, frage ich sie am
Telefon, als wir uns erstmals seit dem Sturm fünf Tage am
Stück nicht getroffen haben, was sich wie eine Ewigkeit an-
fühlt.

»Ich ...« Sie atmet tief durch. »Ich kann nicht. Sorry.«

»Babe, bist du auch heute so spät im Büro?«

»Ja, leider.«

Fuck, es ist fast Mitternacht, und sie ist ganz alleine auf
dem Campus. Keine angenehme Vorstellung. »Bist du wenigstens bald fertig?«

Ich höre sie blättern. »Ich schätze, eine Stunde brauche
ich noch.«

»Hast du nicht früh um acht wieder eine Vorlesung?«

»Das geht schon«, will sie mich beruhigen. *Klappt nicht.* Sie ist sehr schnell sehr weit gekommen, aber sie muss lernen, Grenzen zu setzen. Ich wette, Mitchell ist nie so lange im Büro. Der ist ein Meister darin, Zusatzarbeit zu vermeiden.

»Soll ich zu dir fahren und dort auf dich warten?« Ich muss sie einfach sehen, muss sie halten, muss mich kurz selbst davon überzeugen, dass sie okay ist.

»Das ist doch Quatsch. Es ist spät, du brauchst auch deinen Schlaf, und wofür das alles? Für fünf Minuten beim Zähneputzen?«

»Besser als nichts.«

»Nein«, sagt sie. »Komm nicht. Diese Woche ist verrückt, aber spätestens am Wochenende sehen wir uns. Versprochen.«

Ich atme tief durch, weil sich das falsch anfühlt. Draußen ist es dunkel. Ich hasse es, nichts weiter tun zu können. *Wozu bin ich so reich, wenn ich ihr nicht helfen kann?* »Dann lass mich dir wenigstens meinen Fahrer schicken, damit du nicht mehr fahren musst. Er kann dich heute abholen und morgen wieder hinbringen.«

»Da hat er aber eine kurze Nacht.«

»Keine Sorge, dafür wird er sehr gut bezahlt.«

Sie holt Luft wie für einen weiteren Protest. *Fuck, nervt mich das.*

»Nein, Babe, keine Widerrede!« Meine Stimme wird lauter, weil ich nicht mehr an mich halten kann. »Josh kommt, dann bist du dort auch nicht allein, und wenn du fertig bist, fährt er dich nach Hause, verstanden? Ich liebe dich, und irgendwas muss ich tun. Bitte, nimm das an.«

»Meine Güte, ich dachte, du gibst nur im Bett gerne den Ton an.«

»Passiert eben, wenn die Frau, die ich liebe, sonst keine Hilfe annimmt. Bringt es was?«

»Ja ... danke dir. Und Alex ...« Wieder will sie was sagen, aber verkneift es sich.

»Ja?«

»Danke.«

»Das hast du gerade schon gesagt.«

»Noch mal danke.«

»Dafür nicht.« *Was müssen die Männer vor mir für Arschlöcher gewesen sein, wenn Cali das schon für was Besonderes hält? Es ist das Minimum.*

Sobald sie aufgelegt hat, gebe ich Josh Bescheid, kann aber selbst kein Auge zutun, ehe ich nicht weiß, dass sie sicher zu Hause ist. Sie hat gemeint, dass sie locker noch eine Stunde braucht. Aus Erfahrung weiß ich, dass daraus auch zwei werden können. *Workaholic!*

Ich versuche zu lernen. Als das nichts bringt, streame ich Actionfilme. Viel Schießerei, kaum Handlung, genau das, was ich gerade aufnehmen kann.

Völlig überrascht schaue ich auf und stelle den Film aus, als der Fahrstuhl bei mir hält und Cali aussteigt. »Was machst du denn hier?« Keine Sekunde später wirft sie sich in meine Arme, schmiegt sich an meine Brust und fängt an zu schluchzen. »Verdammt, Babe, was ist passiert?«

»Du bist passiert«, brabbelt sie emotional, klammert sich an mich und boxt mir in die Seite. »Du sorgst dich um mich, schickst mir einen Fahrer, bist so sehr ... du!«

»Das ist schlecht?«

»Nein.« Etwas ruhiger weicht sie zurück und sieht mich verheult und zugleich ergriffen an. »Ganz im Gegenteil, das ist perfekt, Alex.« Sie holt tief Luft. »Ich liebe dich. Ich wollte es dir vorhin schon sagen, aber das fühlte sich nicht richtig an, ohne dir in die Augen zu sehen. Ich liebe dich, und mein Herz fühlt sich so an, als würde es explodieren vor lauter Gefühlen, die es für dich hat. Sie müssen raus, jetzt. Ich liebe dich so sehr und schon so lange, und was auch immer passiert, ich bin so froh, dass ich jemanden liebe, der mich auch liebt.«

»Fuck, immer, Babe«, antworte ich überrumpelt. Ich hebe sie an, bis ihr Mund mit meinem auf gleicher Höhe ist, küsse sie und spüre nur heftige, wilde, perfekte Liebe. Als wir uns lösen, fällt mir nur eine Sache ein: »Sag es noch mal!«

»Ich liebe dich, Alex.«

»Ich weiß gar nicht, wie ich jetzt schlafen soll.« So hellwach war ich lange nicht mehr.

»Tut mir leid«, sagt sie, als würde sie ihr Geständnis bereuen.

»Mir nicht.« Es gibt wohl keinen besseren Grund, nicht schlafen zu können, als vor Freude.

Wir gehen ins Bad, putzen uns die Zähne, legen uns danach hin, und ich genieße es, Cali zu halten, während sie einschläft. Wenn ich das bis ans Ende meines Lebens machen kann, bin ich ein glücklicher Mann. »Ich liebe dich auch, Babe.«

***

Zum Glück legt sich der Stress für Cali. Bei mir nimmt er jedoch mit jedem Tag, den die Abschlussklausur näher rückt, zu. Cali findet immer noch mehr Stoff, den ich lernen soll. Wenn ich ihr eine schwammige Antwort gebe, setzt sie zu einem Exkurs an. Und ich liebe es, weil ich weiß, dass sie es nur macht, weil sie mich liebt und will, dass mein Traum wahr wird.

Als Anfang Dezember die Klausuren anstehen, fühle ich mich bestens vorbereitet. Ich kann es gar nicht erwarten, es allen zu zeigen. Im Bett fragt mich Cali noch Aufgaben ab, bis ich sie mit einem Kuss zum Schweigen bringe. *Genug ist genug.*

»Was? Willst du Sex? Den gibt es erst nach der Prüfung«, sagt Cali.

»Babe, ich will schlafen.«

»Oh ... Gute Nacht, Alex.«

Ich ziehe sie eng an mich, und sofort wird sie ruhiger, was auch direkt mich beruhigt. »Gute Nacht, Babe, und noch mal danke für alles. Du glaubst gar nicht, wie sehr ich dich liebe.«

»Nicht so sehr wie ich dich«, murmelt sie.

»Na, wenn du meinst ...«, flüstere ich ihr zu und drücke ihr einen Kuss auf die Schulter.

Ein Seufzen ist ihre Antwort. Sie schläft schon.

Morgen ist es so weit, und ich weiß, es wird gut. Ich hatte die beste Lehrerin, ich habe die beste Freundin, und bald habe ich mein eigenes Label. Total zufrieden mit mir und der Welt schlafe ich kurz nach Cali ein.

KAPITEL
16

Cali

Ich bin gut eingeschlafen, doch meine Nacht ist unruhig. Als stünde *meine* Prüfung an und nicht die von Alex. Im Stillen gehe ich den Stoff durch. Es waren unglaublich viele Themen, teilweise sogar welche, die erst im Masterstudium rankommen. Mir spukt aber die ganze Zeit das Gespräch mit Mitchell durch den Kopf. Er ist ein Arsch. Natürlich kann er die Prüfung nicht beliebig schwer gestalten. Der Dekan schaut nicht auf Durchfallquoten. Aber wenn es Beschwerden gäbe und herauskäme, dass Mitchell Inhalte abgefragt hat, die weit über dem liegen, was er unterrichtet hat, würde ein Untersuchungsausschuss folgen. Im besten Fall würde die Klausur abgewertet werden, sodass weniger Punkte zum Bestehen nötig wären. Im schlechtesten Fall müsste die Prüfung wiederholt werden.

»Babe!«, murmelt Alex im Halbschlaf, weil ich ihn mit meiner Unruhe wecke. Ich spüre seinen Körper, mag seine Wärme, kann jedoch nicht liegen bleiben.

»Schlaf weiter«, murmle ich, drücke ihm einen Kuss auf die Schläfe und schwinge die Beine aus dem Bett.

In meinem Leben habe ich schon unzählige Prüfungen geschrieben, ich kenne so was wie Prüfungsangst nicht, aber jetzt sind meine Hände schweißnass. *Und daran ist nur dieser Mann schuld! Dieser sexy Rockstar, der mir so den Kopf verdreht hat, dass ich nicht mehr klar denken kann.*

Ruhelos setze ich mich an meinen Laptop und versuche zu schreiben, doch es kommt zum allerersten Mal nichts dabei heraus. Von einem Fachaufsatz und Paper reden wir da nicht mal, das versuche ich auch, gebe es aber bereits nach wenigen Minuten auf. Nein, selbst meine sexy Fantasien verlassen mich. Ich drehe durch, und es gibt nur einen Menschen, der mir um die Zeit helfen kann. Sie wird nicht begeistert sein. *Wer ist das schon nachts um drei?* Aber sie wird es verstehen.

Mit meinem Handy verziehe ich mich eine Etage tiefer in Alex' Küche, nehme mir Schokolade und rufe Louisiana an.

Beim ersten Versuch geht sie nicht ran, aber ich bleibe hartnäckig, bis ich Erfolg habe.

»Was?!«, schnaubt sie schwer atmend in den Hörer.

Im Hintergrund höre ich Nate undeutlich reden, dann wieder ihre Stimme sehr klar und entschuldigend, dann ihn: »Sorry, aber ich hab ein Privatleben, ich hoffe für sie, dass die Welt untergeht!«

Gott, hatten sie etwa gerade Sex?!

Eigentlich wenig überraschend. Von Alex weiß ich, dass die Rebel Boys bald wieder unterwegs sein werden. Ich kenne meine Schwester. Sie genießt jede Sekunde mit ihrem Rockstar in Miami. Und natürlich haben sie auch Sex. *Ich bin so dämlich, dass ich daran nicht gedacht habe!*

»Entschuldige, die Welt geht nicht unter. Wollte nicht stören«, piepse ich, als wäre ich wieder neun und in ihr Zimmer geplatzt, während sie mit ihren Freundinnen über

Jungs geredet hat. Hastig lege ich auf, nehme mir mehr Schokolade und warte auf die beruhigende Wirkung. Im Grunde weiß ich, was mit mir nicht stimmt. Alex und ich haben darüber geredet, was passiert, wenn er besteht. Dann zieht er nach New York, und ich ziehe nach, sobald ich dort einen Job finde. Aber wenn er nicht besteht, bleibt er in der Band. Und reist. Verdammt, und genau das stört mich. Ich weiß, dass Lou ihr Leben liebt, so wie es ist. Sie genießt es, mal zu den Partys mitzufahren oder mit Nate über irgendeinen roten Teppich zu flanieren. Ich kann mir dieses Leben für mich aber nicht vorstellen. Ich lese gerne. Das ist Welten von einem glamourösen Rockstarleben entfernt. Mir würde es was ausmachen, Alex wochenlang nicht zu sehen. Und mich würde es mächtig stören, wenn Teenager ihn anbaggern.

Mein Handy vibriert auf dem Küchentresen, Lous Name und ihr Selfie leuchten auf. »Ja?«, melde ich mich kläglich.

»Sorry für eben, Süße, du hörst dich schrecklich an. Was ist los?«

»Ich ... ich weiß nicht«, sage ich.

»Morgen ist die Prüfung, oder? Machst du dir Sorgen?«

»Und wie!«

»Ich bin mir sicher, du hast Alex alles beigebracht, was er wissen muss.«

»Aber sein Professor ist ein Arsch! Was, wenn Alex durchfällt?«

»Habt ihr nicht darüber gesprochen?«

»Doch, aber dann ...« Ich atme tief durch. »Dann geht er mit den Rebel Boys auf Tour, und ich weiß, ich rede hier mit der Falschen, du bist das gewohnt. Aber ich? Ich halte es ja kaum drei Tage ohne den Mann aus, wie soll ich das drei Wochen, geschweige denn drei Monate schaffen?«

»Es gibt Videoanrufe.«

»Die wärmen dich aber nicht nachts im Bett.«

»Es ist wirklich nicht so schlimm, Cali. Und seht ihr euch, wenn er das Label gründet, nicht auch erst mal wenig?«

»Das stimmt. Aber nur für den Übergang. Ich kann noch nichts unterschreiben, hab aber schon mit der NYU gesprochen. Die lieben meine Arbeit und würden mich zum neuen Semester als Professorin anstellen.«

Eine halbe Ewigkeit jammere ich ihr die Ohren voll. Ich drehe mich im Kreis. Ich merke das selbst, doch sie unterbricht mich nicht. Sie weiß, wie wichtig es ist, manchmal einfach nur einen Zuhörer zu haben. Leider bin ich am Ende auch nicht schlauer, und schließlich höre ich Lou leise gähnen.

»Ich bin so eine miese Schwester«, sage ich. »Ich halt dich wach, dabei schläfst du gleich ein.«

»Bist du, aber du kannst es wiedergutmachen: Geh mal zu eurem Putzschrank.«

»Nein!«, stöhne ich, weil ich weiß, was kommt.

»Oh doch, Cali. Ich hab mir jetzt eine Stunde lang angehört, dass du nicht weißt, was dir fehlt, statt neben meinem heißen Freund im Bett zu liegen. Meinem heißen Rockstar-Freund, wie ich betonen möchte. Also los, husch zum Putzschrank, du weißt doch: Äußere Ordnung führt zu innerer Ordnung.«

»Bei uns ist es ordentlich.« Vor allem, weil das Housekeeping jeden Krümel beseitigt, bevor er auch nur zu Boden fallen kann.

»Bist du beim Schrank?«, übergeht sie meinen Protest. »Los, ran an den WC-Reiniger und die Handschuhe.«

»Ich bin da. Du kannst schlafen gehen.«

»Wir machen das jetzt gemeinsam.«

»Ich denke, dein Freund wartet.«

»Tut er, aber *ich* denke, dass du dich drücken willst.«

Mist, warum kennt sie mich so gut? Gib mir eine komplizierte Rechnung, und ich klemme mich stundenlang dahinter. Gib mir einen Staubwedel, und ich schwinge ihn maximal eine Minute. Widerstrebend nehme ich mir die Putzmittel und gehe ins Gästebad, um Alex nicht aufzuwecken.

Eine halbe Stunde befolge ich Schritt für Schritt Lous Anweisungen. So seltsam es auch klingt, jeder Handgriff hat etwas Meditatives.

»Besser?«, fragt Lou, als wir durch sind und das Bad, zumindest bilde ich mir das ein, noch etwas mehr glänzt, als es eh schon geglänzt hat.

»Ja, besser.«

»Wirklich? Denn sonst komme ich vorbei.«

»Nein, ich schaff das.« Leise, aber echte Hoffnung macht sich in mir breit. »Und Alex wird das auch schaffen. Danke.«

»Immer gerne.«

Wir legen auf, doch ich gehe nicht ins Bett, sondern nehme mir als Nächstes den Kalkreiniger und putze die Fliesen. Danach reinige ich in der Küche den Backofen und wische sogar den Kühlschrank aus.

Im Morgengrauen, als meine Gedanken sich endlich beruhigt haben, schlüpfe ich zurück zu Alex unter das Laken. Mit einem Seufzen packt er mich und drückt mich an sich. »Da bist du ja, Babe!«

Seltsamerweise vertreiben diese paar Worte den letzten Rest Panik in mir. Ich brauche keinen ordentlichen Haushalt, ich brauche ihn und die Verbindung zwischen uns. *Warum war mir das nicht sofort klar?*

Gleich darauf murmelt er, dass er mich liebt, und brabbelt noch etwas davon, dass ich nach Essigreiniger rieche und dass ihn Nate davor gewarnt hätte, dass das passieren könnte. Statt sich aber zu beschweren, vergräbt er seine Nase in meinem Haar und schläft wieder ein, und auch ich genieße die angenehme innere Ruhe, die mich erfasst. Er wird das schaffen, dann wird er Plattenboss, *mein* Plattenboss, und wir bleiben zusammen. Der heißeste Kerl der Welt bleibt bei mir.

Lange schlafe ich trotzdem nicht. Als ich das nächste Mal wach werde, sehe ich, dass in einer halben Stunde der Wecker klingeln würde. Ich rüttle Alex an der Schulter. Heute ist der Prüfungstermin, und er soll topvorbereitet starten.

»Was ist, Babe, willst du Sex?«

»Ja ... ähm ... nein. Lass uns alles noch mal durchgehen.«

»Alles?« Er stöhnt, als hätte ihm jemand in die Eier getreten.

»Alles.«

»Was bekomme ich dafür?« Grinsend dreht er mich auf den Rücken und küsst mich süchtig machend und lässt mich verdammt genau wissen, wonach ihm der Sinn steht.

»Den Abschluss«, sage ich knallhart. Na gut, ich will es knallhart sagen, aber es gelingt mir nicht, Alex fühlt sich zu gut an. Es kommt als Stöhnen über meine Lippen.

Alex stößt ein Schnauben aus. »Meinetwegen, du Sklaventreiberin, frag mich ab!«

Alex

In einem Wahnsinnstempo rast Cali durch den Stoff. *Bäm, bäm, bäm. Frage, Antwort; Frage, Antwort; Frage, Antwort.*

»Das war falsch«, ruft sie plötzlich und reißt schockiert die Augen auf.

»Babe, das macht nichts.«

»Aber das war falsch, Alex.« Sie nennt mir sofort die richtige Antwort, ich speichere sie ab und bleibe gelassen. Bei meinem ersten Versuch habe ich allein die vorlesungsfreien Tage zur Vorbereitung genutzt und ansonsten darauf vertraut, dass, wie bei den anderen Credits auch, die Arbeit während des Semesters reicht. Dieses Mal habe ich monatelang mit einem Profi gelernt. Anders als Cali habe ich keinen Zweifel daran, dass ich bestehe.

»Eine falsche Antwort ist nicht schlimm«, beruhige ich sie.

»Aber, aber …«

Ich muss grinsen. »Sag mal, wenn du in der Vergangenheit Klausuren geschrieben hast, hast du je was falsch gehabt?«

»Ähm …«

»Fehler gehören zum Leben dazu, aus ihnen lernt man.«

»Oder man ist vorbereitet, dann passiert nichts.«

»Gut, frag mich weiter ab!«, füge ich mich, nicht weil ich das möchte – was ich jetzt nicht mehr weiß, geht eh nicht mehr in meinen Kopf –, sondern weil Cali das braucht. Prüfungsstress scheint für sie neu zu sein, also lasse ich ihr die nervige Fragerei durchgehen und genieße ihre etwas anstrengende, aber auch niedliche Art, sich um mich zu kümmern.

Sie fragt mich unter der Dusche, beim Zähneputzen und beim Frühstücken ab. Sobald ich auch nur eine Millisekunde zu lange mit der Antwort brauche, zieht das einen ganzen Vortrag nach sich.

Als es für mich Zeit wird, zu gehen, um entspannt und mit Puffer bei der Prüfung aufzutauchen, legt Cali noch mal hundert Prozent zu. Ihr Gehirn ist wie ein Prozessor, der gleich durchbrennt. »Atme, Babe!«

»Tue ich doch, oder laufe ich blau an? Los, beantworte schon die Frage.«

»Nein«, sage ich und schiebe sie an die Wand.

»Was heißt hier Nein?«, keift sie, und ich muss grinsen, weil sie nicht mal merkt, was ich gerade tue.

»Nein heißt Nein. Ich denke, das wisst ihr Frauen.«

»Nicht witzig. Los, ich warte! Das Thema hatten wir erst letzte Woche –«

Sie verstummt, als ich sie anhebe, ihre Beine um mich schlinge und mich an sie drücke. Ich wollte vor der Prüfung nicht mit ihr schlafen, aber genau jetzt merke ich, dass sie das braucht und ich deshalb auch.

»Nanu, plötzlich keine weiteren Fragen mehr?«, ziehe ich sie zufrieden auf. Da löchert sie mich weiter. *Himmel!* Halbherzig antworte ich ihr und öffne dabei meine Hose.

»Was tust du da, Alex?«

Ich beuge mich an ihr Ohr. »Dir helfen.«

»Ich brauche keine Hilfe, du brauchst welche, du hast eben wieder was falsch beantwortet.«

Lachend hebe ich ihren Rock. »Nur zur Hälfte.«

»Trotzdem falsch.«

»Oder zu fünfzig Prozent richtig.«

»Was ist mit –?«, beginnt sie und will mich wieder was fragen, aber da habe ich schon mit dem Finger getestet, wie bereit sie ist, und mich in sie geschoben, was sie augenblicklich zum Verstummen bringt. »Du musst –«, versucht sie es noch mal, aber stöhnt auf, als ich mich in ihr bewege.

»Was muss ich, Babe? Mmh?«

»Ich ... Keine Ahnung.«

»Richtige Antwort.«

Ich trage sie zum Küchentisch, nehme sie und liebe, wie sie ab und zu die Augen verdreht und zumindest für den Moment ein paar ihrer IQ-Punkte einbüßt. Ich auch ein paar, aber ich vertraue darauf, dass mir das nicht schadet.

»Ich komme gleich«, sagt sie da. »Bitte langsamer.«

Ich mache langsamer, dabei wissen wir beide, dass sie das nur anders quält, nicht weniger. Ich kann immer noch nicht glauben, dass diese Frau nun an meiner Seite ist. Nächste Woche wird sie wieder durch die Uni laufen und so seriös tun, aber im Augenblick lässt sie sich von mir auf dem Tisch nehmen. Ich beuge mich zu ihr, küsse sie, sorge dafür, dass sie jeden anderen Gedanken vergisst, und auch ich vergesse für einen Moment alles.

»Komm«, sage ich nur. »Komm, Babe, jetzt!« Keine Sekunde später spüre ich, wie ihr Körper zuckt. Sie kommt laut stöhnend, und ich folge ihr.

»Fuck«, fluche ich, als ich feststelle, dass mein Zeitpuffer nahezu aufgebraucht ist. Ich muss los. Doch ich kann Cali nicht einfach auf der Tischplatte zurücklassen.

Sie lacht frei und vergnügt, wie sie es den ganzen Morgen nicht getan hat. »Geh schon, du Hengst, ich kümmere mich um mich.«

»Bist du dir sicher?«

Sie mustert zufrieden meine zerknitterten Sachen, und ich reibe am Schritt herum, weil da etwas von ihrer Erregung auf dem Stoff gelandet ist. »Ja, hopp!«, sagt sie, zieht mich aber noch mal zu sich und küsst mich. »Und viel Erfolg. Ich liebe dich, egal, was passiert.«

Mist, der Sex war toll, den hat sie gebraucht und ich vielleicht auch, aber das hier, das ist mein richtiger Push. Cali sagt es nicht oft. Sie ist vorsichtig, doch wenn sie es tut, hat es Gewicht. *Sie liebt mich.*

»Ich liebe dich auch. Bis später!«

***

»Setzen Sie sich. Auf mein Zeichen drehen Sie die Papiere um.«

Ich habe schon einmal in diesem Hörsaal gesessen und die Klausur geschrieben, trotzdem werde ich jetzt doch nervös. Ich bin gut vorbereitet, aber so viel hängt von den nächsten Stunden ab. Es gibt diese Momente im Leben, die alles verändern können. Mich den Rebel Boys anzuschließen war so einer, California auf der Gartenparty zu begegnen auch. Der Stromausfall war einer. Und das hier ist auch einer.

Wie zu erwarten, betreut nicht Mitchell die Abschlussarbeit, sondern ein unter ihm stehender Mitarbeiter, so wie auch Cali bei ihren Klausuren nicht selbst anwesend ist.

»Los, und viel Erfolg«, sagt die Hilfskraft. Papiere rascheln, und ein entsetztes Stöhnen geht durch die Reihen.
Nicht gut.

Ich schaue mir alle Aufgaben an. Wie mit Cali abgesprochen will ich zuerst die einfachen lösen, um in den Flow
zu kommen, dann die schweren. Nur der Punkt ist: Dieser
Arsch hat keine einzige einfache Aufgabe gestellt, es gibt
nur mittelschwer, schwer und nicht lösbar. Oder vielleicht
doch lösbar, mit dem, was mir Cali beigebracht hat. Aber
leicht wird das hier nicht. Fuck, ich habe vor Tausenden
von Leuten auf der Bühne gestanden und gespielt, meine
Finger haben nie gezittert, aber jetzt tun sie es. Weil mein
Kopf leer ist. Alles ist weg. Die Aufgaben könnten genauso
gut auf Chinesisch sein!

Obwohl ich Zeit verliere, schließe ich die Augen und atme
tief durch. Calis Duft und der Geruch unseres Intermezzos
von heute Morgen steigen mir in die Nase. Im Schnelldurchlauf spiele ich durch, was die letzten Monate passiert ist,
denke an was anderes, um die Blockade zu lösen.

Da war die Gartenparty und wie Cali Notenschlüsseltörtchen kassiert hat. Das erste Gespräch in ihrem Unibüro
und wie ich vom Campus fliehen musste, weil Fans mich
erkannt hatten. Die erste Stunde im Konferenzraum des
Hotels und wie uns so heiß geworden ist, dass wir es uns
auf den Toiletten besorgt haben ...

Ich gehe jeden einzelnen Moment durch, die kleinen
und die großen, alles ist in meinem Kopf, und mit diesen
Erinnerungen verknüpft auch der Stoff. Cali ist mein Anker, an dem all das Wissen hängt. Sie ist wie ein Song, der
dich an die beste Zeit deines Lebens erinnert.

Sobald ich beim heutigen Morgen angekommen bin, öffne ich die Augen und lege los. Ja, die Fragen sind schwer, aber es ist der Standardstoff aus Mitchells Seminar, und den habe ich mit Cali geübt. Ich weiß nicht, ob ich die volle Punktzahl für jede der Aufgaben bekommen werde, aber ich kann eine Lösung anbieten und werde zumindest Teile richtig beantworten.

Mit jedem Wort, das ich schreibe, tauche ich tiefer ein. Klausuren sind auch nur wie Rockkonzerte. Was links und rechts von mir passiert, kriege ich nicht mit, es zählt einzig und allein meine Leistung. Und ich weiß, wie man performt.

Sobald ich mit den mittelschweren Fragen fertig bin, widme ich mich den schwierigen. Bei einer bin ich mir sicher, dass ich die Lösung weiß. Bei einer anderen habe ich eine Ahnung. Bei noch einer kann ich wiederum den jetzigen Stoff kombinieren und etwas Plausibles hinschreiben.

Ich brauche länger für die Antworten als geplant, aber ich vermeide es, nach der Zeit zu sehen. Lieber bin ich gründlich, als dass mir unter Zeitdruck Fehler unterlaufen.

Erst bei den letzten drei Fragen komme ich richtig ins Straucheln. Es ist lächerlich, aber mich packt der Ehrgeiz, und ich will sie unbedingt lösen.

Fuck, wie würde Cali schauen, wenn ich die richtig beantworten würde!

Es geht nicht mehr um den Abschluss, es geht um sie. Um den Blick aus ihren Augen, die Bewunderung und wie stolz sie auf mich wäre, wenn ich auch hier punkten könnte. Das klingt kindisch, aber wenn eine Überfliegerin dir sagt, dass du etwas gut gemacht hast, dann ist das wie eine

Auszeichnung. Ich habe schon einige im Regal. Aber einen Grammy zu kriegen war leicht, ein fachliches Lob von California ist dagegen eine Rarität.

Hoch konzentriert erarbeite ich mir eine Lösung. Meine Hand tut vom Schreiben weh, und das, obwohl meine Finger vom Bassspielen Bewegung gewohnt sind, meine Schultern sind angespannt, und mein Kopf glüht.

»Schluss!«, meldet sich plötzlich die Klausuraufsicht.

Ich lege den Stift beiseite und sehe mich um. Zu meiner Überraschung haben sich die Reihen gelichtet. Ein paar Leute haben gleich am Anfang aufgegeben, das habe ich noch am Rande mitbekommen. In den letzten Stunden müssen mehr gegangen sein. Verzweifelt lesen einige ihre Papiere und kritzeln hastig Ergänzungen aufs Blatt. Sie werden ermahnt. Die Armen! Ich kann mich an das Gefühl, versagt zu haben, von meinem ersten Prüfungsversuch erinnern. Ich hatte gehofft, dass die Punkte reichen, aber das Ergebnis war ernüchternd. Etlichen, die mit mir hier sitzen, wird es ähnlich ergehen. Auch ich fühle mich erneut leer, doch es ist eher so, als wäre ein Gewicht von mir abgefallen. Dieses Mal habe ich alles getan, was ich tun konnte. Es muss klappen. Und wenn es das nicht tut, habe ich trotzdem Cali. Mit ihr fühlt sich alles richtig an.

Beim Gedanken an sie muss ich lächeln. Fuck, ich will sie schnellstmöglich sehen, mit ihr die Aufgaben durchsprechen und sie mit meiner Dankbarkeit überschütten.

Ich gebe meine Klausur ab, verlasse den Hörsaal und werde von einer Traube Studenten gebremst, die Autogramme wollen.

Klasse! Es hat sich herumgesprochen, dass ich im Kurs war.

Das war zu erwarten. Beim letzten Mal war das nicht anders. Lust habe ich nicht.

Ich lächle und posiere für Fotos, aber fühle mich kein bisschen geehrt. Das liegt nicht nur daran, dass ich in Gedanken woanders bin, sondern auch daran, dass ich nicht mehr der sechzehnjährige Junge bin, dem einer abgeht, wenn Frauen ihn anhimmeln. Nate, Brad und Harvey sehen es als Spiel, manchmal schließen sie sogar Wetten ab, wer die meisten Selfies bekommt. Mich reizt das nicht mehr. Ich bin jetzt siebenundzwanzig und bereit, meinem Leben einen neuen Sinn zu geben.

»Alex, bekomm ich ein Bild.«

»Ich auch!«

»Für Sam bitte.«

Wut steigt in mir auf. *Leute, ich habe gerade etliche Stunden an meiner Abschlussklausur geschrieben. Ich habe Hunger und Durst, und ich will zu meiner Freundin. Was glaubt ihr, was ihr hier macht?* Mit Mühe unterdrücke ich sie. *Fan ist Fan. Und immerhin bewege ich mich in Richtung Ausgang.*

»Bekomme ich auch ein Bild?«, höre ich da plötzlich eine vertraute Stimme, sehe über die Köpfe der Leute hinweg und entdecke Californias blonden Haarschopf. *Sie ist hier. Wenn sie wüsste, wie viel mir das bedeutet!* Wir hatten abgesprochen, unsere Beziehung erst nach der Bekanntgabe der Ergebnisse öffentlich zu machen. Als Freundin eines Ex-Rockstars ist sie für die Presse weniger interessant als als Freundin eines Rockstars. *Aber hier ist sie! Beste Überraschung meines Lebens.*

Ohne sie aus den Augen zu lassen, schiebe ich mich durch die Menge auf sie zu. Je näher ich komme, desto mehr sehe ich von ihr. Sie trägt ihr Unioutfit, einen zu weit sitzenden Hosenanzug, der Studenten förmlich verbietet, davon zu träumen, was diese Frau darunter anhat. Aber ich weiß es: schlichte cremefarbene Unterwäsche, die sich perfekt an ihren Körper schmiegt und die mich tatsächlich wilder macht als jeder Spitzenfummel.

Sie presst immer wieder ihre Lippen zusammen, als wollte sie verhindern, dass sie mich zu breit angrinst, aber es gelingt ihr nicht. Ihre Augen funkeln. Sie hebt eine Sektflasche, und obwohl sie Professorin ist, wirkt sie nicht anders als die Studenten um uns herum.

»Hat hier jemand ein Foto gewollt?«, raune ich ihr zu, als ich sie erreiche.

»Ja, ein Selfie bitte«, sagt sie atemlos, macht aber keine Anstalten, sich dafür zu drehen.

»Warum bist du hier?«, frage ich leise und fahre ihr durch die Haare.

»Ich arbeite hier, schon vergessen?«, witzelt sie, wird jedoch schnell ernst. »Mist, Alex, ich konnte nicht länger warten. Ich hab nichts auf die Reihe bekommen.« Sie lacht leise. »Oder doch, ich habe zum zweiten Mal innerhalb von zwei Tagen das Bad geputzt. Aber Lous Methode ist Mist. In meinem Kopf herrschte das reinste Chaos. Ich konnte nur an dich denken.«

»Weißt du, dass ich dich jetzt verdammt gerne küssen würde?«

»Warum tust du es nicht?«

Ich greife in ihren Nacken und reibe mit dem Daumen über ihre Kinnlinie. »Weil dann alle Welt durchdrehen wird.«

»Ist mir egal.« Ein Schatten huscht über ihr Gesicht. »Oder bin ich dir peinlich? Ich konnte vor meinen Kollegen ja schlecht in einem engen Minikleid auftauchen, aber ich hätte mehr Mascara nehmen können, oder –«

Bevor sie weitere Punkte aufzählen kann, was mich an ihr stören könnte, beuge ich mich zu ihr und küsse sie, ruhig und tief und mit der Gewissheit, dass sie zu mir gehört. Am Rande bekomme ich die Aufregung um uns herum mit, aber sie ist mir egal, nur California, ihre Lippen und wie sie ihren Körper an mich drückt, zählen.

»Bereit?«, frage ich, als wir auseinanderweichen.

»Wozu?«

Mit einem Ruck hebe ich sie an und werfe sie mir über die Schulter.

»Alex Reid, das haben wir nicht so abgesprochen!«

Grinsend gebe ich ihr einen Klaps auf den Hintern und steuere den Ausgang an. *Haben wir nicht. Fühlt sich aber verdammt richtig an.*

KAPITEL
17

Cali

Mein Gesicht schmerzt davon, dass ich breiter denn je grinse. Alex Reid hat mich über seine Schulter geworfen. An meinem Arbeitsplatz. Zig Studenten starren uns an, nahezu jeder filmt die Szene. Ein paar der Gesichter kenne ich aus meinen Kursen. Ihre Mienen wechseln zwischen Überraschung, Begeisterung und Fremdscham. Ja, ihr seht richtig, der Bassist der Rebel Boys ist mit eurer BWL-Professorin unterwegs.

Viele Leute sagen, sie sind für dich da, aber es ist was anderes, wenn sie dann wirklich auftauchen. So geht es mir mit Alex. Ich musste ihn einfach abholen kommen, und dass er mich jetzt über seiner Schulter über den Campus trägt, sagt mir, dass es die richtige Entscheidung war.

»Achtung, Treppe«, ruft Alex gleich darauf, und ich werde durchgeschüttelt.

»Du könntest mich auch runterlassen!«

»Nö.« Er küsst meinen Oberschenkel.

»Irgendwann musst du.«

»Ja, irgendwann. Bis dahin genieße ich das noch.«

Studenten gaffen uns an, ich sollte mich im Griff haben, aber mein Körper reagiert wie immer auf Alex' Nähe mit Lust.

Auch wenn ich nur sehe, woher wir kommen, nicht wohin wir gehen, bin ich mir ziemlich sicher, dass wir den Campusparkplatz ansteuern.

»Ms. Harper!«, schallt da eine Männerstimme empört über den Campus.

»Dein Chef?«, fragt Alex.

»Leider ja.«

»Vielleicht lasse ich dich doch besser runter?«

»Wehe! Wir tun einfach so, als hätten wir ihn nicht gehört. Wenn er mir was sagen will, soll er mir eine Mail schreiben wie sonst auch.«

Alex lacht. »Hab ich dich so verdorben, Babe?«

»Hast du«, antworte ich und gebe ihm frech einen Klaps auf den Hintern.

»Oh, oh!«

Der Laut jagt Feuer durch mich – und heiße Ideen, was als Nächstes passieren könnte ...

»Da möchte wohl jemand Ärger?«, knurrt er.

»Auf keinen Fall.« Wir sind auf dem Campus. Beziehungsweise, genau genommen ist er auf dem Campus, ich hänge über seiner Schulter.

Seine Hand greift an meinen Schritt, fest und warm und prickelnd.

Ich stöhne. »Nicht!«

Er macht das Gegenteil und zerrt an meinem Hosenbund, ich spüre kalte Luft an meinem Hintern.

»Wie kannst du es wagen!«

»Du willst also noch mehr Ärger? Gut!« Er schiebt seine Finger in mich, nur zwanzig Meter vom Fakultätsgebäude entfernt.

»Oh Gott!« Ich ziehe die Luft ein und halte mich an ihm fest, schließe die Augen, als könnte mich niemand sehen, wenn ich niemanden sehe.

»Soll ich aufhören?«

»Nein«, hauche ich zu meinem eigenen Entsetzen.

Die Fantasie würde ich niemals in echt ausleben. Wenn Alex das versucht, kann er sich eine andere Freundin suchen. Aber genau deshalb genieße ich sie so sehr.

»Wieder heiße Tagträume gehabt?«, fragt Alex, als er mich am Auto absetzt und behutsam auf den Rücksitz verfrachtet, während Josh, sein Fahrer, den Motor anlässt.

»W-w-woher weißt du das?«

»Babe, ich kenne dich jetzt schon eine Weile. So hast du ausgesehen, als ich dich in deinem Büro ganz am Anfang aufgesucht habe, und du weißt, was danach passiert ist, und so hast du auch ausgesehen, als wir mit dem Lernen im Hotel angefangen haben. Also?«

»Erwischt«, gestehe ich bei so viel Logik. »Was passiert jetzt?«

Alex schließt die Tür und gibt Josh ein Zeichen, dass er losfahren kann. »Jetzt erzählst du mir endlich, was dir ständig durch den Kopf geht.«

Von Alex über den Campus getragen zu werden? Das war lustig. Jetzt vergeht mir das Lachen. »D-d-das kann ich nicht«, stammle ich.

»Und ob!« Er legt eine Hand auf meinen Oberschenkel und reibt ihn. Die Geste ist für sich genommen harmlos, aber wir beide wissen, wie schnell sich das ändern kann. »Ich höre.«

Irgendwas muss ich sagen. *Sei kreativ, Cali!* »Ich hab nur davon geträumt, dass du alle Aufgaben mit voller Punktzahl beantwortet hast«, improvisiere ich. »Das macht mich jedes Mal so richtig an, mir vorzustellen, dass du klüger bist als ich, mehr draufhast, mehr weißt.«

Er grinst schief. »Oh Babe, ich bin auf jeden Fall klüger als du. Beziehungsweise, du warst gerade ziemlich dumm.«

Schauer überziehen meinen Körper. »Wie meinst du das?«

Er beugt sich an mein Ohr und atmet heiß gegen meine empfindliche Haut. »Ich weiß, das war eine Lüge. Sobald wir unter uns sind, werde ich dafür sorgen, dass ich die Wahrheit erfahre, und ich bin mir sicher, das wird dir gefallen ... und nicht gefallen. Willst du dir deine Antwort nicht noch mal überlegen?«

Ich atme schwer. »Nein.«

»Okay«, sagt er nur, atmet auch schwer und reibt weiter nur meinen Oberschenkel. »Wie du willst.«

Meine Güte, bin ich plötzlich nervös!

Alex

»Showtime!«, sage ich, kaum dass wir mein Apartment betreten haben und Cali immer noch nicht verraten hat, was ihr ständig durch den Kopf geht. Ich küsse sie, knabbere an ihrem Hals, streife ihr den Blazer ab und reiße ihre Bluse auf. »Rede! Ich warte!«

»Ich kann nicht. Es tut mir leid.«

Schwer atmend stütze ich mich an der Wand ab und sehe zu ihr hinunter. »Sag es, oder dein Buch muss dran glauben!«

»Mein B-B-Buch?«, stammelt sie überrascht.

»Ich meine den Schmöker, den du gerade liest.« Langsam streichle ich über ihre Seite, fahre zu ihren Brüsten, reibe mit dem Daumen über ihren Nippel. »Er landet sonst im Müll.«

»Das wagst du nicht!«

»Abwarten!« Viele Druckmittel gibt es nicht bei der Frau. Ich muss nehmen, was ich habe. Ich stoße mich von der Wand ab und steuere den Couchtisch im Wohnraum an, auf dem der Fünfhundert-Seiten-Wälzer liegt, bei dem Cali im letzten Drittel ist.

»Wehe!«, ruft sie und folgt mir.

»Keine Chance, du weißt, was ich hören will.«

Ich schnappe mir das Buch, Cali versucht, es mir wieder abzunehmen. Ich bin viel größer und halte es über unseren

Köpfen, aber sie springt an mir hoch. Ihr halb nackter Körper reibt an mir. *Fuck, diese Frau macht mich echt schwach!* Ich muss sie küssen, senke kurz die Arme, doch sobald sich unsere Lippen berühren, spüre ich Calis Hand an meiner mit dem Buch. *Glaubt sie, sie kann mich austricksen?*

»Nichts da! Wahrheit oder Mülleimer, deine Entscheidung!«

Ihr Blick wird dunkler. Ich weiß, was das bedeutet. Sie fantasiert wieder.

»Du kannst mir auch sagen, was dir gerade jetzt durch den Kopf geht, oder vertraust du mir nicht?« *Das wirkt.*

»Ich hab mir vorgestellt ...« Sie stockt. »Also eben ... Mist, Alex! Das ist mir wirklich peinlich.«

Sie zieht keine Show ab. Dafür ist sie nicht der Typ. Aber ich muss es wissen. Entweder sie verrät es mir jetzt oder nie. »Du kannst mir die Szene auch aufschreiben.«

»Ich ... also ... gewonnen.« Sie nimmt sich meinen Laptop, öffnet das Schreibprogramm, und ich schaue ihr beim Tippen über die Schulter ...

Mit dem Buch in der Hand umrundet er mich und bleibt vor mir stehen. Er drückt das Buch unter mein Kinn und bedeutet mir, ihn anzusehen. »Letzte Chance, Babe! Rede!«

»Ich hab dir nichts zu sagen.«

»Wie schade.« Er packt mich, sodass ich nicht weglaufen kann, und schlägt mir mit dem Buch auf den Po.

»Au!«

»Oh bitte, mit der Hose kann das doch gar nicht wehgetan haben.« Er greift in mein Haar und sieht mich durchdringend an. »Zieh sie aus!«

Keine Ahnung, warum ich es mache, aber ich gehorche. Ich öffne meine Hose und zittere, als der Stoff zu Boden fällt. Als ich raussteigen will, hält er mich auf. Mistkerl. *Mit meinen Füßen in den Hosenbeinen kann ich mich schlechter bewegen.*

»Zweiter Versuch: Sag mir, was ich wissen will!«

»Da ist nichts!«

Sein Griff wird fester, er drückt mich an seine Brust, und es folgt ein weiterer Schlag, heftiger als der erste, schmerzhafter – und besser. Ich stöhne.

»Mmh, das scheint nicht zu wirken«, sagt er gespielt nachdenklich. »Wie ist das?«

Plötzlich spüre ich den Buchrücken zwischen meinen Beinen. Alles hieran fühlt sich schmutzig und falsch an. Und ich liebe es!

»Sag es, oder ich lass dich auf dein Buch kommen!« Er erhöht den Druck, reibt mich schneller. »Das ist kein Bluff!«

»Verdammt! Von dir, ich träume immer nur von dir, du Bastard«, schreie ich ihn an. Kurz darauf ist das Buch weg, und ich spüre ihn hart in mir.

»Warum sagst du das nicht gleich, Babe?«

Meine Güte, das geht in der Frau vor? Sie tippt noch den letzten Satz zu Ende, da befreie ich schon meinen Schwanz, hebe sie vom Stuhl auf den Tisch, schiebe ihre Hose tiefer und dringe in sie. *Da soll mal einer sagen, Bücher seien langweilig!*

»Bist du sauer?«

»Babe, ich will auch den Rest hören, jede fucking einzelne Fantasie.«

Die Nummer geht schnell, weil uns die Story erregt hat. Ein paar Stöße, länger halten wir beide nicht durch, und wir kommen.

269

Nach dem Höhepunkt steige ich aus meiner Hose, mache Cali sauber und trage sie auf die Terrasse.

»Es sind nur kleine Tagträume«, sagt sie leise, als ich sie auf dem Sonnenbett herunterlasse, mich hinter sie setze, sie an mich ziehe und über ihre Arme streiche. »Wie war denn die Prüfung?«

Es fühlt sich an, als hätte ich die Klausur in einem anderen Leben geschrieben, aber ich gebe, so gut ich kann, die Aufgaben und was ich geantwortet habe, wieder.

»Das hättest du wissen müssen«, beschwert sich Cali an einer Stelle. »Wir haben das zigmal durchgesprochen.« Später ruft sie dagegen: »Wow, das ist gut kombiniert, das dürfte dir ein paar Punkte bringen.« Sie grinst. »Ich bin echt stolz auf dich.«

»Aber es gibt doch noch kein Ergebnis.«

»Ich bin trotzdem stolz. Du hast dich tapfer geschlagen.«

»Wie bitte, und das von jemandem, der so schlau ist?«

»Gerade von jemandem wie mir. Ich hab vielleicht einen hohen IQ, aber auch ich muss mich anstrengen, und ich finde, das ist, worum es geht. Angenommen, ich hätte die Klausur mitgeschrieben und bekäme ein besseres Ergebnis, dann würde es so aussehen, als hätte ich mehr gemacht, dabei stimmt das nicht. Ich hätte nur mein Basiswissen abgerufen. Du dagegen bist heute über dich hinausgewachsen. Das ist beeindruckend.«

Ich knabbere an ihrem Ohr. »Das sagst du, weil du in mich verliebt bist.«

»Das sage ich, weil … Na gut, auch weil ich in dich verliebt bin, aber auch weil es stimmt.« Sie schaut mich an. »Lou sieht das übrigens anders: Bei einer sauberen Toilette zählt nicht, womit sie gereinigt wurde, nur dass sie am Ende picobello glänzt.«

»Aber auch sie hat ihren Weg dahin.«

»Oh ja!« Cali lacht. »Den hat sie.«

»Mal sehen, wohin unser Weg uns noch führt.«

»Du hast also noch nicht genug von mir?«

Ich knabbere an ihrer Schulter. »Natürlich nicht! Wie kommst du darauf?«

»Weil ...« Sie weicht meinem Blick aus, doch das lasse ich nicht gelten. Ich kenne Cali mittlerweile gut genug, um zu wissen, dass sie Themen, die für sie sehr emotional sind, nur schwer ansprechen kann. Ich habe das Prüfungsergebnis noch nicht, habe aber viel zu gute Laune, um diesen Schatten auf ihrem Gesicht zu ertragen.

Sanft packe ich sie am Kinn, damit sie sich zu mir dreht. »Cali, ich werde nie genug von dir haben. Was ist los?«

»Es ist albern!«

»Und das aus dem Mund einer Frau, die sich sonst so eloquent ausdrücken kann.«

»Wow, du kennst das Wort eloquent?!«, witzelt sie und versucht abzulenken, aber das schafft sie nicht. *Hat sie nie, wird sie nie. Nicht bei mir.*

»Babe, rede!« Ich nehme sie unter mir gefangen, und mir gefällt, wie sie sofort wieder schwerer atmet. Wir wissen beide, dass das hier kein Sex wird, zumindest nicht sofort, trotzdem spüren wir diese Chemie zwischen uns, sie ist immer da. Als wären wir zwei Instrumente, die auch ohne Dirigent im gleichen Takt spielen.

Cali fährt mir nachdenklich durch die Haare, aber ihr Blick ist verträumt.

»Mehr sexy Fantasien?«, frage ich.

»Nein, dieses Mal genieße ich die Realität.«

»Ist sie gut?«

»Zu gut, um wahr zu sein.«

Cali sagt nichts einfach so, und ihre Wortwahl lässt mich sie noch fester packen. »Was beschäftigt dich, Babe?«

»Früher ...«, beginnt sie, holt tief Luft, bricht aber ab.

Schmerz schimmert in ihren Augen, den ich bisher nur einmal gesehen habe und der mir endlich einen Anhaltspunkt gibt, was los ist. Ihre Stimmung muss etwas mit ihren schlechten Erfahrungen an der Highschool zu tun haben. Statt sie zu bedrängen, gebe ich ihr einfach Zeit.

»Früher wäre jetzt der Moment gewesen, an dem mich mein Schwarm fallen gelassen hätte«, sagt sie schließlich.

»Ich bin nicht wie die Kerle von damals, das weißt du.«

»Aber du hast jetzt, was du willst. Du wirst bestehen.«

»Babe, du übersiehst da was. Es ging nie nur um den Abschluss, sondern auch um dich und um uns. Ich lass dich nicht gehen, vergiss das endlich.« Wie um meine Worte zu unterstreichen, drücke ich sie fester.

»Aber du brauchst mich nicht mehr.«

Mein Schwanz wird wie zum Protest sofort hart. *Kumpel, über dich redet gerade keiner.*

Ich verlagere mein Gewicht, damit sie nicht merkt, welchen Effekt sie auf mich hat. »Cali, ich brauche dich vielleicht nicht mehr für den Abschluss, aber ich brauche dich trotzdem an meiner Seite. Du motivierst mich, mehr zu geben, mehr zu lernen und ein neues Kapitel in meinem Leben aufzuschlagen.«

»Aber das hattest du doch alles schon vor mir geplant.«

»Vor dir war das nur eine gute Idee. Jetzt ist das wie ein Wink des Schicksals, um mit dir zusammen zu sein.«

»Und du brauchst mich für Sex.«

Ich lache. »Verdammte Scheiße, ja, ich brauch dich unbedingt auch für Sex. Was ich mit dir erlebe, habe ich noch nie zuvor erlebt. California, ich liebe dich, du bist die Frau meiner Träume, und die Kerle damals waren dumm, nicht zu sehen, was alles in dir steckt, und dich gehen zu lassen.« Ich grinse. »Ihr Verlust. Mein Glück.«

»Kannst du mir das noch mal sagen?«

»Ich sticke es dir auf ein Kissen, wenn es hilft. Ich meine es ernst. Ich brauch dich, aber nicht weil du mir beim Abschluss geholfen hast, sondern weil du mich glücklich machst.«

»Ich kann pedantisch sein.«

»Na und?«

»Ich hab außerdem einen ziemlich altbackenen Look.«

»Wer träumt nicht davon, seine Professorin zu verführen?«

»Ich werd immer klüger sein als du.«

»Nur wenn es um Bücherwissen geht, damit komme ich klar. Ich besitze ein Handy und kann meine Wissenslücken googeln.« Ich beuge mich tiefer und beiße ihr in die Unterlippe, als sie für ihren nächsten Einwand Luft holt. »Hör auf damit, Babe! Ich liebe dich. Du kannst mir einen ganzen Katalog mit schlechten Eigenschaften von dir schicken, sie stören mich nicht. Im Gegenteil, sie sorgen nur dafür, dass ich dich noch mehr mag.« Ich verziehe das Gesicht. »Nur dass du Fischstäbchen mit Muffins isst, urgh, darüber müssen wir noch mal reden.« Ich fahre ihr durch die Haare, halte ihren Blick fest. »Ich hab außerdem viel mehr Marotten als du, und wenn du die ertragen kannst, komm ich mit deinen drei Ticks schon zurecht. Die guten Seiten überwiegen, Babe. Zufrieden?«

»Ja, bitte, stick es auf ein Kissen«, sagt sie, aber grinst, weil sie es nicht ernst meint.

»Du!«, mache ich nur und fahre mit den Lippen über ihren Hals. »Ich werde es mit meinen Zähnen in deine Haut nagen. Wie ist das?«

Sie quietscht vergnügt, und verdammt, für dieses Geräusch würde ich alles geben. Immer wieder. Die ganze Welt sollte es hören. Wir küssen uns und ja, wir haben noch mal Sex. Auf der Terrasse. Und es fühlt sich absolut richtig an. Sie fühlt sich richtig an. Wir tun es.

Die lockere Stimmung verfliegt am nächsten Morgen, als die ersten Schlagzeilen über California und mich erscheinen.

MIT DIESEN TRICKS HAT SIE IHN IN IHR BETT GELOCKT
IHR GEHEIMER DEAL
ASCHENPUTTEL UND DER ROCKSTAR

Und dabei bleibt es nicht. Die nächsten Tage belagert uns gefühlt jeder Paparazzo der Ostküste, als die Runde macht, dass California und ich ein Paar sind. Dazu kursieren Bilder von ihr über meiner Schulter hängend. So erfährt auch meine Familie, mit der ich kaum Kontakt habe, seit ich bei den Rebel Boys bin, von Cali und meinen Ambitionen. Schon seltsam, wie es manchmal läuft. Wir hätten damit rechnen müssen, aber selbst ich bin vom Ausmaß der Beiträge überrascht. Es gibt weitaus spannendere Storys. Außerdem geht es auf Weihnachten zu, da berichtet die Klatschpresse eigentlich von all den Spendengalas und wer welches Kleid getragen hat. Nicht über die große Liebe eines Band-Bassisten. *Falsch gedacht.*

Mehrfach wird Cali von Paparazzi belagert, was so weit geht, dass sie – wenn auch widerwillig – nur noch Josh nutzt, um zu ihrer Arbeit und zurück zu fahren. Sie sagt zwar, dass die Nachrichten sie nicht treffen, aber wir wissen beide, dass das nicht stimmt. Die Reporter machen zielsicher Schlagzeilen aus ihrer größten Sorge, dass ich sie nur ausgenutzt habe.

Die Uni ist von der Entwicklung auch nicht begeistert. Dass ich als Star bei ihnen studiert habe, fanden sie gut. Dass jetzt eine Angestellte die Titelseiten der Regenbogenpresse ziert, passt ihnen weniger. Wie zur Strafe überschütten sie Cali mit Zusatzaufgaben, und um nicht noch mehr Unmut auf sich zu ziehen, gibt Cali ihr Bestes, um alle zu erledigen. Schließlich muss ihr Ruf tadellos sein, wenn sie an die Uni in New York wechseln will.

Immerhin zwei positive Effekte hat der Medienrummel. Erstens: Wir rücken als Paar enger zusammen, und ich kann auch mal für Cali da sein, kann sie unterstützen, kann ihr Tipps im Umgang mit der Presse geben. Zweitens: Die Welt will wissen, ob ich die Klausur bestanden habe, und die Korrektur wird vorgezogen.

Nach nicht mal zwei Wochen erhalte ich eine E-Mail-Benachrichtigung, dass meine Prüfungsergebnisse im Onlineportal der Universität hinterlegt sind. Cali ist gerade in ihrem Campusbüro und arbeitet sich durch Zweitkorrekturen, die man ihr aufgehalst hat. Wie die letzten Tage auch wird sie nicht vor 21 Uhr zu mir nach Hause kommen, aber das ist wichtig, also rufe ich sie an.

»Die Ergebnisse liegen vor«, platze ich sofort heraus, als sie rangeht.

»Und?«

»Ich hab noch nicht nachgeschaut.«

»Warum denn nicht?«

»Hast du kurz Zeit? Ich will das mit dir gemeinsam machen. Du hast mir so geholfen, das ist quasi auch deine Note.«

»Gott, jetzt wird mir flau, sag doch so was nicht.«

Ich muss lachen. »Das Gefühl kennst du doch bestimmt?«

»Nein, ich wusste immer, dass ich bestanden habe.«

»Angeberin.«

Sie lacht vergnügt. »Hast du endlich nachgeschaut? Los, mach schon!«

Ihr mag ja flau im Magen sein, aber ich werde jetzt richtig nervös. Ich schalte sie auf Lautsprecher, lege das Handy beiseite und logge mich beim Uniportal ein. Ich muss mich durch einen ganzen Baum an Ordnern klicken, doch dann sehe ich das Ergebnis. »Oh mein Gott!«

»Was?«, flüstert Cali. Als ich geplättet nichts sage, ruft sie lauter: »WAS, ALEX?!«

»Ich habe bestanden.«

»Juhuuu!« Der gesamte Campus muss Calis Jubelschrei hören. Sie freut sich wie ein Kind und singt superschief den Refrain von *We are the Champions*. Musikalität liegt den Harper-Schwestern nicht im Blut. *Es rührt mich trotzdem. Wird mein neuer Lieblingssong. Ja, wir sind die Champions.*

Ich klicke wie betäubt auf die Klausur und sehe mir das Ergebnis an, weil ich es nicht glauben kann. »Ich hab achtzig Prozent richtig. Achtzig!«, murmle ich. »Scheiße!«

»Also, wenn ich jetzt da wäre, würde ich dir einen Arsch-

tritt geben. Scheiße?! Dein Ernst?! Alex, das ist der Wahnsinn. Geh mal zur Gesamtübersicht für deine Credits. Dort
müsste deine Abschlussnote stehen.«

»Was soll ich? Wo soll ich nachschauen?«

Völlig durch den Wind folge ich Calis Anweisungen,
und plötzlich ist es offiziell. Alex Reid, der Bassist der Rebel Boys, hat einen Bachelor in BWL, und zwar mit einem
insgesamt ›Gut‹. *Wow!*

»Cali?«, krächze ich, während sich in meinem Kopf ein
paar Rädchen endlich in Bewegung setzen. »Ich muss sofort nach New York. Ich kann mit dem Label starten.«

Sie lacht. »Dann geh!«

»Bist du dir sicher? Hier ist noch so viel los und –«

»Willst du mich ärgern? Ich komme schon klar. Klär
alles mit den Typen vom Label, schwing deinen Hintern
in den nächsten Flieger, und dann zeig denen mal, wer du
bist. Ich bin so verdammt stolz auf dich.«

Statt sofort aufzuspringen und meine Tasche zu packen,
grinse ich breit.

»Rede ich Chinesisch?«, faucht sie.

»Kannst du das denn?«

»Ein bisschen. Aber das ist gerade unwichtig. Worauf
wartest du?«

»Bin schon weg, Babe. Ich liebe dich wie verrückt.«

»Ich dich auch. Und jetzt los! Wir feiern, wenn du zurück bist.«

»Das werden wir.«

Wir legen auf, und ich setze mich in Bewegung. Mit jedem
Schritt realisiere ich mehr, was soeben passiert ist. Ich habe
alles, was ich immer wollte. Genau jetzt. *Perfekter Scheiß.*

KAPITEL
18

Cali

Ich kann mich überhaupt nicht mehr auf die Klausuren konzentrieren, an denen ich als Zweitkorrektorin sitze. Alex hat die Prüfung bestanden, und ich freue mich darüber mehr als über jeden meiner eigenen Abschlüsse.

»Scheiß auf die Arbeit«, sage ich, als ich nach einer Stunde merke, dass ich gerade mal einen Absatz überprüft habe. Ich kann nicht länger stillsitzen. Ich packe meine Sachen zusammen und lasse mich von Alex' Fahrer zu Lou bringen. Ich muss das unbedingt meiner Schwester erzählen.

***

»Lou, Lou!«, rufe ich aufgeregt, sobald wir halten, springe aus dem Wagen und laufe in die Villa. »Wo steckst du? Wenn du nackt bist, stört mich das nicht. Wenn Nate nackt ist, sollte er sich was anziehen!«

Ich stürme nach draußen auf die Terrasse, da kommt mir Lou in einem Männerhemd, das ihr bis zu den Knien reicht, entgegen. »Du Nervensäge, was ist denn –?«

Ich falle ihr um den Hals. »Er hat die Prüfung bestanden, er hat den Abschluss.«

»Wirklich?«

»Ja!« Ich packe sie an den Schultern und rüttle sie, so wie man mich mal kneifen muss, weil ich es selbst immer noch nicht fassen kann. »Er ist sofort nach New York geflogen, um das Label zu starten. Ist das nicht toll?«

»Er hat was?!«, knurrt es da hinter mir. Ich drehe mich, entdecke Nate und muss kurz die Luft anhalten. Alex ist der größte Kerl in der Band, aber Nate hat definitiv den muskulöseren Waschbrettbauch. Und er ist eben Nate, der Frontmann der Band, der gerade nur ein Handtuch um die Hüften geschlungen trägt.

»Er hat bestanden«, sage ich und hüpfe auf der Stelle, was ziemlich seltsam aussehen muss in meinen Bürosachen, aber das ist mir egal. Auch Erwachsene dürfen sich wie Kinder freuen.

»Schön, dass er bestanden hat«, knurrt Nate. »Aber wir haben heute Abend einen Auftritt in der Stadt.«

»Oh!«, mache ich, plötzlich gedämpfter. »Bis dahin ist er bestimmt zurück.« Noch während ich mich reden höre, wird mir klar, dass das nicht sein kann. Von Miami fliegt man etwa drei Stunden nach New York. Plus Transfer von und zu den Flughäfen und Wartezeiten an der Sicherheitskontrolle ist man locker sechs Stunden pro Weg unterwegs, insgesamt also zwölf. Alex kann frühestens um Mitternacht zurück sein, was viel zu spät wäre.

Nate brummt was Unverständliches und joggt tiefer ins Haus. Als er sein Handy hat, flucht er lautstark. »Dieser Arsch! Ich kann es nicht fassen.«

Betroffen sehe ich Lou an. »Das ist, glaub ich, meine Schuld, ich hab ihm gesagt, er soll fliegen.«

»Unsinn«, widerspricht sie. »Er hat dem Termin heute Abend zugestimmt. Den hätte er nicht vergessen dürfen. Das sieht ihm gar nicht ähnlich.« Sie schaut zu Nate. »Hat er denn einen Ersatz organisiert?«

»Nein!«, blafft der, verschwindet mit dem Telefon am Ohr und taucht wenig später in Shorts und Shirt auf, mit einem etwas entspannteren Gesichtsausdruck. »Gut, verstanden, bin unterwegs.« Er legt auf. »Ich muss los, Baby«, sagt er zu Lou. »Wir haben Glück, der Ersatzmann kann kurzfristig einspringen, aber wir müssen das Set noch mal üben. Ryan gibt gerade Harvey und Brad Bescheid, damit sie auch kommen. Tut mir echt leid.«

»Schon gut«, sagt sie. »Geh.«

»Überhaupt nicht gut. Bis auf den einen Auftritt heute hab ich dir versprochen, dass du mich zwei Wochen für dich hast. Daraus wird nichts. Der gesamte Zeitplan ist hinüber.«

»Ist trotzdem nicht schlimm. Wir reden hier von Alex, er hat bestanden, das ist toll.«

»Ich bin toll«, knurrt er, eindeutig immer noch ein bisschen eifersüchtig, dabei ist klar, dass meine Schwester nur ihn anhimmelt und Alex nur mich.

»Komm schon, gönn ihm das! Du würdest für mich auch alles stehen und liegen lassen.«

»Würde ich.«

»Na, siehst du! Das ist sein Traum, der Traum von deinem besten Freund, darauf hat er vier Jahre hingearbeitet, und er hat sich erfüllt.«

»Er hätte auch einen Tag später fliegen können.«

»Vielleicht, aber er wäre heute Abend eh nicht bei der Sache.« Sie drückt ihm einen kurzen Kuss auf den Mund, der schnell leidenschaftlicher wird, weshalb ich mich räuspere. Ich liebe die beiden, muss allerdings nicht in der ersten Reihe sitzen, wenn sie übereinander herfallen.

»Pech«, sagt Lou nur, als sie sich löst. »Du bist mit Alex nicht besser.«

Wo sie recht hat, hat sie recht.

Nate verlässt versöhnter, aber in Eile die Villa. Ich atme tief durch und weiß gar nicht, ob ich mich weiter freuen darf oder nicht. Für Lou ist die Sache klar. »Sekt, sofort!«, ruft sie. »Und jetzt erzähl mir noch mal alles.«

Auch wenn sie die Inhalte der Abschlussklausur langweilen werden, ich platze vor Stolz und nehme das Angebot gerne an. Es sprudelt nur so aus mir heraus. Dabei ist von uns dreien Virginia normalerweise die Plaudertasche.

»Wir werden ein richtiges Paar«, hauche ich leicht angetrunken nach einer halben Flasche Prosecco, als ich mit meiner peniblen Wiedergabe fertig bin.

»Ihr seid ein richtiges Paar«, korrigiert mich Lou.

»Ich meine, wir werden eines, das einen normalen Alltag hat. Keine Tourneen, keine Konzerte, vielleicht mal ein Gig, auf die guten alten Zeiten, er ist wirklich ein Meister am Bass, aber das war es.«

Lou seufzt. »Ist es schlimm, wenn ich dich jetzt ein bisschen hasse?«

»Oh, ich dachte, ihr habt euch mit der Situation arrangiert?«

»Haben wir, aber ich gebe zu, ein Teil von mir will Nate jeden Tag an meiner Seite haben.«

»Du würdest wirklich mit mir tauschen wollen?« Ich weiß, dass sie immer von einem spießigen Leben geträumt hat, aber auch, wie sehr sich ihr Leben und ihre Träume durch Nate verändert haben und wie glücklich sie damit ist. »Jeder Tag gleich? Montags Pastatag, mittwochs Pizza, jeden Abend ab 20 Uhr Filme auf dem Sofa? Und das Woche für Woche, Jahr für Jahr, bis du alt und grau bist?«

»Du bist blöd!«

»Na, immer höflich bleiben, junge Dame«, ermahne ich sie, so wie sie Vi und mich früher ermahnt hat.

»Gut, bist du eben gemein«, korrigiert sie sich und streckt mir frech die Zunge raus. »Besser?«

»Nate hat dich so was von verdorben.«

»Hat er.« Sie fasst sich an ihre Ohren. »Meine Perlen-ohrringe sind nur Tarnung, damit ich wie ein anständiges Mädchen aussehe.«

Ich halte mir die Ohren zu. »Lalala, zu viele Informationen.«

Wir lachen, ich lege den Kopf zurück und kann gar nicht fassen, wie viel Glück ich habe.

Am Abend meldet Alex sich per Handy, und meine gute Laune bekommt einen Dämpfer verpasst.

Alex: Hi, Babe, ich bleibe noch drei Tage länger.
Ich: Soll ich nachkommen?
Alex: Ja.
Alex: Nein.
Ich: Vielleicht? ;)

Mein Scherz geht unter.

Alex: Ich habe hier echt viel zu tun. Bei den
Gründungsdokumenten gab es einen Fehler,
der wird gerade überarbeitet. Ich muss die

Businesspläne anpassen, mein Büro und noch ein weiteres für meinen Assistenten werden an die IT-Systeme angeschlossen. Es laufen Einstellungsgespräche und erste Verhandlungen mit Künstlern. Gefühlt mache ich drei Sachen parallel. Wir haben die Chance, noch vor Weihnachten eine Single herauszubringen. Das wäre der perfekte Start fürs Label. Ich will dich immer bei mir haben, das weißt du, aber ich hätte keine Zeit für dich. Es sei denn, du magst es, mir zuzuschauen, wie ich arbeite, und nachts neben einem schlafenden Berg von Mann zu liegen.

Ich: Verstehe ich.

Ich: Vermiss dich.

Alex: Danke.

Ich warte, dass mehr von ihm kommt, aber das ist alles. Mir wird flau.

Das hat nichts zu bedeuten, Cali. Der Mann hat Stress, du bist genauso, wenn du Feuer gefangen hast. Dich kann nichts und niemand stoppen.

Wobei, das stimmt nicht. Alex hat immer geschafft, mich aus der Arbeit herauszureißen. Es verletzt mich, dass ich plötzlich an zweiter Stelle komme. *Wir haben noch nicht mal auf seinen Abschluss angestoßen!*

Drei Tage lang zwinge ich mich, die Füße stillzuhalten. Als er am vierten Tag weder heimkommt noch sich meldet, werden meine Ängste wieder größer. Soweit ich mitbekomme, erhält die Presse Termine bei ihm, ich aber nicht. So sollte das nicht laufen. *Mist.*

Hartnäckig rufe ich ihn an, bis nicht er, sondern eine melodische Frauenstimme rangeht. »Rocket Rebel Records, Danielle Moore, Assistentin von Mr. Reid. Was kann ich für Sie tun?«

Das ging ja schnell! Er hat eine Assistentin angestellt und mir nichts von ihr erzählt? Ihr offensichtlich auch nichts von mir, wenn sie meinen Namen nicht zuordnen kann. Und die Frau bedient sein Privathandy?! Gefällt mir nicht, gefällt mir ganz und gar nicht.

»Ich bin seine Freundin«, knurre ich.

»Okay. Und was wollen Sie?«

Ihre ruhige Art nervt mich tierisch. »Ich will meinen Freund sprechen!«

»In welcher Angelegenheit, bitte?«

»Als meinen Freund!« *Als was denn sonst?!*

»Tut mir leid, wenn es nichts Wichtiges ist, hat mich Mr. Reid angewiesen, alle Anrufe zu verschieben.«

»Ich bin ja wohl wichtig!«

»Mr. Reid hat ausdrücklich klargemacht, dass –«

»Wenn Sie mich nicht sofort weiterreichen, sorge ich dafür, dass Sie gefeuert werden. Glauben Sie mir, das schaffe ich in drei Sekunden.«

»Einen Moment, bitte«, sagt sie kleinlaut, wobei ich meine, immer noch eine Spur Arroganz in ihrer Stimme zu hören. *Blöde Kuh! Als würde sie für den Präsidenten arbeiten und nur widerwillig das Fußvolk durchstellen. Die hat sich Alex eingestellt? Sie muss ja fachlich echt der Wahnsinn sein. Mit ihrem Charakter kann sie nicht gepunktet haben.*

»Hi, Babe, was gibt es?«, fragt Alex und ist plötzlich am Telefon. *Gott sei Dank!* Er klingt gestresst, aber allein seine

Stimme zu hören, den vertrauten Tonfall, das Kosewort, das beruhigt meine angeschlagenen Nerven.

»Hi«, hauche ich nur und spüre Tränen in den Augen aufsteigen. *Ich, California Harper, heule gefühlsduselig, weil ich meinen Freund spreche. Was hat dieser Mann nur aus mir gemacht?!*

»Ist was passiert?«, fragt er sanft. »Geht es dir gut?«

»Alles okay«, krächze ich und hole mehrmals tief Luft, um meine Stimme unter Kontrolle zu kriegen. »Ich vermiss dich.«

»Das ist alles?«

»Wie meinst du das? Alles?« *Plötzlich klingt er so kühl und distanziert.* Ich bin wie vor den Kopf gestoßen.

»Ich vermisse dich auch, Babe, aber bei mir ist total viel los. Deshalb laufen auch alle Anrufe über meine Assistentin. Wenn du nichts Wichtiges mit mir zu besprechen hast, können wir dann Schluss machen?« Er schluckt. »Bitte, Cali.«

»Wann kommst du denn?«

»Noch nicht. Ich kann jetzt nicht weg.«

»Okay«, höre ich mich sagen, da ist die Leitung schon tot. *Nein, nein, nein.* Das fühlt sich nicht richtig an. Überhaupt nicht richtig. Das Wochenende steht an, wir hatten Pläne. Nicht mal zu denen hat er sich geäußert. Es ist, als hätte es sie nie gegeben. All das ist wie gelöscht aus dem Bewusstsein dieses Mannes. Ich schließe die Augen und warte, dass mir irgendeine Idee für eine schmutzige Szene kommt. In meinem Kopf herrscht gähnende Leere. *Kein gutes Zeichen.*

Die nächsten Tage schreiben wir uns nur wenig und haben einen kurzen Videoanruf, aber ich versuche, ruhig zu bleiben. Bis zum Jahresende habe ich selbst noch genug zu tun. Parallel laufen die Vertragsverhandlungen für meine neue Stelle in New York. Außerdem hat er mir immerhin kurz per Mail geschrieben, dass er Weihnachten kommt. *Endlich! Noch nie zuvor habe ich die Feiertage so dringend gebraucht wie dieses Jahr.*

Nur dass er, als Weihnachten ist, nicht auftaucht.

Verdammt, Cali, du weißt, was passiert. Er verarscht dich.

Ein Teil von mir kann das nicht glauben. Wir reden von Alex, dem Mann, der sich monatelang um mich bemüht hat, der mir gesagt hat, dass er mich liebt, der sich mit mir eine Zukunft ausgemalt hat. *Aber wo steckt er dann?*

Ich schnappe mir mein Handy, schreibe ihm und hinterlasse ihm Nachrichten auf seiner Mailbox. *Irgendwann muss er sich melden!*

Du hast gesagt, du kommst. Wo bist du?
Wenn du die Beziehung nicht mehr willst, dann sag es!
Verdammt, was ist denn nur los bei dir in New York?

Je mehr Nachrichten ich hinterlasse, desto frustrierter werde ich. Bis er mich so plötzlich zurückruft, dass ich beinahe mein Handy fallen lasse.

»Babe, ich hab dir doch gesagt, dass ich nicht bei dir sein kann. Wir sehen uns Silvester. Das musst du verwechselt haben. Ich bin auf der Weihnachtsgala vom größten Tonstudio in New York. Geh mal auf deren Instagram-Kanal, sie streamen die Veranstaltung live. Gleich steht Rose Sterling auf der Bühne. Sie ist ganz neu bei mir unter Vertrag. Den Auftritt solltest du dir unbedingt anschauen.«

Zögerlich öffne ich die App und starre auf den Livestream. »Sehe dich«, sage ich leise. Er winkt. *Wie billig!* Das sollte unser erstes gemeinsames Weihnachten, unsere Beziehung werden. Aber alles fühlt sich falsch an.

»Verdammt, es tut mir leid, ich hab mir das auch anders vorgestellt und hätte dich sehr gerne dabeigehabt, Babe. Ich mach es wieder gut.«

Ich weiß nicht, was ich darauf antworten soll, auf Vertröstungen, immer mehr Vertröstungen. Also schweige ich.

»Cali, versprochen.« Er holt tief Luft. »Ich vermisse dich jeden einzelnen Tag, deinen Duft, deine Wärme. Dich. Nur dich, Babe.«

»Und den Sex?«, platzt es verletzt aus mir raus.

Zum Glück lacht er sein Alex-Lachen, so dunkel und tief und sexy und vertraut. »Oh ja, Babe, vor allem den Sex und dass meine Freundin ihn sich einfordert und mich verrückt macht und mich dazu bringt, mich zu fragen, womit ich das alles verdient habe.«

Er schafft, dass es mir besser geht. Ganz kann er das unheilvolle Gefühl nicht vertreiben. »Was ist mit Silvester?«, frage ich. Falls ich wirklich was verwechselt habe, will ich alles dazu wissen.

»Wie gesagt, Silvester komme ich nach Miami. Hurricane Florida Records ist bei der Party im Bayfront Park dabei, da muss ich auch hin. Danielle schickt dir eine Einladung.«

»Das klingt nach einem Networking-Event.«

»Das ist es nur zum Teil. Der Rest ist Sekt, Feuerwerk und Tanzen.«

»Und du willst mich dabeihaben?« Nach New York hat er mich immerhin nicht eingeladen.

»Auf jeden Fall, Babe. Ich will dich immer an meiner Seite haben. Es ist nur gerade verrückt. Ist denn sonst alles gut zwischen uns?«

»Ja«, sage ich. *Was soll ich auch sonst antworten?*

»Perfekt, Cali, ich muss auflegen. Wir sehen uns. Hab dich lieb.«

Hab dich lieb? Das ist alles?! Mein Herz sollte Purzelbäume schlagen, stattdessen schaue ich zum hell erleuchteten Weihnachtsbaum und fühle mich allein. Tränen steigen mir in die Augen. Hastig blinzle ich sie weg. *Du wirst nicht heulen, Cali. Scheiß auf Weihnachten, schau nach vorn!*

Dann mache ich etwas, was ich noch nie gemacht habe: Ich schalte die Lichterkette aus und schmücke den Baum noch am gleichen Tag ab. Als könnte ich damit Weihnachten löschen. Das hier, das ist nicht das Fest der Liebe, von dem ich geträumt habe. Das ist eine einzige Enttäuschung. Lou feiert mit Nate, Vi hilft wie jedes Jahr in einem Kinderheim aus, meine Eltern sind verreist. Ich bin allein. Mein einziger Trost ist ein Abend mit meinen Schwestern nach den Feiertagen. Mit ihnen ist es immer schön.

***

Angespannt zähle ich die Tage bis zum 31. Dezember und atme auf, als ich Alex wiedersehe. Ich falle ihm um den Hals, er drückt mich an sich, ich atme seinen Geruch ein, und endlich habe ich wieder das Gefühl, ganz zu sein. *Gott, wie hat mir das gefehlt!*

»Fuck, warum bist du schon komplett zurechtgemacht?«, knurrt er, als er mich sieht, und wirkt einerseits verärgert darüber, aber kann sich andererseits auch nicht an mir sattsehen. Ich spüre den Grund dafür hart an meinem Bauch.

»Ich kann das Kleid noch mal ausziehen«, hauche ich.

»Was, wenn ich deine Frisur ruiniere?«

»Pass halt auf!«

»Dann los, raus aus dem Kleid.«

Nur zu gerne!

Wir benehmen uns beide nicht besonders geschickt. Unsere Berührungen sind viel zu hastig, unsere Bewegungen unbeholfen, aber es stört mich kein bisschen. Ich brauche ihn, wie ich ihn kriegen kann, ihm geht es genauso mit mir. Der Sex ist schnell, aber gut. Ich komme, Alex auch, und meine Welt ist endlich in Ordnung. *Wurde Zeit.*

Als ich mich wieder anziehe, lächeln wir uns verschwörerisch an. Alex greift meine Hand, und wir steigen in den Wagen, der uns zur Party bringt. Wir werden backstage bei der Feier am Bayfront Park dabei sein, das ist nach der Party am Times Square mittlerweile die zweitgrößte in den Staaten und eine riesige Bühne für nationale und internationale Stars.

»Würde es dir was ausmachen, wenn du den ganzen Abend keinen Millimeter von meiner Seite weichst?«, fragt er und legt den Arm um mich.

»Absolut nicht.«

»Es könnte langweilig werden, ich muss mit ein paar wichtigen Leuten reden.«

»Schon vergessen? Ich besitze eine ausgesprochen lebhafte Fantasie. Ich weiß mich zu unterhalten.«

»Du bist echt fantastisch, Cali.«

»Ja, das bin ich«, sage ich sehr selbstzufrieden.

Alex räuspert sich.

»Gut, du bist auch fantastisch«, räume ich ein.

Er lacht, knabbert an meinem Ohr und küsst mich. *Gott, genau das habe ich so vermisst. Wie seine Nähe mich zum Schwingen bringt. Wie wir zusammen eins sind.* Ich nehme jeden dieser Momente auf und speichere ihn mir für später ab, um mehr davon zu haben.

Als wir in der Eventlocation ankommen, halte ich mich an Alex. Er begrüßt eine Gruppe Männer und redet mit ihnen über eine Musikkooperation. Danach wechseln wir zu zwei Frauen, von denen eine eine sehr bekannte DJane ist, mit der Alex über einen Remix spricht. Wir begrüßen am Rande einen Tontechniker, den Alex wohl von einer der Tourneen mit den Rebel Boys kennt. Silvesterstimmung kommt nicht bei mir auf. *Leider.*

Sehnsüchtig schaue ich zur Bühne und zum Publikum, das feiert. Ich bekomme auch Lust zu tanzen, aber backstage macht das keiner. Künstler, die bereits aufgetreten sind, feiern ein bisschen, die Moderatoren sind ausgelassen, doch die Party findet eher vor als hinter der Bühne statt. *Keine Ahnung, warum immer alle backstage wollen, ich würde sofort mit jemandem aus dem Publikum tauschen.*

»Gleich ist Mitternacht!«, sage ich aufgeregt und schnappe uns zwei Sektgläser von einem der Tabletts, die herumgereicht werden. Selten habe ich so dringend den Jahreswechsel und symbolischen Neuanfang gebraucht. Selten wollte ich so unbedingt das alte holprige Jahr hinter mir lassen und in ein neues, glückliches Jahr mit meinem Freund starten.

»Zehn, neun, acht …«, beginnt der gesamte Park zu rufen.

»Cali, Cali, Cali«, murmelt Alex statt ›sieben, sechs und fünf‹ zu zählen.

»Alex, Alex, Alex«, mache ich es ihm nach und genieße das Flattern in meinem Magen.

Eine weitere Sekunde verstreicht, und mit einem lauten Knall startet das Feuerwerk, und die Leute brechen in Jubel aus. Ich schaue Alex in die Augen, vergesse den Sekt und küsse ihn hungrig und wild und ausgelassen. Der Moment ist magisch. Immer mehr Feuerwerksraketen starten in den Nachthimmel, sind wie ein gutes Omen für das neue Jahr. *Unser Jahr.*

»Ich liebe dich«, sagt er sanft.

»Ich dich auch«, sage ich, schmiege mich an ihn und genieße es, ihn inmitten all der Menschen einen Moment nur für mich zu haben. Ich wünschte, er ginge nie vorbei.

Aber das tut er.

Sobald das Feuerwerk endet, knüpft Alex weitere Kontakte, ich werde dagegen zunehmend müde. Ich versuche, wach zu bleiben, aber meine Augenlider werden immer schwerer, und der dicke Lidschatten drückt sie zusätzlich nach unten. *Dämliche Schwerkraft.*

»Wollen wir gehen?«, fragt Alex aufmerksam.

»Nur, wenn du kannst«, sage ich.

»Für dich immer.«

Das neue Jahr beginnt definitiv besser, als das alte geendet hat. Das ist der Mann, den ich liebe und der mich liebt.

Es dauert noch mal eine gute halbe Stunde, bis Alex sich von allen wichtigen Leuten verabschiedet hat, aber sobald wir im Wagen zu ihm fahren, ist alles wieder perfekt. Ich schlafe, obwohl der Weg nur kurz ist, an seiner Schulter ein und werde wach, als er mich ins Bett bringt.

»Willst du dich nicht zu mir legen?«, frage ich, weil er

sich über mir aufstützt und mir durch die Haare streicht.

»Nein, ich will dich möglichst lange anschauen.«

Ich will das auch, aber ich schaffe es nicht, wach zu bleiben. Als ich einschlafe, spüre ich ihn an meiner Seite und komme zum ersten Mal seit Wochen richtig zur Ruhe. *Herrlich! Das habe ich gebraucht!*

Der nächste Morgen ist umso bitterer. Als ich aufwache, weiß ich, dass Alex schon weg ist. Auf dem Küchentisch steht ein Schälchen mit der Schokomousse, die es auf der Veranstaltung gab. Er muss es unbeobachtet eingesteckt haben. *Wie süß von ihm.* Daneben liegt ein Zettel.

Kann es gar nicht erwarten, dich wiederzusehen.
Liebe dich!
Alex

Lächelnd greife ich zu meinem Handy und schreibe ihm zurück, dass ich ihn auch liebe. Ich rechne fest damit, dass wir nur Startschwierigkeiten hatten und jetzt alles besser wird.

Aber ich irre mich.

Erst ist es nur ein Tag, dann werden es zwei, schließlich drei … Und wieder höre ich nichts von Alex, von wenigen kurzen Textnachrichten abgesehen. *Gott, nervt mich das!* Die Uni in New York will mit mir meine Konditionen für die neue Stelle verhandeln, aber ich treibe den Wechsel nur halbherzig voran. Denn so kann ich keine Beziehung führen.

Hab Geduld, Cali! Der Mann startet ein neues Business. Erinnere dich daran, wie du warst, als du den Job an der Uni

angenommen hast. Du hast dich auch wochenlang in alles ein-
gearbeitet und jede Menge Überstunden gemacht. Lou und Vi
haben dich Maulwurf genannt, weil sie dich nur noch nachts
oder versteckt hinter Unmengen von Papier gesehen haben.

Aber du hast deine Schwestern nicht vergessen. Nicht dein
Leben. Nicht die Menschen, die dir wichtig sind. Wie kann Alex
mich nur vergessen? Ich spüre ihn überall. Und das zeigt mir
nur deutlicher, wie sehr er mir fehlt. Beim Anblick seiner
Pflegeprodukte im Bad vermisse ich ihn. Bei Fahrten mit
Josh vermisse ich ihn. Wenn Rockmusik gespielt wird, vermisse ich ihn. Und in der Uni vermisse ich ihn.

Unkonzentriert schaue ich von meinem Bildschirm auf,
als ich in meinem Unibüro an einem weiteren Paper schreibe. Ich sehe Alex wieder vor mir, wie er letzten Sommer
hier reingestürmt kam. Ich kann immer noch das Kribbeln
spüren, das er in mir ausgelöst hat, und wie sehr er mich
mit seiner bloßen Anwesenheit aus dem Konzept gebracht
hat, wie er alles verändert hat, in diesem einen Moment.
Die Berührung seiner Hände hat mich zum Brennen gebracht, sein Blick zum Schmelzen, und der Befehl, mich an
die Wand zu stellen und meinen Rock zu heben, hat eine
neue Welt für mich eröffnet. Eine, in der es nicht mehr nur
Cali, den Bücherwurm und Überflieger, gibt, sondern Cali,
die Frau, die begehrt wird und begehrt.

Verdammt, es reicht! Ich kann so nicht weitermachen.

Ohne nachzudenken, greife ich zum Handy und wähle
eine Nummer. Aber es ist nicht Alex, den ich anrufe, sondern meine Schwester. Und es ist nicht Lou, die ältere,
klügere, die immer einen guten Rat hat, sondern Vi, die
verrückte, denn ich muss was Verrücktes machen. *Sofort.*

»Ich hab das Buch noch nicht ausgelesen«, meldet sie sich mit einem Anflug von Schuldgefühlen.

»Du wolltest wissen, was zu beachten ist, wenn du dich selbstständig machst, nicht ich«, sage ich nur und vergesse für einen Augenblick mein Leben und meine Probleme. Sie ist Erzieherin und will ihre Dienste privat anbieten, um flexiblere Arbeitszeiten zu haben und mehr Geld zu verdienen. Millionen Menschen vor ihr haben den Schritt gewagt, aber bevor sie einfach loslegt, sollte sie sich informieren. Also habe ich ihr ein Buch rausgesucht, in dem erklärt wird, was kleine Unternehmen beachten müssen. Es hat keine zweihundert Seiten, ist mit großer Schrift und vielen Tabellen, und sie hat es seit drei Monaten.

»Ich bin schon auf Seite 117«, sagt sie, wie um mir zu versichern, dass sie vorankommt.

»Oh, Vi, du hast also erst ein Drittel geschafft?!«

»Hast du verlernt zu rechnen? 117 Seiten sind weit mehr als die Hälfte.«

»Keine Sorge, das weiß ich, aber du lügst gerade. Ich schätze, du hast erst ein Drittel bearbeitet. Du liest wie eine Schnecke.«

»Ich dachte immer, je detaillierter man lügt, desto glaubhafter ist man.«

»Ein paar Details schaden nie, aber die exakte Seitenzahl, Vi?!« Ich muss kichern. »Nicht mal ich weiß, auf welcher Seite ich in meinen Büchern bin. Niemand weiß das. Du hättest mir das Kapitel nennen sollen.«

»Fein, Kapitel zehn.«

»Das Buch hat nur sieben.«

Sie knurrt frustriert.

»Hey, ich will dich nicht ärgern, sondern dir helfen.«

»Du könntest mir die Zusammenfassung schicken. Das wäre hilfreich.«

Das höre ich nicht zum ersten Mal. »Manche Dinge muss man sich selbst erarbeiten.«

»Nicht, wenn man eine Intelligenzbestie als Schwester hat. Die könnte mir Arbeit abnehmen.«

»Dann lernst du es nie.«

»Also ist das eine pädagogische Maßnahme?!«

»Das ist ein schwesterliches ›Ich liebe dich‹.«

»Ich liebe dich auch«, knurrt sie und holt tief Luft. »Verdammt, ich liebe dich wirklich.«

»Das weiß ich.« Mir schmilzt das Herz. Normalerweise bin ich nicht so nah am Wasser gebaut, aber Alex hat mich weicher werden lassen. Und gerade jetzt, weil er mir so fehlt, gibt es obendrein diese riesige Lücke in meinem Herzen. Selbst miauende Katzenbabys bringen mich zum Heulen. Ich schniefe leise.

»Hey, alles okay?«, fragt Vi und zeigt, wo von uns drei Schwestern ihr größtes Talent liegt: Einfühlungsvermögen. Sie hat ein Radar für Stimmungen. Nur ein Blinzeln, und sie weiß haarklein, wie dein Tag war.

»Nein, nichts ist okay. Ich brauche eine Idee, die so verrückt ist, dass Alex wieder verrückt nach mir wird. Nur nach mir und nicht nach seinem Label, den Künstlern und den Umsätzen. Mir! Weißt du was?«

»Da fällt mir tatsächlich was ein ...«

Alex

Drei Tage später

Fuck, mein Kopf schmerzt, als hätte Harvey mit seinen Schlagstöcken auf meiner Schädelplatte ein Solo geübt. Ich kann mich nicht erinnern, wann ich zum letzten Mal frische Luft geschnappt habe. Wobei das, was aus dem Luftfilter kommt, wahrscheinlich gesünder ist als der Feinstaub, der durch New Yorks Straßen zieht. Und ich liebe es. Jede einzelne Sekunde.

Bei einem Label wie Hurricane Florida Records mit Tausenden von Künstlern hat Ryan vor allem mit dem Rechteverkauf der Songs zu tun. Aber ich als Zwei-Leute-Start-up bestehend aus mir und meiner Assistentin bin in jedem Prozess voll drin. Cali drängelt zum Glück nicht und lässt mich meine Sachen machen. Dass wir uns Weihnachten nicht gesehen haben, war schlimm, und dass wir Silvester kurz zusammen waren, war nur ein schwacher Trost. Sie vermisst mich, ich vermisse sie. Aber es sind nur noch ein paar Wochen, dann wird es besser, und wir haben wieder mehr Zeit – füreinander und um den Umzug zu planen. Gerade geht es nicht anders.

Ich schlinge ein Sandwich runter, das mir meine Assistentin gebracht hat, und betrete die Bar in Chelsea, in der Rose Sterling ihren bekanntesten Song und vier weitere

Lieder der Pre-LP spielen wird. Gläser klirren, und angeregte Gesprächsfetzen schlagen mir entgegen.

»Der Star der Stunde«, begrüßt mich Robert, ein Journalist der New Yorker Clubszene, den ich von Anfang an für Rose begeistern konnte.

Ich zeige zur Bühne. »Ich würde eher sagen, dort vorne ist der Star der Stunde. Wenn du mich kurz entschuldigst ...«

Der Gig ist nicht nur eine PR-Aktion für Rose und ihre Songs, sondern soll auch der Grundstein für weitere Verträge und der Einstand für Rocket Rebel Records sein. Über Umwege habe ich gehört, dass ein paar Leute in der Branche mir den Job nicht zutrauen. *Der Ex-Bassist, der meint, er könne noch mehr als Musik machen und käme in der wirklichen Welt zurecht. Dämliche Vorurteile.* Wenn der Abend gut läuft, kann ich sie umstimmen.

»Bereit?«, frage ich Rose, eine junge Frau, die mit ihren siebzehn Jahren wahnsinnig tough ist, als wäre sie schon ewig im Business.

»Die Brüste sitzen«, sagt sie und rückt sich scherzhaft ihr Dekolleté zurecht, das von einem Hoodie verdeckt wird. Sie verkauft ihre Musik nicht über nackte Haut, sondern über den Inhalt. Obwohl sie noch sehr jung ist, hat sie schon viel erlebt und verpackt das in unglaublich authentische Texte. Genau das, worauf die Leute abfahren. Bin ich froh, sie entdeckt zu haben.

»Technik steht auch?«

»Ja, hat alles super geklappt.« Sie grinst breit und wirkt plötzlich wirklich wie siebzehn, was mich rührt. Nicht dass ich sie attraktiv finde, sie ist die erste Künstlerin des Labels, und damit bin ich rein platonisch verknallt in sie. Den ersten Crush vergisst man nie.

»Darf ich dir einen Tipp geben?«, frage ich vorsichtig, weil sie auf Bevormundung durch alte weiße Männer allergisch reagiert. Auch wenn ich noch keine dreißig bin, zähle ich für sie zu der Gruppe.

»Sicher«, sagt sie. »Ich muss mich ja nicht dran halten.«

»Starte mit deinem süßesten Kram, verzaubere sie, lull sie richtig ein mit deinem zarten Stimmchen, und dann ballere sie weg, dass ihnen die Ärsche von den Stühlen hüpfen.«

»Nice!«, ruft sie. »Für einen Rockopa keine schlechte Idee.«

Rockopa?! Ich überhöre mal, wie das Küken mich nennt. »Mit irgendwas muss ich mir die Fältchen im Gesicht verdient haben«, gebe ich witzelnd zurück. Ich checke noch mal selbst die Technik und überlasse ihr, wann und wie sie den Auftritt starten will. Das ist ihre Bühne, sie darf sich austoben. *Fuck, das wird gut!*

Ich steuere die Bar an, klopfe dabei dem einen oder anderen Gast zur Begrüßung auf die Schulter und nicke entfernt Leuten zu, die meiner Einladung gefolgt sind. Im Laufe des Abends werde ich mit jedem reden.

»Legt sie bald los!?«, fragt mich Harry, ein Typ von einer Filmproduktionsfirma, die sich die Songrechte für einen Blockbuster sichern möchte.

»Hat sie schon«, sage ich und nicke zur Bühne, wo Rose im Halbdunkel auf einem Hocker sitzt, ihre Gitarre noch auf dem Rücken, und sehr leise eine Melodie summt. *Wow, ich bin echt beeindruckt von ihr.*

Immer mehr Leute bekommen mit, dass die Künstlerin angefangen hat zu spielen. Erst hört man es nur schlecht, aber je ruhiger der Raum wird, desto deutlicher erkennt man die Melodie ihres bekanntesten Songs in einer ultraleisen, ultralangsamen A-cappella-Version. Die von mir engagierten Fotografen und Kameraleute nehmen alles auf.

Was für ein Moment!

Rose folgt meinem Rat, gibt der Band ein Zeichen, greift sich ihre Gitarre, und als sie die Aufmerksamkeit aller hat, spielt sie ihren eigentlich wütenden Song unglaublich sanft. Der Effekt ist unbeschreiblich. Ich bekomme am ganzen Körper Gänsehaut. *Was zum Henker ist wirksamer, als wenn man wütend ist und verdammt leise spricht? Was ist besser, als einen romantischen Lovesong später richtig rauszuschreien, dass der andere sich vor der Liebe und den Gefühlen nicht retten kann?* Für die Songs der Rebel Boys fand ich das immer albern, hier passt es, und auch wenn ich die Stücke kenne, höre ich Rose gebannt zu.

Fuck your rules and fuck your world.
We burn it down, you have my word.
And when your world is dead and black,
We all rise and build a new one and never look back.

Scheiß auf eure Regeln und scheiß auf eure Welt.
Wir brennen sie nieder, darauf geb ich euch mein Wort.
Und wenn eure Welt tot und schwarz ist,
stehen wir alle auf, bauen eine neue und schauen
niemals zurück.

»Ein Bier, bitte«, sage ich zum Barkeeper und entspanne mich, als ich merke, dass das Publikum genauso begeistert ist wie ich. Gott, bin ich froh, dass das mit dem Abschluss geklappt hat und ich Rose Sterling unter Vertrag nehmen konnte. Nicht auszudenken, wenn ich sie so wie die Killer Puppets im Herbst an ein anderes Label verloren hätte.

»Zugabe! Zugabe! Zugabe«, rufen die Leute, als sie fertig ist.

Rose sieht Hilfe suchend zu mir.

Jetzt wirkt sie verängstigt. *Nicht gut.*

Ich lasse mein Bier stehen, bahne mir einen Weg zur Bühne, schirme sie mit dem Rücken vor dem Publikum und mit der Hand das Mikro ab, rede mit ihr und rate ihr, ruhig zu bleiben.

»Ich hab keinen weiteren Song«, sagt sie leicht panisch.

»Mach ein Cover!«

»Ich kann kein anderes Lied spielen. Zumindest nicht so gut, dass ich das vor der Presse machen würde.«

»Dann cover dich selbst.«

»Jetzt?!« Sie sieht mich noch verlorener als eben an, dabei weiß ich, dass sie das kann. Das Mädchen ist ein bisschen wie Nate, nur ohne seinen Familienbackground, seine Förderung und den Regenbogen, auf dem er durch das Leben gleitet. Sie hat immenses Talent, ihr muss nur jemand helfen, es einzusetzen. *Wie gut, dass sie beim besten Plattenboss der Welt unter Vertrag ist.*

Kurz entschlossen greife ich mir eine Gitarre, werfe mein Jackett ab, kremple mir die Ärmel hoch und schlage die Takte ihres Einstiegssongs an, nur jetzt mit einer rockigen Note. Das Publikum jubelt und ruft meinen Namen.

Jeder hier weiß, wer ich bin. *Warum nicht nutzen, dass ich als Labelchef auch aus der Szene komme? Das kann beim Marketing nur helfen. Und wenn ich in meinem Studium ein Fach gut konnte, dann das.*

»Lass das!«, faucht Rose, nicht begeistert von der neuen Songversion.

»Stimm mich um«, fordere ich sie heraus.

»Arschloch!«, mault sie, macht mit, grinst plötzlich und wirkt besänftigter. »Böses Plattenlabel-Arschloch.«

»Gern geschehen.«

Hat sie sich eben noch geziert, so lässt sie sich nun voll auf den neuen Sound ein und übernimmt mit ihrer Gitarre. *Na bitte, geht doch, sie kann alles, wenn sie nur will.*

Ich halte mich zurück, bis eine Stelle kommt, bei der sie mir mit Absicht eins auswischen will. Sie spielt den Refrain anspruchsvoller und sieht mich dabei herausfordernd an. *Sie will sich mit mir messen? Kann sie haben! Ich bin nicht Nate, Schätzchen, aber ich bin gut, wirklich gut.*

Konzentriert lasse ich mich auf ihren Sound ein, gehe mit und mit und mit ... *Fuck!* Bis ich vor allen aufgeben muss. *Was für ein Talent!*

Geschlagen applaudiere ich ihr, das Publikum lacht über mich und jubelt ihr zu. *Wahnsinn! Den Wettstreit hab ich verloren, aber den Abend gewonnen.*

Wir beenden die Zugabe, und ich gebe dem anwesenden DJ ein Zeichen, dass er übernehmen und wie im Vorfeld vereinbart Musik spielen soll, die zum Sound von Rose passt. Dann führe ich sie von der Bühne und bringe sie zu ihren Freunden und Fans. Sie hat für heute genug Fremden bewiesen, wie gut sie ist. Sollen die Kids feiern.

»Reid, da haben Sie echt was auf die Beine gestellt«, sagt mir der Herausgeber vom Fresh Indie Magazine und klopft mir auf den Rücken.

»In welcher Zeit noch mal?«, gesellt sich Pam dazu, eine freie Musikjournalistin, deren Kritiken Songs in den Charts aufsteigen oder abstürzen lassen. »Drei Monaten?«

»Einem«, sage ich fucking stolz auf meine Leistung und erzähle noch mal die Story vom Bassisten der Rebel Boys, der im Schatten des Frontmanns stand und klammheimlich seinen BWL-Bachelor gemacht hat, um ein Label zu gründen. Am Ende des Abends haben die Presseleute zusammen mit dem Bildmaterial der anwesenden Fotografen und Kameraleute genug Stoff für ausführliche Features. *Jackpot!*

»Sind die Büros des Labels nicht gleich um die Ecke?«, meint Pam.

»Ja, das stimmt, einen halben Block weiter.«

»Können wir da auch mal einen Blick reinwerfen? Die Story ist nicht nur über Rose Sterling, sondern auch über Sie, Reid.«

»Ich weiß nicht«, sage ich überrumpelt und denke an die zwei Büros, die zu Rocket Rebel Records gehören, und an das Chaos, das in ihnen herrscht. »Ach, warum nicht«, entscheide ich spontan. *Sie wollen die ganze Story, sie kriegen die ganze Story.*

Ich gebe Rose ein Zeichen, dass wir kurz im Label sind. Sie kennt die Geschäftsräume. Wenn sie mich braucht, soll sie mich anrufen. Mit einer Gruppe von acht Journalisten verlasse ich die Bar, und wir wechseln ins Bürogebäude.

Wie immer arbeiten ein paar Leute von der Bürogemeinschaft. In der Musikbranche wimmelt es nur so von

Nachtmenschen. Dafür sind manche Offices bis mittags wie verwaist.

Zwei Frauen aus dem Eventmanagement winken mir zu, als sie mich entdecken, und zeigen aufgeregt auf ihre Handys, weil offensichtlich schon Videos vom Konzert kursieren. *Wow, mein Plan ging voll auf.* Ich bin total stolz auf mich und das, was ich erreicht habe. Ich hatte nie Zweifel daran, dass es gut läuft, schließlich ist die Branche nicht neu für mich, und ich verstehe was vom Geschäft, aber dass der Einstieg mit so einem Knall beginnt, das ist mehr, als ich zu hoffen gewagt habe. Der frühe Erfolg setzt die Messlatte für die nächsten Projekte unanständig weit nach oben, aber das stört mich nicht. Auch die Jahre mit den Rebel Boys waren anstrengend, vor allem, wenn man in einer Band mit Nate ist, der so kreativ ist, dass er wie eine Maschine jedes Jahr mindestens ein Wahnsinnsalbum raushaut, manchmal sogar noch eine Fanedition und ein paar Remixes. Stress kenne ich, und wenn der sich so wie hier lohnt, nehme ich ihn gerne in Kauf.

»Darf ich vorstellen«, sage ich, reiße die Tür zu meinem Büro auf, schubse alle förmlich rein in mein Allerheiligstes und mache das Licht an. »Willkommen im Paradies.«

Ich höre als Erstes ein ersticktes Luftholen, dann das Klicken von Kameras und wie jemand lachend sagt: »Offensichtlich, Reid! Erst so zieren und dann das! Ist die Kleine für uns?«

»Die? Wer?«, frage ich und fahre genau in dem Moment herum, als eine blonde Frau auf High Heels mit dunklem Make-up und sexy frisierten Haaren ihren leichten Mantel schließt, unter dem sie hauchdünne Spitzenunterwäsche trägt. Eine Frau, die anders aussieht, als ich sie in Erinnerung habe, aber die ich sofort erkenne und die einen Sturm von Gefühlen in mir auslöst. »Cali, was zum Henker tust du hier?«

»Überraschung!«, krächzt sie.

»Keine gute.«

KAPITEL
19

Cali

Mir wird kalt. Nicht nur, weil ich für Januar zu dünne Sachen trage, sondern auch, weil mich Alex' Blick bis ins Mark trifft. Vor mir steht der Mann, den ich seit Wochen vermisse. Die paar Stunden, die wir Silvester zusammen hatten, ändern nichts daran. Er ist hier, ich bin es. Ich brauche ihn, brauche seine Nähe, sein Lächeln, das Funkeln in seinen Augen. Mit mehr Glück als Verstand habe ich mich zusammen mit den Reinigungskräften durch den Hintereingang in das Bürogebäude geschlichen. Weil er immer arbeitet, dachte ich mir, dass ich ihn hier am ehesten antreffe. Und bingo, ich hatte recht. Doch während ich darauf warte, dass ich wieder diese Verbindung zwischen uns spüre, bleibt Alex' Miene verschlossen. Als wären wir Fremde.

»Hi«, mache ich leise, damit uns die anderen nicht hören, lege die Hand auf seine Hüfte und will ihn für einen Kuss zu mir ziehen. Er schreckt zurück. Die Bewegung ist so unerwartet, dass sie mir komplett den Boden unter den Füßen wegzieht. Ich kenne das Gefühl, das sich in mir ausbreitet, aber ich verdränge es. Denn das kann nicht sein. Das darf einfach nicht passieren. Nicht schon wieder. Und vor allem nicht mit ihm.

»Das ist kein guter Zeitpunkt, Cali«, sagt er in einem Geschäftston, der mir neu ist. »Du hättest anrufen sollen.«

Wut steigt in mir auf, und ich vergesse die anderen Leute. »Wie oft hätte ich das machen sollen? Fünfmal? Zehnmal? Hundertmal? Ich mache seit Wochen nichts anderes, als dich anzurufen, du bist zu beschäftigt.«

»Du hast gewusst, dass es stressig wird«, gibt er mit einer Ruhe zurück, die mich für eine Sekunde sprachlos macht, nur um meine Wut dann noch mehr zu entfachen. *Hurrikan Cali hat es von Florida die Ostküste hoch bis nach New York geschafft.*

»Stressig?!«, rufe ich außer mir. »Prüfungen sind stressig, Abgabetermine für Paper sind stressig, das ganze Leben ist manchmal stressig, aber deswegen vergesse ich doch nicht, mit wem ich zusammen bin! Willst du mich überhaupt noch?«

Die Antwort darauf sollte ihm nicht schwerfallen. Ich stelle die Frage eigentlich rein rhetorisch. Alex hat immer klargemacht, dass er mich will. Wenn es eine Sache gab, an der kein Zweifel bestand, dann die. Doch er zögert. Einen wirklich nur kurzen Moment zögert er, erst dann sagt er: »Ja.«

Verdammt!

Es ist wieder passiert, ein Mann hat mich ausgenutzt. Und ich habe es zugelassen. All die Jahre war ich vorsichtig und hab mich geschützt und niemanden zu nah an mich rangelassen, bis Alex kam. Für ihn habe ich mich geöffnet. *Gott, was war ich dumm zu glauben, dass unsere Story ein Happy End hat! Der Bassist und die Professorin? Das ist kein Blockbuster, sondern ein Flop!*

Wie angeschossen weiche ich zurück. Alex müsste verstehen, warum. Der Mann, den ich letzten Sommer kennengelernt habe, würde es. Und er würde mir sagen, dass es ihm leidtut und dass er mich liebt und ich seine Welt bin. *Ich und nicht das Label.* Aber der Mann vor mir tut nichts dergleichen. Er sagt, er will mich, aber das waren offensichtlich nur leere Worte. Ich bin immerhin hier. Die Aktion ist gründlich danebengegangen, aber ich bin in New York. Bei ihm. Dort, wo ich sein will. Er ist nur nicht bei mir, obwohl wir im gleichen Raum sind. Uns könnte genauso gut ein Ozean trennen.

Mit einem letzten Sandkorn an Hoffnung sehe ich Alex an. Wenn er jetzt meine Hand nimmt und mich zu sich zieht, dann ist alles wieder okay. Na gut, nicht richtig okay, aber so, dass wir es noch hinkriegen. *Bitte*, flehe ich stumm. *Bitte, bitte, bitte.* Aber er steht einfach nur da, und je mehr Zeit vergeht, desto schneller zerbrechen wir.

»Ich kann das nicht«, sage ich und bewege mich auf die Tür zu. »Tut mir leid.«

Unternimm doch was, denke ich.

Aber er rührt sich nicht.

Ich müsste Auf Wiedersehen sagen, Lebewohl, irgendwas. Aber ich habe genug gesagt, und er irgendwie auch.

Erst langsam, dann immer schneller laufe ich zum Fahrstuhl, drücke dort mehrmals auf den Knopf. Obwohl ich weiß, dass Alex mir nicht folgt, weil Männer, die mich nur ausgenutzt haben, mir noch nie gefolgt sind, hoffe ich es die ganze Zeit. Jede einzelne Sekunde. Die Hoffnung stirbt wirklich zuletzt.

Sollte ich nicht klüger sein? Männer wie er rennen Mädchen wie mir nicht nach! Zumindest nicht, wenn sie haben, was sie wollten. Das war schon immer so, das wird immer so sein. Wie ein Naturgesetz. Ja, wir hatten diese eine perfekte Woche nach der Klausur, als wir auf die Ergebnisse gewartet haben, aber sie war nur eine Illusion. In dem Moment, als Alex seine Note hatte, war er weg. Ich habe noch geglaubt, das sei nicht für immer. *Wie konnte ich nur so dumm sein? Ich, die Superschlaue? Ich, die so vorsichtig war? Ich, die sich erst so zögerlich auf ihn eingelassen hat. Wie konnte ich diesen Mann nicht nur in mein Leben lassen, sondern mich in ihn verlieben? Ihm mein Herz schenken? Und wie bekomme ich es wieder, denn wenn ich danach gehe, wie sehr mein Körper wehtut, hat er es nach wie vor. Nur was wird dann aus mir?*

Der Fahrstuhl kommt, und ich taumle in die Kabine. Ich habe Angst, mich umzudrehen, Angst vor dem, was ich sehe oder nicht sehe, aber ich tue es trotzdem.

Der Gang ist leer.

Der Gang bleibt leer.

So geht es also zu Ende? Ich bin allein. Kein Alex kommt und folgt mir. Kein Laut dringt zu mir. Ich könnte genauso gut der letzte Mensch auf der Welt sein.

Noch bevor die Fahrstuhltüren zugleiten, schließe ich die Augen, weil ich den Anblick nicht ertrage. Mir fällt Nates romantischer Song ein, den er geschrieben hat, als er begriffen hat, was meine Schwester für ihn bedeutet.

I like sunsets but I don't like you.
I like coffee but I am such a fool.
Cuz when I said I like you, I meant I love you.

Ich mag Sonnenuntergänge, aber ich mag nicht dich.
Ich mag Kaffee, aber bin so ein Idiot.
Denn als ich sagte, ich mag dich, meinte ich, ich liebe dich.

Nate hat Lou geliebt, er liebt sie. Er konnte es ihr erst nicht sagen, was sie sehr verletzt hat, aber als er es konnte, kamen sie für immer zusammen.

Bei Alex und mir war es genau andersherum. Er hat von Anfang an das Richtige gesagt, aber er hat das Falsche gemeint. Denn Liebe kann das nicht gewesen sein. Wer liebt, benimmt sich nicht so. Ein neuer Text fällt mir zu Nates Melodie ein:

I say I love you, but I don't have time for you.
I say I need you, but there is no room for us two.
Cuz when I said I love you, I was never into you.

Ich sage, ich liebe dich, aber ich hab nie Zeit für dich.
Ich sage, ich brauche dich, aber da ist kein Platz für uns zwei.
Denn als ich sagte, ich liebe dich, war ich nie verliebt in dich.

So ist es mit Alex und mir. Er hat mich angelogen. Seine Gefühle waren nicht echt, genauso wenig wie seine Berührungen und sein Lächeln und das Funkeln in seinen Augen. *Reingefallen, Cali. Mal wieder.*

Als ich den Fahrstuhl verlasse, muss ich mich an der Wand abstützen. Mein Hotel ist gleich um die Ecke, aber es fühlt sich an, als müsste ich einen Marathon zurücklegen, um dorthin zu gelangen. Die Welt wankt, nur ich wirke aufrecht. Aber das ist natürlich ein Trugschluss. Ich wanke, denn die Welt ist so verflucht normal wie eh und je. Ich bin es nur nicht mehr.

Verzweifelt schaue ich auf meinem Handy nach, ob Alex sich gemeldet hat. Hat er nicht. Ich verstehe, dass mein Timing schlecht war. Aber er lässt mich einfach so gehen? Der Mann, der für mich in einem Einzelzimmer bei seiner Größe auf dem Sofa schlafen wollte, lässt mich gehen? *Das kann doch nicht sein! Wie kann das sein?!*

Die Erkenntnis trifft mich erneut mit voller Wucht. Meine Kehle schnürt sich zusammen, ich bekomme eine Panikattacke. Ich weiß, was man tun muss, ruhig atmen, um jeden Preis ruhig atmen, um dem Körper zu signalisieren, dass alles okay ist. Mir fehlt kein Arm, kein Bein, ich verblute nicht, alle Systeme arbeiten einwandfrei, auch wenn es sich nicht so anfühlt.

Langsam trete ich nach draußen.

Es ist Januar. Schnee liegt auf der Straße. Ich bin total falsch angezogen. Nur mit der Unterwäsche und dem dünnen Mantel, in dem ein bisschen Geld und meine Zimmerkarte stecken. Obwohl es bis zu meinem Hotel nicht weit ist, halte ich mir ein Taxi an, lasse mich auf den Rücksitz fallen und nenne dem Fahrer die Adresse.

»Sorry, das ist gleich da vorne. Das können Sie laufen!«, beschwert er sich, dreht sich zu mir und verstummt. »Mist! Brauchen Sie Hilfe?«

Ich schüttle den Kopf und will wieder aussteigen. Für einen Abend hab ich genug Ärger mit Männern gehabt.

»Nein, bleiben Sie, ich fahr Sie schnell. Geht aufs Haus, Miss.«

Heftig! Ein wildfremder Mann behandelt mich besser als mein Freund.

Nicht dein Freund, Cali, dein Ex-*Freund.* Auch wenn wir nicht richtig Schluss gemacht haben, mit jeder Minute, die er sich nicht meldet, ist es mehr und mehr vorbei.

Wir fahren die wenigen Meter, er will kein Geld, trotzdem gebe ich ihm einen Schein aus meiner Manteltasche und steige aus.

»Warten Sie! Das ist zu viel.«

Ich warte nicht. Geld ist gerade so unwichtig.

Wie betäubt durchquere ich die Lobby des Hotels. Die normale Welt dringt wie durch einen Nebel zu mir. Leute sprechen mich an, aber ich reagiere nicht, ich will nur auf mein Zimmer.

Als ich ankomme, werfe ich mich aufs Bett und heule mir die Augen aus. Ich, California Harper, die total rational ist und für jedes Problem eine Lösung hat, kann nicht mehr anders, als zu heulen. Weil ich für Alex von allem losgelassen habe, was mich zusammengehalten hat. Jetzt zerbreche ich, und ich habe keine Ahnung, wie ich auch nur ansatzweise wieder ganz werden soll.

Mein Handy gibt einen Ton von sich.

Ich schaue aufs Display.

Alex: Geht es dir gut?

Jetzt meldet er sich? Nun interessiert er sich für mich? Spinnt er?!

Ich antworte ihm, dass er mich in Ruhe lassen soll, und hoffe völlig bescheuert, dass er es doch nicht tut. *Klingt nicht ganz logisch. Na und! Wenn dich jemand liebt, dann lässt er dich nicht in Ruhe, er kämpft.*

Was tut Alex? Er schreibt mir nicht weiter. Scheiße!

Obwohl das genau das ist, was ich wollte, heule ich noch heftiger. Ich muss mich dringend beruhigen, aber ich habe keine Ahnung, wie das funktionieren soll. Ich wollte uns spüren, weil er mir so gefehlt hat, jetzt spüre ich alles und nichts.

Ohne mein Zutun spult mein Gehirn die Ereignisse von eben ab. Wie die Tür auffliegt, wie plötzlich eine ganze Horde fremder Leute im Raum steht, wie Alex ihnen folgt, mit einem müden, aber so verdammt glücklichen Gesichtsausdruck. Bis ihm binnen Sekunden sämtliche Gesichtszüge entgleiten. *Stopp!*

Aber mein Kopf hält den Film nicht an, sondern drückt auf Repeat. *Sture Foltermaschine!* Jeder Moment spult sich erneut ab. Mich durchfährt wieder der Schock, als die Fremden mich entdecken. Die Scham darüber, dass ich halb nackt bin. Wieder die Wut, als Alex nichts tut. Wieder der Schmerz, als alles aus ist.

Es reicht.

Nein, noch mal!

Ich ziehe mir ein Kissen über den Kopf, aber mein verfluchtes Gehirn gibt nicht auf.

Die Leute.

Ich im Mantel und in Unterwäsche.

Alex.

Mein Abgang.

Und wieder –

Moment!

Plötzlich rast mein Herz. *Da war doch dieses Klicken!*

Meine Gedankenspirale stoppt, als wäre das genau das Detail gewesen, auf das es ankommt.

Oh Gott, bitte, lieber Gott, das ist nicht das, was ich denke, was es ist, oder?

Mein Kopf schmerzt, aber ich versuche, mich zu erinnern, was genau passiert ist. Ich habe zu Alex geschaut, schließlich ging es mir nur um ihn. Doch da war die ganze Zeit dieses Geräusch.

Jemand hat Fotos gemacht. Viele Fotos.

Von mir? Bitte, bitte nicht.

Verheult greife ich nach meinem Handy. Ich muss mir mehrmals über das Gesicht wischen, weil ich nichts sehe. Ich weiß gar nicht, wonach ich suche, also gebe ich als Erstes meinen Namen ein und atme auf, als ich nur die Bilder vom Dezember finde, auf denen mich Alex über seiner Schulter vom Campus schleppt.

Ich muss lachen, gleichzeitig durchfährt mich neuer Schmerz. Wir waren so verspielt miteinander, haben nicht an die Konsequenzen gedacht, waren eine Einheit, nicht das hier. Nicht dieses getrennt lebende Paar, das irgendwie verlernt hat, miteinander zu reden. Nicht diese Fremden.

Eine weitere Schmerzwelle bahnt sich an. Wieder will ich sie aufhalten, aber ich bin wie eine Bretterhütte, die versucht, einem Tropensturm zu trotzen. Es klappt nicht. Heulend liege ich auf dem Bett und habe das Gefühl, wenn ich nicht aufpasse, vergesse ich zu atmen, und alles ist endgültig vorbei.

Die Fotos, Cali, ermahne ich mich, als ich wieder zu mir komme.

Kraftlos suche ich im Internet als Nächstes nach Alex und erhalte zig Treffer, vor allem aus den vergangenen Wochen. Nervös schränke ich die Suche auf die letzten vierundzwanzig Stunden ein. Ich finde Mitschnitte von einem Konzert. Mir war gar nicht klar, dass er heute Abend auf einem Event war. Er hat mir nichts davon erzählt, hat Nachfragen immer abgeblockt, aber das sieht wie etwas aus, bei dem ich ihn hätte begleiten können. Nur dass ich nicht eingeladen war. *Warum nicht? Silvester habe ich doch auch eine gute Figur an seiner Seite gemacht. Oder hat er das anders gesehen?*

Tränen sammeln sich in meinen Augen, als ich Bilder und Videos anklicke. Er performt mit einer jungen Frau auf der Bühne. Das ist die neue Künstlerin. Ich hatte keine Ahnung, dass sie so attraktiv ist. *Wie er sie ansieht! Wie glücklich er ist! Er wirkt ganz in seinem Element, ganz im Moment, ganz bei sich. Nicht bei mir. Nicht bei uns.*

Ich sollte abbrechen. *Seit wann quäle ich mich selbst so?* Aber wie ein Junkie ziehe ich mir alles rein, was ich finde. Das ist der Mann, den ich liebe, immer noch trotz allem liebe, und er lebt ein Leben, in das ich nicht passe.

Und da bin ich!

Ungläubig starre ich ein Foto von uns beiden an, von eben, aus dem Büro. Ich aktualisiere meine Suche, weil ich denke, dass ich Dinge sehe, die nicht da sind, da ist das Bild plötzlich das erste in den Suchergebnissen – und folgt dann ein paar Dutzend Mal als Kopie.

So ganz kann ich es immer noch nicht begreifen und

starte die Suche ein drittes Mal. Da sind plötzlich noch mehr Kopien.

Das Foto und die Beiträge dazu verbreiten sich im Internet mit rasender Geschwindigkeit. *Exponentielles Wachstum*, wirft mein Gehirn ein. *Der Super-GAU.* Entsetzt sehe ich mich an, mit dem offenen Mantel und den hauchdünnen Dessous, mit verpixelten Brustwarzen, was keinen Zweifel daran lässt, wie ich in diesem Büro auf Alex gewartet habe. Halb nackt.

Mir wird schlecht, ich schaffe es gerade so zur Toilette, dann muss ich mich übergeben von der Headline, die ich gelesen habe.

PROFESSORIN ZIEHT BLANK

Ich habe kaum Zeit, zu verarbeiten, dass man mich erkannt hat, da vibriert mein Handy. Der Ton bricht ab, kurz darauf brummt es wieder. Ein ungutes Gefühl breitet sich in mir aus. Auf allen vieren krabble ich zurück zum Bett und schaue aufs Display. Der Dekan. *Mein* Dekan. Der Chef von meinem Chef. *Großer Gott!*

Sterne tanzen mir vor den Augen. Ich kann kaum atmen. Keine Ahnung, ob ich rangehen sollte oder nicht, aber was auch immer passiert, ich kann es nicht aufhalten, es wird mich treffen. Je länger ich warte, desto schlimmer wird der Aufprall.

»Hier Harper«, melde ich mich mit einer, wie ich hoffe, ruhigen Stimme.

»Es kursieren da gewisse Fotos, Ms. Harper.«

»Ich weiß, Sir.«

»Sind sie echt?«

Ich schweige. Nicht um die Wahrheit zu vertuschen, sondern weil ich selbst nicht glauben kann, was gerade passiert.

»Verdammt!« Er atmet schwer. »Sie sind mit sofortiger Wirkung entlassen. Übergeben Sie Ihre Seminare an Mitchell, und räumen Sie Ihr Büro.«

»Sir, ich bin mir sicher, wenn die Aufregung sich legt, könnte ich –«

»Sie haben die letzten Wochen genug für die Uni getan.« Er bezieht sich auf den Eklat, als Alex mich über den Campus getragen hat. »Wir hatten große Pläne mit Ihnen, aber unter diesen Umständen sind Sie für uns nicht mehr tragbar.«

Bevor ich was erklären kann, legt er auf.

Fassungslos starre ich auf mein Handy, das nun wieder meinen Browserverlauf und die Fotos anzeigt. Alarmiert rufe ich zurück, aber der Dekan ignoriert mich. *Was würde ich dafür geben, alles ungeschehen zu machen! Verdammt, es war richtig, nach New York zu fliegen, es war richtig, Alex zu überraschen. Weil du ihn liebst, Cali. Trotz allem.*

Kraftlos lasse ich das Handy aufs Bett sinken, hocke davor, lege das Kinn auf die Bettdecke und scrolle durch meine Kontaktliste. Es ist spät, aber nicht zu spät. Ich tippe auf das Bild einer Blondine mit blauen Augen und Perlenohrringen, die lachend eine Klobürste hält. Meine Schwester Lou. Es dauert einen Moment, aber sie geht ran.

»Was gibt es?« Sie klingt so unbekümmert, dass ich mich frage, ob ich jemals auch so geklungen habe.

Ich schlucke und suche nach den richtigen Worten. *Wie*

sagt man, dass man am Ende ist? Noch dazu, wenn man die Schwester ist, die normalerweise für jedes Problem eine Lösung hat?

»Oh mein Gott, Cali, was ist passiert?«, schaltet Lou sofort in den Krisenmodus. Sie kennt mich zu gut.

»Alles ist passiert«, krächze ich und kämpfe erneut mit den Tränen, verliere und schluchze leise. *Sehr untypisch für mich.*

»Geht es dir gut?« Sie räuspert sich. »Ich meine: Bist du okay?«

»Nein. Ganz und gar nicht.« Ich spare mir, die tapfere Heldin zu spielen, und erzähle ihr, was passiert ist, erzähle von der geplanten Überraschung, von Alex' Reaktion, der Trennung, von den Fotos und von meiner Kündigung. Vor lauter Schluchzen verschlucke ich manche Worte und brauche ewig, aber Lou ist geduldig.

»Bin unterwegs«, sagt sie, als ich fertig bin.

Ein neuer Heulkrampf schüttelt mich durch. Das ist meine Schwester. Ich brauche sie, und sie ist für mich da. Ein Drei-Stunden-Flug hält sie nicht davon ab, zu mir zu kommen, und allein dass sie so großartig ist, zeigt mir noch deutlicher, wie sehr das mit Alex schiefgelaufen ist.

Die nächsten Stunden sollte ich ein bisschen schlafen oder packen oder duschen, aber ich kann mich nicht rühren. Naiv rede ich mir ein, wenn ich mich nicht bewege, dann bleibt die Zeit einfach stehen und was auch immer passieren wird, wird nicht noch schlimmer. Aber das ist natürlich Unsinn. Weitere Fotos tauchen auf. Mehr und mehr.

»Genug«, höre ich wie durch dichten Nebel die Stimme meiner Schwester. Gleich darauf nimmt sie mir das Handy aus der Hand. Ich muss lange draufgestarrt haben. Der Akku ist fast leer.

»Hi«, krächze ich. Ich habe keine Ahnung, wie sie in das Zimmer reingekommen ist, aber ich wette, es hilft, den gleichen Nachnamen wie ich zu haben.

»Komm, machen wir dich erst mal frisch!«, sagt sie, greift mir unter die Arme, schnappt sich ein paar Sachen und hilft mir ins Bad. »Kannst du packen?«, fragt sie jemanden, der mit ihr hier ist.

»Klar«, höre ich eine ruhige Männerstimme. Nate. »Sag Bescheid, wenn du mich brauchst.«

Nicht nur sie ist gekommen, sondern auch ihr Freund, der Rockstar, der dort, wo er auftritt, für Menschenaufläufe sorgt, bei dem Frauen in Ohnmacht fallen und der genug Skandale hinter sich hat, um besser nicht in meinen verwickelt zu werden. Aber das kümmert ihn nicht.

»Er hätte nicht mitkommen müssen«, murmle ich.

»Das macht er gerne.«

Neuer Schmerz durchzieht mich. Weil Nate sich so benimmt, wie ich dachte, dass auch Alex wäre. Anständig. Verflucht anständig. Was schon verrückt ist, wenn man bedenkt, dass ausgerechnet dieser Mann vor nicht allzu langer Zeit für seine ausufernden Exzesse berühmt und berüchtigt war.

Weinend folge ich Lous Anweisungen, pelle mich mit ihrer Hilfe aus meinen sexy Dessous und ziehe mir normale Unterwäsche, eine Jogginghose, ein Shirt und einen Kapuzenpullover an.

»Setz dich!«, sagt sie, deutet auf den Wannenrand, macht ein Handtuch nass und wäscht mir das Gesicht. »Viel besser.«

Ich kann mir das nicht vorstellen, weil mir neue Tränen in die Augen schießen, aber sie wird schon wissen, was sie tut.

Als wir fertig sind, hat Nate meine Sachen gepackt. Unbemerkt verlassen wir das Hotel und fahren zum Flughafen, und ich atme auf, als ich sehe, dass wir einen Privatjet besteigen, keine Linienmaschine.

»Schokolade?«, fragt Lou, als wir sitzen und uns angeschnallt haben.

»Nein«, antworte ich.

Mich trifft ein besorgter Blick, ihr zuliebe würde ich gerne welche nehmen, aber mir ist zum ersten Mal in meinem Leben nicht nach Schokolade. Das, was ich fühle, lässt sich damit nicht heilen. Keine Ahnung, was ich brauche. Aber nicht das.

Lächle! Das sage ich mir seit Stunden und warte darauf, dass sich die Release-Party dem Ende neigt. Aber wie zur Strafe geht sie bis in die Morgenstunden hinein. Wie meine persönliche Version der Hölle, und ich habe sie verdient. *Fuck, was habe ich sie verdient!*

Calis Worte rauschen mir die ganze Zeit in den Ohren. ›Ich kann das nicht. Tut mir leid.‹

Mir erst! Ich sehe sie vor mir, mit ihren großen Augen, ihrem sexy Körper, spüre, wie sie mich für einen Kuss an sich gezogen hat, und erinnere mich, wie ich mich innerlich versteift habe, um nicht über sie herzufallen. So verdammt heftig habe ich sie gewollt. Aber zig Leute standen um uns herum. Ich war nicht irgendein Gast der Party, sondern der Gastgeber. Ja, New York ist frei, aber nicht so frei. Sie hätte anrufen sollen. Oder mir schreiben. Wenn auch kurz, so hab ich auf jede ihrer Nachrichten immer geantwortet. Ich weiß, ich habe blöd reagiert, doch es wäre alles anders gekommen, wenn ich vorgewarnt gewesen wäre.

Ihre Wut trifft mich wieder. Dass Cali, die Frau mit dem kühlen Kopf, so aus der Haut fahren kann, hätte ich nie gedacht. Völlig unpassend fand ich das sexy. Gleich darauf folgte ihr Schock, und dann hat sie Schluss gemacht. Ich kann immer noch nicht fassen, dass es das mit uns gewesen sein soll, und fühle mich wie ein Verlierer, der seine Niederlage nicht akzeptieren kann.

Wäre das hier ein Film gewesen, hätte ich ihr nachrennen müssen. *Fuck, und wie gerne hätte ich das getan!* Aber es war keiner. Im Büro konnte ich die Pressevertreter nicht ohne Aufsicht allein lassen, und auch jetzt kann ich nicht zu ihr, weil von dieser Party zu viel abhängt. Es geht nicht nur um mein Label, sondern auch um die Newcomerin Rose Sterling. *Scheiße, ist das nervig, erwachsen zu sein und seine Verantwortung ernst zu nehmen.* Das Einzige, was ich getan habe, ist, die Leute, die Bilder von Cali gemacht haben, aufzufordern, sie zu löschen. *Wenigstens etwas.*

Dabei will ich ihr folgen, will ihr alles erklären. Gott, und ich will ihren Slip zur Seite schieben und es mit ihr treiben, genau so, wie sie es sich vorgestellt hat, damit sie nicht auf die Idee kommt, ich würde sie nicht mehr wollen. Das Gegenteil ist der Fall. Es vergeht kein Tag, den ich sie nicht vermisst habe, seit ich in New York bin. Ich vermisse sie, wenn ich ein gutes Restaurant entdecke, wenn der Schnee die Stadt lahmlegt, wenn mich ein neues Demotape erreicht, wenn die Verkaufszahlen reinkommen … Ich will mein Leben mit ihr teilen.

Lächle!, sage ich mir wieder, setze mich an die Bar, sehe dem endlich nachlassenden Treiben zu, reibe mir geschafft die Augen und bestelle mir einen doppelten Shot Tequila, um die Nacht zu überstehen – und um dieses Gefühl zu betäuben, dass der Laster, der mich gerade überrollt hat, noch mal zurücksetzt und mich jeden Moment erneut plattmacht.

»Machen Sie zwei Drinks draus«, sagt meine Assistentin und gesellt sich zu mir. Ich blicke zu Danielle. Was hätte ich die letzten Wochen nur ohne sie gemacht! Sie hat mir den Rücken freigehalten, die Termine koordiniert, dafür gesorgt, dass ich mich voll und ganz auf das Geschäft konzentrieren konnte. Sie ist echt ein Glücksgriff.

»Hab dich gar nicht für jemanden gehalten, der so hartes Zeug verträgt«, sage ich.

»Der ist nicht für mich, sondern für dich. Den wirst du brauchen. Deine Freundin ruiniert uns den Abend.«

Fragend sehe ich sie an. Sie zeigt mir daraufhin ihr Handy mit den neuesten Schlagzeilen. Die Sensation sämtlicher Klatschmagazine ist Cali, halb nackt.

»Fuck! Ich bring den Kerl um!« Ich springe auf, weiß genau, von wem das Bild stammt, und drehe mich nach dem Typen um. Aber er ist weg. *Scheiße.* Schockiert scrolle ich durch die Berichte. »Diese Arschlöcher!«

»Auf Cali bist du nicht sauer? Das ist echt mies.«

Überrascht sehe ich zu Danielle. Sie weiß nicht, was passiert ist, aber nein, das Letzte, was ich empfinde, ist Wut auf Cali. Der Zwischenfall hat keinerlei Auswirkungen auf das Label und mich, wahrscheinlich trägt der kleine Skandal sogar dazu bei, dass Rocket Rebel Records bekannter wird. Ihr Abend ist dagegen gelaufen. Vielleicht sogar ihr Leben.

Der Drang, ihr nachzugehen, wird heftiger. Ich bin wie in einem Albtraum gefangen, in dem sich alle anderen bewegen, nur ich darf das nicht. Ich kann hier nicht weg, auf keinen Fall, aber ich kann auch nicht nichts tun und zusehen, wie sich die Schmierpresse auf die Frau stürzt, die ich liebe.

In meinem Kopf hämmert es. Keine Ahnung, ob das noch als Kopfschmerz durchgeht oder ob es ein Schlaganfall ist. Oder einfach nur der Alkohol, der nicht die richtigen Stellen in mir betäubt. Ich muss was unternehmen, und mir fällt nur eine Person ein, die helfen kann. Der Abend wird nicht besser, aber es geht nicht anders ...

»Entschuldige mich kurz«, sage ich zu Danielle und ziehe mich in eine ruhigere Ecke zurück. Hektisch scrolle ich durch die Kontakte auf meinem Handy und rufe Linda von der PR-Abteilung von Hurricane Florida Records an. Sie hat mit den Rebel Boys viel durchgemacht, ich vertraue ihr.

»Oh, du machst doch bei *Rock Against Rage* mit?«, meldet sie sich so scheiße wach, dass sie entweder auch die Nacht durchgemacht hat oder seit fünf Uhr morgens auf ist, ihr Yogaprogramm absolviert hat und jetzt fit und fröhlich in den Tag startet. Ich tippe tatsächlich auf Letzteres.

»Wobei mache ich mit?«, knurre ich und habe keine Ahnung, wovon sie spricht, während mir im Wechsel heiß und kalt wird, als wollte mir mein Körper was sagen, was mein Hirn noch nicht checkt.

»Dass Nate immer alle Termine verpeilt, bin ich ja gewohnt. Aber von dir kenne ich das nicht. Also: Was ist los? Ich hab dir alles vor einer Woche geschickt. Ich rede von der Benefizveranstaltung.« Sie legt eine Pause ein, als müsste es bei mir klingeln. »Bei Nate ... Mit den Rebel Boys und vier weiteren Bands.«

Ich kratze mich am Hinterkopf. *Dazu hat sie mir Infos geschickt? Was zum Henker ist mir noch alles entgangen? Cali meinte ja auch, sie hätte mich angerufen, aber nie erreicht.* Ich schaue zu Danielle, die mir von der Bar aus zulächelt. Sie sollte meine Termine koordinieren, mir den Rücken frei-halten. *Hat sie ihren Job zu ernst genommen?* Jetzt durch-suche ich selbst mein Handy und gehe die Mails durch.

Linda?

Linda?

Linda?

Nichts.

»Sorry, hab keine Nachricht von dir. Da musst du dich vertan haben.«

»Oh bitte, die Mail hatte zehn ultrawichtige Ausrufe-zeichen im Betreff. Alle anderen haben sie bekommen, du also auch. Ich mache durchaus mal Fehler, aber nicht den.«

»Vielleicht ging sie in den Spam.«

»Bei meiner ersten Erinnerung, der zweiten und der dritten? Ich bin zwar technisch nicht besonders versiert, aber wie wahrscheinlich ist das?«

So wahrscheinlich wie ein Auftritt der Rebel Boys, zu dem niemand kommt. Alarmiert durchsuche ich den Spam-Ord-ner und gleich darauf meine gelöschten Nachrichten. *Das gibt es doch nicht! Ich habe nichts von ihr erhalten.* Aber ich glaube ihr, dass sie mir geschrieben hat. In der Vergangen-heit sind immer alle Sachen von ihr angekommen, egal, wie viele Triggerwörter sie in den Betreff geschrieben hat. Mich mit ihr zu streiten bringt nichts. »Sorry. Schick mir alles noch mal.«

»Der Termin ist morgen, Alex.«

»Wow!« So wie gerade alles läuft, fühlt sich das an, als würde ich einen Fallschirmsprung machen und mich oben-drein zu einem Stunt in der Luft melden. Ein bisschen viel für jemanden, der eigentlich Höhenangst hat. »Kann ich dir später Bescheid geben? Ich brauch erst mal deine Hilfe.«

»Und ich deine Zusage. Bis in einer Stunde. Damit Ricky weiß, ob er sich mit den Jungs vorbereiten soll oder nicht.«

»Ricky?«

»Dein Nachfolger, Alex«, ruft sie ungeduldig. »Also, was sagst du?«

Fuck, was hab ich noch verpasst?! Das Letzte, was ich jetzt brauche, ist ein Auftritt. Aber ich verdanke der Band und Nate alles. »Gut, bin dabei. Kannst du mir jetzt bei einer anderen Sache helfen?«

»Sicher, welcher denn?«

Ich erzähle von Calis Fotos im Internet. »Um so etwas hast du dich schon mal gekümmert, oder?«

»Seit wann kursieren die Bilder?«

»Seit ein paar Stunden.«

»Scheiße, Alex. Du meldest dich viel zu spät.«

»Heißt das, du kannst nichts unternehmen?«

»Ich kann die Welle bremsen, damit die Öffentlichkeit schneller das Interesse verliert, aber aufhalten? Das kann keiner.«

»Dann tu das, koste es, was es wolle.«

»Nur damit wir uns verstehen, ich will dafür kein Geld.«

»Sondern?«

»Dich bei weiteren Auftritten der Rebel Boys und bei Fotoshootings. Das Marketing will außerdem einen neuen Song mit dir.« Geld wäre mir lieber. Das, was sie verlangt, ist das Gegenteil von dem, wie mein Leben nach dem Ausstieg aus der Band aussehen sollte. Ich wollte nicht mehr auf der Bühne stehen, sondern dahinter.

»Ich trete nicht mehr im großen Stil auf«, sage ich.

»Du musst ja wissen, was dir wichtig ist.«

»Sag mal, erpresst du mich gerade? Seit wann bist du so?«

»Seit ich für euch Verrückte arbeite. Hab von den Besten gelernt.«

Das hat sie. Ich müsste meinen Kalender checken, über alles nachdenken, aber ich kenne meine Prioritäten. Wenn auch nur der Hauch einer Chance besteht, die Situation für Cali zu retten, nutze ich sie. »Gut, ich stimm allem zu, mir egal was. Ich tanz auch im Leopardenkostüm auf einer Kinderparty. Quäl mich. Blamier mich. Alles, was du willst, nur tu etwas.«

»Hach, Alex ...«, seufzt sie.

»Was?! Reicht dir das etwa nicht?«, knurre ich. Sie hat immerhin gerade eine Blankovollmacht über meine Zeit erhalten, und das, obwohl ich schon jetzt kaum weiß, wie ich mein Pensum schaffen soll.

»Reg dich ab. Reicht mir, ich bin so gut wie an der Sache dran. Der Rest folgt dann per Mail.«

Erleichtert lege ich auf und gehe zurück an die Bar.

»Noch ein Shot?«, fragt mich Danielle und wirkt für meinen Geschmack viel zu entspannt. Als gäbe es was zu feiern. *What the fuck?!*

»Nein, für mich Wasser«, sage ich zum Barkeeper, als der mir schon ein drittes Schnapsglas hinstellt und es gerade füllen will. »Mit viel Eis. Und einen Espresso, bitte.«

»Hey?« Danielle legt mir die Hand zutraulich auf den Rücken und rückt dabei näher an mich heran. »Alles okay, Rockstar?«

Wie konnte ich das nicht sehen? Ihr Blick, ihre Gesten ...!
Sie ist vielleicht eine erstklassige Assistentin, aber sie ist
auch ein Fangirl der Rebel Boys. Sie einzustellen war ein
Riesenfehler. Ihre Aufgabe war es, mir den Rücken freizu-
halten. Sie hat dagegen die Gelegenheit genutzt, mir nahe
zu sein. Ich müsste sie zu den verlorenen Mails befragen,
aber ich weiß, was dabei herauskommt. Den Schritt kann
ich mir sparen. »Du bist gefeuert, Danielle.«

»Wie bitte?«

»Schlüsselkarte!«, sage ich nur und halte meine Hand auf.

»Alex, ich –«

Das Gestammel nervt mich. »Sicherheitsdienst!«, rufe
ich und winke zwei Leute ran. »Begleiten Sie Ms. Moore
raus.« Ein Kerl nimmt sie am Arm. »Die Karte, bitte!«

Sie händigt sie mir aus.

»Du machst einen Fehler, Alex«, ruft sie, als sie raus-
gezerrt wird. »Ich war für dich da. Ich bin die Beste. Zusammen können wir Großartiges erreichen. Du und ich.«

Ja, eindeutig verrückt, die Frau!

Die Party läuft immer noch. Rose Sterling ist so beliebt,
dass wahrscheinlich noch bis Mittag aufgelegt wird. So lange kann ich nicht warten. Ich stürze den Espresso hinter,
gleich darauf das Wasser, verlasse die Bar und gehe in mein
Büro, um zu retten, was zu retten ist. Nicht von meinem Label, sondern von meiner Beziehung. *Glaubt Cali ernsthaft, sie
wird mich so leicht los? Sie kennt mich. So läuft das nicht mit uns.*

Fuck, fuck, fuck!
Stichprobenartig habe ich Belege, Mails und Buchun-
gen auf meinem und vor allem mithilfe der IT auf Danielles

Rechner überprüft, und mir ist so schlecht, dass ich mich kaum noch auf den Beinen halten kann.

Draußen schneit es. Wie immer heult irgendwo eine Sirene. New York startet voller Energie ins neue Jahr. Ich fühle mich ausgelaugt, lasse mich in meinen Drehstuhl fallen und starre auf meinen Computerbildschirm, als könnte sich die hässliche Wahrheit in Luft auflösen.

Cali war so enttäuscht, dass ich Weihnachten nicht bei ihr war, dabei hatte ich sie nach New York eingeladen. Die Nachricht ging nur nie an sie raus. Dafür hat sie eine Mail bekommen, in der ich ihr versprochen habe zu kommen. Meine Glückwünsche zu einer Auszeichnung kamen nie an. Genauso wenig wie die zig Schokodesserts, die ich ihr von den Events, auf denen ich war, per Kurier habe schicken lassen.

Hätte ich mehr Zeit gehabt, hätte ich mich bestimmt gewundert, warum sie sich nie bedankt hat. So ist es mir einfach nicht aufgefallen. All die Zeit hat sie nichts von mir gehört. Und ich auch nie was von ihr. Aber ich dachte, das ist ihre Art, mich zu unterstützen. Indem sie mir Zeit und Raum gibt. Schließlich ist sie nicht der Typ für übertriebene Gesten. Dabei war sie die ganze Zeit für mich da.

Wut auf Danielle, aber heftiger noch auf mich, steigt in mir auf, denn letztlich hätte ich mich persönlich viel mehr um den Menschen kümmern müssen, der mir so viel bedeutet. Zuneigung lässt sich nicht delegieren.

Ich dachte, dass es zwar gerade stressig wäre, ich aber alles im Griff hätte. Ich hab mich so toll gefühlt, den Job zu haben, den ich immer wollte, mit der Frau an meiner Seite, die ich liebe. *Alex, der Multitasker, der alles kann.* Dabei ist

Cali mir entglitten. Während für mich alles bestens war, muss es für sie so ausgesehen haben, als hätte ich sie ausgenutzt. Doch das habe ich nicht, das könnte ich nie, das werde ich nie. *Wie soll ich ihr das Gegenteil beweisen?*

Mir fällt ein, wie schwer es war, Cali am Anfang von mir zu überzeugen. Sie wollte mich nicht mal als Studenten, geschweige denn als Mann. Schon damals hätte ich beinahe alles ruiniert und hab nur knapp die Kurve gekriegt. *Aber jetzt?* Selbst wenn ich ihr alle Schokolade der Welt schicke, wird das nichts ändern. Aber ich muss was unternehmen. *Verdammt, Babe, ich lass dich nicht gehen.*

Als Erstes veranlasse ich persönlich, dass drei Schokotörtchen des letzten Events per Express nach Miami geschickt werden. Es ist zu wenig und zu spät, aber nach allem, was ich nicht getan habe, kann ich dafür wenigstens sorgen. Der erste Schritt vieler weiterer Schritte.

Dann schreibe ich Cali, dass es mir leidtut. *So schwach, Reid! Aber wie bringt man jemanden dazu, einem zu verzeihen? Vor allem, wenn dieser Jemand einen IQ von 135 und verdammt große Vertrauensprobleme besitzt.*

Ich starre auf die wenigen Zeilen. Mein Handy zeigt an, dass sie versendet und empfangen wurden, aber nichts passiert. Für New York ist das ein normaler Tag, für mich der Weltuntergang. *Los, mehr!*

Ich: Das alles war ein Missverständnis.
Ich: Bitte, wir müssen reden.
Ich: Ich kann dir alles erklären.
Ich: Wo bist du? Ich komm zu dir.
Ich: Ich liebe dich.

Besser! Das sagt doch alles. Ich liebe diese Frau, und ihr so wehgetan zu haben tut auch mir weh. Wenn es etwas gibt, was ich nie wollte, dann das. Verzweifelt starre ich auf die letzten Zeilen und frage mich, was ich noch schreiben kann. Aber was ist größer als Liebe? Nichts. Also wiederhole ich die Worte einfach.

Ich: Wirklich, Babe. Ich liebe dich.
Ich: Ich liebe dich. Ich liebe dich. Ich liebe dich.
Ich: Je t'aime.

Cali ignoriert mich weiter. Sogar mein sehr verzweifeltes französisches Ich-liebe-dich. *Was, wenn ihr was passiert ist?*

Boah, mir wird schlecht! Als sie mein Büro verlassen hat, hatte sie nur den leichten Mantel, Dessous und ein Paar elegante High Heels an. In New York herrschen Glatteis und Minustemperaturen. Sie könnte gestürzt sein und sich verletzt haben. Oder sie hat sich verkühlt. Unwillkürlich zittere ich. *Bitte, es muss ihr gut gehen!*

»Alex, da sind Leute für dich. Sie sagen, sie hätten um elf einen Termin bei dir«, stört mich Travis, ein verrückter Typ, der eine Mischung aus Waldschrat und Mannequin ist und für die Bürogemeinschaft am Empfang sitzt.

»Haben sie gesagt, wer sie sind?«, frage ich.

»Sie kommen von einem Filmstudio.«

Verdammt, der Termin ist wichtig. Es geht darum, möglichst viele von Rose Sterlings Liedern als Pre-Release unterzubringen. Damit dieses Treffen zustande kommt, habe ich mich richtig reingehängt, zuletzt gestern auf der Party

Harry vollgeschleimt. Sie wären jetzt nicht hier, wenn sie nicht an einem Deal interessiert wären. Aber das Timing ist miserabel.

»Führ sie in den Konferenzraum. Ich bin in fünf Minuten bei ihnen.«

»Alles klar, Sonnenschein«, flötet Travis.

Sobald er weg ist, atme ich tief durch und versuche, schneller nachzudenken, was ich jetzt machen muss. Aber ich bin wie blockiert.

Da fällt mir Calis Tipp ein. *Denk an was anderes.* Was das ist, ist nicht schwer. Cali im Konferenzraum. Cali bei mir. Ich bei Cali. Ihr Lachen, das Funkeln in ihren Augen, ihre warme Haut …

»Louisiana wird mehr wissen«, fällt mir endlich ein, da ist Travis zurück.

»Alex, die Leute warten. Kommst du?«

»Ich hab doch gesagt, noch fünf Minuten.«

»Jetzt sind es bereits zehn.«

Ich weiß, was ich zu tun habe. Wenn dir dein Herz abhandengekommen ist, tust du alles, um es wiederzubekommen. Ohne kannst du nicht leben. Cali ist mein Herz. Ich brauche sie. »Halt sie hin«, sage ich zu Travis.

»Sie wollen gehen.«

»Dann lass sie doch! Freut sich eben jemand anderer über die Songs.«

»Bist du dir sicher?«

Ich nicke. Die Lieder sind so gut, die krieg ich auch woanders unter. Ich habe Wichtigeres zu tun. Travis ist noch nicht mal aus meinem Büro raus, da wähle ich Louisianas Nummer.

»Gott sei Dank!«, entfährt mir erleichtert, als sie rangeht. »Ich hab Mist gebaut. Hast du was von Cali gehört?«

»Du klingst schrecklich.«

Ich lache rau. »Hab nicht geschlafen.«

»Seit wann?«

»Keine Ahnung.« Müssten jetzt über vierundzwanzig Stunden sein, nicht gesund, aber auch noch nicht lebensbedrohlich. »Hast du sie gesprochen?«, frage ich. »Sie geht nicht an ihr Handy. Ich mach mir Sorgen. Ich muss sie dringend erreichen.«

»Verdammt, Alex!« Lou schafft es, gleichzeitig wütend und enttäuscht zu klingen. »Ich müsste dir echt in den Arsch treten, weißt du das?«

»Sie hat mit dir gesprochen, ja?«, krächze ich.

»Ja«, sagt sie leise.

Für einen Moment kann ich nicht sprechen. *Gott, bin ich erleichtert!* Erschöpft sacke ich in meinem Drehstuhl in mich zusammen.

»Alex! Alex? Sag doch was!«, ruft Lou besorgt, obwohl ich so viel Anteilnahme nicht verdient habe. Nate hat ein nicht ganz so gutes Herz.

»Soll er doch verrecken«, höre ich meinen ehemaligen Bandkollegen im Hintergrund knurren.

»Das meint er nicht so«, sagt Lou beschwichtigend.

»Stimmt«, höre ich Nate erneut. »Soll er in der Hölle schmoren.«

Sie bewegt sich, und ich höre Nate nicht mehr gegen mich wettern. Seit er mit Lou zusammen ist, sind Cali und Vi wie Schwestern für ihn. Ihn morgen zu treffen kann ja heiter werden, aber darum sorge ich mich später.

»Weißt du, in welchem Hotel Cali ist? Ich muss mit ihr sprechen, sofort.«

»In keinem«, sagt Lou. »Sie ist hier, zu Hause.«

Fuck, tun die Worte weh! Ich war mal Calis Zuhause. *Ich!*

»Wir haben sie abgeholt«, schiebt Lou hinterher.

Heißt das, ich habe sie verloren? Das darf nicht sein. Ich stemme mich hoch und fühle mich wie ein alter Mann. Die Nacht sitzt mir in den Knochen, aber da muss schon mehr passieren, um mich in New York zu halten. »Bin unterwegs«, sage ich.

»Nicht, Alex! Gib ihr Zeit.«

Sie kennt Cali als Schwester. Aber ich kenne Cali als Frau, ich kenne Cali mit jeder Faser meines Körpers. Zeit ist das Letzte, was sie braucht. Je mehr Zeit sie hat, desto weiter entfernen wir uns voneinander. »Keine Chance. Ich komme.«

KAPITEL
20

Cali

Man sagt, der Morgen sei klüger als der Abend, und es stimmt, manchmal muss man eine Nacht über etwas schlafen, und es wird besser. Bei mir bringt das nichts. Selbst nach zwölf Stunden Schlaf liegt meine Welt in Scherben, und ich habe keine Ahnung, wie ich sie wieder aufbauen soll. Ich habe meinen Traumjob verloren. Im Internet kursieren anzügliche Bilder von mir. Und ich kann nicht fassen, dass Alex mich so abweisend behandelt hat. Wie eine Fremde.

Noch vor einem halben Jahr hätte ich gedacht, mich würde es am härtesten treffen, meinen Job zu verlieren. Die Universität, Aufsätze, Vorträge, Seminare, das bin ich. *Aber dem ist nicht so.* Auch die Nacktbilder machen mir erstaunlich wenig aus. Sie sind nur wie ein weiterer Streich, den man mir in meinem Leben gespielt hat, und weiß Gott, ich hab schon viele ertragen müssen. Man sagt immer: Ich würde das nicht überleben, aber man überlebt eine ganze Menge. Die Frage ist nur, wie.

Dass es mit Alex vorbei ist, das ist das, was am meisten wehtut. Es ist so, als würde mein Herz rasen und gleichzeitig stehen bleiben. Ich bin mir sicher, das ist anatomisch unmöglich, aber genau so fühlt es sich an. Wie sterben und im gleichen Moment wiederbelebt werden.

»Komm, steh auf, Cali. Ich hab dir was zum Essen gemacht«, sagt Lou, setzt sich zu mir aufs Bett und fährt mir durch die Haare, wie früher, wenn Vi oder ich krank waren.

»Ich kann nichts essen«, krächze ich.

»Das glaube ich dir, aber du musst.«

»Man verhungert nicht so schnell.«

»Du musst auch was trinken.«

Ich gebe einen grunzenden Laut von mir, weil sie damit recht hat. Ich kann mich nicht erinnern, wann ich zuletzt was getrunken habe. Meine Lippen sind spröde, und mein Mund ist trocken. *Aber atmen fühlt sich schon anstrengend an. Wie soll ich da was trinken?* »Lass mich doch einfach«, jammere ich.

»In Krisen scheinen wir Harper-Schwestern immer genau anders zu ticken als sonst«, murmelt sie.

»Was meinst du?«

»Ich bin sehr ordentlich, aber als ich damals von der Tour nach Hause kam und so unglücklich über die Trennung von Nate war, habe ich richtig Dreck gemacht.«

»Stimmt«, sage ich und merke, wie es mir guttut, kurz an was anderes zu denken. »Du warst gruselig. Wie du die Torte in den Müll geworfen und den Sekt in den Abfluss geschüttet hast.« Ich seufze. »Aber ich bin nicht so.«

»Nein, du kluger Kopf mutierst zum Dummerchen.«

»Hey!«, krächze ich. Nach allem, was ich durchgemacht habe, habe ich diese Beleidigung nicht verdient. Egal, wie liebevoll sie gemeint ist. Davon mal abgesehen, dass man mich in meinem Leben wirklich schon so einiges genannt hat, aber noch nie Dummerchen.

Sie zuckt mit den Schultern. »Nur die Wahrheit, Schwesterherz.«

Tränen steigen mir in die Augen, weil sie mich zwar aufzieht, es aber macht, weil ich ihr wichtig bin. Sie weiß, wie sie mich nehmen kann, und sie hat einen Punkt. Gerade benehme ich mich dumm.

»Einverstanden, ich esse was«, gebe ich nach, richte mich auf und fühle mich, als würde ich auf Wackelpudding laufen, während ich in die Küche gehe. Ich will meinen wie üblich halb vollen Kühlschrank öffnen und mir einen Joghurt schnappen, aber als ich die Küche betrete, sehe ich das Essen, das Lou vorbereitet hat. Ich habe auf nichts Appetit, doch mein Magen grummelt freudig. Geschlagen setze ich mich und verputze die Pancakes.

»Hier, nimm auch den Apfel.« Lou hält mir das Obst hin. »Vitamine.«

»Ich mag nicht.«

»Cali!«

Mit einem Seufzen gebe ich nach. »Du bist eine furchtbare Schwester, weißt du das? Ich mag zwar gerade nicht auf der Höhe sein, aber von einem Tag ungesundem Essen bekomme ich keinen Nährstoffmangel.«

»Das behauptest du! Aber kann man da so sicher sein?«

Keine Ahnung, ob sie mit Absicht diesen Blödsinn plappert, aber wann immer es etwas gibt, das ich nicht hundertprozentig weiß, muss ich es nachschlagen. Nährstoffmangel durch zu viele Pancakes zählt dazu.

Ich hole mein Tablet und zucke zusammen, als ich das Hintergrundbild von Alex und mir sehe. Ja, so eine Frau bin ich, die Bilder von ihrem Glück als Hintergrund verwendet. Hätte ich selbst nie gedacht! Außerdem sind dazwischen Benachrichtigungen von ihm. *Mist!*

Mir wird ganz schwer ums Herz, und ich höre auf zu kauen. Wir sehen so glücklich aus. *Ich* sehe so glücklich aus. Die Frau auf dem Foto denkt, dass alles perfekt ist. Dass sie Glück hatte mit diesem Mann. *So viel Glück.* Sie ahnt nicht, dass nur vier Wochen später ihr Leben den Bach runtergeht, rosa Wolken zu Gewitterwolken werden.

»Alles in Ordnung?«, fragt Lou, die nur mein Gesicht sieht, nicht den Bildschirm.

»Mmh«, mache ich, entferne das Bild und starte meine Suche. »Laut Internet sind Pancakes völlig okay, wenn ich mich ansonsten genug bewege, und das tue ich. Das weißt du.« Ich lese weiter. »Und Äpfel ... sind wahre ... Wunderwerke.« Meine Stimme bricht, und ich beginne zu heulen, ich verstehe selbst nicht, warum. Ich lese einen Artikel über Obst. »Alles bestens!«, versuche ich, Lou zu beruhigen. »Gleich vorbei.«

»Blödsinn! Lass uns zurück zum Sofa gehen!« Lou greift mir unter die Arme und lotst mich ins Wohnzimmer. Ich lasse mich aufs Sofa fallen und kuschle mich in die Kissen. »Bitte trink noch was, Cali.«

»Mmh«, mache ich und nicke, als sie mir Wasser reicht, kann aber nicht aufhören zu weinen. Ich bin Mitte zwanzig und heule, als würde ein Hurrikan der Stufe vier in mir toben und alle Schleusen zum Überlaufen bringen. Hätte nie gedacht, dass das in mir steckt. Frau muss wohl nur richtig viel verloren haben. »Das hört bestimmt gleich auf«, sage ich zwischen Schluchzern. »So bin ich sonst nie.« *Schluchz.* »Das ist nur eine Phase.« *Schluchz.*

»Ganz sicher ist es das. Ruh dich aus, Cali.«

Die Wahrheit ist: Ich brauche keine Ruhe, ich brauche

mein altes Leben zurück. Ich will, dass Alex hier ist, mein Alex, der alte Alex. Ich will, dass er sich zu mir aufs Sofa setzt und so was sagt wie: ›Mach mal Platz, du Heulsuse.‹

Und ich dann: ›Du bist zu groß.‹

Und er: ›Ich kann auf dir oder unter dir liegen, deine Entscheidung.‹

Ich: ›Geh einfach.‹

Er: ›Also auf dir, alles klar.‹

Ich stelle mir vor, wie er sich auf mich legt und mich kurz erdrückt, sich dann aber lachend mit mir dreht und auf den Rücken rollt. Er ist zu groß für mein Sofa, seine Füße ragen über die Armlehne, aber das stört ihn nicht. Er fährt mir durch die Haare, lächelt mich an und tut so, als hätten wir alle Zeit der Welt. Weil man genau das doch denkt, wenn man verliebt ist. Keiner rechnet damit, dass innerhalb einer Sekunde alles vorbei sein kann.

»Hier, Schokolade«, kommt Lou an.

»Ich mag immer noch keine. Außerdem ist das ungesund.«

»Für jeden anderen Menschen stimmt das, nicht für dich, du lebst davon. Na los!«

Mir ist wirklich nicht danach. So als hätte ich das Limit an Schokolade, das ein Mensch im Leben essen kann, bereits erreicht. Aber für Lou überwinde ich mich. Das Stück fühlt sich im Mund wie Pappe an, aber ich lächle und tue so, als ginge es mir besser. Schokolade hat tatsächlich eine wissenschaftlich nachgewiesene positive Wirkung auf die Psyche. Oder genauer: Kakao. Also sehe ich es wie Medizin. Die muss nicht schmecken.

Ich merke es gar nicht, aber vor Erschöpfung schlafe ich

wieder ein. Keine Ahnung, wann ich zuletzt so müde war, aber mir ist, als könnte ich Wochen durchschlafen.

Nach einer Weile höre ich im Halbschlaf Lou zu mir sprechen. »Hey, Süße.« Wieder streichen mir ihre Finger durch die Haare.

»Mmh?«

»Ich muss los, aber Vi kommt später vorbei. Ist das okay?«

»Natürlich«, krächze ich.

»Vergiss nicht zu trinken.«

»Ja, Mama«, antworte ich mit einem Lächeln und will einschlafen, da spüre ich eine Flasche an meinen Lippen. Ich nehme ein paar Schlucke, dann lässt mich Lou weiterschlafen.

Meine Klingel weckt mich. Jemand drückt wieder und wieder drauf.

Das muss Vi sein, denke ich. Sie hat zwar einen Schlüssel, aber sie vergisst ständig Sachen. Wahrscheinlich hat sie ihn verlegt.

Ich fühle mich besser, zumindest nicht mehr bis auf die Knochen erschöpft, aber die Enttäuschung sitzt tief. *Der Mann hat mich behandelt, als wäre ich ihm egal! Und dann hat er gezögert! Ge! Zö! Gert! Auf die Frage, ob er mich will, hätte er ohne Umschweife sagen müssen: ›Natürlich, immer, du hast ja keine Ahnung, wie sehr.‹ Es hätte eine Million Antworten gegeben, und sie wären alle richtig gewesen, wenn sie sofort gekommen wären. Das ist doch keine Frage, über die man lange nachdenken muss oder bei der man einen Blackout hat. Das ist die leichteste Frage der Welt. Und Alex hat sie vermasselt.*

Ich tappe zur Tür, drücke auf den Summer, öffne die

Wohnungstür und trotte ins Bad, um mir Wasser ins Gesicht zu spritzen, damit ich ein bisschen vorzeigbarer für meine Schwester aussehe. Ich habe meinen Job und die Liebe meines Lebens verloren, aber de facto – ich bin richtig stolz, dass mein Gehirn das Wort ausspuckt, *de facto* – bin ich in Ordnung.

»Hi, Cali«, meldet sich da eine vertraute Männerstimme hinter mir.

Ich hebe den Kopf und sehe Alex im Spiegel. Wie einen Geist. Ich blinzle, doch seine Gestalt verschwindet nicht. Er trägt einen zerknitterten Anzug – dunkel meine ich, es ist derselbe wie in New York –, und er sieht wahnsinnig müde aus, aber die Hitze in seinem Blick kenne ich. Die kennt mein Körper auf allen Ebenen. *Klasse, jetzt ist sie da, wenn wir alleine sind. Wenn wir kein Publikum haben. Wenn es um nichts geht. Was will er hier? Was bitte war an ›Lass mich in Ruhe‹ nicht zu verstehen?*

Nervös drehe ich mich um. Da steht er, in echt, nur einen Meter entfernt, vielleicht auch zwei, und plötzlich schlägt all der Schmerz in Wut um. »Hau ab!«

»Wir müssen reden, Cali.«

»Ich muss gar nichts.«

»Gut, aber ich muss. Du kannst ja zuhören.«

»Nö, keine Lust!«, sage ich störrisch und zeige zur Tür. »Raus.«

»So läuft das nicht.« Statt zu gehen, kommt er auf mich zu, und ich hasse, dass mein Bad zu klein ist, um zu fliehen – und wie mein verräterischer Körper kribbelt und auf diesen Mann reagiert. Als wären wir zwei Magnete, und ab einer gewissen Nähe können wir uns einander nicht entziehen.

»Cali, was passiert ist, tut mir unendlich leid.«

Seine Nähe macht mich ganz verrückt, genau wie sein Blick. Ich dachte, so würde er mich nie wieder ansehen. Ich dachte, selbst wenn, dann hätte es nicht den gleichen Effekt auf mich. Aber ich schmelze, wie immer. Und ich hasse mich dafür. Und ihn, dass er das in mir auslöst. Doch so bekommt er mich nicht noch mal rum. Ich bin California Harper, ich mag vielleicht gerade nicht auf der Höhe sein, aber ich neige nicht dazu, Fehler zweimal zu begehen. Ich lerne aus ihnen. *Immer.*

»Gut, Entschuldigung gehört.« Ich stoße ihn zur Seite. »Verschwindest du jetzt?«

Ich komme nicht weit, er packt mich und drückt mich an die Fliesenwand. *Arschloch! Riesenarschloch!*

»Du kennst nicht die ganze Geschichte, Babe.«

»Muss ich auch nicht, ich weiß das Ende, das reicht!«

Seltsamerweise lässt ihn mein Gefühlsausbruch aufatmen. Stur presse ich die Lippen zusammen, um den Rest, der mir auf der Zunge liegt, für mich zu behalten. Denn wenn Alex eines nicht verdient hat, dann, sich besser zu fühlen. *Er bereut, was passiert ist? Gut!*

»Weihnachten bei dieser Gala?«, redet er weiter. »Da hätte ich dich gerne bei mir gehabt.«

»Und das hast du mir wie mitgeteilt? Per Brieftaube?!«

Er grinst, und wieder beiße ich mir auf die Zunge, weil mit schlagfertigen Antworten alles zwischen uns anfing.

»Danielle, meine Assistentin, hat dir nie die Einladung weitergeleitet«, sagt er.

»Du hättest nachfragen können.«

»Das habe ich!« Er räuspert sich. »Gut, ich habe nachfragen lassen, was leider auch nicht bei dir angekommen ist. Trotzdem! Ich fand es unglaublich schade, dass du nicht in New York warst.« Bedauern schleicht sich in sein Gesicht, echtes Bedauern, das mich viel zu spät erreicht.

»Was war Silvester? Du hast mehr Zeit mit den Leuten der Musikbranche geredet als mit mir!«

»Es war ein berufliches Event.«

»Ist das also immer so? An den Feiertagen verbringen wir Zeit auf beruflichen Events?! Ist es das, was sich der Mann erträumt hat, der ein normales Leben wollte? Denn ich kann dir versichern, normale Menschen verbringen die Feiertage anders.«

»Fuck, du hast recht«, sagt er, will meinen Mund mit den Lippen streifen, hört jedoch sofort auf, als ich den Kopf abwende. »Es tut mir wirklich leid. Das ist auch alles neu für mich.«

»Das ist keine Entschuldigung.«

»Man muss Fehler machen dürfen, ich habe daraus gelernt.«

»Das waren zu viele. Bist du jetzt fertig?«, zische ich und versuche, ihm zu entkommen, aber er lässt es nicht zu, und verdammt, einem Teil von mir gefällt es, dass er so hartnäckig ist. »Alex!«

»Babe, mit dir bin ich noch lange nicht fertig. Ich fang gerade erst an.« Er raunt es mir so zweideutig zu, dass mein Körper reagiert. Und schlimmer noch, auch meine Fantasie, die die letzten Wochen nichts Gescheites zustande gebracht hat.

»Du hast gesagt, du hättest mich ständig angerufen und ich mich nicht bei dir gemeldet, und ich hab dir nicht geglaubt«, redet er weiter. »Auch das tut mir leid.«

»Ach, erinnerst du dich jetzt wieder daran, wie du mich ignoriert hast?!«

Nun wird er wütend, aber ich spüre, dass nicht ich der Grund dafür bin. »Das war auch Danielles Schuld«, sagt er. »Sie hat deine Nachrichten nicht durchgestellt, nie.« Er atmet schwer. »Und meine Nachrichten an dich auch nicht.« Sein Blick wird eindringlich und ernst. »Ich hab dir zu deinem Paper gratuliert. Ich hab dir von allen Branchenevents, auf denen ich war, Schokolade abgezweigt und per Kurier schicken lassen. Ich hab dich immer an meiner Seite haben wollen, und –«

Ich hole Luft für Einspruch, weil er sich das zu einfach macht.

»Und nein, Danielle ist nicht alleine schuld«, lässt er mich gar nicht erst zu Wort kommen und ihm sagen, wie jämmerlich seine Ausreden sind. »Ich hätte mich um dich persönlich kümmern müssen, Babe, so wie es sich gehört. So wie ich es am Anfang gemacht habe.«

Ich höre ihm an, wie ernst er das meint. Die Worte lindern den Schmerz in mir, können ihn jedoch nicht restlos vertreiben. Dafür bin ich zu tief verletzt. »Das reicht nicht, Alex. Verdammt, das reicht einfach nicht.« Ich habe wieder vor Augen, dass er mir nicht hinterhergelaufen ist, und der Schock trifft mich erneut. »Ich dachte, du folgst mir.«

»Ich hab dir später geschrieben.«

»Stunden später, Alex.« Meine Augen werden feucht, aber ich will nicht erneut weinen, schon gar nicht vor ihm. *Scheiße.*

»Ich konnte nicht«, sagt er sanft und gleichzeitig eine

Spur verärgert. »Ich war mit Fremden im Büro, ich konnte sie nicht zurücklassen. Das ging einfach nicht. Sie hätten sich Demotapes nehmen können, Verträge durchwühlen. Alles lag offen herum.«

Mist, das verstehe ich sogar. Doch das reicht trotzdem nicht, weil das alles verblasst gegen diesen einen Moment. Diese eine Sekunde. Mit allem wäre ich klargekommen, aber das ist absolut unverzeihlich. »Du hast gezögert.« Ich klinge kleinlich, aber diese Sekunde fühlte sich an, als hätte er mich getötet. »Du hast gezögert, als ich dich gefragt habe, ob du mich noch willst.«

Er drückt sich an mich. »Könnte daran gelegen haben, dass ich in dem Moment ein großes Problem im Schritt und zu wenig Blut im Kopf hatte.«

Ich will ihn von mir stoßen, aber er lässt es nicht zu. »Das ist eine Scheißerklärung, Alex.«

»Weißt du, Cali, ich hab Ja gesagt, verzögert zwar, aber ich hab es gesagt. Wie ist es mit dir? Liebst du mich denn noch?«

Sprachlos sehe ich ihn an. Ich spüre ihn, rieche ihn, will ihn, kann meinen Blick nicht von ihm lösen. Und ich kenne die Antwort, aber die hat er nicht verdient. Kein Wort davon. Strafend schweige ich.

»Siehst du!«, sagt er nur. »Und renne ich gleich weg?«

»Das ist ja wohl was ganz anderes.«

Alex

»Sag Nein, wenn du mich nicht mehr liebst«, fordere ich sie heraus, lockere meinen Griff etwas und streichle ihr Gesicht. »Sag Nein, Babe, ich könnte es verstehen.«

»Darauf kannst du lange warten! Lass mich einfach los! Ich hab genug von deinen Spielchen.«

Gott sei Dank! Cali ist wütend, aber sie liebt mich. Beste Nachricht des Tages.

»Du hast es nicht anders gewollt.« Ich packe sie unterm Hintern und hebe sie hoch, sodass sie nicht anders kann, als die Beine um mich zu schlingen, beuge mich vor und verschließe ihren Mund mit meinem. Sie kann reden, soviel sie will, aber ihr Körper sagt mir die Wahrheit. Sie will mich und erwidert den Kuss wie ausgehungert. *Ja, Babe, genau so!*

Mein Schwanz drückt gegen sie, und ich presse mich enger. Als sie stöhnt, komme ich fast in meiner Hose wie ein Teenager, der sich nicht im Griff hat. Ich spiele nicht fair, aber zu meiner Verteidigung: Wir wären auch nie zusammengekommen, wenn ich das gemacht hätte. *Warum daran etwas ändern?* Ich nutze ihre knappen Shorts aus, führe meine Hände unter ihrem Hintern zusammen und greife an ihre Mitte. Feuchte, einladende Hitze empfängt mich.

»Gott, Alex«, keucht sie, als ich sie erreiche.

»Es tut mir so leid«, murmle ich wieder, denn sie muss mir das glauben. »So, so leid.« Ich reize sie, gebe ihr, was sie will. Oder was zumindest ihr Körper möchte.

»Verdammt!«, ruft sie da und kommt nass an meiner Hand.

»Und noch mal«, flüstere ich ihr zu, nehme sie weiter, muss sie meinen Namen sehnsüchtig rufen hören, um zu wissen, dass *meine* Cali noch bei mir ist.

»Nein«, seufzt sie und krallt sich in meinen Nacken, dass es wehtut und mich gleichzeitig anstachelt, es ihr härter zu besorgen.

»Doch, Babe, los!«

Mit einem Schrei kommt sie und beißt mich in die Schulter, und ich lasse sie zu Boden. Sie könnte jetzt abhauen, aber sie lehnt sich nur schwer atmend an die Wand und sieht mich an. Ich spüre ihre Feuchtigkeit an meiner Hand, mein Schwanz pocht, es ist wie am Anfang zwischen uns, und Hoffnung durchdringt mich, dass alles gut werden kann.

»Ich hasse dich«, sagt sie sanft. »Und ich liebe dich«, schnaubt sie, als hätten die Worte ihre Bedeutung getauscht. Hass ist gut und Liebe schlecht.

»Also verzeihst du mir?«

»Glaubst du, ein Fick reicht und alles ist wieder in Ordnung? Es heißt in guten wie in schlechten Zeiten. Ich war in deinen schlechten da, aber du nicht in meinen. Und das sagt so viel. Also geh.«

»Babe, ich kann ni–«

»Verdammt, geh endlich«, wird sie lauter. »Mach es mir

nicht noch schwerer. Du hast gesagt, was du sagen wolltest, ich hab dir zugehört, und jetzt hau ab.«

»California, ich –«

»Nein, verschwinde!«

Ich habe ihr noch so viel mehr zu sagen. Sie muss mit den Konsequenzen der Fotos nicht alleine klarkommen, ich helfe ihr, bin für sie da. Doch Tränen sammeln sich in ihren Augen. Tränen, an denen ich schuld bin.

»Scheiße!« Ich will nicht, aber gehe, drehe mich jedoch noch mal nach ihr um, werde mich nie wieder nicht nach ihr umdrehen. Sie schüttelt den Kopf. Es ist aus. Als ich weiter zögere, wirft sie ein Shampoo nach mir, gleich darauf ein Duschgel. »Das musst du putzen«, rutscht mir raus.

»Verpiss dich, Alex«, sagt sie, aber lacht leise, weint oder beides.

Als ich ihr Apartment verlasse, fühle ich mich endgültig wie vom Zug überfahren. Von irgendwoher macht jemand Fotos von mir. *Wichser!*

Bevor ich noch mehr Aufsehen errege, gehe ich zu meinem Wagen und lasse mich von Josh nach Hause fahren. Sobald ich da bin, falle ich direkt in mein Bett und schlafe den Rest des Tages und die Nacht durch. So kaputt war ich noch nie.

Du hast Cali nicht verloren, an den Gedanken klammere ich mich vor dem Einschlafen. *Du hast sie auf keinen Fall verloren. Das darf einfach nicht sein. Sie ist die Frau deines Lebens. Du hast immer von dem Label geträumt. Aber wichtiger als der Traumjob ist die Traumfrau.* Für ersteren habe ich alles gegeben. Für sie gebe ich auch alles.

***

»Du hast vielleicht Nerven, hier aufzukreuzen«, begrüßt mich Harvey, als ich am nächsten Tag zu *Rock Against Rage* bei Nates Anwesen auftauche. Vor der Villa parken Übertragungswagen. Ein Team baut gerade die Bühnentechnik auf, ein anderes rollt am Eingang den roten Teppich aus, über den die wenigen Gäste des Konzerts direkt zur Bühne geleitet werden. Obwohl ich mehr als zehn Jahre Musiker war, fühle ich mich fremd in all dem Trubel. Die Wochen in New York haben ihre Spuren hinterlassen.

»Hey, Leute«, mache ich nur, hebe grüßend die Hand und will mir die Setlist ansehen und mich auf den Auftritt vorbereiten. Sekunden später habe ich Nates Faust im Gesicht.

»Du Scheißkerl«, brüllt er. »Wie konntest du sie so behandeln? Nach allem, was sie für dich getan hat?«

Wir raufen uns. Jemand müsste eingreifen, aber ich schätze, ich kann von Glück reden, dass mich nicht die ganze Band vermöbelt.

»Wenn du nicht aufhörst, kann ich nicht auftreten«, keuche ich.

Ein letzter fester Schlag folgt, dann bleiben wir beide auf dem Rücken liegen und atmen schwer. *Wow, schön, euch wiederzusehen, Jungs.*

»Los, hoch mit dir«, meint Brad und hilft Nate auf die Beine. Mich ignoriert er. Ich muss mich alleine aufrappeln. Habe ich nicht besser verdient.

»Scheiße, Alex«, sagt Nate, streicht sich Gras von den Klamotten und sieht mich an, als wollte er sich gleich noch mal auf mich stürzen. Besorgt wahre ich den Abstand.

»Ich hab mich bei ihr entschuldigt«, sage ich und rapple mich hoch.

»Mega Glanzleistung.« Er spuckt mich an.

Ich wische mir das Gesicht ab. »Soll ich gehen?«

»Ach, und uns mal wieder im Stich lassen? Wehe, Penner.« Er tritt mir in den Hintern. »Los, mitkommen. Der Soundcheck steht an.«

Ich folge der Band über den Rasen zu einer eigens für das Event aufgebauten Bühne. Auf der Rückwand prangt das Logo der Veranstaltung. *Rock Against Rage.* Rockmusik gegen Wut.

Routiniert greife ich mir den Bass, warte, bis Nate sein Mikro mit der Tontechnik abgestimmt hat, und spiele dann die von mir erwarteten Noten. Jeder Handgriff ist mir vertraut, trotz der Pause. Aber die Stimmung ist geladen. *Als wären die Jungs Chorknaben und hätten noch nie in ihrem Leben Mist gebaut. Spoiler: haben sie, und zwar nicht zu knapp.*

Als würde mir die überaus freundliche Begrüßung nicht schon sagen, was sie von mir halten, so lassen sie keine Gelegenheit aus, den neuen Bassisten zu loben. Ricky hat die gesamte Backlist innerhalb von vier Wochen einstudiert. Ricky kann aus jedem Song eine Rockversion machen. Ricky hat auf dem nächsten Album einen Track selbst komponiert.

Wow, verstehe, Ricky hat's echt drauf. Aber Ricky hat eure Ärsche nicht aus Clubs befördert, in denen mit Drogen gedealt wurde. Ricky hat euch nicht die hübscheren Mädels überlassen. Und Ricky hat garantiert auch noch nie eure Kotze im Gesicht gehabt.

Zähneknirschend lasse ich ihre Lobeshymnen auf meinen Nachfolger über mich ergehen. Der Kerl ist immerhin gut.

»Los geht's, Leuchte«, gibt mir Nate das Zeichen, dass das Konzert startet, und rempelt mich auf dem Weg zur Bühne absichtlich härter als nötig an. *Sehr erwachsen!*

Während des ersten Lieds kann ich die Spannung zwischen uns spüren. Wir liefern uns ein Battle mit den Gitarren, und anders als vorhin im Garten lasse ich ihn nicht so leicht davonkommen. Er ist gut, aber ich bin besser.

»Verdammt!«, knurrt er, als er verliert. Das Publikum johlt, und für einen Moment befürchte ich, dass er seine Gitarre schrottet, wie ein wütendes Kind die Bühne verlässt und auf das Konzert scheißt. Zu meiner Überraschung schüttelt er den Kopf, muss lachen und klopft mir auf den Rücken. »Dieser Wichser«, sagt er ins Mikro, geht zum nächsten Song über, und plötzlich ist die alte Leichtigkeit zurück. Natürlich ist nichts vergeben und vergessen. Er ist noch mein Freund, aber er ist eben auch Calis Freund. Damit kann ich leben.

Nach dem Auftritt folgen Interviews und lockere Gespräche. Als sich Lou zu uns gesellt, Nate den Arm um sie legt und sie ganz ungezwungen küsst, zieht es in meinem Magen. *Das hatte ich auch mit Cali.*

Fuck, ich brauche sie!

Obwohl Cali mich darum gebeten hat, sie in Ruhe zu lassen, drehe ich ein Video von der Party und schicke es ihr, einfach so, wie man sein Leben eben teilt. Keine Ahnung, ob das ein Fehler ist, ob sie noch Zeit braucht, ob sie meine Nachrichten überhaupt liest oder mich blockiert hat. Aber es fühlt sich richtig an. Dazu schreibe ich, wie schade ich es finde, dass sie nicht hier ist. Sie mag sauer auf mich sein, doch das ändert nichts daran, dass ich sie vermisse und den Gedanken nicht ertrage, sie vielleicht für immer verloren zu haben.

Gleich darauf antwortet sie, dass ich sie in Ruhe lassen soll. Es ist ihr übliches Nein, aber Schmetterlinge flattern in meinem Bauch. *Hat man das als Mann überhaupt?* Keine Ahnung, aber so fühlt es sich an. Gestern war ich mir nicht sicher, wie es zwischen uns weitergeht, aber jetzt? Jetzt habe ich Hoffnung. Sie hat mich nicht ignoriert, sondern mir sofort geantwortet. Das muss ich nutzen.

Ich: Kann leider nichts für meine Gefühle. xoxo
Cali: Willst du, dass ich dich blockiere?
Ich: Dann besorg ich mir eine andere Nummer, um dir zu schreiben.
Cali: Muss es eigentlich immer nach dir gehen?
Ich: Wenn es nach dir geht, reden wir nie wieder miteinander, und das ist Mist. Falls es dir nicht klar ist, Babe: Ich hab dich nicht aufgegeben. Und ich werde dich nicht aufgeben.

Drei Punkte tanzen, stoppen, tanzen, stoppen. *Sie schreibt mir, immerhin. Aber was zum Henker wird das? Ihre Memoiren?*

Geschlagene fünf Minuten warte ich, dann halte ich es nicht mehr aus. *Was, wenn sie an ihrer finalen Rede feilt, um mich in die Wüste zu schicken? Das kann ich nicht zulassen.*

Ich: Willst du mich in den Wahnsinn treiben?

Wieder tanzen die drei Schreibpunkte auf meinem Display. Irgendwie werde ich das Gefühl nicht los, dass Cali sich jetzt mit Absicht Zeit lässt.

Frustriert stecke ich das Handy weg, da empfange ich endlich ihre Nachricht. Eine, mit der ich gar nicht mehr gerechnet hätte.

Cali: Hab die Schokoladentörtchen bekommen. Danke. Die sind lecker.

Gleich darauf folgt ein Foto von einem angebissenen Törtchen. Ich starre es an, als hätte Cali mir ein Bild von sich in Unterwäsche geschickt. Zig Antworten gehen mir durch den Kopf. *Liebst du mich jetzt wieder? Verzeihst du mir? Kommen wir wieder zusammen?* Aber fuck, anders als letzten Sommer muss ich es dieses Mal ruhiger angehen. Es steht zu viel auf dem Spiel.

Ich atme tief durch und schicke ihr nur ein Emoticon. Ein einziges. Ein harmloses. Nicht das Gesicht mit dem Speichelfaden – was man missverstehen könnte. Nicht den Luftkuss. Kein Herz. *Auf keinen Fall ein Herz!* Nicht das Gesicht mit dem seitlich angehobenen Mundwinkel, das sagt: *Na, hab ich geschickt angestellt, oder?* Ich schicke das einzige, was neutral ist. Einen erhobenen Daumen.

Wie richtig das ist, sehe ich sofort, Cali schickt mir das gleiche Zeichen zurück. *Perfekt!* Sie liebt mich noch. Nate könnte mich jetzt windelweich schlagen, es würde mich kein bisschen stören. Nichts ist verloren.

***

Die nächsten Wochen bewegen Cali und ich uns auf genau der Ebene. Ich bin es, der Nachrichten verschickt, mich nach ihr erkundigt, sie über die Arbeit in New York auf dem Laufenden hält. Sie beschwert sich jedes Mal und tut genervt, aber sie reagiert. Als wären die Nachrichten ein Ventil, um die Wut auf mich loszuwerden.

> **Cali:** Was glaubst du wohl, wie es mir geht?
> **Cali:** Keine Sorge, Lou und Vi sind für mich da, wenn ich was brauche. Genau wie meine Eltern.
> **Cali:** Willst du jetzt noch Lob von mir? Wow, Alex! Glückwunsch, wie toll du in dem Job bist, den du durch mich hast.
> **Cali:** Hast du zu viel Zeit, dass du mir ständig schreibst?

Jede Nachricht steckt voller verletzter Gefühle. Dennoch lächle ich, denn Calis Textbomben folgen nahezu unmittelbar auf meine Nachrichten. Beinahe schon so, als hätte sie nur drauf gewartet, mich attackieren zu können.

Das mit uns muss wieder was werden.

Und das wird es, wenn auch sehr langsam ...

Ende Januar eröffne nicht ich zum ersten Mal das Gespräch, sondern sie. Sie schreibt mir von sich aus, dass sie ihre Sachen von der Uni abgeholt hat, und fragt, ob ich noch ein Buch von ihr hätte.

Ich kläre das sofort. Bei Büchern versteht die Frau keinen Spaß, und tatsächlich hab ich es und lasse es umgehend von meiner Wohnung zu ihr bringen.

Im Februar schreibt mir Cali: »Diese Schweine. Ich hab mich bei einer Uni in Alabama beworben. Alabama! Die tauchen nicht mal in den Hochschulrankings auf! Und was haben sie gemacht? Sie haben mich abgelehnt! Ist das zu fassen?!«

Ich biete ihr Hilfe bei der Jobsuche an, aber die lehnt sie natürlich ab. Obwohl der Skandal mit den Nacktfotos ein alter Hut ist, scheint die akademische Laufbahn für sie beendet. New York hatte das Jobangebot schon im Januar zurückgezogen. Bisher will sie keine andere Uni. Sie hat wohl zwei Angebote aus Europa erhalten, aber ihre Heimat zu verlassen kommt für sie nicht infrage. Gut für mich.

Im März überrascht mich Cali erneut, weil sie nicht nur erzählt, was sich bei ihr tut, sondern weil sie mich erstmals um etwas bittet: »Wenn du morgen bei dem Event bist, bekomm ich wieder Schokolade?«

Anders als in den ersten Wochen in New York kümmere ich mich mittlerweile persönlich darum, Cali von jedem meiner Events per Kurier alles zu schicken, was Kakao enthält. Sie kann sich darauf verlassen, also ist das eine weitere Annäherung, und die muss ich nutzen – und Cali ein bisschen aus der Reserve locken.

Ich: Sorry, geht diesmal nicht. Die haben kein Dessert.

Cali: Willst du mich ärgern? Ich hab gehört, dass so ein neuer Laden aus Brooklyn das Catering übernimmt. Die haben immer Dessert bei ihren Büfetts dabei.

Ich: So was wird öffentlich gemacht?

Cali: Ich habe viel Zeit zum Googeln.

Ich: Lass dich doch überraschen.

Cali: Es war eine einfache Bitte. Muss ich erst betteln?

Ich: Würdest du? Es geht immerhin um Schokodessert.

Cali: Pah, ich bekomm auch hier welches.

Kurze Pause.

Cali: Bitte!!!

Ich: Das reicht nicht.

Cali: Bitte, Schokodealer aus New York.

Ich: Das ist nicht Betteln, sondern ein Scherz.

Cali: Du bist unmöglich.

Ich: Und du schokosüchtig.

Ich lasse sie nicht länger zappeln.

Ich: Ich schick dir was.

Cali: Meine Güte, ich war kurz davor, mich illegal auf das Event zu schleichen. Hättest du das nicht gleich sagen können?!

Ich: Nein. :)

Die nächsten Wochen entwickeln wir etwas wie eine Schreibfreundschaft. Ich dachte, so was Altmodisches gäbe es heutzutage gar nicht mehr. *Falsch gedacht.* Wir reden. Zwar nicht über uns, dafür über das, was in unserem Leben passiert, und dadurch lernen wir uns noch mal neu kennen.

Bei Cali dreht sich alles um ihr Fachgebiet, Aufsätze und Vorträge, mit denen sie sich als Expertin über Wasser hält, und nach wie vor Bewerbungen. Der Skandal mit den Nacktbildern liegt mittlerweile drei Monate zurück, und ich kann nicht fassen, dass das immer noch solche Auswirkungen auf ihre Situation hat. Ich wünschte, ich hätte all das verhindern können. Für die Presse ist das Thema durch. In der akademischen Welt sieht das leider anders aus. Von einem tadellosen Ruf hängen Fördergelder ab. *So viel zu unabhängiger Forschung!*

Bei mir dreht sich alles um Musik, neue Alben, Kooperationen und Chartplatzierungen. Ich habe mit dem Label zu tun. Nach Rose Sterling kann ich gleich drei neue Künstler aufnehmen. Einer floppt total, weshalb ich richtig Stress mit meinen Geldgebern bekomme, aber die anderen beiden laufen gut, wenn auch nicht so gut wie Rose.

Der April bringt weitere Veränderungen. Todmüde komme ich heim nach einem Meeting-Marathon mit Oberschnösel-Anwalt Zac und Finanzchef Martin, die mir für die Nutzung der hauseigenen Abteilungen plötzlich Rechnungen schreiben wollen. *Säcke!*

Ich: Bin heute zu müde.

Ich: Kein Chat-Roman.

Cali: Hier, das macht dich wach.

Ich wundere mich, was sie meint, da schickt sie ein Bild ihrer nackten Schulter. Es ist albern, aber fuck, mein Puls schnellt in die Höhe. *Was tut sie da? Warum? Wie? Und verflucht, ich habe sofort einen Ständer und will sie dringender denn je. Von einer Schulter!* Ich muss sie provozieren.

Ich: Was ist das? Ein Knie?! Wirkt nicht.

Ich: Gute Nacht.

Cali: Blödmann!

Ein weiteres Foto folgt.

Cali: Das eben war meine Schulter. DAS sind meine Knie.

Wahnsinn! Sie hat das Foto von oben aufgenommen. Was ich sehe, sind leicht gespreizte Schenkel, als würde sie auf jemandem sitzen. *Ich will nach ihrem Bein greifen und die Innenseite entlangfahren, hören, wie ihr Atem flacher geht, und spüren, wie ihre Haut heißer wird.*

Ich lockere meine Krawatte, knöpfe das Hemd auf, nutze das gedimmte Licht und mache umgekehrt ein Foto von meiner Brust. Cali steht auf meinen Körper. *Was sie bei mir kann, kann ich auch bei ihr.*

Ich: Schlaf schön, Babe.

Cali: Also in meiner Fantasie hast du anders reagiert!

Ich: Wie denn?

Cali: Du … Das kann ich dir nicht schreiben.

Okay, jetzt bin ich wieder hellwach, genau wie ein spezieller Teil von mir, den ich mit der freien Hand packe.

Ich: Babe! Schreib es! Sofort!

Cali: Geht nicht.

Ich: Tu es, oder du bist schuld, wenn ich ins Krankenhaus muss.

Cali: Warum das denn?

Ich: Weil ich an Blutstau sterbe.

Damit habe ich mehr verraten, als ich wollte. Eine kurze Pause entsteht, aber ich mache mir keine Sorgen, dass Cali aus dem Gespräch aussteigt, und starre das Display an, so wie ich Cali anstarren würde. Und yes, da kommt ihre Antwort.

Cali: Ich stelle mir vor, du greifst nach meinen Innenschenkeln, drückst sie, ziehst mich auf deinen Schoß.

Fuck, sofort packe ich meinen Schwanz fester, als wäre sie hier.

Ich: Du warst böse, Babe.

Cali: Oh jaaa!

Ich: Ich drehe dich auf den Rücken und zieh dir deine Shorts aus.

Cali: Ich ziere mich.

Ich: Ich leg mich halb auf dich, du hast keine Chance.

Cali: Ich beiße dich in die Schulter.

Ich: Ich befehle dir, meine Hose zu öffnen.

Punkte tanzen, was auf mehr als ein Ja deutet. *Etwa Protest?*

Ich: Du machst das, Babe, keine Widerrede.

Cali: Gott, ja, ich mach das und reibe dich.

Ich: Ich positioniere mich, aber dringe nicht in dich.

Cali: Ich will dir entgegenkommen.

Ich: Ich verhindere das.

Cali: Bitte, Alex!

Ich: Reicht nicht.

Cali: Bitte, bitte, bitte.

Ich: Bitte, was?

Cali: Fick mich! Fick mich hart.

Ich: Mit einem Stoß dringe ich in dich. Du schreist vor Lust.

Cali: Ich will zurückweichen, sonst komme ich sofort.

Ich: Ich lass dich nicht, benutze deine nasse Pussy.

Cali: Ich komm gleich.

Ich: Wehe!

Cali: Gott, nein, wirklich!

Fuck! Ihre Worte lassen mich explodieren, mit einer Hand am Telefon und der anderen am Schwanz. Nicht nur ich habe die Nummer genossen, sie auch. Eine volle Minute schreibe ich nichts, und als ich auf mein Handy schaue, sehe ich, dass auch Cali nichts geschrieben hat. *Haben wir gerade gesextet? Und war es sogar gut?*

Ich: Hast du mal überlegt, mit deinen Fantasien Geld zu verdienen?

Es ist nicht das, wofür sie studiert hat, aber das Leben geht manchmal Umwege, um einen an den Ort zu führen, an den man wirklich gehört.

Cali: Was?! Soll ich mich vor einer Kamera ausziehen?
Ich: Ich dachte eher an Kurzgeschichten. Vielleicht sogar schmutzige.
Cali: Die würde doch keiner lesen.
Ich: Versuch es! Was hast du zu verlieren?
Cali: Gute Nacht, Alex.
Ich: Babe, so leicht lasse ich dich nicht davonkommen. Ich will eine Story, morgen.
Cali: Noch mal gute Nacht.
Ich: Glaubst du, ich lass dich jetzt schlafen?

Keine Antwort.

Ich: Ich greife an deine Klit.

Keine Antwort.

Ich: Ich bin nicht sanft.

Keine Antwort.

Ich: Ich massiere deine Pussy, außen wie innen, grob, fest, schnell.

Keine Antwort.

Ich: Du bist schon wieder so nass, so heiß, so bereit ...

Keine Antwort.

Ich: Sorry ... dann keinen zweiten Orgasmus.

Mit einem Grinsen warte ich, ob sie meine Strategie durchschaut. Je mehr ich für etwas bin, desto heftiger ist sie dagegen. Ziehe ich mich jedoch zurück ... *Bingo! Sie meldet sich. Besser sogar: Sie ruft mich an.*

»Was soll das?«, sind ihre ersten Worte, die ich seit Monaten höre. Sie will, dass ich die kleine Nummer aus dem Chat weiterführe, aber ich will auch was von ihr. Ihr Versprechen, dass sie es mit dem Schreiben probiert.

»Babe, du weißt, was ich hören will.«

Für einen Moment ertönt nur ihr schwerer Atem. Es ist lange her, aber das Geräusch ist unverwechselbar. Cali ist erregt. Nass. Bedürftig. Die pure Sünde.

»Lass mich kommen«, sagt sie da heiser und so perfekt, dass ich ein Stöhnen nicht zurückhalten kann.

»Versprich mir, dass du es versuchst«, bleibe ich standhaft.

Wieder nur ihr schwerer Atem. Doch es stört mich nicht, ich könnte ihr stundenlang zuhören, wenn sie so ist. Nur sie an meiner Seite zu haben wäre schöner. *Gott, was hab ich diesen Sound vermisst!*

»Hast du ein Glück, dass du nicht hier bist«, raune ich ihr zu.

»Warum?«

»Ich würde in deine weichen blonden Haare greifen, damit du meinem Blick nicht ausweichen kannst.«

Sie seufzt angetan.

»Ich würde mit meinen Lippen über deinen Hals fahren, dich mit meinen Bartstoppeln verrückt machen.«

Jetzt folgt ein sehnsüchtiges, gequältes Stöhnen. »Und dann?«

»Würde ich weiter nichts tun, Babe, gar nichts.«

Ein frustrierter Laut entschlüpft ihr, den ich so noch nie von ihr gehört habe. »Gut, ich schreibe was«, gibt sie nach.

»Und wenn es einigermaßen okay ist, veröffentlichst du es.«

»Das ist doch albern.«

»Hat die Professorin etwa Schiss, dass sie versagt?«

»Vielleicht ...«

Cali hat sich verändert. So kenne ich sie nicht. Ihre neue, etwas bescheidenere, unsichere Seite gefällt mir. Ich packe meinen Schwanz wieder fester, verberge nicht, was ich gerade tue, nicht vor ihr. Wir haben es uns schon mal zusammen besorgt, vor einer Ewigkeit auf der Toilette des Flughafenhotels. »Versprich es mir. Sei brav.«

»Ja, Gott, ja. Und jetzt bitte –«

Ich kann sie nicht länger zappeln lassen. Sie will mich, ich sie.

»Mein Schwanz stößt in dich«, raune ich ins Telefon. »Du willst es langsamer, aber ich gebe das Tempo vor und nehme dich schnell und hart.« Sie keucht auf. »Du willst an deine Klit greifen, aber das erlaube ich dir nicht.« Ihr entweicht ein gequälter Laut. »Du legst die Hände über deinen Kopf und lässt dich von mir nehmen, gibst mir deinen Körper, gibst mir alles, was ich will, Babe.« Sie stöhnt lauter. »Ich kann spüren, wie deine Pussy sich verengt, gierig wie immer.« Sie macht mich mit ihrem Atem verrückt, ich sie mit meinem. »Du willst mich tiefer, ziehst mich mit einem Bein an dich. Du willst mich näher, willst alles von mir. Alles, Babe.«

»Alex!«

»Komm, na los, komm!«

Sie stöhnt, und wir beide kommen. Danach horchen wir auf den Atem des anderen. Ich will ihr so viel sagen, verkneife es mir aber, um den Moment nicht zu ruinieren. Eine angenehme Stille breitet sich zwischen uns aus, bis es so leise wird, dass ich vermute, dass Cali eingeschlafen ist.

Wie sehr ich sie vermisse! Ich will sie halten, will ihren erschöpften Körper auf mir spüren, hasse, dass über tausend Meilen Luftlinie zwischen uns liegen. Fuck, so kann es nicht weitergehen. Sie dort, ich hier. Mir kommt eine Idee. Und sie lässt mich nicht mehr los. So viele ziehen nach New

York und suchen ihr Glück. Aber ich musste hinziehen, um zu erkennen, dass ich es längst hatte ... Ich muss zurück.

KAPITEL
21

Cali

Nie hätte ich gedacht, dass sich meine Beziehung mit Alex so entwickelt. Das, was entsteht, ist nicht perfekt, aber jeder Schritt fühlt sich echt an, sicher, gut.

»Hast du jemanden kennengelernt?«, frage ich ihn, als ich im Juni den Eindruck habe, dass Alex gestresster ist als sonst, weniger Zeit hat, kürzer antwortet.

»Würde dich das stören?«, fragt er und wirkt seltsam aufgeregt.

»Oh mein Gott, du hast also jemanden kennengelernt!« Irgendwie hatte ich die letzten Monate nicht daran gedacht, dabei ist das logisch. Alex ist attraktiv und in der Musikbranche unterwegs. Er ist ständig von schönen Frauen umgeben, während ich zu Hause zwischen meinen Büchern verstaube. *Klasse!*

»Beruhig dich«, sagt er unglaublich sanft.

»Klappt nicht.«

»Es fehlen noch die allerletzten Unterschriften, ich darf es dir eigentlich erst morgen sagen, aber fuck, der eine Tag ist egal … Ich komm zurück nach Miami.«

Bei seinen Worten rast mein Herz und hüpft und macht verrückte Dinge, die Herzen nicht tun können. Gleichzeitig spüre ich Panik in mir aufsteigen. *Enden dann unsere*

Telefonate? Bleibt unsere neue eigenartige, schöne Freundschaft bestehen? Die Pause zieht sich, und ich muss irgendwie reagieren. Auf die Schnelle versuche ich es mit Humor.

»Warum kommst du? Vermisst du die Moskitos?«, ziehe ich ihn auf.

»Genau, und die Alligatoren. Die kennt man in New York nur aus Zoos.«

»Laut einem urbanen Mythos haben Tiere, die aus dem Zoo entkommen sind, in der Kanalisation überlebt.«

»Müssten die nicht längst tot sein?«

»Nicht, wenn sie Krokobabys bekommen haben.«

»Na, dann kann ich ja doch hierbleiben. Es gibt Krokodile in New York. Da hab ich endlich alles, was ich immer wollte.« Er räuspert sich. »Spaß beiseite: Es ist alles schon beschlossene Sache. Freust du dich?«

Mit dem Geplänkel wollte ich ablenken, wie sehr mich die Nachricht durcheinandergebracht hat, aber nun fehlen mir die Worte. Ich weiß, was ich fühle. Es ist die letzten Monate immer stärker geworden. Mit jedem Schokotörtchen, jeder Textnachricht, jedem Anruf …

»Ja, ich freue mich«, sage ich jedoch erst mal.

»Ehrlich?«

»Ja, Professorinnen-Ehrenwort.«

»Du bist keine Professorin mehr.«

»Streberinnen-Ehrenwort. Besser?«

»Besser.« Er atmet auf, als hätte er wirklich befürchtet, es würde mich stören. Und dann sagt er, was er sich so lange verkniffen hat: »Ich liebe dich, Babe. Nur für den Fall, dass du glaubst, daran hat sich was geändert. Das hat es nicht, das wird es nie.«

Wärme durchflutet mich, meine verfluchten Mauern gegen diesen Mann bröckeln. Ein Windhauch, und sie fallen in sich zusammen. *Aber was, wenn der Umzug nach Miami sich für ihn beruflich anbietet? Wenn er gar nichts mit mir zu tun hat, sondern mit der Nähe zu Hurricane Florida Records und den Rebel Boys?* Verdammt, ich hasse die Zweifel, aber sie klammern sich hartnäckig an mich. Ich vermisse Alex, doch gleichzeitig fehlt mir noch ein bisschen mehr Vertrauen, dass er mich nicht erneut verletzt, um mich wieder voll und ganz auf ihn einzulassen. Ich weiß nicht, wann der Moment kommt, hoffentlich bald.

»Bis dann«, sage ich nur auf seine Liebeserklärung und lege auf.

Gott, Cali, du Schisser, was tust du da?! Der Mann hat dir gerade gestanden, dass er dich liebt, und du sagst ›bis dann‹?! Bist du verrückt geworden? Du hättest wenigstens sagen können: ›Ich mag dich auch.‹ Oder: ›Du bist mir auch wichtig.‹ Aber das? Armselig!

Der Punkt ist, ich weiß sehr genau, was ich ihm sagen will, ich traue mich nur nicht, es laut auszusprechen. Als ich es beim letzten Mal getan habe, ist wenig später alles in die Brüche gegangen. *Doch vielleicht kann ich es schreiben? Gute Idee!*

Ich: Ich liebe dich auch.

Sofort ruft mich Alex zurück.

»Ich werde das nicht wiederholen«, stelle ich klar.

»Aber das war kein Tippfehler?«

»Nein«, krächze ich voller Emotionen.

»Fuck, Babe, ich wünschte, ich wäre jetzt bei dir.«

»Ist schon okay. Es werden sich mehr Gelegenheiten ergeben. Wann ist der Umzug?«

»Nächste Woche.«

»Du kommst wirklich?«

»Auf jeden Fall. Den Samstag drauf findet als Einstand eine Rooftop-Party in Midtown statt. Nate wird da sein, Lou bestimmt auch. Sehen wir uns da?«

»Zu einer Firmenfeier?«

»Nicht irgendeiner, sondern *der* Party. Es kommen Stars wie Coco Caramel, die Killer Puppets und Rose Sterling. Was sagst du?«

»Bin dabei. Bin so was von dabei. Komme, was wolle!«

Wir legen auf, und ich grinse breit. Ich werde Alex wiedertreffen, und ich habe gottverdammte Schmetterlinge im Bauch, als wäre ich frisch verknallt. *Das ist ein gutes Zeichen, oder?*

***

Je näher der Eventtag rückt, desto nervöser werde ich. Am Samstag ist meine Ruhe vollends dahin. *Wie es wohl ist, ihn nach so langer Zeit wiederzusehen? Ob wir uns nur gut verstehen, oder ob da auch wieder diese Chemie zwischen uns ist? Werden wir Zeit für uns haben? Werden wir miteinander tanzen oder uns sogar küssen?*

Und was er wohl dazu sagt, wenn er erfährt, dass ich nicht nur seinem Rat gefolgt bin und angefangen habe zu schreiben, sondern damit sogar Geld verdiene? Auf Alex' Nachfragen hin habe ich bisher ausweichend reagiert, vorgestern kam allerdings die erste Abrechnung, und die war so hoch, dass ich dranbleiben werde. *Das muss er erfahren!*

Wie immer setze ich mich nach dem Frühstück an den Laptop. Ich will unbedingt noch ein Kapitel beenden, bevor ich zur Party gehe. Aber es läuft zäh. Ich bin mit den Gedanken bei Alex.

Nach dem Mittagessen liegen meine Nerven richtig blank. Meine Finger kribbeln. Irgendwie fühle ich mich unwohl, was überhaupt keinen Sinn ergibt, weil ich nach all den Monaten, die wir nur geschrieben und am Ende telefoniert haben, endlich ein gutes Gefühl habe. Meine Nerven sollten nicht so flattern. Es ist nur – *puh!*

Ich weiche von meinem Laptop zurück und atme tief durch. *Nicht besser.*

Fast denke ich, dass ich weiterarbeiten kann, da fühlt es sich an, als würde in meinem Magen eine Achterbahn ihre Loopings drehen. Keine Minute später rebelliert mein Innerstes. Ich schaffe es gerade rechtzeitig ins Bad, um mich zu übergeben. Mein Magen beruhigt sich kurz, gleich darauf legt mich die nächste Welle lahm. *Mist, Mist, Mist.* Das sind nicht meine Nerven, auf keinen Fall. Ich muss was Schlechtes gegessen haben. *Aber ich hatte doch nur Fischstäb–*

Mein Magen krampft, bevor ich den Gedanken zu Ende denken kann. *Echt, es liegt am Fisch?* Ich kaufe seit Jahren die gleiche Sorte.

Noch eine Welle.

Als ich glaube, dass es fürs Erste gut ist, stehe ich auf, putze mir die Zähne, trinke was und will mich hinlegen. Schwerer Fehler. Nicht das Hinlegen, aber das Wasser. Mein Magen revoltiert erneut.

Scheiße.

Außer Atem bleibe ich neben der Toilette sitzen. Wenn es nur das Essen war, dann habe ich gute Chancen, bis heute Abend okay zu sein. *Ich will zu der Party! Ich will zu Alex. Ich will, dass er mich ansieht und mich mit einem Blick den Rest der Welt vergessen lässt.*

Eine halbe Stunde warte ich neben der Toilette. Als ich mich sicher genug fühle, kämpfe ich mich nach oben. Mir ist schwindlig und nicht wohl, aber es geht. Sobald ich zu aufrecht stehe, dreht sich wieder alles. Gekrümmt laufe ich zum Sofa und verzeichne es als Erfolg, als ich eine Liegeposition finde, die meinem Magen nicht übel aufstößt.

Mein Mund ist ganz trocken, ich warte noch mal eine halbe Stunde, dann wage ich erneut, was zu trinken.

Falsche Entscheidung! Wieder schleppe ich mich ins Bad. *Verdammt!* Ich kann nicht fassen, dass ich ausgerechnet heute krank bin. Die letzten Monate sind Alex und ich uns so nah gekommen, und da ist nur noch dieser Zipfel Restzweifel. Ich wollte ihn ausräumen, ich wollte den Neuanfang wagen.

Frustriert sehe ich zu meinem Handy und behalte die Zeit im Blick. Bis 20 Uhr – oder meinetwegen auch 21 Uhr, wenn ich etwas später komme – bleiben mir noch vier Stunden, das schaffe ich bestimmt. Das Gleiche denke ich eine Stunde später und noch mal eine später. Gegen sieben wird die Zeit knapp, und ich nehme mir vor, etwas zu essen und es in meinem Magen zu behalten. Mir geht es nicht gut, aber wenn mir das gelingt, dann stehe ich den Abend durch.

Ich schaffe es nicht. Heulend auf dem Badboden hockend sehe ich zu dem Kleid, das ich tragen wollte. Selbst wenn ich jetzt fit wäre, der Stoff muss riechen. Ich habe es völlig umsonst gekauft.

Mehr Tränen folgen, als ich es ansehe. Es ist neu, in einem dunklen Blau, das zu meinen Augen passt, und es war eigentlich viel zu teuer für meine jetzige Situation. Aber ich wollte, dass Alex verrückt wird, wenn er mich sieht, und dass niemand irgendwelchen Mist über mich schreibt, wenn ich auf Fotos neben ihm auftauche. Und wenn man will, dass ein Mann wegen einem verrückt wird, dann will man alles. Ich kann es nicht länger leugnen. Ich liebe ihn nicht nur, ich will ihn wieder in meinem Leben haben. Und mein Magen ruiniert mir meine Pläne.

Los, Cali, google deine Symptome, krieg raus, ob es das Essen oder ein Virus ist, und dann tu was dagegen.

Mühsam bewege ich mich zu meinem Handy, nur um zu sehen, dass es jetzt halb acht ist. *Mist.* Es ist total egal, was ich habe. Ich weiß, was ich vergessen kann: den Abend mit Alex zu verbringen. Ich stelle mir vor, wie er sich fertig angezogen in seinem Smoking bewundert oder in einem Anzug oder lässigen schwarzen Sachen. Shirtfrei würde mir auch gefallen, und allein dass ich das denke, zeigt mir, wie hinüber ich bin. Ich schätze mal, er ist schon vor Ort. Die Neugründung des Labels in Miami ist ein wichtiger Termin. Alle kommen, er wird wollen, dass der Abend reibungslos verläuft und keine halb nackte Frau hinter einer Gardine lauert, so wie ich es in New York getan habe.

Ich lache und muss gleichzeitig schniefen, nehme das Handy und wähle schweren Herzens seinen Kontakt.

»Hi, Babe, brauchst du doch einen Fahrer? Ich kann dir noch einen organisieren, oder ich schick dir meinen.«

»Du bist schon da?«, frage ich und bemühe mich, wie immer zu klingen. Klappt nicht, nicht bei ihm.

»Ja, bin ich«, sagt er. »Was ist los?«

Klasse, statt normal zu antworten, heule ich los. Das ist ganz sicher nicht das Virus oder verdorbenes Essen, sondern mein dämliches Herz, das so gerne zu der Party gefahren wäre und so verflucht traurig ist, dass ich nicht hingehen kann.

»Cali! Babe! Rede mit mir!«

»Ich ... also ... Gott, warte kurz!« Mein Magen rebelliert erneut, ich denke, ich kann es noch aufhalten, aber als ich wieder würgen muss, obwohl ich nichts im Magen habe, lege ich auf und schalte das Handy lautlos. Es gibt Grenzen in einer Beziehung. Niemand sollte jemand anderem zuhören müssen, wie er sich übergibt.

Scheiße, denke ich mir nur, als sich mein Magen einigermaßen beruhigt hat. *Scheiße, scheiße, scheiße.* Ich schaue auf mein Handy und sehe mehr als zwanzig verpasste Anrufe, sieben Nachrichten und vier Sprachnachrichten. Alle von Alex. Als wäre ich Stunden nicht erreichbar gewesen, dabei können das nur fünf Minuten gewesen sein.

Oh Gott, er muss gedacht haben, ich hab ihn abgewürgt.

»Da bin ich wieder«, melde ich mich gespielt fröhlich.

»Meine Güte, Cali, jag mir nie wieder so einen Scheißschrecken ein!«, staucht er mich zusammen. »Was ist los?«

Eine weitere Übelkeitswelle folgt. »Bin ... krank«, sage ich und schlucke. »Mach dir ... keine Gedanken.« Ich schlucke wieder. »Ich wünsch dir ... viel Spaß.« Der Druck wird unangenehmer. »Muss ... aufhören.«

Ich würge erneut und mache mir nicht die Mühe, das

Bad noch mal zu verlassen, auch wenn der Fliesenboden sich kalt anfühlt und dringend gewischt werden müsste. Überall liegen Haare von mir herum. Aber mich zu meinem Sofa zu schleppen, nur um dann erneut ins Bad zu rennen, kommt mir wahnsinnig anstrengend vor. Immerhin: Ich habe das Gefühl, es wird besser, was für verdorbenes Essen spricht.

Erschöpft lehne ich mich an die Wand, schließe die Augen und spüre heiße Tränen auf meinen Wangen. Als wäre ich nicht körperlich fertig genug, muss ich offensichtlich auch emotional einmal durch die Hölle gehen. Ich wollte so gerne auf diese Party. Ich wollte an Alex' Seite sein, ich wollte nicht nur von ihm hören, was er erreicht hat, ich wollte es sehen, mit ihm anstoßen, den Erfolg mit ihm gemeinsam feiern.

»Hey, Babe, wach werden, kannst du mich hören?«

Ich blinzle und bin mir ziemlich sicher, dass ich mir das einbilde, denn vor mir auf dem Fliesenboden kniet Alex in einem wirklich schicken Anzug. »Hi«, hauche ich.

Seine vertraute Hand streicht mir durch die Haare, fühlt meine Stirn und meinen Puls. »Festhalten!«, sagt er und positioniert sich, um mich hochzuheben.

»Keine gute Idee«, murmle ich protestierend.

»Scht«, macht er nur und steht mit mir auf.

Er riecht gut. Ich warte darauf, dass mein Magen rebelliert, aber nichts passiert, sein Geruch wirkt beruhigend auf mich.

Uh, nein, doch nicht …

Kaum setzt er mich ab, muss ich wieder würgen.

Keine Ahnung, wie er es schafft, aber er hält mir einen

Eimer hin, reibt mir über den Rücken und wischt mir dann den Mund ab.

»War ein Arzt hier?«, fragt er nur.

Ich schließe erschöpft die Augen.

»Nein, Cali, antworte mir!« Er rüttelt mich sanft und legt seine Hand an meine Wange. »Nicht einschlafen. War ein Arzt bei dir?«

Ich blinzle und liebe, wie er mich anschaut, so als sei ich das Wichtigste auf der Welt. Wenn meine Lider nicht so schwer wären, ich würde sie glatt nie wieder schließen.

»Ein Arzt?«, wiederholt er.

Kaum merklich schüttle ich den Kopf, aber er versteht es und sieht überhaupt nicht glücklich aus.

»Keine Sorge, alles wird gut«, murmelt er, fährt mir durch die Haare und hält sich das Handy ans Ohr.

Ich mache mir keine Sorgen, ich schließe einfach wieder die Augen.

Alex

Ich drehe durch. Calis Wohnung riecht übel. Als würde sie seit Stunden über dem Klo hängen. Auf dem Tisch sehe ich ein halbes Glas Wasser. Ich hoffe, das ist nicht alles, was sie die letzten Stunden getrunken hat. Sie sieht grünlich weiß und erschöpft aus und schläft wieder. *Verdammt, und trotzdem ist sie für mich die schönste Frau. Das will echt was heißen!*

Zehn Minuten später kommen die Sanitäter, die mir zig Fragen stellen, die ich alle nicht beantworten kann, weil ich nicht bei ihr war, weil keiner bei ihr war. *Fuck, macht mich das wütend.* Sie legen ihr einen Zugang und führen ihr Flüssigkeit zu.

»Sie hat kein Fieber, das ist gut«, sagt einer aus dem Team.

»Muss sie ins Krankenhaus?«

»Nein«, meint die Partnerin. »Es ist normal, wenn sie sich heute schwach fühlt, das kommt vor allem durch den Flüssigkeitsverlust. Wenn es morgen immer noch so ist, dann sollte sie unter ärztliche Aufsicht. Unsere Erfahrung zeigt aber, dass am nächsten Tag die meisten Beschwerden nachlassen. Sie sollte morgen schon wieder normal trinken und leichte Kost probieren können.«

»Gut, danke.«

Ich begleite die Sanitäter zur Tür, setze mich danach zu Cali, tupfe ihr das Gesicht mit einem Lappen ab und lege eine dünne Decke über sie. Als ich auf mein Handy schaue, habe ich zig Nachrichten von Louisiana. *So typisch.* Ich wusste, dass sie so reagieren würde, wenn sie mitbekommt, dass was mit ihrer Schwester nicht stimmt, aber ich musste sie einschalten, weil ich unbedingt ihren Ersatzschlüssel zu Calis Wohnung brauchte. Ich sammle mich kurz und rufe sie an.

»Sie hat eine Lebensmittelvergiftung und schläft jetzt«, berichte ich. »Danke, dass du mir den Schlüssel gegeben hast.«

»Soll ich vorbeikommen und dich ablösen?«

»Nicht nötig, ich bleibe«, sage ich und ziehe mir das Jackett aus.

»Die Leute hier warten.«

Oh, stimmt, die Party. Ich sehe zu Cali und weiß, was ich tun muss. »Ich werd nicht kommen. Das ist okay. Es sind ja noch Felicity und Nick da.« Meine neuen Mitarbeiter.

»Ryan wird das nicht gefallen.«

»Ryan kann mich mal.«

Ich höre Nate im Hintergrund lachen.

»Nate wiederum gefällt das«, sagt Lou.

»Ehrlich gesagt ist mir ziemlich egal, bei wem ich mit der Aktion Plus- oder Minuspunkte sammle.« Mein Blick wandert zu Cali. »Ich bleibe hier.«

»Wenn du es dir anders überlegst, gib Bescheid.«

»Danke, aber werde ich nicht.«

Ich lege auf und fühle erneut Calis Stirn, die für meinen Geschmack eher zu kalt als zu warm ist. Doch ihre Atemzüge gehen ruhig. Am liebsten würde ich sie wecken, um sie zu fragen, was sie noch braucht, aber ich ziehe mich zurück und lasse sie schlafen. Ruhe ist das Beste.

Obwohl mir Arbeiten im Haushalt nicht liegen, stelle ich ihr benutztes Geschirr weg, schalte die Spülmaschine an und mache dann nur in Unterhemd und Boxershorts im Bad sauber. Nicht nur für sie, sondern auch, falls es doch ein ansteckender Keim ist, für mich, um mich zu schützen.

Cali schläft weiter, was ich für ein gutes Zeichen halte. Anscheinend hat ihr wirklich nur Flüssigkeit gefehlt. Jetzt kann sich ihr Körper erholen.

Als ich fertig bin, schaue ich hungrig in den Kühlschrank und entdecke ein paar offene Packungen. Es ist übertrieben, aber ich werfe alles weg, was angebrochen ist. Irgendwas davon muss verdorben gewesen sein. Im Anschluss wische ich ihren Kühlschrank aus, mache mir dann Tiefkühlpizza warm und bestelle online neue Lebensmittel.

Seltsam. Jetzt wäre ich eigentlich auf der Party, würde Leuten die Hand schütteln und mich feiern lassen, stattdessen spiele ich den Hausmann und könnte mich nicht wohler dabei fühlen, als für meine Frau da zu sein.

Deine Frau?

Fuck, bei dem Gedanken wird mir ziemlich heiß, auf eine gute Art. Begehren durchfährt mich. *Spinnst du, Reid? Cali ist krank.* Aber ich kann es gar nicht erwarten, sie zu berühren, sie zu küssen. Ich muss das, unbedingt. Die Pause hat zu lange gedauert.

Nachdem das Essen geliefert wurde, dusche ich und sehe mich im Rest des Apartments um. Es hat sich viel verändert, seit ich das letzte Mal hier war. Die Bücherregale sind vollgestopft mit Wirtschaftsstandardwerken, jede Ritze ist nun gefüllt, ich schätze, mit ihren Sachen aus dem Unibüro. Auf ihrem Schreibtisch entdecke ich jedoch Notizen, die nichts mit ihrer Fachrichtung zu tun haben.

Erster Kuss muss eher sein.
Mehr Reizwäsche? Oder gar keine Wäsche?
Zu viel Sex im Buch?

Ich bin mir sicher, sie flippt aus, wenn sie erfährt, dass ich das gelesen habe, aber neugierig durchstöbere ich ihre Papiere und finde eine leicht korrigierte Textfassung. *Ihr Text. Wow!*

Sie hat geschworen, dass sie mit dem Schreiben angefangen hat, aber sie hat sich geweigert, mir zu erzählen, was genau sie schreibt – und unter welchem Pseudonym. Hier habe ich endlich meine Antwort.

Mit dem Ausdruck setze ich mich zu Cali aufs Sofa, lege mir ihre Beine über den Schoß und beginne zu lesen …

»Beim letzten Mal wurden wir in deinem Büro unterbrochen, Babe, aber dieses Mal wird das nicht passieren.«
»Geh.«
Er versperrt die Tür von innen.
»Was hast du vor?«
»Oh, ich denke, das weißt du ganz genau.«
Er zieht die Sonnenblenden an den Fenstern zu, Dunkelheit erfüllt den Raum, durch dünne Schlitze dringt nur das nötigste Licht. Die Luft wird sofort dicker, heißer. Schweiß überzieht meine sowieso schon warme Haut.

»Dazu hast du kein Recht!«, protestiere ich, obwohl er einen Kopf größer ist als ich.

Ich stelle mich ihm in den Weg, will ihn rausschieben, da legt er den Arm um meine Taille, drückt mich an die Wand und sagt ein Wort. Ein einziges. »Ausziehen.« Dann noch eines. »Jetzt.«

Mein Körper steht in Flammen, und als ich spüre, wie sehr er mich will, stöhne ich, aber ich werde nicht klein beigeben. Er hat meine Hilfe gewollt, die hat er bekommen, mehr kriegt er nicht. Zumindest sage ich mir das, denn mein Herz rast verräterisch schnell.

»Babe, das war ein Fehler.« Er schiebt meinen Rock hoch. »Ein Fehler, der dir leidtun wird.« Er zerrt meinen Slip beiseite, Stoff reißt. »Mach meine Hose auf.«

»Nein.«

Er drückt mich fester an die Wand. Ich weiß nicht, warum ich Nein sage. Oder doch. Weil ich möchte, dass er meinetwegen die Kontrolle verliert, weil ich bereit bin, ihm alles zu geben, aber ich werde es ihm nicht auf dem Präsentierteller anbieten. Er muss es sich schon holen. So oder gar nicht. Ich bin es wert, dass er um mich kämpft. Nur dann weiß ich, wie ernst es ihm ist.

Ein Knurren löst sich in seiner Kehle, er befreit seinen Schwanz und führt seine Eichel an meinen Eingang.

Ich schließe die Augen, überwältigt von seiner Hitze und seiner Härte. Und weil es wirklich passiert.

»Nicht«, wimmere ich und bereue, dass ich ihn so gereizt habe. Da stößt er in mich. Ein Schrei löst sich in meiner Kehle, aber er bleibt mir im Mund stecken. Denn dieser Mann verschließt meine Lippen mit seinen, als er sich in mich rammt und mich durchvögelt, als wollte er mich für jede Sekunde büßen lassen, die ich ihn habe warten lassen.

»Wem gehörst du, Babe?«

»Dir«, keuche ich.

»Sag es lauter!«

»Dir.«

»Noch lauter.«

»DIR!«

Von außen klopft es an die Bürotür. »Miss, brauchen Sie Hilfe?«, fragt eine Frau.

Er versenkt sich tief in mir, sieht mich grinsend an und greift an meine Klit. »Brauchst du Hilfe, Babe?«

»Nein!«, hauche ich.

»Wirklich nicht, Miss?«, kommt noch mal von außen.

»Nein, nein, nein!«

Das genügt ihr, sie entfernt sich.

Wieder ungestört verschließt er meinen Mund mit seinem und stößt hart in mich, schluckt meine Laute, während er meine Klit so erbarmungslos massiert, dass ich komme, heftig komme, fallen würde, wenn er mich nicht mit seinem Körper, seinen Händen und seinem Schwanz da halten würde, wo er mich haben will.

»Das ist mein Mädchen«, knurrt er, gönnt mir zwei Sekunden zum Luftholen, ehe er mich weiter nimmt. »Und gleich noch mal.«

Ich will Nein sagen, ihn weiter ärgern, aber als ich den Mund aufmache, kommt kein Laut des Widerstands, sondern: »Ja, bitte, mehr!«

Langsam lasse ich die Luft entweichen und drücke mei-

nen Schwanz. Ich habe den schlimmsten Ständer seit Menschengedenken. Ich beuge mich zu Cali, fühle erneut ihre Stirn – normal – und drücke ihr einen langen Kuss auf die Schläfe, atme ihren Duft ein, genieße ihre Wärme – und liebe es offensichtlich, mich selbst zu quälen, weil sie mir die nächste Zeit vieles geben wird, nur keine Erfüllung.

»Alex?«, krächzt sie da.

»Mmh? Brauchst du was? Willst du versuchen, was zu trinken? Soll ich dir Tee holen?«

»Ich hab keinen Tee.«

»Jetzt schon.« Ich hatte welchen gekauft, aufgebrüht, und er müsste mittlerweile auf Zimmertemperatur abgekühlt sein.

»Ich weiß nicht«, sagt sie, leckt sich aber über die Lippen.

»Du bekommst welchen«, bestimme ich und muss grinsen, als Cali leise seufzt. *Schau an, auf Ansagen hört sie.*

Ich lege die Papiere weg, stehe auf und bringe aus der Küche Tee und was zum Essen, das sie vertragen sollte.

»Hier«, sage ich, helfe ihr, sich aufzurichten, und halte ihr eine Tasse an die Lippen. »Langsam.«

Sie trinkt vorsichtig. Ich dränge sie nicht. Sie soll sehen, wie ihr das bekommt. Offensichtlich geht es ihr besser, denn sie greift als Nächstes nach der Banane, und auch wenn es wenig ist, so isst sie in einem Schneckentempo die Hälfte.

»Gut?«, frage ich.

Sie nickt, aber legt sich, ohne viel zu sagen, freiwillig wieder hin. Auch ich bin geschafft. Es ist jetzt fast eins. Es war ein langer Tag.

»Komm, ab ins Bett mit dir!« Ich hebe sie hoch, trage sie in ihr Schlafzimmer und setze sie auf dem Bett ab. Das ist besser als das Sofa.

Ich ziehe ihr ein Laken bis zur Taille und will danach ins Bad gehen. Mit diesem Ständer finde ich keine Ruhe. »Bleib!«, sagt sie da verschlafen.

»Keine Sorge, werde ich.«

»Nein, jetzt.«

Sie wird das morgen nicht mehr wissen, aber ich kann sie nicht alleine lassen. Nicht, wenn sie mich so ansieht. Nicht, wenn ihre Stimme so bedürftig klingt. Nicht nach all den Monaten ohne sie. Ständer hin oder her. *Oh Mann, Babe, für dich, aber nur für dich!*

Ich lege mich zu ihr, versuche, Abstand zu halten, da kuschelt sich Cali plötzlich an mich und foltert mich mit ihrer Nähe. Aber ihr Körper fühlt sich nicht mehr krank an, ihre Bewegungen wirken ruhiger, sanfter. *Verführerischer.*

Der nächste Schritt nach der monatelangen Pause wäre eigentlich ein Kuss gewesen, ein Abend mit Gesprächen, vielleicht ein Date, nicht das hier. Aber scheiß drauf, zwischen uns war es nie normal.

Ich gebe meinen Widerstand auf und ziehe sie richtig zu mir, wie jemand, der das darf. Weil er ihr Freund ist, ihr fester Freund, ihr Partner. Ich halte die Frau, so wie ich seit Monaten davon träume, grabe eine Hand in ihr Haar, lege ein Bein über sie, schiebe eine Hand unter ihr Höschen auf ihren Hintern und drücke sie an mich. Sie seufzt, nicht wie vorhin völlig fertig, sondern so zufrieden, dass ich weiß, dass sie gerade feuchter wird. Das ist Kuscheln Stufe eins, ich weiß, wie ihr Körper darauf reagiert.

Ich liege eine ganze Weile mit einem pochenden Ständer wach. Es gibt keine bequeme Position für mich. Ich will
sie wie verrückt. Aber ich könnte nicht glücklicher sein.

KAPITEL
22

Cali

Hunger weckt mich. Und ein Geruch. *Sein* Geruch.

Es ist noch dunkel, als ich zu mir komme. Ich liege in meinem Bett, und Alex hält mich. Ich sehe ihn nicht, aber spüre ihn. Mein Magen knurrt, aber ich rühre mich nicht, weil sein Körper an meinem sich so gut anfühlt. Ich erinnere mich an unser Telefongespräch, daran, wie schlecht es mir ging, und dann tauchen Fetzen auf, die keinen Sinn und doch welchen ergeben. Er ist gekommen. Ärzte waren da, und er hat sich um mich gekümmert. Dabei hätte er auf der Party sein müssen. Sie ist wichtig. Nicht nur um den Umzug des Labels zu feiern, sondern auch um Kontakte zur Musikszene in Miami zu knüpfen, Vereinbarungen zu treffen, Verträge vorzubereiten. Stattdessen ist er hier – in Boxershorts und Shirt – und riecht gut, und er hält mich, als gelte es, mich vor allem Schlechten in der Welt zu beschützen.

Mein Herz platzt gleich vor Liebe. Meine Mitte pocht vor Lust. Und wieder knurrt mein Magen.

Ist ja gut! Eines nach dem anderen. Ich löse mich mit einem Seufzen von Alex und stehe auf. So gerne ich liegen bleiben will, ich muss mich um mich kümmern.

Als Erstes gehe ich ins Bad, weil meine Blase drückt, und stutze. Das Waschbecken glänzt, kein Haar liegt auf dem Boden, und Zitrusduft hängt in der Luft. Alex muss sauber gemacht haben. *Wer sonst? Den Luxus einer Haushaltshilfe kann ich mir nicht leisten.*

Noch mehr Liebe durchdringt mich. Ein Mann, der dein Erbrochenes wegwischt, auf den kannst du dich verlassen.

Als ich fertig bin, nutze ich aus, dass mein Körper mitspielt, und dusche. Ich kann mich selbst kaum riechen, ich rechne Alex hoch an, dass er trotzdem die Nacht neben mir verbracht hat. Oder Liebe beeinflusst die Geruchsrezeptoren in der Nase. Danach geht es mir deutlich besser. Mir ist nicht schwindelig oder übel. Ich fühle mich nur ein bisschen wacklig auf den Beinen. In Anbetracht der Umstände normal.

In der Küche sehe ich neue Lebensmittel. Ich entdecke Tee, eine angefangene Tasse, scheinbar tat mir der gut, also nehme ich mir was davon und gönne mir etwas Brot und einen Apfel. Danach gehe ich zu meinem Schreibtisch, um meine Papiere aufzuräumen. Auf Besuch war ich nicht eingestellt.

Mein Arbeitsplatz sieht extrem chaotisch aus. Ich entdecke meine Notizzettel, auch die Fragen, die ich mir zum letzten Manuskript gestellt habe. Der erste Kuss muss eher sein, das sehe ich mit Abstand sofort. Und ich will, dass meine Heldin gar keine Wäsche trägt. Mein Körper sollte bei dem Gedanken nicht erschauern, aber ich stelle mir vor, wie es wäre, wenn ich das wirklich machen würde. Und ich stelle mir vor, wie Alex darauf reagieren würde …

Wir sind im Büro und bereiten uns auf ein Meeting mit unseren Kollegen vor. Sein Blick trifft mich, und meine Nippel werden hart, und ich weiß, dass sie sich durch den Stoff abzeichnen.

»Kein BH?«, fragt er.

»Du trägst auch keinen«, kontere ich.

»Gefällt mir nicht«, knurrt er.

»Gleiches Recht für alle«, sage ich mit einem Schulterzucken.

»Na gut ... Lass uns zum Konferenzraum gehen, die anderen warten bestimmt schon«, sagt er, will mich zur Tür dirigieren, hält mich jedoch auf. »Babe?« Er wirbelt mich herum, sagt nichts, aber ich spüre, wie seine Finger über meine Taille tasten, etwas suchen, das nicht da ist. Den Bund meines Höschens. »Auch kein Slip?«

»Doch, natürlich«, lüge ich.

Seine Hand bewegt sich weiter. Er langt unter den Stoff und fährt über meinen Hintern. »Nein.« Wie zur Strafe packt er eine meiner Backen. »Das war ein Fehler, Babe.«

»Wieso?«

»Weil ich dich gleich zum Kommen bringen werde.«

Ich stöhne nur. »Und?«

»Dir wird deine Feuchtigkeit die Beine runterlaufen.«

»Noch mal: und?«

»Und ich werde dir nicht erlauben, dich danach sauber zu machen.«

So sollte das Spiel nicht ablaufen. Ich versuche, mich zu befreien, aber er hält mich, die eine Hand an meinem Hintern und die andere plötzlich in mir, mit dem Daumen auf meiner Klit.

»Na, na, Babe! War es nicht genau das, was du wolltest?«

Ich glühe, während er meine Kehle küsst und mich mit den Fingern grob fickt, meine Pussy bearbeitet, mich bearbeitet.

»Gott!«, schreie ich, weiß, ich sollte einen weiteren Fluchtversuch unternehmen, aber das hier fühlt sich zu gut an. Der Orgasmus rauscht schon auf mich zu. Ich drücke mich an diesen Mann und explodiere. »Ja, ja, ja!«

Ein Beben erschüttert mich, danach nimmt er seine Hand weg und schiebt mein Kleid tiefer. »Auf ein gutes Meeting.«

Wow! Allein dadurch, dass Alex zurück ist, schreibt sich die Geschichte wie von selbst. Ich will in meinem Ausdruck eine Notiz machen, an welcher Stelle ich die Szene einfügen kann, finde ihn nicht, drehe mich um und erschrecke, als ich ihn auf dem Sofatisch sehe. *Alex hat den Text gelesen!*

Wochenlang habe ich mich davor gedrückt, ihm zu erzählen, was ich schreibe. Jetzt weiß er es. Sehnsucht durchfährt mich. Ich muss zu ihm, sofort. Es gibt nur eine Sache, die besser ist als ein sexy Roman, die sexy Realität.

Ich gehe wieder ins Schlafzimmer. Von draußen dringt nur schwach Mondlicht durch die Blenden nach innen. Alex liegt auf der Seite, so wie ich ihn verlassen habe. Mit klopfendem Herzen krabble ich zurück in seine Arme, drehe mich und drücke meinen Rücken an seine Vorderseite, nur dass ich jetzt nichts anhabe.

»Mmh«, seufzt er, als ich wieder da bin, und jagt Schauer durch mich. Er drängt sich an mich, reibt mit den Händen über mich. »Fuck, Cali«, stöhnt er, als er begreift, dass ich nackt bin.

»Hör nicht auf«, flüstere ich.

Ein Kuss im Nacken trifft mich, und ich spüre, wie er seine Hüfte mit einer Wahnsinnserektion in einem langsamen sexy Rhythmus an mich drückt.

»Warum riechst du so gut?« Er legt einen Arm zwischen meine Brüste, führt seine Hand tiefer Richtung Klit und schiebt seine Finger in mich, als wäre es zwischen uns nie anders gewesen.

»Hab geduscht«, sage ich.

»Das meine ich nicht, Cali. Ich meine dich.«

Dazu fällt mir nichts ein. Ich drehe mich, auch wenn ich dadurch kurz seine Hand verliere. Im Halbdunkel sehe ich ihn an und atme schwer. »Wie wach bist du?«

»Wach genug, um aufzuhören, wenn du das willst. Soll ich, Babe?«

»Nein.«

Stöhnend zieht er mich an sich, schiebt sich halb auf mich und küsst mich, als wäre ich alles, was er braucht. Seine Hände packen mich, reizen mich, machen mich fertig.

»Fuck, und wie fit bist du, Babe?«

»Was hast du denn mit mir vor?«

»Alles.«

Zwischen uns vibriert die Luft, mein Körper pocht, genau wie seiner. Ich spüre seine Erektion, aber Alex beherrscht sich, und das sorgt dafür, dass ich ihn nur noch mehr will, mehr brauche.

»Ist dir schwindlig?«, fragt er.

»Kein bisschen.«

»Übel?«

»Auch nicht.«

»Kopfschmerzen?«

»Nein.«

»Fieber?« Er legt mir die Hand auf die Stirn.

»Keines, das daher kommt, dass ich krank bin.«

Mein Herz klopft immer schneller. Es ist eine Sache, wenn jemand sagt, dass du seine Priorität bist, aber eine andere, es zu spüren. Ich bin ihm wichtig, und er ist mir wichtig. *Wahnsinnig wichtig.*

»Wie geht es dir denn?«, frage ich. »Ist dir schwindlig?«

»Total, vor Glück.«

»Übel?«

»Ja, vor Aufregung.«

»Kopfschmerzen?«

»Andere Schmerzen.«

»Wo?« Besorgt mustere ich ihn, da bewegt er sein Becken.

»Hier, Babe.«

Ich muss grinsen. »Auszuhalten?«

»Noch.«

»Fieber?«, frage ich weiter.

»Wahnsinnig hohes.«

»Da wüsste ich Abhilfe.« Vorsichtig streiche ich mit den Lippen über seine. Es ist die erste zärtliche Berührung seit Monaten, und sie fühlt sich sowohl vertraut als auch neu an. »Besser?«

Er stöhnt. »Fuck, Babe. Du weißt, dass der Plan ein anderer war? Ich wollte mit dir reden, mit dir tanzen ... Das hier war erst Schritt fünfzig oder siebzig.«

»Stört mich nicht. Ich liebe dich.« Mir kommen die Worte einfach so über die Lippen. Ich hab sie damals gesagt, ich hab sie ihm zwischendurch geschrieben und gesagt, aber erst jetzt, als ich sie wieder ausspreche und ihm dabei in die Augen sehe, spüre ich, wie wahr sie sind. Ich liebe ihn wirklich, als Mann, als Menschen, als Partner, als all das, was er ist und was er für mich noch sein wird.

»Und ich liebe dich, Babe. Du hast ja keine Ahnung, wie sehr.«

Doch das habe ich. Er hat es mir jeden Tag seit unserer Trennung bewiesen. Er hat sich damals entschuldigt, aber da konnte ich ihm nicht glauben, dass es ihm ernst ist. Jetzt tue ich es. Alex nutzt die Menschen in seinem Leben nicht aus. Er ist für sie da, er ist für mich da.

Langsam ziehe ich ihm das Shirt aus, und ich kann spüren, wie er sich unter mir anspannt. Ich liebe jeden Muskel, der sich meinetwegen verkrampft, liebe, dass ich ihn so verrückt mache, so wie er mich verrückt macht, liebe, dass diese Chemie zwischen uns noch die alte ist. Nein, das stimmt nicht, sie ist heftiger geworden.

Ungeduldig zerre ich an seiner Unterhose.

»Ich hoffe, du weißt, was du da tust, Babe.«

»Klar. Ich hatte was mit dem Magen, nicht was am Kopf.«

Mutig schiebe ich die Boxershorts tiefer, spüre seinen Hintern, seine Muskeln, seine Hitze und bin völlig außer Atem, als er sich nackt über mir aufstützt, so wie immer und doch so aufregend wie beim ersten Mal. Ich schätze, er wird vorsichtig sein. Aber so will ich ihn nicht. So brauche ich ihn nicht. Eine Idee kommt mir. Keine Ahnung, ob sie so klug ist, doch ich muss auf mein Herz hören. Wenn ich eines die letzten Monate gelernt habe, dann das. Und meines flüstert mir ziemlich gemein gerade zu, eine Sache zu sagen. Eine einzige. Eine letzte.

»Babe, den Blick kenne ich«, knurrt Alex warnend.

»Weiß nicht, was du meinst«, tue ich unschuldig. »Ist außerdem viel zu dunkel im Raum. Du siehst mich doch gar nicht richtig.«

»Ich hab Superkräfte. Was heckst du aus?«

»Nichts.« Ich schlinge die Arme um ihn und ziehe ihn zu mir und sage den einen Satz, weil ich meine Lektion gelernt habe. »Wir sollten weiterschlafen.«

Alex

Was?! Nicht ihr Ernst!

Cali schmiegt sich an mich, ich kann spüren, wie sich ihr Körper entspannt. Ihr Duft ist atemberaubend. Ihre Hitze benebelt meinen Verstand.

»Babe?«

»Mmh?« *Dieses Biest!* Ihre Tonlage verrät sie. Ich erkenne, wie sie ahnungslos tun will, aber das ist sie nicht. *Kein bisschen.*

»Nicht lustig!«, knurre ich.

Ihr Puls rast unter mir, doch sie bleibt erstaunlich ruhig. »Weiß nicht, was du meinst. Willst du nicht auch schlafen?«

»Nein.« Ich rücke zur Seite und fasse an ihren Schritt, der einladend feucht ist. »Und du fühlst dich auch nicht so an, als wärst du müde.«

»Das? Das ist gar nichts. Ignorier das einfach.«

»Warum wirst du dann feuchter?«

»Das bildest du dir nur ein«, kontert sie schwer atmend.

»Soso, Einbildung also?« Ich streichle sie weiter, beobachte sie, höre auf ihre Atemzüge und die herrlich lustvollen Laute aus ihrer Kehle. »Spreiz deine Beine noch etwas!«

»Warum?«

»Soll eine gute Schlafposition sein«, lasse ich mich auf ihr Spiel ein und muss grinsen, als sie gehorcht. »Jetzt stell eines auf.«

»Welches?«

Ich reibe den Fuß neben mir. »Das hier.«

Sie macht es. Ich lasse die Hand noch auf ihrem Fuß, und allein dass ich sie unmissverständlich festhalte, beschleunigt ihren Atem. *Ganz recht, du gehörst mir, Babe.*

Langsam schiebe ich mich auf sie, halte immer noch ihr eines Bein, aber lege mir das andere um die Hüfte. Mein harter Schwanz trifft ihre nasse Pussy, und ich muss mich bewegen, gleite über ihr heißes Fleisch, lasse sie spüren, was sie bei mir ausgelöst hat.

»Fass mich an!«, sage ich und muss schwer atmen, als mich ihre Hand umschließt und in einem sinnlichen Rhythmus reibt. »Fester!« Ich lege meine Finger um ihre, schaue ihr tief in die Augen und zeige ihr, wie ich es meine, gebe ihr einen Vorgeschmack darauf, wie ich sie gleich benutzen werde, während ich mit der anderen Hand in genau dem gleichen Rhythmus ihre Pussy vorbereite.

»Gott!«, keucht sie und bäumt sich unter mir auf.

»Du kommst erst mit meinem Schwanz in dir.«

»Ich weiß nicht, ob ich so lange durchhalte.«

»Das war keine Bitte, Babe. Das war ein Befehl!«

»Mist!« Ihr Griff lockert sich, und sie kommt. Stöhnend windet sie sich unter mir, wirft den Kopf von links nach rechts, als könnte der Höhepunkt dadurch angenehmer werden.

Fest greife ich in ihre Haare, zwinge sie, mich anzusehen, sehe die Lust in ihren Augen. *Verdammt, nie war sie schöner. Nie habe ich mich besser gefühlt.* Ich will, dass sie immer so aussieht, zufrieden, entspannt und ein bisschen durcheinander von dem, was ich mit ihr angestellt habe.

»Das war ein Fehler, Babe«, sage ich sanft, aber in einem Tonfall, der deutlich macht, dass das Folgen hat.

»Tut mir leid.«

»Und mir erst!« Ich schiebe meine Finger in sie, krümme sie, baue sofort die nächste Welle in ihr auf.

»Gott, nein, ich brauch eine Pause.«

»Gut, du kriegst eine. Beantworte mir nur folgende Frage.« Ich will was zu einem der Themen wissen, die wir gelernt haben. Diese ersten Lektionen mit ihr haben sich in mein Gedächtnis eingebrannt. Ich weiß echt noch viel.

»Keine Ahnung«, keucht sie jedoch und will mir entkommen, um besser nachdenken zu können. »Verdammt, keine Ahnung, Alex.«

»Gib dir Mühe.« Ich beuge mich an ihr Ohr. »Es soll ja helfen, wenn man an was anderes denkt.« Ich schiebe meine Finger schneller in sie. »Zum Beispiel daran, wie es wäre, wenn jetzt schon mein Schwanz in dir wäre.«

»Ich ... ich ...« Sie versucht es, und es macht mich tierisch an, zu sehen, dass es nichts bringt, weil stürmische Fantasien über meinen Schwanz sie nur noch mehr ablenken.

»Gib mir einen Tipp!«

»Nein. Durchgefallen! Die Zeit ist um.« Ich atme schwer. »Hast du Kondome hier?«

»Ich nehm immer noch die Pille.«

»Aber du hattest gestern Magenprobleme.«

»Das war Stunden nach der Einnahme.«

»Also können wir weitermachen?«

Sie nickt, und mehr brauche ich nicht.

»Leg die Arme um meinen Hals. Und jetzt halt dich fest!«

Mit der nächsten Hüftbewegung dringe ich in sie, spüre sie, uns, zum ersten Mal seit Monaten. *Scheiße, ist das Gefühl gut!* Gleichzeitig bekomme ich nicht genug. Gierig packe ich sie und nehme sie schneller, dringe tiefer, genieße ihre heiße, feuchte Enge, ihr Zittern, ihre Hände, die sich in meine Schultern krallen, ihre Beine, die mich umschlingen, und ihren Körper, der sich unter mir windet. *Wie konnte ich es nur so lange ohne sie aushalten? Ich brauche sie, aber sie braucht auch mich. Wir haben zu lange gewartet, um jetzt langsamer zu machen.* Ich beuge mich über sie, küsse sie, spüre sie, höre, wie sie schnaufend durch die Nase atmet.

»Du gehörst mir, Babe.«

»Ja.«

»Für immer.«

»Ja.«

Ich ramme mich härter in sie. »Und ich lass dich nie wieder gehen, verstanden?«

»Ja, Gott ja!«

Sie kommt erneut, und ich lasse los und komme auch, habe das Gefühl, zu fallen und gleichzeitig zu schweben. Sämtliche Anspannung fällt von mir ab, alles in mir gibt nach, selbst Stellen, von denen ich gar nicht gemerkt habe, wie sehr sie verkrampft waren.

Als ich zu mir komme, stütze ich mich über ihr auf, genieße, wie schwer sie atmet, und verliere mich in ihrem zufriedenen Lächeln und dem Glanz in ihren Augen. *Die*

schönste Frau der Welt gehört mir! Ich fühle mich, als hätte
ich mir die Finger wund gespielt, und zum Lohn bekomme ich
Standing Ovations.

Sanft streiche ich ihr Haare aus dem Gesicht, und sie
seufzt glücklich.

»Ich hab es ernst gemeint, Babe, ich lass dich nie wieder
gehen, egal, ob ich Mist gebaut habe oder nicht, ich geb
dich nicht auf, ich geb uns nicht auf. Du bist der wichtigste
Mensch in meinem Leben, und ich werde nie wieder vergessen, dir das auch zu zeigen. Ich liebe dich.«

»Ich dich auch.«

Erst jetzt verlagere ich mein Gewicht, ziehe Cali zu mir,
bis wir wie zwei Löffelchen daliegen, sie von mir beschützt,
sicher, in meinen Armen. »Wenn das eines deiner Bücher
wäre, was würde jetzt passieren?«, frage ich.

Sie lacht leise. »Ich denke nicht, dass meine Bücher das
Maß der Dinge sind.«

Ich knabbere an ihrem Ohr und löse einen wohligen
Schauer bei ihr aus. »Verrat es mir trotzdem!«

»Ich hab eine bessere Idee: Ich zeige es dir.« Sie dreht
sich und fasst nach meinem Schwanz. Lust durchschießt
mich, aber noch viel geiler ist Calis fester Griff und ihr zufriedener Blick. Ihr Tempo ist nicht sofort richtig, aber sie
ist aufmerksam, und es hat seinen Vorteil, eine sehr kluge
Frau zu haben, sie lernt schnell.

»Gott, Babe, deine Heldinnen bringen ihre Männer
um!«, rufe ich, weil ich schon den Orgasmus spüre.

»Halte durch«, haucht sie, schubst mich auf den Rücken, führt meinen Schwanz in sich ein und reitet mich.
»Nachdem der Mann die ganze Zeit sagt, dass die Frau ihm

gehört, vertauschen sie die Rollen.« Cali bewegt ihre Hüfte, und ich komme und kriege den Rest kaum mit, nur dass sie auch kommt.

»Was sagt sie?«, frage ich, als ich wieder klarer denken kann.

»Dass du auch mir gehörst, Alex. Für immer.«

»Perfektes Ende«, murmle ich. Sie gehört mir und ich ihr, und keiner von uns wird das je wieder vergessen.

EPILOG

Cali

Ein Jahr später

»Hier, ich hab deine Ansprache noch mal überarbeitet, jetzt sollte alles passen«, sage ich und reiche Alex drei Seiten Text, den er beim einjährigen Jubiläum seines Labels vortragen soll.

Auf der Megajacht, die Rocket Rebel Records eigens für das Event angemietet hat, ist bereits alles vorbereitet. Auf jedem Deck gibt es Bars, Lounges, ein Büfett und Stehtische. Auf dem Sky Deck ist eine kleine Bühne aufgebaut. Nur eine Künstlerin wird auftreten, Rose Sterling, mit der alles angefangen hat.

Nach einer halben Stunde wird ein DJ auflegen, und es wird eher eine familiäre Feier mit Alex, seiner alten Band, den Freunden der Band, Labelmitarbeitern, Leuten vom Hauptlabel wie Ryan und leider auch den Geldgebern, engen Kontakten aus der Szene und mir, die ein bisschen nervös ist, dabei habe ich seit dem Sommer an zig solcher Veranstaltungen an Alex' Seite teilgenommen. Aber so ein Jubiläum ist etwas Besonderes.

»Lass mal sehen«, sagt Alex, kommt zu mir, und ich halte die Luft an, als ich ihn erblicke. Ein großer Kerl mit wuscheligen Haaren in einem perfekt sitzenden Smoking mit diesem gewissen Funkeln in den Augen.

Hitze durchdringt mich. Ich reiche ihm den Ausdruck, und seine Miene verfinstert sich nach einem Blick darauf.

»Babe, da ist ja alles rot angestrichen!«

»Nicht alles«, sage ich, ehrlich überrascht über seine Reaktion.

»Du hast nur ...« Er zählt. »Ganze fünf Sätze nicht abgeändert.«

»So ist die Rede besser!«

»Als wäre sie vorher schlecht gewesen.«

»Du hättest mich nicht um meine Hilfe bitten sollen, wenn du das nicht gewollt hast. Du weißt, wie akribisch ich korrigiere.« Und zwar vor allem meine eigenen Texte, von denen immer noch nur Alex weiß, mit denen ich aber mittlerweile richtig Geld verdiene. Noch nicht ganz so viel wie als Professorin. Wenn man aber den Spaßfaktor einrechnet, den das Schreiben und Durchsprechen der Szenen mit Alex macht, dann ist der Job mit keinem Geld der Welt aufzuwiegen. Dazu verdiene ich noch etwas mit den Tantiemen meiner Fachbücher, habe mich aber aus dem akademischen Betrieb zurückgezogen und baue mein Wirtschaftswissen lieber in die Plots meiner Bücher ein. Campusromane sind mein Markenzeichen, und ich bekomme nicht genug von heißen Geschichten zwischen Studentinnen und Professoren. Ich glaube, meine Eltern und meine Schwestern haben einen Verdacht. Aber sie bohren nicht nach. Ich bin glücklich, das reicht ihnen. Das ist am Ende doch immer das, was zählt. Nur die kleine Szene mit Alex macht mich gerade nervös.

»Babe, ich hab dich gebeten, noch mal grob drüberzu-schauen. Nicht die ganze Rede neu zu schreiben!«

»Ups«, mache ich. Da habe ich wohl was falsch verstan-den.

Er wirft mir einen strengen Blick zu, und ich hasse und liebe es, weil sofort mein verfluchtes Sexgehirn anspringt und auf Ideen kommt, die es so kurz vor dem Start der Ver-anstaltung nicht haben sollte.

»Es gibt hier einen Besprechungsraum, den wir auf dem Event nicht nutzen«, sagt er. »Los, rein da!«

»Wir werden nicht –«

»Um die Korrekturen zu machen«, sagt er beschwichti-gend. »Komm mit!« Er legt mir die Hand auf den Rücken, und ich erschauere, als seine warme Haut meinen kühlen Rücken trifft. Ich trage nicht das Kleid, das ich damals bei seiner Rückkehr nicht tragen konnte, weil ich krank war, aber ich habe definitiv mein Faible für rückenfreie Modelle entdeckt. Ich mag, dass sie von vorne so zugeknöpft ausse-hen, durch den freien Rücken jedoch sexy sind. Man kann keinen BH tragen und heute nicht mal ein Höschen. Der Ausschnitt ist wirklich tief, und man sieht fast, fast, fast meine Poritze. Etwas, was lustigerweise dafür sorgt, dass, egal, wohin ich gehe, Alex sehr dicht hinter mir steht. *Als könnte jemand zu viel Haut von mir sehen!*

»Ihr geht?«, fängt uns Lou ab, die gerade die Jacht betritt.

»Korrekturen machen«, sagt Alex frustriert und schwenkt den Ausdruck und sein Tablet. »Frau Professorin weiß es mal wieder besser.«

Lous tadelnder Blick trifft mich. »Du hast ihm seine Rede kaputt korrigiert?«

»Ich war gründlich!«, verteidige ich mich, weil ich das wirklich nicht mit Absicht gemacht habe. »Das hast du mir so beigebracht.«

»Beim Putzen, aber nicht beim –«

»Doch, auch beim Arbeiten«, falle ich ihr ins Wort.

»Also hab ich dir das zu verdanken«, knurrt Alex Richtung Lou.

»Blaffst du gerade meine Freundin an?!«, meldet sich Nate, legt von hinten die Arme um Lou und drückt ihr einen Kuss in den Nacken.

»Bleib cool, Nate. Sie hat es bei Cali nur gut gemeint, und Cali bei meiner Rede.«

Ich grinse darüber, wie die Männer sich aufspielen. Alles nur Show! Sie haben sich längst wieder vertragen. Alex unterstützt die Rebel Boys bei besonderen Auftritten, Nate wiederum hat einen Schmusesong Alex' Label anvertraut, der gerade durch die Decke geht, weil er genau den Spagat zwischen bieder und schmutzig schafft.

Hey, sexy teacher, tell me how to win.
Hey, sexy teacher, tell me everything, I'm all in.
And when I have learned my lesson, everything is fine.
Cuz always and forever you are mine.

Hey, sexy Lehrerin, sag mir, wie ich gewinne.
Hey, sexy Lehrerin, sag mir alles, ich bin all in.
Und wenn ich meine Lektion gelernt habe, ist alles gut.
Denn du gehörst mir für immer und ewig.

Der Song ist Alex und mir gewidmet. *Wie passend!*

»Entschuldigt uns, wir haben was zu klären«, sagt Alex und dirigiert mich durch die Jacht, bis wir den Konferenzraum erreichen. Sobald wir unter uns sind, nehme ich Alex das Tablet ab, gehe zu einem Tisch und öffne die ursprüngliche Rede, um die Korrekturen zu hinterlegen. Da spüre ich ihn dicht hinter mir, groß, kräftig und hart. »Nicht dein Ernst!«

»Da hat sich jemand Ärger verdient«, murmelt er und überzieht meinen Rücken mit Küssen.

»Wir müssen in einer halben Stunde auf dem Sky Deck sein.«

»Reicht. Mach du die Korrekturen, die dir so wichtig sind, ich beschäftige mich derweil anderweitig.«

»Nicht mit mir, ich –!« Ich ziehe die Luft ein, als er durch den freien Rücken des Kleides nach vorn zu meiner Klit greift und sie drückt.

»Los, fang besser an, Babe!«

»Also, so schlecht ist der Text doch nicht«, murmle ich.

Er beißt mich in den Nacken, und dunkel wird mir bewusst, dass das später jeder bei meiner Hochsteckfrisur sehen muss. *Klasse.*

»Alex, das ist wirklich der falsche Moment für Sex.«

»Warum bist du dann so feucht?«

Ich fluche leise. Er kennt die Antwort. *Weil ich Spiele liebe.*

»Außerdem: Wenn das deine Geschichte wäre, würde der Mann aufhören?« Noch ein Biss, gleichzeitig mit Druck auf meine Klit. »Würde er dich wirklich so heiß machen ...« Noch mal. »Und dann nicht seinen Schwanz in dich schieben?«

Meine Beine zittern, ich antworte nichts.

»Alles okay, Babe?«

»Ein paar Nervenbahnen sind durchgebrannt.«

»Gut«, meint er nur. »Und jetzt mach.«

Ich könnte mich weigern, doch ich will beides, dass Alex glänzt und dass er zu Ende führt, was er begonnen hat. Was auch immer das ist.

Zum Glück bin ich geübt im Tippen. Eilig kümmere ich mich um die Korrekturen. Alex macht nichts weiter, als mich sanft zu massieren, nicht so viel, dass ich komme, aber genug, um immer wieder für Tippfehler zu sorgen.

»Fertig!«, verkünde ich erleichtert.

»Sehr gut ...« Er zieht seine Hand weg und hinterlässt mit Absicht eine nasse Spur auf meiner Haut. »Dann raff dein Kleid. Wir wollen doch nicht, dass es Flecken kriegt, oder?«

Ich sollte nicht so schwer atmen, aber dieser Mann schafft es immer wieder, mich aus dem Gleichgewicht zu bringen. Hastig hebe ich den Stoff.

»Beug dich vor.« Ich gehorche, und er knetet meine Pobacken, als würde er nachdenken. »Jetzt sag Bitte.«

»Bitte!«, spiele ich mit, auch wenn ich keine Ahnung habe, wofür ich mich gerade melde.

Zack! Ein leichter Klaps folgt und lässt mich zusammenzucken.

Wow, ich stecke in Schwierigkeiten! Alex muss mein neuestes Manuskript gelesen haben, ich weiß nicht, wie oder wann, aber da passiert genau das zum ersten Mal.

»Hat dir das gefallen?«, fragt er und streichelt über die Stelle, auf die er mich gerade gespankt hat.

»Ja«, hauche ich wie die Heldin in meinem Buch.

»Und das?« Er schlägt meine andere Pobacke, genauso leicht, genauso spielerisch, genauso perfekt.

»Gott, ja!« *Wer hätte das gedacht?!*

»Lass mich das nachprüfen! Spreiz deine Backen für mich.«

Allein dass er das verlangt, macht mich noch mehr an. Ich öffne mich ihm, zeige ihm, wie unglaublich nass ich bin, liefere mich ihm aus. In Gedanken fand ich das schon heiß, doch sobald ich spüre, wie seine Finger über meinen Eingang fahren, verbrenne ich.

»Nimm mich, Alex!«

»Vielleicht warte ich noch etwas ...«

»Nein, verdammt, nimm mich.«

Er greift in meine Hochsteckfrisur, ruiniert sie. Ich sollte sauer werden, aber meinem Körper gefällt das, er pulsiert heftiger. »Verdien es dir. Lies mir den neuen Text vor und komm dabei *nicht*.«

Ich zögere.

»Na los, Babe!«

Alex

Cali ist perfekt. Nicht nur jetzt, weil sie wie eine wahr gewordene Männerfantasie auf dem Tisch liegt, sondern auch, weil sie meine Rede verbessert hat. Vielleicht etwas zu akribisch, aber lieber so als zu oberflächlich.

Mal schneller, mal stockend liest sie die drei Seiten vor, während ich meine Finger in sie schiebe und zum Rhythmus ihrer Worte bewege. Ich mag jetzt vor allem im Büro sein, aber Musik bleibt meine Leidenschaft. Meine Finger kennen sich mit Lauten aus, und ich weiß, was ich tun muss, um Cali bestimmte Geräusche zu entlocken.

»Gott«, keucht sie außer Atem und macht eine Pause.

»Noch ein Absatz, Babe, das schaffst du.«

»Ich hasse dich!«

Ein Lächeln legt sich auf meine Lippen, denn das stimmt nicht. Ihre Bücher sind voll mit solchen Szenen, sie liebt diese Spiele.

»Los, Babe, für mich! Mach weiter. Ich lese auch mit.«

Schnaufend und stöhnend setzt sie neu an. »Ich bedanke mich ... Gott! ... bei allen Anwesenden ... besonders ... Alex!« Sie zittert. *Meine süße Cali.* Aber ich werde ihr das Vortragen nicht leichter machen. »Ich hasse dich! ... besonders beim Label, das mich so ... fuck, fuck, fuck.«

»Lies zu Ende!«

»Beim Label, das mich so großartig unterstützt hat, und den Rebel Boys. Viel Spaß heute Abend«, rast sie durch den Rest und schreit auf, als ich beim letzten Wort in sie dringe. In dem Moment, als ich sie spüre, vergesse ich alles. Gut, dass die Rede nun steht.

Ich greife in ihr Haar, halte sie auf dem Tisch und muss an ihr neuestes Manuskript denken. *Sie will es härter? Sie kriegt es härter! Stoß für Stoß.*

Mit einem Schrei kommt sie, und ich pumpe in sie und komme auch, schiebe mich in sie und halte sie danach unter mir fest.

»Wir müssen los«, haucht sie.

»Keine Sorge, fünf Minuten können die Gäste warten.« Vorsichtig ziehe ich mich zurück, drehe sie und küsse sie. »Geht's dir gut?«

Sie haut mir gegen die Brust und grinst. »Hast du etwa mein neuestes Manuskript gelesen?«

»Habe ich. Du bist doch nicht ernsthaft sauer darüber?«

»Ich war mir nicht sicher, ob ich es so mag.«

»Aber jetzt bist du es, richtig?« Ihre Wangen werden rot. »Bist du«, beantworte ich mir selbst die Frage. *Mein sexy Bücherwurm.*

Ich gebe ihr ein Taschentuch zum Saubermachen und helfe ihr beim Lösen ihrer Hochsteckfrisur, sodass die offenen Haare den Biss im Nacken verdecken. Danach begeben wir uns aufs Sky Deck, wo ich die Party eröffne.

Später am Abend kann ich gar nicht fassen, wie viel Glück ich habe. Cali redet mit ihrer Schwester Vi, sie kichern, als würden sie was zusammen aushecken. Ich gehe zu Ryan, der, weil er ohne weibliche Begleitung gekommen ist, von so ziemlich jeder Singlefrau auf dem Deck bisher angeflirtet wurde. Im Business kann er knallhart sein. Ich schätze, auch privat ist er nicht unbedingt der netteste Kerl, das Musikbusiness hat ihn ganz schön verdorben. Aber bei seinem Aussehen verzeihen die Frauen ihm alles.

»Danke noch mal, dass du beim Labelumzug geholfen hast«, sage ich.

»Eigennutz«, antwortet er. »Du machst jetzt mehr Gigs mit den Rebel Boys, das ist gut für meine Zahlen.«

»Dafür hab ich mir den neuesten Song von Nate gekrallt.«

»Bleibt ja in der Firma«, sagt er entspannt.

Ich sehe mich um und kann gar nicht fassen, dass mein Leben noch besser geworden ist, als ich dachte. Ich wollte Zeit für eine Beziehung und einen tollen Job und eine Frau, und ich habe alles bekommen. *Jackpot!*

»Hey, geschlossene Gesellschaft, Sie können hier nicht einfach rauf!«, höre ich und drehe mich, wie die anderen Gäste auch, zum Tumult auf der Treppe, die zu uns aufs Sky Deck führt.

»Sozialamt, wir dürfen«, sagt die ältere der beiden Frauen, die auftauchen, und zückt ihren Ausweis Richtung Security. »Die Sache kann nicht warten.«

Beide wirken fehl am Platz. Ich bin mir sicher, keiner von uns hat die Sozialversicherung betrogen.

Die eine Frau schultert einen Rucksack und eine Tragetasche. Die andere hält etwas im Arm. »Wer von Ihnen ist Ryan Vasquez?«, fragt sie.

Ich drehe mich zu meinem Förderer, Kollegen und auch

Freund. »Was hast du angestellt, Mann? Die Steuern nicht gezahlt?«

»Das werden wir gleich herausfinden.« Er gibt sich zu erkennen und geht auf die Frauen zu. Ich folge ihm. Damit klinkt sich auch Cali zusammen mit Vi von der Party aus. Nate und Lou kommen ebenfalls mit. »Was ist denn los?«, fragt Ryan.

»Mr. Vasquez, herzlichen Glückwunsch!«, ruft die jüngere der Frauen erleichtert und überreicht ihm das Bündel, das sie in den Armen trägt. »Sie sind Vater. Es ist ein Mädchen.«

»Ähm ... was?!«, stammelt er, schiebt mit dem Finger ein Stück der Decke zur Seite und wird plötzlich ziemlich blass, eindeutig kein Kandidat, um Vater des Jahres zu werden. »Soll das ein Scherz sein?«

Er wirft einen Blick in die Runde, aber niemand von uns lacht.

»Ms. Summers war bei ihren Angaben sehr konkret. Sie sind laut unseren Unterlagen der nächste Angehörige.« Sie schaut zu ihrer Kollegin. »Gib mir noch mal die Verfügung!«

»Hier.«

Die ältere Frau überfliegt das Papier. »Da steht es ... Angaben zum Vater ... Ryan Vasquez, Adresse in Pompano Beach, CEO von Hurricane Florida Records. Das sind doch Sie, oder?«

»Ähm ... ja, aber ich kenne keine Ms. Summers«, stammelt er und reicht ihr das Baby zurück, worüber sie gar nicht glücklich aussieht.

»Sophia Summers?«, hakt sie nach. »Wirklich nicht?«

»Oh, verdammt ... sagten Sie *Sophia*?!« Ryan fährt sich übers Gesicht.

»Also doch … bitte.« Sie reicht das Bündel zurück. »Da Ms. Summers … etwas zugestoßen ist … sind Sie der nächste Angehörige. Können wir jetzt die Papiere klären?«

»Ich muss meinen Anwalt kontaktieren und –«

Das Baby fängt herzzerreißend an zu schreien. Panisch versucht Ryan, das kleine Mädchen zu beruhigen, aber je heftiger er es schaukelt, desto lauter wird das Geschrei.

»Das ist eine ganz dumme Idee!«, ruft er. »Ich kann das nicht.«

Ich würde mich genauso fühlen, wenn mir jemand einfach ein Baby in den Arm drückt. Ich will Kinder, allerdings nicht sofort. Automatisch greife ich nach Calis Hand, verfehle sie aber, weil sie ihre Schwester vorschubst. »Los, Vi, hilf ihm«, raunt sie ihr zu.

Virginia, die heute türkisfarbene Haare mit pinken Strähnen hat, nimmt das Bündel, wippt es, und ihr Gesicht beginnt zu strahlen. »Ach du meine Güte, du liebe Kleine«, haucht sie. »Du bist ja noch ganz zerknautscht.«

Mist, sie so zu sehen lässt mich die Panik sofort vergessen. »Das will ich auch«, raune ich Cali zu.

»Dass ich dich trage?«, witzelt sie.

Ich drücke sie fester, und sie drückt wissend meine Hand zurück.

»Schon verstanden«, flüstert sie. »Werden wir auch eines Tages haben.«

Und haben wohl auch Nate und Lou bald, wenn ich danach gehe, wie er den Arm um sie legt und sie kurz die Hand zu ihrem Bauch führt, sie aber schnell wieder wegzieht, als wäre es noch zu früh für irgendwelche Ankündigungen. *Schön für die beiden!*

»Wann war denn die Geburt?«, fragt Virginia die Frauen vom Sozialamt. »Die Kleine ist doch keine Woche alt.«

»Vorgestern«, antwortet die ältere. »Seitdem haben wir versucht, Mr. Vasquez zu erreichen. Normalerweise platzen wir nicht in Firmenfeiern, aber als wir davon gehört haben, haben wir die Chance ergriffen. Es ging nicht anders.«

»Und die Mutter hat nicht ...?«

Schweigen folgt, dann Kopfschütteln. »Es gab bei der Geburt Komplikationen. Die Ärzte haben alles getan, konnten aber nur das Kind retten.«

»Die arme Kleine!« Vi greift in die Öffnung der Decke und streicht dem Baby über das Köpfchen. »Alles wird gut«, murmelt sie und lächelt ganz entzückt. »Du bist hier bei anständigen Leuten gelandet.«

Ryan seufzt, reibt sich die Schläfen und wendet sich an die Frauen. »Lassen Sie uns reingehen. Ich habe keine Ahnung, wie Sophia darauf kommt, dass ich der Vater bin, aber jemand muss sich wohl um die Kleine kümmern.«

Ich führe die Gruppe nach innen in denselben Raum, in dem ich vorhin mit Cali war. Ryan geht die Papiere durch, bespricht sich parallel am Telefon mit seinem Anwalt, während Cali und Lou ihre Schwester und das Baby umringen. Jede will es mal halten, als würde es schon zur Familie gehören. Doch immer wenn Vi es weiterreicht, beginnt es zu weinen. Auch Ryan scheint das aufzufallen. Er schaut ständig zu den Frauen und ganz besonders oft zu Vi, und der Blick aus seinen Augen wird dabei sanfter. Was ziemlich eigenartig ist, weil ich Ryan nur als knallharten Geschäftsmann und nicht so kenne. *Als Softie.*

»Ist alles so weit geklärt?«, fragt Vi schließlich Ryan.

»Fürs Erste ja«, sagt er und wirkt erschöpft. »Ich bin jetzt ihr Vormund, für eine Nacht habe ich alles, morgen kommt jemand vom Sozialamt, der mich unterstützt, und ein Arzt, der einen Vaterschaftstest durchführt.«

»Ich denke, du kennst Sophia?«

»Das tue ich. Sie war für zwei Wochen meine Haushälterin. Als ich sie dabei ertappt habe, wie sie an meinen Unterhosen geschnuppert hat, statt sie zusammenzulegen, hab ich sie entlassen. Das ist alles. Mehr lief nicht zwischen uns. Keine Ahnung, wie sie darauf kommt, dass ich der Vater bin, aber das muss ein Missverständnis sein. Heute Abend kriege ich das allerdings nicht mehr geklärt.«

»Gut ...« Sie beugt sich vor und überreicht ihm das Bündel wie ein rohes Ei. »Du solltest jetzt gehen. Das ist kein Ort für ein Baby.«

Sofort fängt die Kleine wieder an zu schreien.

»Du musst es ein bisschen schaukeln, so ...« Sie nimmt seine Arme und wiegt sie. Es sieht so aus, als würde jemand versuchen, mit einem Zaubertrick einen Grizzly zum Lächeln zu bewegen.

»Hier!«, sagt er und reicht ihr das Kind zurück, bevor sie protestieren kann. »Du bist doch Erzieherin, richtig?« Er sieht zu Lou. »Das hattest du mal erzählt, oder irre ich mich?«

Lou nickt. »Das stimmt.«

»Gott sei Dank!« Er atmet auf und zückt seine Brieftasche. »Das sind ... ähm ...« Er zählt Scheine ab und drückt sie Vi in die Hand. »Das sind fünfhundert Dollar. Das reicht für drei Nächte, oder?«

»Was wird das?«, knurrt Vi, was seltsam ist, weil ich sie bisher noch nie so sauer erlebt habe.

»Ich habe keine Ahnung von Kindern, du dagegen schon«, erklärt Ryan. »Ich brauche einen Babysitter, und ich engagiere dich.«

Angewidert schaut sie auf das Geld.

»Tausend Dollar«, erhöht Ryan, ohne zu begreifen, dass es ihr nicht ums Geld geht und er gerade genau das Falsche gesagt hat.

Wütend reicht Vi ihm das Kind zurück. »Hier, das ist deines, kümmere dich drum. Gratis Hinweis: Von Dollarnoten wird die Kleine nicht satt.«

Sofort schreit das Baby wieder, aber Virginia greift nicht erneut ein.

Cali löst sich von mir und tritt zu ihrer Schwester. »Alles okay, Vi?«

»Der spinnt ja wohl«, ruft sie empört. »Fuchtelt mit seinen Scheinen herum, als wäre die ganze Welt käuflich.«

»Hey, reg dich ab. Er hat nur keine Ahnung.«

»Wovon? Gutem Benehmen? Wie hat er es dann so weit gebracht?« Sie verschwindet aufs Sky Deck, holt ihre Jacke und verabschiedet sich. »Ich gehe. Sorry, aber solche reichen Säcke machen mich einfach nur wütend.« Sie sieht zu Nate. »Mit einer Ausnahme. Du bist toll.« Sie grinsen sich verschwörerisch an, verstehen sich wie Bruder und Schwester. »Du auch«, sagt sie zu mir. »Wenn wir wieder unter uns feiern, komme ich. Aber diese Party war ein Fehler. Ich wollte nur Rose live spielen sehen. Das hab ich. Danke für die Einladung, und auf Rocket Rebel Records und dich, Alex.«

Damit steuert sie den Ausgang an, während das Mädchen herzzerreißend schreit. Überfordert hängt sich Ryan die Babysachen um und versucht, die Kleine zu beruhigen. Einen Tag Vater und schon an seiner Belastungsgrenze.

»Ach, verdammt«, ruft Vi da, macht kehrt und nimmt ihm das Bündel ab. »Ich helf dir. Für maximal eine Woche. Keinen Tag länger. Für die Kleine. Sie hat genug mitgemacht.« Das Mädchen wird sofort still, und Vi läuft wieder los, bleibt jedoch stehen. »Kommst du auch, Baby Daddy?«

»Ähm ...«, stammelt Ryan und wirkt so, als hätte ihn ein Zug überfahren, nicht nur ein Zug namens Säugling, sondern auch ein Zug namens Vi, und zumindest Letzterer hat ihn sichtlich geflasht.

»Los, geh!« Ich stoße ihn an der Schulter Richtung Ausgang. »Sie braucht dich. Wenn du ein paar Tage freinimmst, sag Bescheid, ich kann Sachen von dir übernehmen.«

»Danke, Mann.«

»Keine Ursache.«

Ich ziehe Cali zu mir, und wir verfolgen, wie alle drei die Jacht verlassen. Vi schaut auf das Baby und Ryan auf Vi. *Schon seltsam.*

»Alles okay?«, frage ich Cali. »Oder willst du ihr helfen?«

Sie dreht sich zu mir und lächelt mich an. »Vi weiß, was sie tut. Sie ist Erzieherin. Die kommen schon zurecht. Ich will tanzen. Bitte, bitte, bitte.«

»Wie könnte ich da Nein sagen?«

Wir brauchen alle einen Moment, aber nach einer halben Stunde läuft die Feier weiter. Ich halte Cali in den Armen, es ist mild draußen, die Lichter der Stadt umgeben uns, und ich könnte nicht glücklicher sein. Ich hatte einiges zu lernen, um hier zu landen. Vor allem, wie wichtig es ist, für den Menschen da zu sein, den man liebt. Genau wie Cali gelernt hat, auf ihr Herz zu hören und mir zu vertrauen. Wir hatten beide unsere Lektionen zu lernen.

Ich muss an den Moment denken, als sie in ihrem Büro bei der allerersten Besprechung den Rock für mich angehoben hat. Wie sie mich bei meiner Party im Pool überrascht und später geküsst hat, der erste von so vielen Küssen. Wie sie sich immer mehr auf mich eingelassen hat, weil ihr Verstand nicht recht hatte. Ich war nicht falsch für sie, sondern richtig. Und ich muss daran denken, wie ich sie während der Benefizgala vor dem Kerl an der Bar gerettet habe. Wie ich während des Sturms in diesem Hotelzimmer ihr das Bett überlassen habe, damit es ihr gut geht. Wie schön es ist, wenn zwischen zwei Menschen alles nur ein Spiel ist, aber wie viel schöner, wenn es ernst wird.

»Bereit für die nächste Lektion, die uns das Leben lehrt?«, frage ich Cali und streiche ihr über den Rücken.

»Solange sie mit dir ist.«

»Nur mit mir, versprochen.« Ich sehe ihr fest in die Augen, hatte das nicht so geplant, aber fühle es schon so lange, dass ich nicht länger warten kann. »Willst du mich heiraten?«

»Ja, ich will.«

Ende

Du willst mehr von den Miami Rebels und den Schwestern Lou, Cali und Vi? Dann lies »Three unbreakable Hearts« (April 2023)! Viel Spaß!

MEHR VON PHILIPPA

Reihen

Tease & Please
Tease & Please - berührt und verführt
Tease & Please - entdeckt und erweckt
Tease & Please - hart und zart
Tease & Please - Heiß im Eis
Tease & Please - Wut und Glut
Tease & Please - befreit und bereit
Tease & Please - Wahl oder Qual
Tease & Please - Geben und Nehmen

Colorado Kisses
Always You Forever Us
Maybe You Finally Us

Time for Passion
All We Have Is Today
You Were Mine Yesterday
Forever Yours Tomorrow

Powerful & Protective
Last Dirty Show
Last Dirty Money
Last Dirty Shot

Lawyers, Love & Lace
You Can't Escape Love - Begehren . Vertrauen . Lieben
You Can't Control Love - Im Zweifel für die Liebe

Einzeltitel

Mister Sweet Mistake
Burning Kisses Under The Stars - Echte Leidenschaft
Romance Love - Vollkommen dir ergeben
Pulse of Passion - Sehnsucht nach dir

ÜBER
PHILIPPA

Philippa L. Andersson lebt und arbeitet in Berlin. 2012 erschien ihre erste Kurzgeschichte. 2013 folgte ihr erster Roman »In deinen Armen«. 2017 war sie mit »You Can't Escape Love Begehren . Vertrauen . Lieben« erstmals in der BILD-Bestsellerliste. Viele ihrer Romane gibt es auch als Hörbuch. Wenn sie nicht schreibt, joggt sie durch ihren Kiez, entdeckt neue Restaurants oder lässt sich vom Leben inspirieren.

Newsletter

Abonniere den Newsletter von Philippa und verpass keine Neuerscheinung der Autorin. Deine Daten werden nicht weitergegeben. www.philippalandersson.de/newsletter

Kontakt

www.philippalandersson.de
www.facebook.com/PhilippaLAndersson
www.instagram.com/philippal.andersson
www.tiktok.com/@philippalandersson